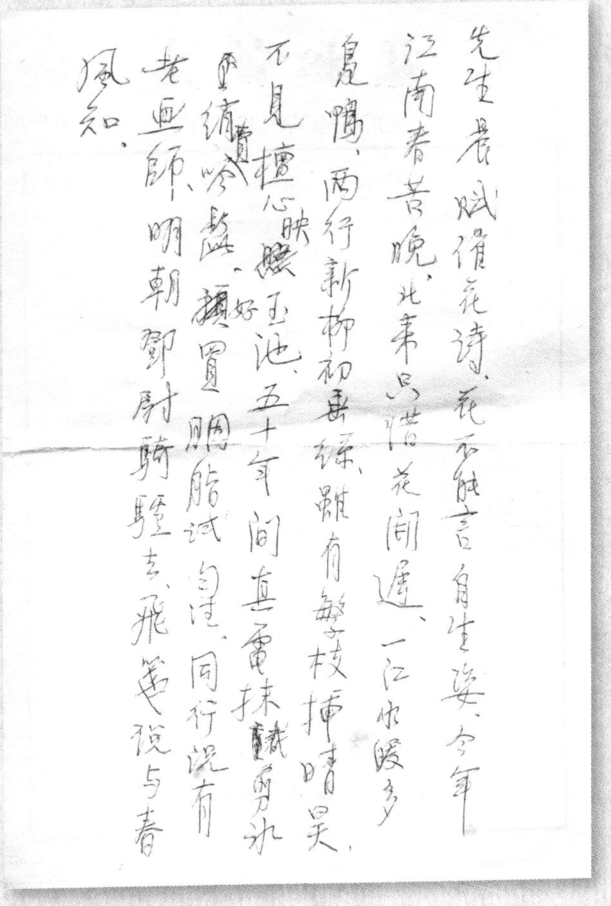
先生長賦借花詩，花不能言自生姿，今年
江南春苦晚，北來只惜花開遲，一江水暖多
鳧鴨，兩行新柳初垂綠，雖有繁枝掛晴昊，
不見檀心映玉池，五十年間真電抹，鏤剪孔
雀繡吟盤，好買胭脂試自描，同行況有
老畫師，明朝鄧尉騎驢去，飛箋說與春
風知。

饒宗頤教授《江南春集》手稿

80 年代，饒宗頤教授彈古琴照。

1993 年，饒宗頤教授獲頒巴黎索邦高等研究院人文科學榮譽博士榮銜。

2000 年，獲香港特別行政區
政府授予大紫荊勳章。

2013 年，饒宗頤教授榮任法蘭西學院銘文與美文學院外籍院士授職典禮。

饒宗頤教授與趙樸初先生（左）合影。

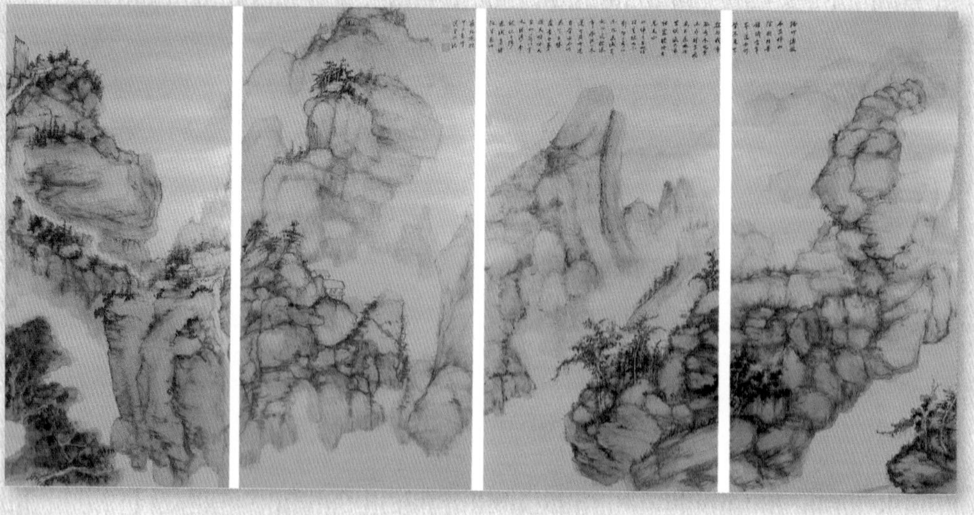

天台勝處 —— 上題方廣寺、石梁飛瀑為天台勝處兩首詩。

饒宗頤卷

香港當代作家作品選集

鄭煒明編

「香港當代作家作品選集」顧問委員會：

劉以鬯教授

鍾　玲教授

鄭培凱教授

陳思和教授

陳國球教授

許子東教授

黃子平教授

目錄

散文

詩

樂府

序跋

書信

其他文類

附錄

導讀

鄭煒明

記得在二零零三年的時候，時任香港大學副校長的李焯芬教授曾經問我：饒宗頤先生的成就是多方面的，但到底以哪一方面為最優勝？我當時不假思索地回答說：是他的文學創作。後來，在兩個不同的會面場合中，李焯芬教授當面問饒先生這個相同的問題，饒先生也不假思索地回答說，是他的文學。我曾經向李焯芬教授說過，饒先生中華傳統文體的文學創作，可以充分代表和表現出中華民族在當代所繼承傳統文化的面貌，個人更認為，應該提名饒先生的中華傳統文體文學作品競逐諾貝爾文學獎。提名一事後來不了了之，但我對饒先生在文學創作方面的推崇只有日益增加。

饒先生的文學，始自家學。饒先生之父親饒鍔先生，亦為一古文辭家，饒先生幼承庭訓，根基極佳，益以過人之聰敏，超脱之才情，深厚之學養及足迹遍天下之遊歷與見識，終使其於文學創作方面，亦獲致極大之成就。饒先生於各體詩、詞、駢、散文章，皆所擅長，茲略作簡介如下：

一、駢、散體文之創作

饒先生之駢、散體文章，多已編入其《固庵文錄》內。觀其於抗日戰爭時所作之〈馬矢〉、〈斗室〉、

〈囚城〉與〈燭〉等賦，情真而辭麗，信為必傳之佳構；至其儷體諸製，若〈法南獵士谷(Lauscaux)史前洞窟壁畫頌〉、〈近東開闢史詩〉、〈汨羅弔屈子文〉、〈長沙弔賈生文〉及〈常熟弔柳蘼蕪文〉等等，無不情采並茂，文質彬彬，或為別出機杼，或為有所寄託之作。異日倘有意治本世紀舊體文學史者，必當留心於上述諸篇。錢仲聯先生評饒先生之賦，謂其「皆不作鮑照以後語，無論唐人」，又謂若汪中得見，亦將瞠目云。[1]其說良信，蓋饒先生之儷體，乃由汪容甫上溯《文選》，而直追秦漢。其散體諸篇，出入中外文化史之各領域，其中〈稽古稽天說〉、〈王道帝道論〉等篇尤為重要，其他各篇，亦皆大有裨益於學術，實「兼學術文美文之長」。[2]此外，饒先生亦有《文化之旅》這部語體散文集，行文文白相間，內容以學問廣博、視角深邃見長，風格則以氣勢宏大取勝，是一部不折不扣的學者散文集。

二、詩詞創作

饒先生於詩詞創作，早歲即負盛名，年十六有〈咏優曇花詩〉，詩壇耆宿，爭與唱和，一時傳為佳話。抗戰之時，饒先生有《傜山詩草》，感觸至多，錢仲聯先生以為「尤其獨出冠時者也」，並許之為繼變風、

1 錢仲聯先生〈固庵文錄序〉，未刊手稿影本。
2 同上。

變雅、靈均、浣花以迄南明嶺表屈翁山、陳獨漉、鄺湛若後之作者。[3]饒先生於詩，實與學結合，所承至博，若阮嗣宗、謝康樂、韓昌黎、蘇東坡等等，皆其所曾致力至深者。益以遊歷極廣，識見過於前人，故其詩格局能得一「大」字，若其〈大千居士六十壽詩用昌黎南山韻〉、〈楚繒書歌次東坡石鼓歌韻〉等等，皆為當世之宏篇，至若咏域外風情之什，《白山》、《黑湖》、《佛國》、《羈旅》、《西海》、《南征》、《冰炭》及《攬轡》諸編，俱有名於時，其中《黑湖集》更有戴密微教授之法文翻譯，刊行於瑞士。錢仲聯先生以為饒先生之詩，即黃公度、康南海、沈寐叟皆有所未及，更非觀堂、寒柳二家所能侔，蓋以饒先生不特才氣磅礴，兼以心性奧密，又能以性情出之。綜言之，饒先生於詩，大抵以古風及絕句為其所長，又以長篇之歌行及七絕為最優。

至於詩餘，亦饒先生之所長。小令有敦煌曲子、歐晏之風，清新自然；慢詞則得清真之麗密、白石之清空。《晞周》一集，遍和周邦彥詞百二十七章；羅忼烈教授〈略論五家和清真詞〉引韓退之〈答李翊書〉語，以「氣盛」一説譽之。[4]饒先生詞作佳篇甚多，若《晞周集》卷上之〈蘭陵王〉「初至榆城，聽充和擫笛」、〈六醜〉「睡」、〈蕙蘭芳引〉「影」、〈玉燭新〉「神」等皆為獨出心裁者。至若咏域外風景之作，如《栟櫚詞》集內〈念奴嬌〉「覆舟山、印尼最高火山也。用半塘韻」一詞，論者以為

3 錢仲聯先生〈選堂詩詞集序〉，未刊手稿影本。
4 據手稿影本。

在呂碧城女士之上。[5]

饒先生於詞之創作，實亦與其詞學相結合，故其詞實亦由清諸名家入手，然後上溯五代、北宋諸大家。尚有關於饒先生文學創作之一段故事，因知者不多，故附述於此。饒先生平生，亦曾有新詩〈安哥窟哀歌〉之作，[6]氣魄恢宏，歷史感甚重。由此可證，文學只有優劣之判，應無新舊之分。若饒先生者以其學力才情，偶爾為新詩，亦已聲勢奪人。

要之，饒先生於駢、散文、詩詞之創作，皆有所成就，堪稱為當代之一大作者；文學者，自有其恒久之生命，不為世移，不為物轉，今讀饒先生諸編，信其必將傳諸編，信其必將傳諸異代，為集部增光，而駢、散體文章及詩詞之作，其能香火不滅者，饒先生殆亦有功焉。

作為一篇簡短的導讀，還有三點，我必須在這裏說一下的。

一、有某些在高校教授詩詞寫作的中青年學者，曾經在自己的文章裏批評饒先生，謂其作品思想感情消極，甚至乎以「全無血性」來形容饒先生的作品。我在這裏想指出，這些人極有可能是因為讀饒先生的作品太少，加上信口開河、別有肺腸，才會做出如此妄評。大家只要看一看這卷作品裏的抗戰文學，

5 見劉宗漢〈學如富貴在博收——讀《選堂集林．史林》〉，《讀書》（一九八二年十月），頁五六。

6 《文學家》雙月刊第三期（一九八七年十一月），頁二零—二一。

例如《瑤山集》裏的各篇詩作，又如〈馬矢賦并序〉、〈囚城賦并序〉、〈燭賦〉等等，可見饒先生在民族存亡之際，所作詩賦，皆沉痛深刻，堪稱抗戰文學中的精品，如何就沒有血性了？饒先生一生人不同時期的作品，皆出自他本人與眾不同的人生歷練、本真的性情和中華傳統文化本位的哲學思維，從這些角度看，絕不能説饒先生的作品「全無血性」或「思想感情消極」。我所了解饒先生的作品，美學上的主調是溫柔敦厚、悲天憫人但絕不消極。

二、饒先生一生人遊歷甚廣，許多文學作品都涉及域外，因此，饒先生的旅遊文學這一門類，大堪重視。他一方面是一位「東學西傳」的大學者，同時又是一位以傳統漢語寫作的大文豪，他的域外文學寫作，充分表現出一位二十世紀中國文學家的全球文化觀，內裏可發掘的趣味，近年開始為學界所重視，正是方興未艾。他的舊體詩詞集《佛國集》、《白山集》、《黑湖集》等等，還有語體散文集《文化之旅》，乃至駢文與賦等諸篇韻文中的部分作品，皆屬此類，有興趣的讀者可索而觀之。

三、饒先生一位已故的老朋友、美國某著名中國文學教授在上世紀九十年代的時候，曾跟他的學生（現在也是名教授了）論及饒先生的文學作品，認為饒先生的作品是「學者之詩」而非「詩人之詩」，而該教授表示他更喜歡「詩人之詩」。這是個人文學審美觀的問題，本就無可厚非。但何謂「學者之詩」，在這裏倒是值得講一講的。饒先生學究天人，博古通今，所作多有超越性，常有與古人神交所感所思，發為文字，具有直接與古人對話的效果；用時下流行的話來説，即「時空穿越感」。如其《長洲集》中〈和阮籍詠懷詩〉八十二首、《和韓昌黎南山詩》、《晞周集》和其他一些作品，都以步韻或次韻的藝術手段和形式，與古代名家唱和，而內容所表達的則是自己的思想感情，正如羅忼烈先生在《晞周集》前序中所言的：「借他人之杯酒，澆胸中之壘塊，言必己出，意皆獨造，從容繩墨，要眇宜修。」非有極深厚的學術根底和極大之才情，不能至此。某教授但見饒先生「學者之詩」的學術功力部分，卻未能深味饒先生獨特的詩人情懷，甚為可惜；也難怪饒先生一直視羅忼烈先生為畢生之知己。

綜上所述，饒先生之於文學，研究與創作並重，既為一大學者，又為一大手筆，誠為一難得之全才，允為吾國之當代一大文學家，信非過譽。而饒先生之學問，又不止於文學；其創作亦不止於詩文。讀者若能從本卷中略窺饒先生「學藝雙攜」的文學，進而從其作品中領略他獨特的思想感情和文化史觀，編者於願足矣。

散文

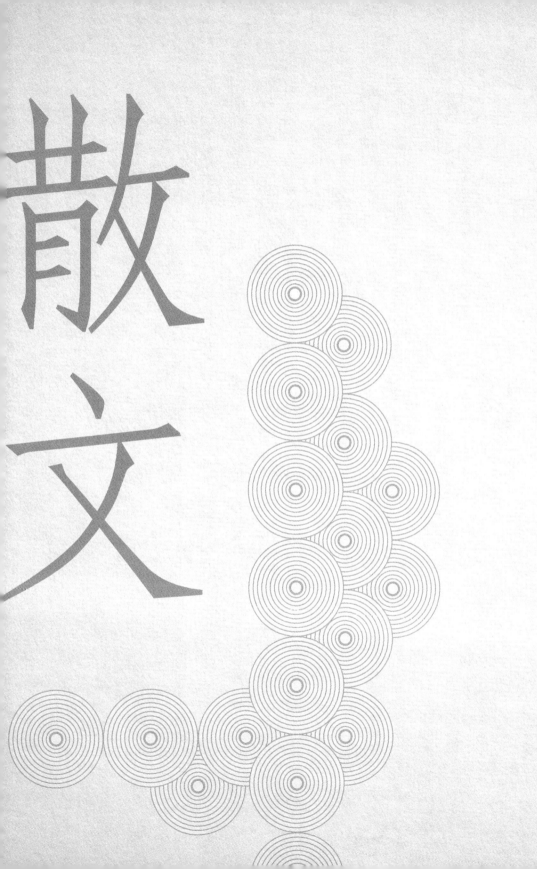

《文化之旅》小引

我平生喜歡寫札記，零葉寸箋，塗鴉滿紙，這類不修篇幅的短文，不值得留下來的棄餘談吐，多半是在時間的夾縫中被人榨出來應景，過去「文化之旅」的小品，月草一篇，即屬於這一類。

記得元代文家吳萊說過：「史文如畫筆，經文如化工。惟其隨事而變化，則史外傳心之要典，聖人時中之大權也」[1]。我十分欣賞這幾句話，他指出史和經不同的地方，聖者折衷群言，我不敢高攀。史家如畫筆，只能鈎勒大略，經文則精義入神，賦予新的微旨，奧妙難測。自章實齋標榜六經皆史，其流弊正在夷經為史，使人只注意到外在的事狀而忽略內在的深層意義，史外已沒有甚麼可傳的心了。

我這些短文，敢自詡有點「隨事而變化」，抓問題偶爾亦可能會搔到癢處。我一向觀世如史，保持著「超於象外」的心態，從高處向下看，不偈促於一草一木，四維空間，還有上下。這是我個人的認識論。在付印之前胡謅幾句，也許不無「小中見大」的深意吧。

一九九六年中秋節

1 吳集中〈書胡氏春秋通旨後〉。

皇門靜室的「小學」

一九九三年冬十一月杪在巴黎，廿五、廿六兩天嘗過繁文縟節生活的片段，參加二千人場合經歷連續五、六小時高頭講章的學府典禮，翌日繼之以富麗堂皇官邸中授勳儀式之後，心態反覺有點失去平衡，亟須尋覓小憩來求安息。於是汪德邁（L. Vandermeersch）君提議到他二十年前曾到過而終生不能忘情的皇門靜室去走一趟。

在零下二度沒有風雪干擾的一天，我們掠過凡爾賽宮走向距離巴黎只有四十公里的密林裏面另外一個世界。曉山寂靜，萬木齊喑，悄無人聲，先早已下降的霜霰，吞噬了修道院屋頂的羅馬瓦，覆蓋上一片白色的縕袍，好像象徵當年那些刻苦修行的冉森教徒（Jansenistes）捨身為尼脱離塵俗虔事上帝的貞潔。面對著四人纔可合抱的古松屹立不動於習習寒風中表現「歲寒後凋」的節概，令人想起帕斯卡（Blaise Pascal）當年（一六五六至五七）隱居此地為冉森教徒侃侃申辯的十八件《地方通信》（*Les Provinciales*）曾被人譽為天才作品所表現的不屈不撓的精神。此刻年律將窮，道院重門深鎖。方塘冷蔓，寒水淒然，益增蕭條與神秘。

道院於一七一一年受法王勒令拆毁，幾歷滄桑，真令人充滿發思古之幽情。宗教和詩糅合的魅力產生了歷史上不少偉大人物，使這一座荒涼冷落的門庭成為法蘭西文化溫床之一。最值得稱述是由那些宗教盟友法語所謂 Solitaires 建立的 Petites Ecoles，英文是 little schools，漢語謂之「小學」。這些盟友，不必是僧侶而是追求清淨寂滅而甘願棄絕塵世來此度過隱士生活的人們。他們熱心宗教及教育事業，約在一六五一年，擴充靜室附近農家建築設立這一座「小學」，他們以修辭學（rhétorique）為教材，提倡新方法（Nouvelle Methode），為青年學子錘鍊古典文字（希臘、拉丁文）的基礎，十年之間，人才輩出，與莫里哀（Molière）齊名的大戲劇作家拉辛（Jean Racine）即在此接受古文和詩律學（Prosodie）的訓練。他為靜室寫過有名的《史略》，把古典語文學科稱為「小學」，和中國的傳統目語文為小學，包括形、音、義的智識完全一樣。足見對於古典語文基礎訓練的重視，中外原無二致。

聰明睿智早慧的巴斯加全家都是冉森教徒，他和他的姊姊積蓮（Jacqueline）在這靜室棲隱，直到一六六二年身故，其有名的代表作《沉思錄》（*Pensées*）至死還沒有完成。他慨嘆人生的脆弱，但有了智識，便可戰勝宇宙。人在天地之中渺小得像一個不可知的斑點，亦像一根蘆葦，很容易被一陣風所摧折。面對無限的宇宙，永遠的岑寂給人以無限的恐懼。在無限的周遭，處處可以是中心，而何處是圓周，卻煞費思量。現代大都市的人們，濫用「中心」二字，試問將以何處為立腳點？他認為人們現在所見到的東西，只不過是宇宙中的一點微塵，而欲靠科學建立秩序——希冀找到絕對的智識，這當然是一個妄想。巴氏的結論，只有上帝才能使神聖的真理嵌入人們的靈魂而取得真正的快樂，而人本身是無能為力的！

我因之聯想到近時某詩人的自戕戕人，無端引起社會上一場文學輿論的爭議，可笑的是有人將他比做上帝，真是何來的「無妄」的賞譽！以一個未受過正式充分精神教育和「小學」的古典語文訓練的人，作起詩來不免自我過分誇詡，從而輕視一切，這種妄自尊大，不能不說是一種自我幻覺，是要不得的。我祈請愛好文學的人們，應該正視西方文化根源之所在，皇門靜室的小學，尚有足供借鏡的地方。人是多麼脆弱而無知啊！人應該承認自己的渺小！

黃昏不讓人多作留連，木杪風生送到我的耳畔低訴，我不必引起無謂的回憶和惆悵，我自無心去究問真理的是非，只感到與蒙莊同樣有「逃空虛而有足音跫然」的不可思議的覺醒。在無數的古槐亂葉重疊之下而隱藏著久已消逝的蟻穴，這就是歷史的見證，誰亦懶去尋訪「存」與「亡」的邊際；我不禁隨口唸出陳簡齋的警句：「微波喜搖人，小立待其定」，來作自我「解嘲」。

金字塔外：死與蜜糖

我的舊朋友中有一位已經謝世的日本南畫大師河野秋村先生，曾向我誇耀他以九十多歲的高齡，爬上金字塔。可是他本人居住的地方卻是一間全部用竹編成的房子，真是「黃岡竹樓」的活現，記得我贈給他的詩有「出牆桃自媚，穿屋筍猶鮮」二句，完全是寫實。我問他：金字塔與竹樓在藝術角度上兩種不同的感受，以何者為優？他沒有回答。在我看來，姑且拿山水畫來作譬喻，以荊浩的深巖穹谷，來比較雲林的荒村野樹，我則寧願欣賞後者。

說到金字塔，完全是死的表徵，代表整個埃及文化是一部《死書》（*Book of the Dead*），金字塔可說是死書的縮影。我亦曾經去過開羅，在渴得要死的沙漠裏，不易引起拜倫式哀希臘的心情去憑弔那些七顛八倒古建築的殘骸。我只眷注著：要追問何處有神的提撕？甚麼才是真正的秩序和至善（即埃及人所謂 Ma'at）？在人心的天平上，怎樣取得死神（Osiris）最後公正的審判？歷史不過是一片摸不清說不盡的迷夢，只有「死」所佔的漫長時間才能填補它的空白。擺在我們面前帝王谷巍峨的基塔，我很想把三千丈的白髮一絲絲聯結起來把它圍繞一周，看看孰長孰短？值得佩服的是蜿蜒的尼羅河永遠替人類負擔起歷史上憂患的包袱，我不願重新砌起冥想所造成的金字塔！一切的想像，只好交給蒼茫的黃昏，換取來一個不自量力的對蒼天的控訴。

《死書》原是一本天書，一部不易讀懂的書。埃及人對於死後事情的關懷和研究，為人類文化掀開一新頁。死，無疑是人類文明最重要的課題。死是無可避免的，亦不是渺茫的！一般認為死有如毒藥，但閃族人卻視死如蜜糖。死的智識的開墾與追求，曾經消耗過去他們無數詩人和宗教家的精力和腦汁。波斯詩人就寫下許多的名句：

> 那是新鮮、愉快。死呢？它亦是一種興奮劑，或者是糖嗎？
>
> ——Al-Hutuy'a 的句子

他即把死看做蜜糖。

> 我徘徊於絲路上，檢討一下在沙漠的心，默誦下面的句子：在這裏，一個蠢夫，用自己的鞍，騎在橐駝上。

全詩只有三行，這是八世紀阿拉伯名詩人 Al-Tinimmah 的自我嘲笑，說出大漠上旅客的心聲。在日夕無常風沙的干擾之下，隨時可以埋骨荒外，阿拉伯的詩亦喊出幾乎懷疑自己不是一個人（You even doubt I was a man）的疑問！

這些詩似乎未見有人譯出；就算譯出，恐怕可能引起人們的喝倒采，因為怕死的人實在太多！在中國，儒家撇開死而不談，偷懶地說：「未知生，焉知死。」死給完全抹煞了！莊子把死生看成一條，死只是生的一條尾巴而已。死在中國人心裏沒有重要的地位，終以造成過於看重現實只顧眼前極端可怕的流弊。南方人最忌諱「死」與「四」的諧音，不敢面對死的挑戰。人類之中，中國是最不懂甚麼是「死」的民族，連研究死的問題的勇氣都沒有，真是可笑！人的靈性差別之大就是如此！

我們不妨吟詠一下波斯、阿拉伯人在沙漠中的警句，也許別有一番滋味：「一水飲人分冷暖」，甘苦自知，不用我來道破。

佛教聖地 Banāras

在印度做禪定工夫必有一定的場合，乃於巖壁之下鑿一小窟，作為習靜寧神之所。這些小窟，既黝黑又淺狹，僅可容膝，面壁兀坐，可以抖擻精神。有些是臨時安置的，非常馬虎。而由比丘（bhikṣus）構成的僧伽（sangha），雖有他們的團體，由於出家的緣故，行乞四方，原無定所，到了雨季，不能不找個地方來安憩，即所謂「夏坐」（見《佛國記》）。在奧義書時代，印度人的生活一般分為四個階段（梵志、家居、林居、遊行），壯年為林居時期（vanā-pras-tha），入叢林中苦修，積極作禪定思維，不僅佛教徒如此，其他婆羅門和耆那教徒亦是一樣的。還有一種流浪者，梵言是 Vrātya（意思是 medicant 行乞或 tramp 飄泊者），帶著宗教狂熱，謳唱吠陀詩篇，樂、舞併作，一面自我鞭笞，到處遊歷，從苦行來謀取解脫。《阿闥婆吠陀》中許多地方提到關於雅利安人這種奇詭的信仰與活動。在佛家的教訓中，禪定是要到達彼岸的六波羅蜜之一；亦是瑜伽（Yoga）八部的第七術可以從靜坐內省進入第八段的「三昧入定」（samādhi）。

禪的學說很早就傳入中國，鳩摩羅什所譯的三十五部經典中，便有三種屬於禪定，一為《禪經》三卷，又名《坐禪三昧經問》，最末一種為《禪法要》三卷，梁僧祐的《出三藏記》云：「弘始九年閏月五日重校正。」這時雖有禪經的翻譯，但習禪之風尚未成為氣候，要到達摩東來，六祖崛興，宗門方纔蔚為思想的巨流。時至今日，談禪已經成為家常便飯，日本更為氾濫。藝壇學界的一股風異常熱鬧，禪之被普遍採用作為人們生活的點綴品，有如中藥開方之配上甘草。詩人拿禪作他斷句的切玉刀，畫藝家建立他的畫禪室，禪被掛在人們的嘴邊，真的是所謂口頭禪、杜撰禪了。

記得一九六三年，我去印度旅行，從 Agra 南下到佛教聖地 Banāras，剛下飛機，步進會客室，一條光管上圍繞著成千成萬的蚊蟲，旅舍房間都設下二三重防蟲密絲網。我的天！這是二十世紀，如果回到佛陀的時代，不知是怎樣的一個世界，真是不可想像。僧人是不容許殺生的，耆那教徒還要赤裸一絲不掛，他們的戒律，連蜜糖也不准吃，因為蜜就是蜂的生命。在禪窟裏打坐，簡直是把軀體奉獻給昆蟲蚊蚋的犧牲品，這樣的苦行，代價之大，普通人如何受得了！由於印度吠陀經的 Tapas 宇宙理論，深入人心。Tapas 是熱，為一切創生、進化的原動力，亦兼訓苦行，印人的高度宗教熱誠和篤信苦行的行為導源於此。加上輪迴說牢不可破的信仰（最先出現於 Bṛhadānanyaka 奧義書）為婆羅門、耆那、佛教的共同思想基礎，形成後來崇拜溼婆（Śiva）高度的苦行文化。人們深入森林生活，自願受到飢餓、寒熱、風雨種種的折磨，極端的自我虐待，以換取絕對的解脫，沉溺而不返；以極苦謀取極樂，不惜任何犧牲自我摧殘，這種心理要求，我認為還是功利的，而不是道德的。

佛經中的婆羅奈斯（Vārāṇasī），即是今日之Banāras，出城外便是鹿野苑（mṛgadāva），我躑躅於其間，心情無法寧靜，四處草樹蕭條，只碰見一位黃衣和尚遠來參拜，偶有二三瘦骨崚嶒的聖牛，踱來踱去。印度的佛教已極度衰微，據説僅存佛教徒數千人，不成隊伍。婆羅門輩對其蔑視，尤使人深感不平。想起當年佛陀悟道布教，即與僑陳如等五人初轉法輪於此。他先在摩竭陀國都會的王舍城（Rājagṛha）和數論師Alara Kalama討論，虔修四禪；又訪Udra-ka參究「微細我」之説，在尼連禪河（Nauranjarā）西岸的漚樓頻螺（Uruvela）小村的苦行林中，苦行六年，於畢波羅（Pippala）樹下，跏趺默坐禪定思維，終於離有想、無想，獲得非想、非非想（Naivasamjnā-nâsamjnāyatana）的平等寂靜境地，而成無上正覺。佛陀的時代，流行兩種極端思想，順世外道主張精神上的享樂主義，苦行派像耆那教徒、尼犍子等則尋覓極苦來換取理想的至樂，二者都不近人情，佛陀折衷以中道，所以受到人們的擁護。但佛陀本身的覺悟，仍是在苦行中磨練出來的。他的教藝所揭的苦諦、樂諦不離其宗，跳不出當日的Tapas理論。佛家和耆那教的苦行説，先秦時候，未入中國。即使有因緣傳入，亦不易為人信奉。屈原言及「桑扈（莊子作戶）臝（裸）行」，很像耆那教徒。荀子對陳仲、史鰌及忍辱宋銒的抨擊，可見苦行説深不為人所容。況儒家提倡身體髮膚受之父母不敢毀傷，列為孝道，和印度苦行家的摧殘身軀，正背道而馳。苦行思想在中國無法茁長，故此，佛教要到東漢以孝為明訓的時代，引述睒子供養盲父母的至孝故事的經典，方能得到人們的歌頌。吳康僧會譯《六度集經》，用儒來説佛，有了儒化的佛書，佛教思想才得正式為儒士所接受。

唐天寶以後，戰亂頻仍，士大夫投入禪林，在精神上算是找到一點著落，儒門收拾不住，許多大文人都與佛門大打其交道，禪門從此乃有極大的變局。可是他們忽略了印度原來的禪那生活，是以苦行為基礎，苦行才是禪的內涵，禪是需要實踐親證的。面壁九年，真的要盲修瞎練，不是僅說句「一口吸盡西江水」的狂言，徒作天花亂墜的鬥嘴胡謅、說說笑笑，下一轉語便了事。東方宗門的禪那，因移植而變質，橘變為枳，而是入世的、開放的、樂觀的，和印度原典的禪那，帶有濃鬱的宗教狂熱，極度的自我磨折，甘受肉體、精神上的宗教懲罰，然後取得徹底瞭悟和真正解脫，相去十萬八千里！

敦煌石室的二八五窟便是一個禪窟，窟頂四周有三十六幅修禪圖畫，其中還有西魏大統四、五年的題記。中央南面小龕外，特別繪著瘦削長髮的「婆藪仙」，婆藪仙過去嘗做過梵王、帝釋，於萬千劫纔作為轉輪聖王。修習禪定智慧，廣化眾生。由於他看見龍王的女兒名曰黃頭而起愛慕心，便失去他的神通與禪定法。後來深自悔責。這故事出自吳支謙譯的《摩登伽經》（第四品）。大家須知，見色動妄念，雖歷劫的仙人，亦會失去神通。這件事可為人們鑑戒，故禪窟把它繪成圖，是有深意的。禪的目的在修行。法顯翻譯的書名曰《禪經修行方便》，點出「修行」二字，禪是重實踐，非徒作空談，要從苦行磨練得來。宋人談理學，喜歡講論，說六經有理窟。但禪窟不能單純看成理窟，禪重修行，不尚空談。明代王學末流，墜入狂禪，受到不少人的責難。許多心學大師竊取禪的伎倆，說出一套動人的禪理。可是對印度的實際情形，卻十分隔膜。王慎中說：「苦行偏節，無取於君子之教。」以儒折釋，不易使人心服，徒見其對印度的苦行，沒有半點了解：禪的道理，去原典越說越遠。我敢請心學家們，不要輕易造論，甚至說「佛言一切行無常，意存呵毀」（熊十力語）。世尊何來有半點呵毀之心，未免厚誣古人。如果到叢林中去靜坐內省一番，也許另有一點不同的體會。

維也納鐘錶博物館

年前有機緣到布拉格，那時尚在鐵幕籠罩之下，往返途中，必通過維也納，這個多麼令人眷戀的音樂古都。到處簇簇的森林綠葉，襯托著美麗的噴泉，正是音樂靈感孕育的溫床，音樂大師莫札特便在這樣的環境下誕生。目前，作為首都的維也納只有一百六十萬人，戰前亦不過二百萬，還不及我們一個小縣。戰爭更替它減少了人口包袱的負擔。雖飽嘗滄桑，但高度的教育水平與合理的生活方式，反而爭取到「富裕」與「舒適」。我們躑躅於夏宮中，欣賞各種各樣的寶藏，憧憬著那在位六十八年的約瑟法蘭西斯大帝，他曾發動第一次世界大戰。使人不禁發思古之幽情，要重溫一下近代史。面對無數瑰麗的宮殿，幽雅的庭園，水木清華，已忘記了它原來是一個戰敗國。參觀維也納大學，許多對學術有重大貢獻人物的石像，屹立於校園之內，保存完好，嚴肅莊重，絕無一般時下叫囂所謂「現代化」的感覺，我纔恍然於這種幼稚觀念在古老氣氛之下，已經自動地完全消失了。

踏遍街道，最感到珍貴使我流連不願離去的地方，要算那個鐘錶博物館，裏面見到的是倒流的時間留下來的無數殘骸。說明人類如何努力去創造歷史，其結晶品只剩得幾個破爛而古舊的錶殼。科學的渣滓，文明的末梢，是否值得阿波羅的一盼！

隨後我登上號稱一百五十六米的高塔，不需要一分鐘便抵達絕頂，驟雨飆風還沒有這樣迅速。「距離」的縮短，把整部歷史活像縮地術般輸入了磁碟之內，好像警告那些尚停留在侷促於時間觀念之下甘願做它的俘虜，去尋找科學上荒謬的時差，辛辛苦苦所得到的只是失望與恐怖。

多次流連於教堂的古堡，牆上拖著不知歲月、像辮子一般的藤蔓，淒寂、靜謐支配著每個人的命運。最使我驚愕的：據統計所知，這裏是世界音樂水平最高的地方，同時亦是人類自殺率最高的所在，這些自然是出於上帝的安排！人，久已皈依於上蒼，獲得神的豢養了，在安靜毫無干擾的神秘國度裏，寂寞是他們最好的享受。可是過度的寧謐，反令人感到生命單調的可怕。「生」的意義已下降至零度，反而要求快點了此殘生，美其名曰解脫。孤寂到了極點，人竟真的成為自了漢，到這樣的境地，甚麼是生存的意義已變成莫大的疑團。詹姆士對宗教的解釋，認為人在孤寂的時候纔能了解甚麼是絕對（Absolute），方可以超越上帝。孤寂可以激發人的宗教情緒，西方哲人冀圖培養宗教果實於孤寂之中，但沒有想到不堪寂寞的後果，卻能產生了不可想像的反作用。

我選擇維也納來作我要寫文章的題目，本想借音樂藝術的頂尖作為自我躲避的場所；竟有點像莊子所說逃空谷而聞到跫然的足音，反而引起許多逆料不到的情意結，我不願意再繼續地寫下去了。

周原：從美陽到慶陽

兒時誦《詩經．大雅》「周原膴膴」、「爰契我龜」等句，對先周文化發源地的岐山，心嚮往之，沒有想到臨老真的能夠踏上豐、鎬、鄠、杜之邦，不禁引起孔夫子「吾從周」的共鳴。看到出土的巨大板瓦，想見周人當日宮廟的巍峨壯麗；相反令人錯愕的是從放大鏡得窺見的那些細如蚊腳、刻劃精美的龜骨刻辭和由數字組成的易卦形象，都為前人所未睹的新事物，真是「匪夷所思」！

扶風的揉谷鄉法禧村的周圍，曾經發現十米左右的秦、漢城堡，出土有以「郃」字作銘記的秦代銅鼎、銅溫器，說明其地即郃城的遺址，《說文》邑部：「郃，炎帝之後姜姓所封，周棄（后稷）外家國，右扶風斄縣是也。詩曰：『有郃家室。』」按郃字漢人寫作斄。又岐山的青化、孫家諸地出有戳印「美亭」的戰國陶器。美亭在今法門寺所在的法門鎮，即漢時的美陽縣。法門寺博物館揭幕的時候，我很幸運參與其間，因而得以認識周代的岐山和上列這些古蹟的舊址。

周人開始在岐山活動，經過古公亶父、王季到文王累代的苦心經營，國勢日大。《詩經》說：「厥初生民，時維姜嫄。」邰亭遺蹟說者謂在地名姜嫄咀的一帶。舉世著聞的仰韶文化遺址——姜寨，本名崗寨，據稱清同治以前住民皆姓姜，其上游有姜嫄祠，地名姜城堡。《水經．渭水注》云：「岐水又東，逕姜氏城南為姜水，按《世本》，炎帝姜姓。《帝王．世紀》曰：炎帝……長於姜水，是其地也。」《國語．周語》說：「（后稷之子）不窋用失其官，而自竄于戎狄之間。」不窋的故城在甘肅慶陽，這一帶自古以來華戎雜處，周先代人名有長至四個字四個音者，有的學者認為可能不是漢語系統。慶陽自來出土春秋時代 Scythian 式兵器甚多。習見的像虎噬動物銅飾牌之類。下至晉代，此地仍為匈奴所盤據。馬長壽曾統計晉建寧三年（公元三六五）涇河與洛水上游五百里地區住有匈奴四萬多部族（見馬氏著《碑銘所見前秦至隋初的關中部族》）。扶風姜嫄地方亦發現過書寫希臘字母的銀瓶（《考古》一九七六年四月），年代為西漢至東漢，想必是月支人之所傳播。近年新發見，像扶風案板坪的仰韶遺址出土陶器上有印歐色目人紋樣，涇陽銅器上竟貼有埃及紙草遺物殘跡，在說明自皇古以來，華戎文化交流的錯雜情形，由來已久。

《穆天子傳》記「赤烏氏先出自周室，大王亶父之始作西土，封其元子吳太伯于東吳，封丌（其）璧（嬖）臣季綽于春山之虱，妻以元女，詔以玉石之刑，以為周室主」。周人經營西土還可遠達春山（崑崙）之境。孟子說「文王，西夷之人也」。事實上周文化是很早影響及於西域的。

說到慶陽地區，除了充斥匈奴文物之外，亦有殷代遺物，像西峰市董志鄉野林村出土的長三十八點六厘米的玉戈，上鐫「作冊吾」三字，和婦好墓的盧方玉戈很相似。這顯然是殷器。慶陽最重要的是出土一件穆公簋蓋，有銘文四十四字，蓋上飾以精美的流行於周穆王時代的相對型鳳鳥紋，有人考證是穆王時物。銘文記周王從商阜（弘農商縣）回到宗周。但該器出土於慶陽，慶陽是不窋故地，可能周初在此地有先周宗廟，不窋墓亦在焉（《元和郡縣志》，順化縣（漢郁郅縣）不窋墓在縣東三里）。

《元和郡縣志》：寧州，古西戎地，夏時公劉邑焉，周為義渠戎國。今州理（治）城，即公劉邑。班彪在王莽失敗後西奔，作〈北征賦〉有句云：「乘陵崗以登降，息郇邠之邑鄉。慕公劉之遺德，及〈行葦〉之不傷。」（《全漢賦》頁二五五）這些地方正是西周祖先創業的所在和戎狄雜處艱難奮鬥的遺跡。從上面這一連串出土文物看來，周人的發跡與《詩經》所記載絲毫沒有不合之處。過去有學人企圖推翻舊說，把周初的地名通通搬至山西，亦曾引起不少不同意見的爭論，面對出土許多文物，不知要如何解釋。經驗告訴我們，過於輕視文獻記錄，輕易立論，地下的證人會在你不知不覺之中自動地跑出來給以緘默的回應和不言而喻的嘲笑。

秭歸：屈原故里

靜靜的長江，依然擺出迂迴曲折的陣勢；後浪推前浪不停地吶喊，彷彿在對未來人們將要對她進行「整容」的措施提出抗議。完全逆料不到的是中秋節晚上的江面一片漆黑，月兒躲起來不肯露臉，像是蘊藏著某些沉重的心事。

輕舟剛渡過秋氣蕭森的巫峽，尚未到達西陵峽，便停下來，前面正是秭歸的碼頭。此際月黑風高，我們一面瞧著黯黯的江水，捫參歷井似地拾級而登，跑了個把小時，才看到「屈大夫故里」的石碑，旁邊又有「香溪王昭君故里」碑，不同時代人物的石刻，不知何故給人安放在一起，真是巧妙的安排。

這裏真的是屈大夫的故里嗎？記得有人曾向題匾的郭老提出三項質詢加以否定。我們不妨考查這一說的來歷。《水經注．江水》說道：

秭歸縣東北數十里有屈原舊田宅，雖畦堰縻漫。猶保「屈田」之稱也。縣北一百二十六里有屈原故宅，累石為屋基，名其地曰樂平里。宅之東北六十里，有女嬃廟，擣衣石猶存。故《宜都記》曰：「秭歸蓋楚子熊繹之始國，而屈原之鄉里也。」原田宅於今具存，指謂此也。

所記十分確鑿，袁山松是晉時宜都的地方官，所著《宜都山川記》經酈道元引述保存下這一段可貴的記載，他是柳宗元以前最有成就的山水遊記作家，以擅寫「挽歌」著名，他與桓玄來往討論「嘯」的美學意義的書札，在當時播為美談（文見《藝文類聚》卷十九）。他又說道：「屈原有賢姊，聞原放逐亦來歸，喻令自寬全，鄉人冀其見從，因名曰秭歸，即《離騷》所謂『女嬃嬋媛以詈余』也。」照他所說，秭歸一名取義於阿姐回歸，卻招來了酈道元的反駁，認為「恐非名縣的本旨」。

現在考之殷代卜辭，屢見「伐歸」的記錄，歸是地名，即古代的歸子國。這些可以證明漢末經學家宋忠（衷）「歸即夔」之說的可信性。歸子國殷代已存在，則山松「來歸」之說，自然屬於無稽。但秭歸之為屈子故里，晉時尚存有許多遺蹟，這一說事實應該溯源於晉代，絕不是後來的杜撰。

此地向來有不少楚國先王的陵墓。唐初魏王李泰的《括地志》說：熊繹墓在秭歸縣（賀次君輯本），宋陸游《劍南詩稿》：「歸州光孝寺後有楚冢，近歲或發之，得寶玉劍佩之類。」早已有人盜掘。近年於秭歸東七點五華里的鱷魚山遺址掘出大量文物，包括新石器時代大溪文化的陶器，商代遺物以及西周至戰國的遺址，在西陵峽附近發現且近百處，因此，考古家認為商人兵力自應及於三峽口夔子國地方，歸為殷代方國是可能的事。雖然熊繹的丹陽正確所在尚有許多不同說法，但春秋時候，夔子熊摯由於不祀祝融和鬻熊而為楚所滅（見《左傳》僖公二十六年），從秭歸地區出土兵器之多，可為佐證。「生長明妃」的香溪鎮，亦出了一把越王州勾劍。歸子國西境遠及於巫山縣，近時在三峽探測，楚文化最西可至雲陽的李家壩，這是考古最新的結論。

談到大溪文化，除了花樣豐富的彩陶紋樣和形形色色的陶器之外，以距今約六千年的楊家灣新石器時代大量出土共一百七十餘種刻劃在陶器上的符號，最令人矚目，揭開了原始文字的序幕。

楊家灣遺址位於西陵峽的南面宜昌縣三斗坪村，北臨長江，南依黃牛巖峰。袁山松描寫此處風景：「南岸重嶺疊起，如人負刀牽牛。此巖既高，加以江湍紆迴，雖途逕信宿，猶望見此物」，故有「三朝三暮，黃牛如故」之嘆。楊家灣遺址達六千平方米，文化層厚達三米以上，乃有這樣重要的刻劃符號出現，為文字起源提供新的篇章。我很幸運，翌日能夠在宜昌博物館接觸這批實物，親手摩挲，眼福不淺。有的與紡輪花紋很接近，有的記號似崧浦、吳城，可說是遠古夔越先人遺下的手跡。這些記號比殷墟文字早二千年，而且出於長江中游，足見文字起源的多元化，堪與山東丁公村各地相媲美，彎曲、迅疾的筆勢，似乎在表演出古文明的節拍，有些很熟悉，有些很陌生，還有待於深入的探索。

我在秭歸城遊覽，時間甚暫。可惜天色已晚，大家再沒有勇氣到屈原廟去走一趟。回到舟中，我寫了一首七律：

月黑能來問水濱，當年戰伐跡猶新。
嘗從騷賦開天地，尚有豐碑動鬼神。
江漢寂寥雲漠漠，女嬃婞直話申申。
大溪文字倉沮業，點綴河山在比鄰。

目前三峽工程正在積極進行之中，已引起許多搶救與保護文物的呼籲。據説工程完成以後，水位將上升一百七十五米，作為屈原故里的秭歸，地面及附近一切古蹟，將全部淹沒。萬一屈子魂兮歸來，臨睨故鄉，不知作何感想！人為的滄海桑田，恐怕無法制止女嬃嬋媛的眼淚和解去她綿綿無盡的惆悵。

關聖與鹽

我於一九八一年參加太原古文字學討論會，接著於山西各地作漫長一個月的旅行，跑了許多地方，給我印象特別深刻的是在解縣瞻仰關帝廟。該廟規模宏偉，一座古廟幾乎等於一個城池，周圍古柏蒼翠，主殿名崇寧殿，高三十米，豎立蟠龍柱子共廿六根，真是「海涵地負」，氣象萬千。他出生地的常平村去運城南二十五公里，那裏又有關帝祖祠，亦有崇寧殿和娘娘殿，祀關夫人胡氏及其祖先。

我在運城住過一夜，記得年輕時暗誦洪亮吉〈出關與畢侍郎（沅）牋〉寫他展視好友黃仲則殯於此地，句云：「朝發蒲阪，夕宿鹽池，陰雲蔽虧，時雨淩厲。」我於鹽池參觀碑刻的時候，天氣陰霾無精打采，寒風習習飄客衣，不免與稚存有異代蕭條的同樣惆悵與鬱結。一九九三年十月號《明報月刊》慷烈兄大談關羽。我的另一外國朋友俄羅斯的李福清（B. Riftin），他專門研究關公傳說，寫了不少文章，我問他有無到過解縣？他說沒有。其實關公起家全靠顯威靈於其家鄉的鹽池，現在讓我試作一點補充。

運城在宋代是一個重要產鹽區，其時和安邑同屬解州管轄，著名的「解鹽」即產於此。《宋史．食貨志》

說：「天下之賦，鹽利居半。」「引池而成者曰顆鹽……解州解縣安邑兩池，（宋真宗）乾興元年，歲入才二十三萬緡。」一九八七年，在安徽宿縣出土一方宋苗正倫墓誌，其中有一句話說：「仁宗朝，三司薦公監解州安邑縣之鹽池，鹽利富饒，號為天下最。」（影本見安徽《文物研究》第五輯）可見解鹽出產量的豐富。

關公自漢季至隋，被人冷落了許多年。到文帝開皇十二年十二月，忽然與天台智者大師拉上關係。時智者在荊州當陽的玉泉山準備建寺，他在大樹下入定，乃有具王者威儀的美髯公和一位秀髮青年出現於面前，願意驅役鬼神，助他立廟來護持佛法，七日以後，師出定，居然巍峨煥麗的棟宇亦落成了。南宋僧人志磐在《佛祖統記》卷六有繪聲繪影、離奇怪誕的描寫（《大正藏》四十九冊頁一八三），這即是《三國演義》中「玉泉山顯聖」故事的由來。

宋徽宗政和中，關公又表演一齣活劇，和蚩尤發生大戰。關漢卿筆下的關羽，由於同宗大劇作家的捧場，他的名字更加「不脛而走」。明人雜劇中有《關雲長大破蚩尤》，已收入脈望館抄校本《古今雜劇》中。劇的開頭出台角色有范仲淹及呂夷簡，查范氏死於紹聖時，編劇的人不管年代先後，隨便調兵遣將，是有問題的。這是徽宗政和時期的故事，當日由於解鹽敗課，朝廷沒有鹽可登，皇帝道君詢問第三十代天師張繼先——他是在崇寧四年被加號曰靖虛真人的。張天師答道：這緣於蚩尤神暴為祟。道君問：「誰能勝之？」他說：「我已委派值日關帥驅風雨剪除蚩尤去矣」！已而州報：大風偃木，鹽池恢復如初。後人因此而撰寫這一雜劇。王世貞在《弇州續稿》記其事，加以考證，謂「《黃帝經》序曰：『黃帝殺蚩尤，其血化為鹵，今之解池是也。』蚩尤之主鹽池，蓋數千年。」其時因長洲畫家尤求特為繪畫《關將軍四事圖》，故撰此文來表揚這畫作的特色。解縣又有一座「三結義廟」，萬曆二十四年建。明雜劇中別有《劉關張桃園三結義》，第一折即說道：「……常將武藝頻習練，喜看春秋左傳書。某姓關，名羽……乃蒲州解良人也。」關公是在萬曆四十二年被封為「三界伏魔大帝」，所謂魔即指鹽池之蚩尤。「大破蚩尤」雜劇後面有萬曆四十三年清常道人題記，正在被封為帝君之後。如果沒有鹽池一役，關公的地位就不會如是崇高。他終於回復了鹽池的經濟價值，使國家的稅收，可以維持原狀，打這一場仗，主要的關鍵就是為著鹽的爭取，鹽的價值為他塑造出「協天護國」的美號，這樣說明關聖之所以為聖。神是人為的！同時亦是功利的！

關公在宋時封王，嘉靖十年稱漢壽亭侯，萬曆十八年纔加封「協天護國忠義帝」，勅解州廟名英烈。四十二年十月，乃有「關聖帝君」之號。他步步高昇，由王進而稱帝，由於明廷崇信道教，故有此尊號。但他初時在玉泉山驅役鬼神建廟，卻是與佛教結緣的。總結來說，他死後一派好運，先後取得佛教、道教的雙重渲染，扶搖直上。可見一位能夠給人作為崇拜對象的神明，亦要經過無數層累造成的歷史步驟，縱使昇遷亦不是那麼簡單！

玉泉山，關陵

近時因湖北博物館的邀請，與利榮森先生等由重慶，沿長江而下同遊三峽，經宜昌至荊州、武昌。飽覽峽中各個不同的風景點和文物古蹟，使我真正享受了一次「文化之旅」。

在當陽縣途中，地方觀光機構特別強調長坂一處，即《三國演義》趙雲救阿斗的地方。考《水經·沮水注》卻說：「長坂即張翼德橫矛處。」但現在當地可看到的只有清末、民國兩碑，分明是後人製造出來的古蹟，沒有甚麼看頭。倒是玉泉山的古剎，沒有受到現代無謂的粉飾，艸樹暢茂、水木清華，作為歷史上知名度極高的大叢林，還保存它的本來面目，清靜寂謐，更足令人流連忘返。

玉泉山亦因《三國演義》渲染關公顯聖所在而喧嚷於世，婦孺皆知。民間傳說謂：山側涓涓的珠玉泉，不是因為「水懷珠而川媚」，而是相傳看作關公流出的眼淚，竟成為他顯聖的見證。令人矚目的是山下清代學者阮元的隸書石刻「最先顯聖之地」幾個大字。又小注云：「玉泉顯聖見唐人碑文。嘉慶二十三年阮元敬題。」另一石刻云：「關雲長顯聖處。萬曆丙辰，當陽知縣今陞建崇府同知李一陽。」丙辰是萬曆四十四年

（一六一六），關公已受封帝號，這位卸任的地方官立石，竟直呼其字，真是無禮之至！顯聖之事，其實遠在羅貫中之前，乃出於佛家記錄，一般人所未知。宋咸淳間，志磐撰《佛祖統紀》卷三十九〈法運通塞志〉言：「隋開皇十二年十二月，智者禪師至荊州玉泉山安禪七日，感關王父子神力，開基造寺，乞授五戒，師入居玉泉，道俗稟戒聽講五千人。」同書卷六〈智者本傳〉記載尤為詳盡。智者即智顗，被列為東土九祖的第四位祖師。智者門人、著名的天台大師灌頂，著有其師〈別傳〉，文載《大正藏》史傳二，則略而不及關羽此事；志磐自稱「取玉泉碑以補其闕」，阮元謂出唐碑文，即指此也。

與玉泉寺相去不遠有關陵，俗傳為關公葬身處。今覈其實，後園有碑云：「漢壽亭侯墓，勅守巡荊西道王、鄧題，萬曆丙子夏日立。」丙子是萬曆四年（一五七六），其墓題名原是「漢壽亭侯」。記得我在南澳看到的萬曆十一年南澳副總兵于嵩所立關廟，亦見潮州府海防同知何敦復撰碑〈漢壽亭侯祠記〉，文中記戚繼光戡定吳平之前，夜夢赭面美髯偉丈夫相助，故立祠以祀之。是時關公仍稱漢壽亭侯，要到萬曆十八年方才加封協天護國忠義帝號。關陵本稱漢壽亭侯墓，立於萬曆丙子，其時關公尚未陞帝座，竟稱之為關陵，應是後來清人隆祀後所加上的尊稱。關陵入門有神道碑，乃道光時官方所立，官銜稠疊，並書清世諸帝逐次加封等號，可見關陵一名很不符合明萬曆立墓時的背景，原是不妥當的。關公被擒的地方據說是章鄉。《水經·漳水注》：「南歷臨沮縣之漳鄉南，昔關羽保麥城，詐降而遁，潘璋斬之於此。」《通鑑》六十八云：「吳馬忠獲羽及其子平於章鄉，斬之。」（標點本頁二一七零）其地所在，年遠代湮，不易確指。洛陽的關林，欲和孔林比肩，代表文、武兩種不同觀念，還有道理。當陽的漢壽亭侯墓（衣冠塚），升級而名曰陵，不免有點過分。現時「關陵」之稱，其實出於史誤。許多古蹟往往由「史誤」累積歪曲而造成，不易澄清，已是司空見慣之事！

智者大師是隋代天台宗開宗的龍象，其本山原在浙江天台山的國清寺，今存有隋梅一株。其後智者再在荊州創立玉泉寺，大堂前面至今屹立著大業時鑄成的巨鐵鑊，上鐫：「隋大業十一年歲次己亥十一月十八日，當陽縣治李慧達建造鑊一口，用鐵今秤三千，永充玉泉道場供養。」隋鑊和隋梅，異地可相媲美。玉泉寺的寶物除此之外，又有題「寶輪王觀音摩訶薩」石刻線繪，傳聞吳道子筆，無從稽考。瓔珞衣摺，線條極為高古，當出唐代高手則無問題，可惜沒有好好保護，損壞地方甚多。還有北宋郝氏鑄造的鐵塔，規模宏偉，現正拆下來修理。上述三者合稱為玉泉三寶，這麼重要富有歷史性的叢林，現僅有僧眾二十人，比之志磐所記智者大師開基時，道場四眾就有五千人，今昔衰盛，何其寥落至是！唐代大通禪師神秀墓正在附近，神秀於儀鳳中始隸玉泉，後別起楞伽孤峰創度門寺，神龍二年示寂。今讀大手筆中書令張說所製碑文，記當時在龍華寺設大會八千人，度二十七人，旛花百輦，香雲千里。唐時沙門被王者之禮敬，古所未有，胡適於神會獨情有所鍾，編著《神會和尚遺集》，可惜他未能到當陽瞻仰玉泉林麓的化域。我又向當地文物界建議，應該將玉泉寺與國清寺聯結一起，發揚《法華經》的義諦，扶桑僧人自然會來此參拜，光是創價學會一派，便有無數信徒前來觀光，何患香火之不盛哉！

這次旅行，可寫的題目甚多，未遑下筆。日前忽接俄羅斯李福清教授自台灣來信，告知他正在編寫關帝文獻目錄，令我聯想起玉泉山和關陵，因草此文，寫出我觀察所得的一些看法，他旅華時足跡遍及南北，惟未知曾到過當陽否？

新加坡五虎祠：談到關學在四裔

今日的新加坡，經濟蓬勃，為現代化十分成功的國家，居四小龍之首。迴溯開埠以前，華路藍縷以啟山林。一八一九年萊佛士（Raffles）最初登陸，據説由台山人曹亞志（一作珠）冒險帶路，英人酬以加冷河（Kalang River）畔叢林之地，曹氏在該處建祠，號曰曹家館。另該河峨嘈地區的 Lavender 街，有一座小廟，俗稱社公廟，亦名五虎祠，裏面奉祀約百多位神主，神龜祭壇分為五列，柱上刻寫「志明義士」、「待明義士」、「候明義士」等字樣。在廟宇之前，站著綠葉成陰的大樹，復有石馬，香爐兩傍雜祀諸神像，有關公、伯公及大聖、包公、觀音，很像古代所謂叢祠，故被稱為社公廟。這廟的歷史向來無人注意，扶桑友人田仲一成研究，認為奉祀諸義士的秘密會社，為義興公司的前身。星洲檔案館莊欽永仔細考察，利用檔案及碑銘材料，考出其中神主義士，像許戊芝，代理過綠野亭首事，張族昌、余增涌是茶陽會館副理，林亞泰是潮郡義興首領，想不到這座社公廟對移民史關係這麼重大。古藤蛛網還懸掛著先代拓殖者辛酸的淚痕與血跡；可惜經過頻年城市綠化的洗禮，這古廟在坡面的歷史上的重要性，久已給人忘記了。

這廟中所有神主都標識義士的徽號，廟祀以關公為首。關公在海外的秘密會社成為忠義的表徵，似乎和滿洲人有點淵源。

滿洲入關，繼承明代的祀典，對關公崇祀益隆。在未入關以前，《三國演義》一書已由達海譯成滿文。（《清史列傳》卷四：「達海……奉（太祖）命譯《明會典》及《三略》（在天聰以前）……六年三月，詳定國書字體，六月卒。時方譯通鑑、六韜、孟子、三國志、大乘經，未竣而卒。」）其時小說和兵書都是滿人翻譯的對象，《三國演義》的英雄事略，亦是滿人學習作戰的參考憑藉。順治入關後，對關公更加重視：

> 順治二年乙酉五月甲午遣官祭關帝君。（《實錄》卷一六）
>
> 三年復祭。（《實錄》卷二六）
>
> 九年，於解州關聖廟敕封忠義神武關聖大帝。（《山西通志》卷一六七祠廟）

清人似乎利用關聖忠義勇敢犧牲的精神來鼓勵軍隊加強「巴圖魯」的戰鬥力量。歷代對關帝都加上封號，康熙五十七年十月書「義炳乾坤」匾，懸於解州廟殿內。乾隆三十三年加封靈佑；嘉慶十八年加封仁勇；道光八年加封威顯；咸豐二年加封護國。可見有清一代對關聖的隆典。

滿洲人家供奉神板（在正室西牆高處），所供之神是關聖、馬神、觀音大士三神，但空其位（見《道咸以來朝野雜記》）。坤寧宮中每日朝夕分祭之神，朝祭有三：（一）釋迦牟尼，（二）觀世音菩薩、（三）關聖帝君（孟森《明清史論叢》頁五一四），其《鄰河（葉赫）伊拉里氏跳神典禮》跳大神所祭者即為關帝（見《啟功叢稿》頁一七七）。滿人把關公與佛祖、觀音並列。北京雍和宮（喇嘛廟）其中亦有關帝殿。由於自萬曆以來關公已被公認為伏魔聖君，故特別被重視，道教佛教都和關公拉上關係，道教經典裏，居然有《關聖帝君本傳年譜》收入《道藏輯要》之中。

時代越後，捏造的傳說越多，越來越複雜，關漢卿決沒有想到他所突出的關羽，足跡竟能遍及海內外，連新疆、蒙古亦有關帝聖跡出現。西方學人近時引出關公熱來，有人籌措一筆基金欲專為關公廟宇作調查工作，華人足跡所及之地，幾乎無不有關帝廟。我看過李福清寫的《關公傳說與關帝崇拜》一文所述，其傳播之廣，令人吃驚，關學在四裔，逐漸為人所注意，已有點像「紅學」了，真是一門無中生有的學問。

新加坡五虎祠的「義士」觀念，自然亦是受到關公的影響，所以，我在此再作一點補充。[1]

1 按，可參看《亞洲文化》第十八期，莊欽永：《新加坡社公廟神主考》（一九九四年六月）。

由Orchid說到蘭

新加坡最吸引人的植物，莫如orchid了。人們賜予她以嘉名，呼為胡姬；從這個稱號看來，好像把美人的名用之於香艸。可是胡姬花的特點，以色而不以香；和中國人所愛好的蘭，號為「王者香」，似乎是兩樣不同的風格。記得龐德（Ezra Pound）的詩句有云：

Drifted ... drifted Precipitate, Asking time to be rid of ... Of his bewilderment; to designate
His new-found orchid. ...[1]

這詩最後一行，提出要new-found的orchid。在甚麼地方才可找到如龐德所說新的蘭花呢？我想不如向

1 Mauberley II, *E. Pound, Selected Poems*, P.168.

古人的園地中去尋覓，這樣使我聯想起中國古代的蘭。

中國的蘭花，自古以來，即被歌頌著。屈大夫說過：「春蘭兮秋菊，長無絕兮終古。」琴操有《猗蘭》，相傳孔子過隱谷之中，見鄉蘭獨茂，與眾草為伍，傷其如賢者之不逢時，故作此操。梁末，會稽人丘公明，隱於九嶷山，妙工楚詞，對幽蘭一曲，尤為精絕。《碣石調·幽蘭》一譜，即由他流傳下來，舊寫本現藏日本[2]。繪畫史上蘭的名作，要算宋季鄭思肖所繪的蘭，現存於大阪。寥寥數筆，不著地坡。充分表現他的民族意識。昭明太子云「蘭之生谷，雖無人而猶芳」（〈陶淵明集序〉），拿蘭來譬喻陶潛清高的人格。畫家寫蘭，有時象徵孤芳自賞的心情，金壽門題鄭板橋的墨蘭詩云：「苦被春風勾引出，和葱和蒜賣街頭。」暗示士不遇的感喟，這是很被人傳誦的名句。

以蘭花入畫，未知起於何時。南宋初鄧椿的畫繼（卷三），說到他本人曾於李驤家中，見過米芾一幅夜遊潁昌西湖所作的畫，「乃梅松蘭菊，相因於一紙之上，交柯互葉，而不相亂」，「實曠代之奇作」。這是以蘭入畫的較早記錄，應是一般所謂「四君子畫」的前驅。（後人言四君子，取「竹」以代「松」。）南宋後期的楊無咎（補之）、趙孟堅（子固），畫蘭都是能手。趙氏寫有蘭譜卷，說道：

2 碣石幽蘭，另有《古逸叢書》本，《琴學集成》本。

愚向學補之筆法，數載後，承友人攜至花光蘭蕙各一本，並藏之久矣。每臨窗揮寫，日不暇食。然蕙一幹七八頭，蘭一木一花，有秋蘭亦類蕙五七花者。[3]

如其所言，墨蘭的畫法，可追溯至北宋的花光和尚。花光即以寫墨梅著名的仲仁。[4]他和黃山谷是極好的朋友。山谷集中有花光為其作梅七言排律。花光把蘭與蕙分為二種，似乎和山谷的見解不無關係。山谷寫過「蘭說」一篇，文云：

蘭生深山叢薄之中，不為無人而不芳。含香體潔，平居與蕭艾同生而不殊，清風過之，其香藹然，在室滿室，在堂滿堂，所謂含章以時發者也。然蘭蕙之才德不同，蘭似君子，蕙似士夫，槩山林中，十蕙而一蘭也。……至其發華，一幹一華而香有餘者蘭，一幹五七華而香不足者蕙也。[5]

分別一幹而一華者蘭，一幹而五七華者為蕙，與趙子固所述花光的蘭蕙，如出一轍。

3 趙氏蘭譜。載《南畫大成》。清王概《芥子園畫譜》二集中〈青在堂畫蘭淺說〉畫法源流一節謂畫墨蘭自鄭所南、趙彝齋。故宮博物院藏明周天球《墨蘭卷》，畫蘭花分十段，題識極多。

4 仲仁，會稽人。住衡州花光山，以墨暈作梅，見夏文彥《圖繪寶鑑》卷三。

5 山谷蘭說，洪興祖《楚辭補注》引之。

〈離騷〉言「滋蘭九畹，樹蕙百畝」；司馬相如〈子虛賦〉曰「蕙圃衡蘭」，將蘭蕙分開。蕙是薰草，為唇形植物。顏師古註謂：「蘭即澤蘭」，乃屬菊科。《詩．溱洧》：「士與女，方秉蕑兮。」蕑即是蘭。[6]《楚辭》的蘭，註家多以澤蘭說之，如謝翱的《楚辭芳草譜》[7]，即其一例。山谷〈蘭說〉亦引《楚辭》為證，朱子獨非之，著其說於《楚辭辨證》，略謂：

本草所言之蘭，雖未之識，然亦云似澤蘭，今處處有之。蕙則自為零陵香，尤不難識。其與人家所種，葉類茅而花有兩種如黃說者，皆不相似。……其非古人所指甚明，但不知自何時而誤耳。[8]

《詩經》的蘭，《楚辭》的蘭，都指澤蘭，乃屬於菊科之蘭草，即 Hemp-agrimony[9]，其香在莖葉，故可紉而佩之，今之春蘭，香在花而不能佩。山谷所指及花光所寫之蘭，則是春蘭，原屬蘭科，二者釐然大有分別。

蘭的地位，被人抬高，和屈原似有深切關係，宋人開始寫蘭，亦與宋時楚辭學的發展不無因緣，吳仁傑

6 詳陸文郁《詩草木今釋》六四「蕑」條。
7 謝翺書有《香叢書》本。
8《楚辭辨證》據影宋端平本。
9 參 *The Pictorial Encyclopedia of Plants and Flowers* 圖五二七。

著《離騷草木疏》一書，即隱寓薰蕕異臭之旨。[10]仁傑為淳熙進士，朱子之門人。[11]朱子註離騷，同屬此時，二人的用心略同。惟仁傑書仍採山谷之說，對於蘭之為澤蘭異於春蘭，仍未能深辨。

蘭譜之書，《群芳譜》所引，不一而足，此外王寅《蘭譜論》寫葉之法，須合剛柔，陳逵墨蘭譜，舊說有鳳眼螳肚諸名色，文人墨戲，寧拘成法。[12]清季許鼒龢著《蘭蕙同心錄》，舉常州屠氏（用寧）有《蘭蕙經》，餘姚黃氏有《蘭蕙譜》等書，余皆未見過。許氏之書，詳其品目，皆屬春蘭。又備述種蘭養花經驗，更為難得，惟題曰「楚騷遺韻」，仍蹈前人之習。[13]自花光和尚以後，畫家寫春蘭，而題以離騷紉蘭和香草，把蘭科的春蘭與菊科的澤蘭，誤混在一起。可謂不辨菽麥。如果有人圖繪星洲的Orchid而題上滋蘭九畹一類詩句，豈不笑破肚皮。春蘭之認作澤蘭，習俗積非，至今不改，雖有朱子糾正於前，李時珍指摘於後，至吳其濬亦把這一問題，交代得很清楚。[14]可是寫蘭的人仍然不去理會，豈非藝術與求真二事完全脱節，這是需要再行澄清一下。寫蘭和寫竹，已成為中國畫的一個重要傳統，大家已慣寫春蘭，在藝術本身自有它的獨立價值，可是題句，似乎不妨加以斟酌呢。

10 參不足齋本，鮑廷博跋及拙作《楚辭書錄》。
11 見《宋元學案》卷六九。
12 余紹宋《畫法要錄》二編卷九。
13 《蘭蕙同心錄》一書，光緒十七年景寫本，新加坡大學中文圖書館藏。
14 《植物名實圖考》卷二十五及長編卷十一之「芳草」蘭草條。

謝客與驢唇書

雁蕩、武夷、丹霞是同一類型的名山。武夷以清邃勝，雁蕩以奇偉勝，丹霞與之相比，已是小巫見大巫了。我和雁蕩山結過兩度遊屐因緣，首次是從天台來樂清，第二次則從溫州再探大龍湫。今之溫州本漢會稽東部，晉太寧中於此置永嘉郡（《元和郡縣志》），由於謝靈運而著名，故東坡句云：「能使江山似永嘉」。謝靈運的名字和永嘉是分不開的。謝靈運於劉宋永初三年出任永嘉太守（他有〈永初三年七月十六日之郡初發都〉詩記其事）。肆情於山水，他期望「資此永幽棲」，果然留下了許多好詩和勝跡，溫州城內的謝公宅、江心亭即因為他的警句「池塘生春草」、「孤嶼媚中川」而來的。他的祖居始寧墅在會稽（紹興），他復喜歡和高僧輩歷遊嶀、嵊名山，在浙東都有他的足跡（曇隆就是其中一位，見他寫的〈曇隆法師誄〉），他究心佛乘，〈辨宗論〉便是他最有代表性的名作。

謝客的學問是朝多方面發展的，長期以來成為漢學研究的一個重點題目。一九九一年十一月，溫州市舉辦「謝靈運與山水文學國際研討會」，我在發言中指出謝客的學識最特出的是他對梵典梵文的認識與學習精神。他的著作有一篇叫做〈十四音訓敍〉，討論梵語字母的文章，本已失傳，幸得日僧安然在《悉曇藏》一書中幾處引用宋國謝靈運的零碎說話，可窺見一斑，有趣的是他談及佉樓書。他說：

……胡書者，梵書道俗共用之也。……胡字謂之佉樓鑿，佉樓鑿者，是佉樓仙人抄梵文以備要用。譬如此倉、雅、說、字，隨用廣狹也。……

佉樓鑿是梵語 Kharoṣṭhī 的漢譯，原由 Khara（驢）與 Oṣṭha（唇）二字組成——毛驢的嘴唇（變為陰性語尾 ī）。它是古代印度一位仙人的名字。印度經典最早談到 Kharoṣṭhī這個名字是三世紀的 *Lalitavistara* 一書，漢譯稱為《普曜經》。《佛本行集經》卷十一說佛為太子時和他老師的對話，言及六十四種文字中的「梵天所說之書、佉盧虱吒書」，是經有隋時闍那堀多譯本，在佉盧虱吒書下面註云「隋言驢唇」。梵天所說的書即是指 Brāhmī 文，現稱婆羅謎文。梵書右行，而佉樓書則是左行。梵書是印度河流域早期通行的文字；驢唇書事實上是屬於閃族語系阿拉美文（Aramaic）系統，所以左行，和波斯、阿拉伯文一樣。它是貴霜王國流行的一種文字，創始於波斯統治下的犍陀羅。公元二至四世紀，新疆境內尼雅、樓蘭、和闐等地都曾使用過這種文字。近時中日合作在尼雅遺址發現墨書佉樓文木簡三十片，即為明證。

把 Kharo 譯作佉樓，現在看來，應以謝靈運為最先，以後梁僧祐（《出三藏記集》、唐吉藏《百論疏》、玄應《一切經音義》）等都沿用著。謝靈運何以懂得梵文？據説是得自慧睿。《高僧傳》説：「睿師曾行蜀之西界」，後「遊歷諸國，乃至南天竺，音譯詁訓，殊方異文，無不……曉……俄又入關，往什公（鳩摩羅什）諮稟。後適京師，止烏衣巷。」安然引謝靈運云：「諸經胡字，前後講説……故就睿公是正二國音義。」這證明慧叡南來居住於烏衣巷，謝即從他問業。可見謝公的梵文知識是有淵源的！《普曜經》在三國蜀時有譯本，現已失傳，只有「隋譯」，慧叡到過蜀地，很可能亦見到蜀譯本。西方學者研究驢唇書的人很多，大都採用唐時僧人的著作像《法苑珠林》之類，《珠林》資料的來源，以前我在印度曾著文討論（參看拙著《梵學集》頁三八零）。國人專門研究佉盧文的有林梅村氏，翻讀他的新書《沙海古卷》，他在導論中説道：「我國旅行家、僧人、翻譯家的著述譯述中，留下不少有關佉盧文的記載，最早提到這種文字的是梁僧佑（按應作祐）《出三藏記集》的〈胡漢譯經音義同異記〉。」他沒有注意到謝靈運之説，故認梁僧祐為最早，那是不對的。

記得熊十力書中非常反對人學習梵語，我則認為多懂一點他國語文，自然比不懂的好。以謝公的地位，尚有餘暇向僧人請教，研究一點西域語文，進而加以論述，這種求知精神很值得後人的尊敬。從世界關於驢唇書的記錄來看，印度的《普曜經》之外，就現存資料而論，謝靈運是中國人中談及驢唇書的第一人，又是第一個懂梵文的中國詩人，光這一件事就很了不起，是值得加以表揚的。

《詩品》記謝公幼時名曰客兒。以前我在香港古玩舖見過青瓷杅底部巹書「客兒」二字，該物嘗在廣東文物展覽會展出，或即謝客遺物。原物現不知下落。

溫州因謝客而著聞的事情很多，溫州雜劇、書會的歷史尤為舉世所矚目。溫州城北甌江中一個小島，上有禪寺，因謝詩而名為中川寺，元時稱江心寺。早在至元二十八年（一二九一），已曾演出有名的《祖傑戲文》，情節震動一時。祖傑即是江心寺的僧人，他的故事詳見周密的《癸辛雜識》和劉壎寫的《義犬傳》，這可能即是宋元間所謂「九山書會」在當日上演的名劇，後來演變成為昆劇的《對金牌》。由於江心寺一名取自謝詩故附帶提及，以供談助。

武夷山憶柳永

武夷山是橫亙贛閩兩省的「屋脊」山脈，縱橫五百里。蕭子開的《建安記》說：「武夷山高五百仞。巖石悉紅紫二色，望之若朝霞。」他引用陳時顧野王的話：「謂之地仙之宅。」末云：「半巖有懸棺數千。」（見宋本《太平御覽》地部卷四十七）不免有點誇大。據實地調查，九曲溪的三曲四曲為現存懸棺集中之處。武夷地區近年曾有一批船棺出土，成為該地吸引遊人矚目的新事物，說明武夷是古代東南綿延到長江一帶懸棺葬文化分布的重要區域。《陳書．野王傳》云：「年十二，隨父（烜）之建安，撰《建安地記》二篇。」他年輕時候，親到武夷遊覽，言之鑿鑿。

先代地志已注意到懸棺的重要性，為今日人類學家導夫先路。

武夷山因武夷君而命名，武夷山君，始見於《史記》：〈封禪書〉中說當日「用乾魚祭祀」，故有人給它別名為「漢祀山」。流行南朝的地券，廣東出土很多亦稱作武夷王（像宋元嘉十九年〔四四二〕地券，上面記著：「地下二千石、安都丞、武夷王。」參看《廣東出土晉至唐文物》圖五八）。後代的地券，或稱為

「地主武夷王」，可見顧野王謂武夷君為「地仙」一說之有來歷，地仙與地主，正可互證。

以上把「武夷」名稱的歷史說了一番。我遊武夷到崇安，知道朱熹父親朱松的墓在中峰寺之後，中峰山是武夷山群之一，「一峰奇秀，特出眾山之表」。亦名寂歷山，因松詩句「鄉關落日蒼茫外，尊酒寒花寂歷中」而得名。（見何喬遠《閩書》）中峰寺即在山麓。唐景福元年（八九二）建。寺在今崇安縣東三十里的上梅里，這是柳永的故鄉。柳永一生留下來的詩只剩三首，有七律詠中峰寺，句云：「猿偷曉果升松去，竹逗清流入檻來。」這詩可能是他少年時在崇安所作的。他的詞集裏面，〈巫山一段雲〉五首，中有「六六真遊洞，三三物外天」、「幾回山腳弄雲濤」幾句，有人懷疑是詠武夷山，但很難確定，因為五首是聯章為頌壽之作，言及「蕭氏賢夫婦」不知是誰人？又句云：「一曲雲謠為壽」，使我聯想到敦煌石室所出的唐季五代初年寫的《雲謠集》一書。

柳永詞集叫做《樂章集》，其中長調最多，有的詞牌，像〈鳳歸雲〉、〈內家嬌〉、〈傾杯樂〉等等，都見於《雲謠集》。以前冒鶴亭翁曾將柳詞與《雲謠集》合校，說明相同的地方，他斷言《雲謠集》應在柳詞之後，為北宋之物。是說曾引起許多的非議，雖然不確，但二者之間關係如何卻很值得研究，我懷疑柳永可能看到《雲謠集》的。他在太常令任內，必定見到許多曲譜、舞譜之類，所以在北宋詞壇到他手上突然有大量的長調詞牌出現。以《天中記》一書著名的明代確山（朗陵）陳耀文，從《西遊記》作者吳承恩的另一著作《花草新編》再加以補充擴大，輯成《花草粹編》一書，共十二卷，收詞三千二百八十多首，其中柳永的長調，還有許多新材料，有待專家去整理研究。（吳熊和據《花草粹編》的〈早梅芳〉下注「上孫資政」，考出〈望海潮〉所贈人物是杭州孫沔，不是孫何，即其一例。）柳永在北宋詞史上實佔有極重要的承先啟後的地位。晚近詞學界研究柳永大有其人，重點大都放在他的生平事蹟的考證，已有許多創獲，友人羅慷烈兄著《話柳永》一書，可以作一總結。

崇安柳氏於南唐北宋之間是一大望族。柳永原名三變，他的大哥、二哥為柳三復、三接，三接亦曾官太常博士（見胡宿《文恭集》卷十五〈柳三接可太常博士制〉）。兄弟三人皆工文藝，時號柳氏三絕。柳詞在當日影響尤大，遠及西夏、高麗，人所共悉。在北方金人統治下，頭梳三髻的全真教主王重陽，活動於陝西、山東一帶，他寫出大量的講修鍊倚聲的新作，自言「《樂章集》，看無時歇」，「詞中味，與道相謁。」一句分明便悟徹。耆卿言曲。楊柳岸、曉風殘月。」（〈解佩令〉其序云：「愛看柳詞，遂成。」）可見柳詞的吸引力。宋仁宗所深斥的「浮艷虛薄之文」，被王灼譏為「淺近卑俗」、「聲態可憎」的柳詞，在「修行超越」、「逸性攄靈」的苦行道教宗主的「活用」之下，竟成為證道的慧光仙格。文藝欣賞由於主觀不同角度，其差距真是不可以道里計的。

柳永家於崇安，其先人遷到崇安定居的柳崇，是他的祖父，家於金鵝峰下。人稱為建溪處士，建溪又名崇溪，我從江西來建溪，流連久之。何喬遠《閩書．英舊志》有柳永小傳，引歐陽凱贊之曰：「錦為耆卿腸，花為耆卿骨。名章雋語，笙簧間發。」又王元澤云：「賴有《樂章》傳樂府，落落驪珠照今古。」此二家評語，向未見人引述。用錦來喻他的詞藻，以花來比他的詞心，恰如其份。感於近十餘年來，詞人被作為學術界的討論對象，以李清照、辛稼軒最為熱烈，而柳三變則無人過問，似乎應該加以提倡，方纔公道，故敢著文為作不平之鳴。

朱子晚歲與考亭

我以前遊武夷，是從江西經崇安入山的，最後到了建陽，大雨滂沱中，在「考亭」石牌坊下躑躅流連很久。宋理宗親筆書「考亭書院」橫額四字猶存；題額前後有嘉靖十年及「分巡建寧道僉事仙居張儉立」字樣，説明是明代重修。考亭在建陽西三桂里玉枕山麓，舊時書院樓宇已蕩然無存。現僅剩田地一片，猶令人低徊留之不願離去，有它特殊的吸引力。

朱子自十四歲奉母由尤溪來居「五夫里」，五夫里在今崇安縣，現尚有鵝卵石鋪成「朱子巷」。武夷去五夫里約八十公里，隨時可以遊憩。淳熙十年（一一八三）朱子開始建武夷精舍於此，作〈武夷櫂歌〉十首以讚詠之，後來有陳普者為之注，流播甚遠，日本且有刊本（見《佚存叢書》）。考亭原是南唐時侍御黃子棱所建以望其親之墓，故有此名。（周亮工《閩小記》自稱宿麻沙，見朱氏家譜載有此説。）朱子父親韋齋甚愛其地，謂「考亭溪山清邃，可以卜居」。朱子乃於紹熙三年（一一九二）六月遷居於建陽是地，所以成其父之志。並名新居為紫陽書堂，內建清邃閣，以祀先聖，兼以思親。清邃二字有極深的寓意：「天得一以清」（老子），「清」言品格之高；「舊學商量加邃密」，「邃」指功力之深。「清」是極高明尊德性的事，「邃」是盡精微道問學的事，朱子之學，兼有兩者，故這二字無異即「夫子自道」。

建陽書坊的刻版事業十分發達，所謂「建寧麻沙，號為圖書之府」（祝穆《方輿勝覽》）。麻沙鎮離建陽不過卅公里，刻本向以「麻沙本」著稱，當日是南方一出版中心。嘉靖《建陽縣志》中的〈書坊書目〉開列書名三百八十二種，朱子的著作即佔一相當數字。朱子講學之外，亦兼營印務，由其子埜和門人林用中（擇之）負責。出版有《武夷精舍小學》，很像教科書之類。對於朱子刊書的事業，張栻卻頗為反對。及卜居建陽以後，他仍不斷經營，他的著作、講義，很快便可以印行。大部頭的書像《通鑑綱目》達五十九卷，閩北很早就有印本。朱子卒於寧宗慶元六年（一二零零）三月初九日。在此以前一年，他在建陽印刻他最後一次修訂的《四書集註》，其弟子王晉輔又在廣南印行他的文集。朱子晚年雖然飽受政治上的挫折打擊，但學問上的成就與出版事業很能相配合，由於移住建陽，實際上取得很大的方便。有人說他有感於趙汝愚罷相的事而著《楚辭集註》，我認為此書應在一一九三年他任潭州荊湖南路安撫使時便已著手。（趙希弁云：「公之加意此書，則作牧於楚之後也」，其說甚是。）《楚辭集註》成稿，朱子即商量以小竹紙草印一本（見《文集》六四〈答鞏仲至書〉），想必交建陽書坊付刊。但現在所知《楚辭集註》要到朱子死後，嘉定壬申（一二一二）才有刻本（原題曰《悔翁集註》，北京圖書館藏）。

朱子居考亭，在落職罷祠以後，喜歡著野服。江西人張世南在《遊宦紀聞》中記朱子有〈客位榜〉一文，稱「近緣久病，艱於動作，詘伸俯仰皆不自由……輒以野服從事，然而上衣下裳，大帶方履，比之涼衫，自不為簡」。又說「滎陽呂公（今按：指呂夷簡）嘗言京洛致仕官，與人相接，皆以閒居野服為禮」。說明他這樣著野服是依照呂氏的榜樣。此事少有人談及，使我聯想到朱子易簀，正在慶元黨禁白熱化的時候，他的反對黨京鏜、謝深甫方榮擢左右相，施康年更上疏嚴厲攻擊偽學，加以阻嚇，謂「四方偽徒聚於信上，送偽師朱熹之葬」。當時連追悼會都無法舉行，《宋史》說門生故舊至無送葬者。至今剩下來朱子朋友完整的哀輓文字，只有辛棄疾〈感皇恩〉一首短詞而已。詞云：「案上數編書，非莊即老。會說忘言始知道。萬言千句，不自能忘堪笑。今朝梅雨霽，青天好。一壑一丘，輕衫短帽，白髮多時故人少，子雲何在？應有《玄經》遺草。江河流日夜，何時了。」加上的小題云：「讀《莊子》，聞朱晦庵即世。」詞中「輕衫短帽」即指客位榜的野服。把聞故友的噩耗和讀莊之事拉在一起，雖然結句「江河流日夜」隱含著「客心悲未央」的心情，還是以輕鬆的語調出之，化悲悼為強自寬解，這樣措詞，可能是為了避免投入偽學的漩渦。朱子曾高度讚美莊子為才高。又引〈庖丁解牛〉裏面「依乎天理」一句說明「理」之得名以此。他對莊子似很有心得。稼軒將莊和朱並提亦有道理。他和朱子〈武夷櫂歌〉嘗說過「山中有客帝王師」，後來也正式實現了。但他心目中的朱熹始終不過是像草《太玄經》的揚雄，只側重他的著述立言功績；沒有想到過了一些時候，韓侂冑失敗連頭顱也送到金人那裏。朱子得到了平反，理宗時朱子還從祀文廟，度宗時賜朱子婺源故居名「文公闕里」，朱子高高躋上聖人的地位。稼軒如果想及當日陳亮在離開考亭之後隨他在帶湖遊覽寫出的朱、辛二人畫像贊，作過地位相等而性格不同的強烈對比，歷史愈後，評價竟如此懸殊，不知他作何感想！世態的炎涼，政治的殘酷，歷史對人不可思議的揶揄，還有甚麼話可說呢！

吐魯番：丟了頭顱的卅卅（菩薩）

一到吐魯番，躲在葡萄架下，雖然外面的火燄山，吹起的熱風，高至攝氏四十多度，但在葱蒨清潤的綠色庇蔭之中，人們浮瓜沉李，靈府還保持一點清涼。唐代是以「戰骨埋荒外」的代價，換取輸入漢家的葡萄，現在，一般老百姓都已習慣了灌溉自己的家園，來享受沙漠中寸土的綠洲別有一番滋味的美麗境界。

高高懸掛在博物館惹人注目的是從唐墓中取出原本用來蓋棺的伏羲女媧交尾之圖，共數十事。記起《化胡經》的句子說道：「陰陽相對共相隨，眾生稟氣各自為」，「劫數滅盡一時虧，洪水滔天到月支，選擢種民留伏羲」。西域的古代社會亦有像《聖經》一樣的洪水時代，伏羲女媧是人類的祖先，好像亞當、夏娃，漢土的故事居然遠播至大西北，殊覺有趣。穿過幾個墓地，看了一些出土的唐畫，人物工麗，色彩斑斕，真是「武昌之扁青，蜀郡之鉛華……林邑崑崙之黃（雌黃）……鍊煎並為重采，鬱而用之」。張彥遠的話，並非過言。

跨越莽莽萬重岡巒起伏的山脊，太陽有點害怕黃沙，瞇眼疲倦地躲起來，緋紅頓時變成黑暗，正如大衛的詩篇微諷上帝以此黑暗為藏身之所。「天」猶如此，人何以堪！拖著慵懶不前的蹣跚步伐進入附近的石窟，見到隨處的塑像，差不多頭顱盡被砍去，只剩下不完整的軀體，使人驚心動魄。敦煌文書裏面〈菩薩蠻〉有時寫作「卄卄粤」，仏（佛）家經典，寫經的人每每偷懶把菩薩寫成簡體字的卄卄，觸目皆是，他們似乎特別強調菩薩的頭部。可憐一轉手到回教的懷抱，便多麼殘忍地把頭顱砍去，這是宗教狹隘的表現。從吐魯番以西庫車各地石窟所有佛教的塑像沒有不遭受這一同樣的命運。回教的信條對他教是不能容忍的。《可蘭經》不是說過：「須知真主是仇視不信道的人們的。」

許多年前，我開始跟印度友人學習梵文，誦婆羅門經典，他嚴肅地告訴我：「你們秦始皇帝的焚書坑儒，全是小兒科，我們經過天方勢力的洗禮，所有印度教、佛教、耆那教的僧侶、經典，統統被殺光燒掉。幸虧印度古先讀書習慣是不問意義，只要乾脆背得滾瓜爛熟，學者肯花去三十六年時光，默誦了四吠陀經，後來才得重新背出記錄下來。」我說：「蒙古人原先是決定打印度的，一二二一年，成吉思汗屯兵東印度的鐵門關，有獨角獸出現，耶律楚材進言：『此獸名角端是（憎）惡殺（戮）之象，願承天心宥此數國人命』，元祖遂班師（見《元史．耶律楚材傳》及《楚材神道碑》）。楚材的〈柳溪詩〉因有『角端呈瑞移御營』之句。向使無此神獸，印度恐怕早劃入蒙元的版圖，未必有天方的浩劫，歷史亦要重寫了。孰得？孰失？有誰能辨之者？」

中國人以寬容立國，老子「容乃公」的精神，在統治者的腦袋裏往往起了極大的作用。李唐時候，儒、道、釋三教可以在朝廷之上用互相調侃的口吻，喜劇式地同時進行對話，這在回教世界裏是絕無可能的事。相形之下，韓愈的「人其人，火其書」，心胸反見得狹隘。北魏崔浩對佛教排拒，他得到的是被椎車溺口的報應，無怪佛教徒的史傳，把它大書特書，來大事渲染了。

人類歷史在不同信仰不能相容之下互相殘殺，至今時的科學文明還是如此。掀開希伯來的歷史，長時間簡直是一部宗教相斫史。人類由於不同的信仰，丟卻了無數的頭顱，連佛祖的頭顱亦保不住，泥菩薩過江，確是事實，面對這種情形，真令人打個寒噤！

南澳：台海與大陸間的跳板

從汕頭市乘小艇向東行約三小時即抵達南澳，這是一個蕞爾小島，面積只有一百零六平方公里，在歷史上卻對東南沿海地區起了重大的橋樑作用。眼見逝川白浪滔滔，不知淘盡幾多英雄人物。被濃霧鎖閉著的危峰果老山，俯瞰汪洋無際的碧海，獵嶼、青嶼環抱有如襟帶，鎮懾雲、深兩澳的交界，橫跨南北的雄鎮關，氣勢雄偉，不問而知是歷來兵家必爭的勝地。遠在鄭和下西洋時候，南澳的名字已登上航海針路的記錄（見黃省曾《西洋朝貢錄》）。屹立雄鎮上的石城為明時海寇許朝光所造，嗣後吳平、林道乾出沒外洋，都竊據其地，故福建巡撫劉堯誨奏請「為閩、粵兩省久安之計，必先治南澳，領水兵三千人專守，兼領漳、潮二府兵事」。於是遂有南澳鎮副總兵之設，肇始於萬曆四年（一五七六）。當日即物色曾供職於衛所而富有海防經驗的人物來充任。首任副總兵是北直昌黎人白翰紀，由雷州衛指揮升任；第二位是晏繼芳，來自漳州衛，饒平風吹嶺上有他的摩崖「閩廣達觀」四個大字；第四任是倡修《南澳志》有名的于嵩，他由杭州衛指揮來此，深澳的碑廊，尚保存有他在萬曆十一年立的〈南澳鎮城漢壽亭侯祠記〉碑文，這時關公尚是侯爵，還沒有升上帝座。深澳又有規模宏大的鄭芝龍坊，芝龍於崇禎十三年十二月蒞澳任總兵，十七年升為福建都督，以後即由他的部將陳豹接任，陳於康熙元年降清。陳豹前後鎮守南澳，與金門、廈門首尾為犄角之勢，奉晚明正朔歷二十餘年之久。在明、清易代之際，沿海軍事部署全在他控制之下。鄭成功出師北上，是以南澳為基地，作為跳板。請看下面幾樁重要的大事：

- 順治三年忠孝伯行駙馬都尉事鄭成功蒞南澳，收集士卒數千人。
- 順治十一年（明永曆八年）監國魯王自金門移蹕南澳，越年幸金門。
- 順治十五年延平王鄭成功會師浙海，魯王在南澳。
- 順治十六年鄭成功全師北指，張煌言抵瓜州，成功攻鎮江，克之。遷魯王於澎湖。
- 康熙元年（永曆十六年）三月，陳豹降清。楊金木起為鎮將，數月去之。鄭成功部吳陞，掛觀武將軍印，旋由杜煇繼任南澳總兵。
- 康熙二年十一月，清總兵吳六奇招降杜煇，授以清廣東水師提督。
- 康熙二十二年施琅入台灣，鄭氏亡。

陳豹被迫降清，據説起於鄭成功的猜忌，南澳長官相繼叛去，鄭氏自戕其臂助，終告失敗。吳六奇《忠孝堂文集》載有招撫南澳杜（煇）吳（陞）兩鎮文書多篇，他委實花了不少「統戰」工夫。當日潮州方面六奇任饒平鎮總兵，康熙六年去世。他的兒子啟豐嗣職。另一兒子啟鎮兩度出任黃岡協鎮，在柘林的雷震關上有康熙十九年巨石刻碑：「敵鎮招撫各島偽鎮官兵人民數萬在此登岸」的記錄，字大如斗，令人觸目驚心。可見吳六奇一家在當地舉足輕重，影響之大，近年大埔湖察出土〈六奇墓誌〉更可說明這一事實。

滿清入關，統治能力本來非常薄弱，對沿海施行「遷界」政策，更是怯懦無能的表現，受害區域北起山東，南迤江、浙、閩、廣，「片板不許下水，粒貨不許越疆」，生民塗炭，廬舍為墟。由順治十二年至康熙二十三年，先後五次頒布海禁苛令，歷時二十九年之久。整個海岸線變成「荒原廢壠」，真是無可補償的損失。

荷蘭人於天啟二年（一六二二）已佔領澎湖，立足於台灣共四十年，開闢了閩南和海上商業路線。由於遷界的自我封鎖，對外完全隔絕，造成中國對西方認識的阻礙與誤解，拖緩了海外貿易和資本主義的抬頭。

我遊南澳，參觀「海防史博物館」陳列的展品，館方介紹我看一幅有關南澳總鎮府署金漆貝雕畫屏風的放成十六英吋彩色照片，整個屏風寬六米，高三米，上面繪製三面環海的南澳鎮城內當日的主要建築和鄭芝龍坊貴丁街的儀仗隊，亭閣中官兵飲宴、樂坊演唱景象，鏤金著色，光彩奪目。屏風背面書寫康熙三十八年孟夏曾華蓋撰寫的麟翁周鎮台壽序，文長一千二百字。是時海宇敉定，南澳鎮總兵是直隸龍門人周鴻昇。為慶祝他的六十壽辰，故製造這幅屏風，表揚他的軍功勞績，撰文者曾華蓋是海陽人，康熙九年庚戌進士（不是武進士），著有《鴻跡猿聲集》等，廣東圖書館藏有其書。

這類的屏風製作，在十八世紀非常盛行，歐洲人稱之為印度科羅曼多（Coromandel）式。荷蘭東印度公司慣於經營這些漆屏運往歐洲，印尼的萬丹（Buntan）即其貿易站。當時徽州、福州都出有名的雕刻家（荷蘭國家博物院藏中國款彩的「漢宮春曉」六曲屏風，即其著名之一件，詳周功鑫所著論文，見台北故宮博物院出版《中國藝術文物討論會論文集》下冊），這是十七世紀以來中外交流習見的工藝品。贈送屏風頌壽的風氣，清代非常流行，我們看《紅樓夢》賈母八十大壽，親朋即餽以十六架圍屏祝壽。這一南澳周鴻昇總兵祝壽屏風照片，原由法國工程師雅克．馬蘭德君所贈，南澳當局要我託人向其商量轉讓，他沒有同意。其實，法京博物館尚有同類的屏風多件，不是十分稀奇的東西。南澳孤懸海外，由於陳豹扼守其地，沒有受到清人「遷界」的破壞，這屏風鏤刻當日該鎮關隘、街道、廟宇、各種風物形形色色的現狀，清初繁榮景象，可見一斑。

記得抗戰勝利之翌年，我回汕頭主持修誌工作，在揭陽黃岐山發現一些新石器時代遺物。我後來攜帶陶片到台北帝國大學，和日本考古家金關丈夫、國分直一兩教授交流探討，那時陳奇祿兄還是學生。日人未完全撤退，值魏道明當政，草山仍是一片荒涼，百廢待舉。我又在南方資料館蒐集有關資料，順便到屏東南部的潮州郡調查，方才知道該地住民全部都説客家話，不懂潮語。後來於新竹縣圖書館見到一本日文書名曰《嗚呼忠義亭》，是記述為清室殉職的客屬人物，然後了解施琅入台，繼而助清兵平定朱一貴的多是客屬人，而説潮語、從鄭成功，來自海陽、潮陽、饒平的人們在清代後期幾乎全被視為反動而歸於淘汰。

我在南澳聽説近時有數萬台灣人士來此尋根，明末鎮總兵于嵩所建的關公廟，粉飾一新，香火頓時復旺盛起來。鄭成功據台時，藉南澳為跳板，進兵江南，潮人隨他遷台的甚多，想不到幾百年後彼此間歷史關係的葛藤仍未切斷，宗族倫理觀念之深入人心，正是中華文化的特色。回想我為研究歷史初次去台旅行至今將近半個世紀，時序的推移，許多年青後輩逐漸居上高位，衰病的故交相繼凋殂，不是「生存華屋處，零落歸山丘」，而是舊日的山上大起了華屋。「人事有代謝，往來成古今」，轉瞬即逝的歷史事實，還值得回頭一顧。

本年八月，「海上絲綢之路」研討會，將在南澳舉行，來函邀請參加，不能分身前往，因草此文，聊當芹獻。

高雄縣潮州鎮（一九四八年訪問記）

自高雄市乘車南行，經屏東、西勢，即為潮州站。其地於日人時代屬高雄州，高雄原轄屏東、潮州、東港、恒春四郡，而潮州郡則轄有潮州、萬巒、內埔、竹田、新埤、枋寮、枋山凡七莊。台灣收復以後，改行區、鄉、鎮制。潮州郡易為潮州區，仍屬高雄縣，並於潮州莊設潮州鎮，火車經過置站於此。考清代潮州莊亦為汛地，屬下淡水營管轄，舊設外委一，兵四十名，同治八年以後裁存二十（見連橫《台灣通史·軍備志》），光緒時存兵五名。汛地在潮州莊街東三十里，租民房五間為之（見光緒二十二年盧德喜撰《鳳山採訪冊》，此書僅有稿本，筆者係在台灣博覽會文獻室抄錄）。此高雄之潮州鎮沿革概略也。

此次遊覽台灣，南至高雄，因偕廖少東君至潮州鎮，訪問潮州人移殖經過。現潮州鎮內操閩語者五分之四，操客家語者五分之一，而潮州全區則操客家語者幾佔五分之四。其中萬巒鄉全部屬客家，附近旗山區之美濃鄉，屏東區之高樹鄉，東港區之佳東鄉，恒春區之滿州鄉，客家亦眾。據日人時代台灣總督官房調查課（昭和三年）調查，台灣在籍漢民族鄉貫別，高雄州潮州郡內潮州梅縣籍民人數如下：

潮州莊
潮州府　二千二百人
嘉應州府　六百人

萬巒莊
潮州府　一千一百人
嘉應州府　六千六百人

內埔莊
潮州府……
嘉應州府　一萬四千四百人

竹田莊
潮州府……
嘉應州府　五千九百人

新莊
潮州府　五百人
嘉應州府　三千五百人

潮州府……

枋寮莊

嘉應州府 一百人

潮州府……

枋山莊

嘉應州府……

現高雄縣下操客語者約十萬人左右。

潮州鎮潮州國民學校校長為張君啟寬，其人操客家語，云本嘉應州鎮平縣東廂堡人。其祖父於八十年前始遷台灣，迄今三代。又言鄭成功時，客家人尚少來台，大量遷台約為二百五十年前事，至則居新竹高雄山地與平原中間之磽地帶，從事養殖。萬巒鄉客家人，每年多回嘉應州省視鄉里，至今客家語言風尚仍保留不替，雖經日人五十年統治，仍不至被其同化云。

西勢亦屬潮州區，全部操客語者有內埔鄉，內有韓文公祠。祀昌黎伯之風，以廣東之潮州人為最盛，此廟蓋亦潮州人移殖所建也。又有廟曰忠義亭，極宏偉，康熙六十年閩浙總督覺羅滿保為粵莊義民建，雍正十一年重修，乾隆二十年監生黃宜興、侯欲達、賴安仲相繼修，迄光緒二十年，江永日等復修建，今石刻猶存。粵莊義民蓋指康熙六十年佐清兵蕩平朱一貴之潮屬客家人。忠義亭內有匾額，錄康熙六十年覺羅滿保題奏，記是役經過甚悉。節錄如下：

鳳山縣屬南路下淡水，歷有漳泉汀潮四府之人，墾田居住。潮屬之潮陽揭陽海陽饒平數縣，與漳泉之人語言聲氣相通。而潮屬之程鄉鎮平平遠三縣，則又有汀州之人自為守望，不與津泉之人同相雜。

（康熙）六十年四月廿二日，賊（指朱一貴，下同）犯杜君英等在南路淡水檳榔林招豎旗，搶劫新園，北渡淡水溪，侵犯南路營，多係潮之三陽及漳泉人同夥，而鎮平程鄉平遠三縣之民並無入夥。三路義民內有李植三、侯觀德、涂文煊、邱永月、黃思禮、劉魁材、林英泰、鍾國虬、林文彥、賴君奏等，幾謀起義，誓不從賊，糾集十三大莊，六十四小莊，合鎮平、程鄉、平遠、永定、武平、大埔、上杭各縣之人，共一萬二千餘名，於萬丹社豎大清旗號，莊民侯觀德指劃軍務。遺艾鳳禮、涂延尚、邱若瞻、邱克用、朱元位等，率眾剿平篤家賊人。劉庚甫、陳展裕、鍾沐純等，率眾剿平姜園賊人。遂分設七營，排列淡水岸，連營固守，每營設立統領二人。先鋒則劉庚甫為統領，帶一千三百餘人，駐守阿緱地方。中營則賴以槐、梁元章為統領，帶一千三百餘人，駐守萬丹地方。左營則侯欲達、涂定恩為統領，帶一千五百餘人，駐守小赤山地方。右營則陳展裕、鍾貴為統領，帶三千二百餘人，駐守新園地方。前營則古蘭柏、邱若贍為統領，帶六千一百餘人，駐守水流沖地方。後營則鍾沐純為統領，帶一千五百餘人，駐守搭樓地方。巡查營則艾鳳禮、朱元位為統領，帶一千七百餘人，駐守巴六河地方。又以八官倉廒貯穀一十六萬石，國課重大，遣劉懷道等又帶鄉壯番民固守倉廒，拒河嚴守，一月有餘，不容賊夥一人南渡淡水……六月十九日，賊眾敗逃，搜得朱一貴，收軍四府……閏六月初二日，侯觀德李植三等率三千人，護送聖旨牌位至台灣府，奉入萬壽亭。……分別獎賞，各給以外委都司、守備、千把。又前後捐賞銀九百五十兩，米三百石，穀一千三百石，綵綢一百疋，製「懷忠里」區額旌其里門。又拔李植三、侯觀德、丘永月、劉庚甫、陳展裕、鍾沐純為營中千把……

據〈疏〉知康熙八十年潮屬鎮平、程鄉、平遠（嘉應州至雍正十年始置，是時三縣仍屬潮州府）、大埔及福建之永定、武平、上杭各縣人在下淡水一帶，壯丁有一萬三千人以上。考自鄭成功略潮州，沿海各縣人從之者甚眾，陸續移台，實繁有徒。當日潮屬三陽、饒平等縣移民人數，必亦可觀。惟以與漳泉人同夥朱一貴，卒為清兵所戡，自此遂告式微。故今高雄潮州一帶居民，幾純操客語，而操「汕頭」語者絕少也。（有則為新近赴台營商或就業者，屏東後壁林糖廠主持者為潮人，故比年潮人往屏東高雄者甚眾。）

高雄一帶客家人自稱為六堆人。六堆之取義，即由於助討朱一貴時，分前、後、左、右、中、先鋒六隊（堆猶言集團也）。忠義亭中所祀牌位有「平北六堆忠義烈士神位」、「六堆歷代忠勇義士神位」等。乾隆時賜六堆人以褒忠牌，故凡六堆人所住鄉村，皆懸此牌於門首。鄉築堡，闢四門，榜曰褒忠門。而佐平朱一貴之李植三、侯觀德諸人，《鳳山縣志》特為立〈義民傳〉云：

> 自朱一貴平後，殖台客家人又屢佐清兵蕩平叛亂。乾隆元年總督郝玉麟題准台灣北路大甲西等社兇番肆逆，有義民赴難。乾隆五年總督德沛題准雍正十年北路番不法，南路奸匪吳福生等乘機糾眾，義民侯心富等先於康熙六十年朱一貴案內立功，至雍正十年復率眾九百餘人渡河應援，鄉眾出力，功授千總。乾隆十年總督馬爾泰巡撫周學健議剿捕匪犯吳福生等，並北路兇番，義民亦立功。其事亦其揭載忠義亭中。

又《鳳山縣採訪冊．義民傳》云：「義民率粵之鎮平、平遠、嘉應、大埔等州縣人渡台後，寓縣下淡水港東西二里，列屋聚廛，別成村落，兩里設里正副共四人，應公差，通音譯。課稽奸匪，來往內地，但由縣給義民照。」並列乾隆五年給札一百四十二名，六年給札二百十二名。

此事為粵、台二省歷史關係極重要之事跡，而吾粵志乘皆未之及。茲就此次實地調查，參以台省志書所載，書其梗概，以備考史者之一助，至潮人移台，容再為文論之。

附：潮民移台小史（參見《文化之旅》第六五—七一頁）

柘林與海上交通

柘林現在是潮州市所屬饒平縣轄下的一個小鎮，在明清歷史上為海防要地，與南澳對峙，和黃岡、大埕相犄角，形勢險要。明時設柘林寨，為海上門戶，其地一帶稱為柘林澳，嘉靖丁未（廿六年，一五九七）郭春震《潮州府志．地理志》云：

柘林澳：暹羅諸倭及海冠常泊巨舟為患，今調撥潮碣二衛軍士，更者哨守，益以募夫，以指揮一員領之。水寨：凡舟之過秋溪及樟水港者必由之。洪武初，置石城，造戰艦以拒番舶。今官軍往來防禦，以夏秋為期。（拙編《潮州志匯編》頁七零）

郭氏在這段紀錄的後面復加上一番備倭的議論，指出領餉金募海夫不足，復益以東莞烏船子弟兵之數百。復論該地無法遏止為亂之原因有三：「一曰窩藏，一曰接濟，一曰通番。」所謂「通番」，「謂闖粵濱海諸郡人，駕雙桅，挾私貨，百十為群，往來東西洋，攜諸番奇貨，因而不靖肆劫掠」。（同上書）《明史》卷三二四〈暹羅傳〉：「嘉靖元年，暹羅、占城貨船至廣東。市舶中官牛榮縱家人私市，論死如律。」當日禁絕通番如是之嚴。春震是篇他書屢加以轉錄，足見其重要性（如《東里志》、吳穎順治《潮志》）。

嘉靖時，番舶已經常往來，知暹羅與潮人之移殖交流，由來已久。顧祖禹《讀史方輿紀要》（卷一零三）「饒平大尖峯」下云：「柘林澳在其南，暹羅、日本及海寇皆泊巨舟於此」，即抄襲郭志之説。

萬曆二年陳天資修《東里志》云：

> 洪武二十六年，置水寨，兼哨柘林。洪武二十七年，置大城守禦千户所。（倭）寇海邊，自澄萊（萊蕪）至廣東千餘里，咸被其害，至是命安勝侯吳傑率武職於沿海以總備。仍置寨建所，於是有東隴之水寨，拓林之東路，而大城所亦因以建置焉。（傳鈔本）

洪武初，只在柘林東路置哨，而水寨則與大城所同時設立。水寨在東隴，郭志所謂樟水港，即指澄海樟林。明泰和楊彩〈南澳賦〉云：「柘林樟林，蒼蒼鬱鬱」。柘林、樟林每聯稱在一起。一九七二年在澄海縣東里和洲村出土，遠洋木船，舷板上有下列字樣：

「廣東省潮州府領，字雙桅壹佰肆拾伍號」蔡萬利商船（《南海絲綢之路文物圖集》頁一二三）

紅頭船有單桅和雙桅，此即當日出洋的雙桅漁船，為蔡萬利商號所造者。柘林造船業亦盛，至今尚然。

水寨去柘林約一日程，洪武三年指揮俞良輔築城周不及二里（見《方輿紀要》），而大城所即大埕城所，為洪武二十七年百戶顧實創築，高二丈七尺，周圍六百四十三丈，城改為寨，劉忭《饒平縣志》云：

嘉靖四十五年改東路為拓林寨，東路之兵，時聚時散，海寇伺其往來，以為肆掠，民無寧歲。提督吳桂芳奏募民兵一千七百一十六員名，領戰船大小四十五隻，以指揮一員統之，建牙於天妃宮之東南，屹然一巨鎮焉。

寨址位於鎮東北小山崗之上，營房已廢，寨牆尚存。《東里志》云：

象頭山在柘林，舊有天后宮。嘉靖初，鎮守東路官，即廟樹柵為營，戊戌（十七年，一五三八）同知劉晴川（魁）與知縣翁湘湖（五倫）行部至此，有詩。（不錄）

今天后宮摩崖有玉湖書「披雲洞」三大字，這是柘林寨見於志乘的記錄。由設一哨進一步而設寨，經過許多地方官的倡議與經營，嘉靖壬寅（二十一年，一五四二）饒平知縣益陽羅胤凱議云：

> 竊惟柘林前金門一道，上據白沙墩，下距黃芒、南洋，外跨隆、南、雲、青四澳，內則延裏黃岡、海山、錢塘、樟林等處多村，閩廣貨舟所經，……每有番舶據海劫掠，……連年官府僱募黃芒等處兵夫三百名，協同官軍駕船屯聚……往往海濱騷擾，然必以柘林兵夫易之，安知柘林兵夫，不為黃芒之為乎……

嘉靖乙卯（三十四年，一五五五）知縣應天徐梓有建海八議，略論：「沿海多設備倭官軍，故於宣化（都）柘林之東北，特建大城備倭之千戶所，而今則無益矣」。以其「隱處內地，去柘林十里之遙，海寇登岸劫掠，尚不知聞……而柘林地方，舊嘗設一指揮以守之矣，為今之計，宜設一員於南洋……分一員拓林，以大城官軍為主，而以某處募兵右干翼之。」（具詳《東里志》〈公移〉議地方一項）

在嘉靖正式設寨以前，柘林自明初以來只有指揮一名，而兵額及戰船都無明文規定。這一期間，倭寇為患頻仍，海上寇盜活動加劇。兵夫所以禦寇，往往搖身一變而為寇，嘉靖四十三年，柘林海兵譚允傳等以缺額稱亂，進犯東莞，即其一例。柘林原僅有極薄弱的設防，稱亂的活動分子往往以柘林為攻取據點，故柘林遂成為海上往來的重要交通站。

潮州沿海的軍事活動，在明代是寇亂最多的時期。萬曆十年潮州知府泰和郭子章著《潮中雜紀》卷十即為〈國朝平寇考〉上下篇，紀載詳盡。拙編《潮州志．大事志》繫年紀要，存其大略。茲舉其與柘林有關的事件，列出如下：

- 嘉靖五年（一五二六）柘林民吳大與吳三聚眾駕海舟十餘艘劫殺惠潮。
- 嘉靖二十三年（一五四四）李大用船近百艘合攻東路官兵並柘林，下岱鄉民竭力守禦。
- 嘉靖三十二年（一五五三）八月，東莞何阿八寇東路柘林，協守指揮馬驤、東路指揮張夫杰不敢迎戰。
- 嘉靖三十三年，亞八弟亞九肆掠海上，是年六月初六日攻柘林，千戶夏璉死之。
- 嘉靖三十四年，柘林海兵譚允傳作亂，廣東提督吳桂芳平之。
- 萬曆元年（一五七三）林鳳初遁錢澳求撫，自澎湖九奔東番（台灣）魍港，為胡守仁所敗，是年冬鳳犯柘林、靖海、碣石。（《明史．凌雲翼傳》）。
- 萬曆二十六年（一五九八）四月，閩中盜引倭大艘十餘入犯柘林、碣石，惠潮副使任可容剿之。（黃佐《海上事略》）
- 隆慶元年李錫為福建總兵官，海寇曾一本至閩，錫出海禦之，與大猷遇賊柘林澳，三戰皆捷。（《明史》卷二一二〈李錫傳〉）

以上諸役以林鳳事件最為著名，事詳《明史・凌雲翼傳》及菲律賓史。《潮中雜記》言：「林鳳擁眾數千，為官兵所逐，因奔外洋，攻呂宋玳瑁港，築城據守，且修戰艦，謀脅番人，福建巡撫劉堯誨遣人諭呂宋國主集番兵擊之，至是又從外洋突入廣澳。雲翼與福建總兵胡守仁兵合……追至淡水洋……鳳走外夷。」

林鳳的名字，一般談中國殖民史者耳熟能詳，不必深論。在嘉靖二十三年（一五四四）至萬曆二年（一五七五）這段期間，由於倭寇的肆虐，入潮陽、侵大埔，海上若干首領人物大都誘導倭寇為亂，像許朝光會倭攻海門，略黃岡、蓬州；林國顯導倭寇上里（林鳳即其族人）；吳平導倭陷大埕所，據南澳；平黨夥林道乾、曾一本，無不挾倭以自重，失敗而遠遁外洋，官方參與此次戰役經過，詳《明史・俞大猷傳》及《洗海近事》一書。吳奔安南，道乾至浡泥，略其地，號曰道乾港，聚眾至二千人。（《明史》卷三二三記林道乾自淡水洋揚帆直抵浡泥，攘其邊地營港，即北婆羅洲之汶梨），成為開拓外洋之歷史人物。自吳平、林鳳輩兵事平定以後，明廷乃於萬曆四年，因閩巡撫劉堯誨之奏，而有南澳鎮副總兵之設，拓林的軍事地位遂逐漸為所取代。《明史》卷二二三〈吳桂芳傳〉：「（吳）平初據南澳，為戚繼光、俞大猷所敗，奔饒平鳳凰山，掠民舟出海，自陽江奔安南。……平黨林道乾復窺南澳，時議設參將戍守，桂芳言：『澳中地險而腴，元時曾設兵戍守，戍兵即據以叛，此禦盜生盜也，不如戍柘林便。』從之。」故先於柘林設寨，然只有常備兵一千七百一十六名，何以禦海上狂飆之聚？故不十年而改於南澳設鎮。當日請設海防的重要文件，《潮中雜記》卷五奏疏加以鈔存，十分重要，固取與此有關者略加介紹，以供治海防史者的參考：

一、提兩廣軍務右都御史吳桂芳疏：「倭寇海出沒無常，先年議南頭、碣石、柘林三哨兵船分地防守，每哨止委指揮一員，兵無忌憚，得恣猖獗。近日柘林之變（亦指譚允傳事）可為永鑑……臣等欲併三哨之兵而稍減其數……名曰督理廣州惠潮等處海防參將。」

二、吳桂芳請設沿海水寨疏：「請設守備一員領兵一千二百名，住劄潮州柘林，以嚴東界門屏之守。」

三、巡撫福建右僉都御史劉堯誨奏：「照得海賊林鳳開遁外洋，不知向往。……今欲為兩省久安計，必先治南澳……今宜得一總兵，領水兵三千人，專守南澳，而兼領潮……漳二府兵事。……且南澳中有石城，乃近時賊人許朝光所造，屹立雄鎮。……不惟海寇駐足無地，抑且逋賊出沒不便，雖從此以為久安可也。」

南澳既設鎮，初置副總兵，而柘林照舊有守備一員，互為犄角之勢。南澳有四澳，孤懸海外，南宋淳熙七年沈師犯南澳，楊萬里自廣至潮，討平之。宋季帝昰避元兵，曾駐此地數月，今有太子樓遺址。鄭和下西洋舟經南澳，黃省曾《西洋朝貢錄》云：「南澳又四十更至獨豬之山。」獨山或即豬澳，《東里志》：「宰豬澳，一在深澳東，戚繼光從此間關道破吳寨穴。」潮語宰豬的「宰」字，讀為透紐。上述諸事，足見南澳，雖為蕞爾小島，卻久已著名於史書。柘林寨的遺物，現存有風吹嶺東麓雷震關口上的石刻。其文如下：

崇禎十三年季春立

盤詰　奸細

緝獲　盜賊

管柘林寨事都司曹

楷書字大如斗，令人觸目驚心。蓋此處為重要關隘，由海路登陸必經之途徑，故設防以備不肖之徒。風吹嶺巨石林立，南澳鎮總兵官員多摩崖刻石鐫名其上，有第二任總兵晏繼芳及梁東旭等題字：「閩廣達觀。萬曆丁丑（五年一五七七）季夏之吉，閩粵副總繼芳。」「水天一色。萬曆甲戌季冬黔南梁東旭。」（此據《文物志》錄文。按南澳陳志，「梁東旭，崇禎二年任副總兵」，與此年代不符。）又雷震關巨石碑刻著下列題記：

協鎮廣東黃岡等處地方副總兵官吳諱啟鎮，招撫各島偽鎮官兵人民數萬在此登岸。

兩旁小字略記「……予自癸亥之歲蒞任斯土，覺夫海波不揚，兵民安樂……康熙庚申歲協鎮吳招撫之功所致也。是其功之上佐朝廷，下庇軍民者大矣。但功大宜傳，年久恐湮，爰敢勒石，以垂不朽云……立」。

庚申是康熙十九年，是時清兵平達濠，潮州底定，吳啟鎮是吳六奇的兒子。六奇所著《忠孝堂集》有招撫南澳杜（煇）吳（陞）兩鎮書多篇。六奇時為饒平鎮掛印總兵官。據《潮州志職官志》潮州鎮四黃岡協副將，吳啟鎮，康熙十四年任，十七年又任，二十年繼之者為潘陽許登聯（見《滙編》頁一一四七）。是十九年黃岡協鎮正是吳啟鎮。此巨碣為紀頌吳氏招撫的功績。考湖寮出土康熙六年吳六奇墓誌銘稱：「丈夫子十有一，長啟晉，次啟豐，嗣職鎮守廣東饒平等處地方總兵。次啟鎮，邑庠生，娶甲戌進士都察院右僉都御史羅萬傑公次子女」。啟鎮妻即是羅萬傑之女。碑云「各島偽鎮官兵人民，在此登岸」，可能亦包括降清的南澳前明總兵陳豹、吳陞、杜煇等人，當日歸順清室的海外反動分子，都要從柘林的雷震關登岸，關外即面對汪洋大海，形勢險要，萬夫莫開。這一片石的紀錄即是柘林在海防史地位上的重要見證。可惜立石的人名不清楚，從旁欵所言「癸亥之歲蒞任斯土」，癸亥是康熙二十二年，如果勒石是饒平縣知縣，二十二年癸亥蒞任者當為潁州劉忭（嘗修《饒平縣志》），尚待核實。

風吹嶺上的摩崖石刻群，新印《饒平文物志》大概多有記錄並附圖片，可以參考。上舉晏繼芳的摩崖原文記「萬曆丁丑」即是五年；而《文物志》作「九年辛巳」，顯為筆誤。九年的南澳副總兵則是于嵩。于嵩於萬曆十一年建南澳鎮城漢壽亭侯祠記碑，今尚存於深澳的碑廊。

我於本年二月三日（元宵前三日）至饒平柘林考察，由該鎮穿過宋白雀寺古刹，又登元至正癸巳（十三年）的鎮風塔，在風吹嶺、雷震關上，憑弔石碣遺蹟，低徊者久之。與柘林相去百里之遙的三百門港，位於汫洲與海山的交界，當年林鳳帶領徒眾多人即從此三百門港上船出海。現在，三百門港正在開發為新的城市，回顧海上活動的歷史故事，發思古之幽情，令人神往。

最近澳門舉辦「東西方文化國際學術研討會」，向我徵稿，竊念談中外關係史者多知林鳳等攻犯柘林，而柘林所在，其歷史形勝，向不明瞭，因取柘林為題目，草成此一短文。不賢識小，聊備商榷。記起南澳萬曆九年任副總兵而倡修《南澳志》的于嵩有〈題拓林〉五律一首云：

地險壯嵬峨，行穿翠靄過。潮平兩岸闊，雲密萬山多。劍舞吞牛斗，旗搖剪薜蘿。年來經幾汛，瀚海息鯨波。（《東里志》藝文）

附綴於此，以殿吾篇。

一九九三年二月於香港

又按：浙西亦有柘林，為異地同名。《明史》卷三零二〈日本傳〉：「（嘉靖）三十三年六月（倭）由吳江掠嘉興，還屯柘林，縱橫來往，若入無人之境。」又云：「浙西柘林、乍浦……皆為賊巢，前後至者二萬餘人。」證之〈俞大猷傳〉：「賊犯金山，大猷戰失利時倭屯松江、柘林者盈二萬。」此為另一拓林。

新州：六祖出生地及其傳法偈

北京大學將為陳寅恪先生刊印紀念文集，王永興教授囑余撰文。憶寅老於一九三二年嘗作〈禪家六祖傳法偈之分析〉（《清華學報》第七卷二期），折衷名理，新義紛披，其文久已膾炙人口。不佞近年頗涉獵禪籍，去歲曾漫遊韶州、懷集等地，今夏又至新州謁六祖故居，讀東友所著論慧能及禪宗史各書，猶覺剩義尚多，有待於抉發，因不自量力，勉成短文，以當芹獻，聊抒對陳先生學術成就之瞻仰，兼以表其啟發來學之功云。

自來因五祖對惠能說過「嶺南人無佛性」，六祖遂幾乎被人目為赤貧而目不識丁之獦獠。余到新興以後，對六祖之認識大為改變。第一，六祖之父盧行瑫，原出范陽，實為世族大姓；第二，「六祖舍新興舊宅為國恩寺」（宋僧本傳），規模宏偉，知其原非閭巷編氓；第三，六祖為父母起墳，其自知涅槃即返故鄉示寂。《壇經》說其「葉落歸根」，實則儒家「禮不忘本」之義。頗疑其早年嘗受家庭教育之薰陶，並非全不識之無者，故能聽誦《金剛般若經》而凝神不去，聞讀《涅槃經》而能辨析大義，因而有行者之稱。唐代之新州，為名宦貶謫之地，盧行瑫之後，張柬之、杜位皆蒞其地。杜位為李林甫之婿，林甫炙手可熱時，位官右補闕（《舊唐書》卷一零六林甫傳），及其敗，徙新州（《全唐詩》小傳）。《新興縣志》載杜位〈新州八景〉詩，其一為簕城旭日，有「新州萬竹繞為城，旭日穿林萬戶明」之句。杜位為杜甫從子（《全唐文》卷三九五，參《唐人行第錄》頁三七四考證），與甫及岑參有詩來往，家世詳《宰相世系表》。張柬之以漢陽郡王襄州刺史貶為新州司馬（《舊唐書．中宗紀》），其本傳稱：為武三思所構，貶授新州司馬。柬之至新州，憤恚而卒，年八十餘（《舊唐書》卷九一，頁二九四二）。張柬之實卒於新州。《新興志》於柬之蒞任之年歲不詳。考《通鑒》卷二零八中宗神龍二年（七零六）五月，武三思使鄭愔告敬暉、韋彥范、張柬之、袁恕己等……六月戊寅，貶暉崖州司馬，彥范瀧州司馬、柬之新州司馬……七月……長流暉於瓊州、彥范於瀼州、柬之於瀧州。……矯制殺之……以周利用……奉使嶺外，比至，柬之、暉已死（頁六六零五）。是柬之以神龍二年六月貶新州司馬。七月又貶瀧州。其到新州殆僅一月而已耳。

新興當地傳說：六祖父盧行瑫於武德三年（六二二）九月被貶新州司馬，落籍新興。母李氏，新興縣舊塱村人。惠能三歲喪父，母子相依度日。是行瑫貶官新州司馬與張柬之相同，惟其原官則不可考。然新州乃武德四年始置。《舊唐書》卷四一〈地理志〉云：

新州，隋信安郡之新興縣。武德四年，平蕭銑，置新州……舊領縣四，戶七千三百八十八，口三萬五千二十五。

則武德三年蕭銑未平時，尚未有新州也。唐時新州所領縣有新興、索盧。據考古記錄，索盧縣遺址在今縣南集成區夏盧村南側來龍山麓，有唐代板瓦出土。惠能故居即在集成區夏盧村，相傳為其出生地，今屋址猶於存，其地即在唐之索盧縣境也。贊寧《宋高僧傳・慧能傳》云：

其本世居范陽。厥考諱行瑫，武德中，流亭（停）新州。〔以〕百姓終於貶所。略述家系，避盧亭島夷之不敏也。貞觀十二年戊戌歲生能也。純淑迂懷，惠性間生，雖蠻風獠俗，漬染不深，而詭行么形，駁雜難測。父既少失，母且寡居，家亦屢空，業無腴產，能負薪矣。……（《宋高僧傳》卷八，《大正藏》頁七五四）

行瑫於武德中貶新州，至貞觀十二年生惠能，積十許年，新州人口僅三萬，彼以州司馬作寓賢，諒可薄治田產，不必如贊寧所稱之屢空，故惠能有舊宅可舍作國恩寺焉。其家本出范陽盧氏，自神䴥中盧玄為儒雅之首，蔚為北方巨姓，鄴下風流，范陽盧元明尤負重望（《通鑒》卷一一七）。《唐書・世系表》，范陽盧氏四房陽烏（魏秘書監），大房有行嘉，青州錄事參軍（頁二八八八），隋、唐初人，與行瑫同屬「行」字輩，不審其關係如何？贊寧稱其「述家系，避盧亭島夷之不敏也」，可惜文獻無徵，其所述家系湮沒無傳，想與范陽涿之盧氏必同出一系。盧亭者，亦作盧停，《嶺表錄異》謂是出盧循餘黨，《永樂大典》廣字號作盧亭，與此《宋僧傳》相同，蓋指廣東土著（見拙作〈說蜑〉，《選堂集林》頁九一七）。行瑫之作《家系》，即表示出自中原巨室與地方蠻僚異其族類。故知惠能家世原出河北望族不得以獦獠目之。新興有惠能之父母墳墓，其母確姓李氏，是否即新興本地人則無法證實，六祖所舍宅之龍山寺，位於縣城南七十三公里集成區之龍山腳，建築面積九千二百平方米，未必完全是他的私產。該寺據說始建弘道元年（六八三），神龍二年，中宗頒賜書門額曰敕賜國恩寺，至今尚保存完好，是年正為張柬之貶謫新州之歲。國恩寺左側又有報恩塔。建於睿宗太極元年（七一二）六月，則為六祖在曹溪寶林寺命門人所建者。先天二年，六祖從寶林寺返新州，道經肇慶，其地後人建為梅庵，傳其種梅於此，有井曰六祖井。

國恩寺左上方有六祖手植荔枝樹（高十八米，樹頭圓圍四點五米），清陳在謙賦詩云：「龍山側生枝，仍傍盧公墓，吾師手所植，樹老蟲不蠹……樹也本不住，師也本不去。」傳誦至今。其父母比翼塚六祖所建，神龍間賜額，此外又有別母石、思鄉亭、報恩堂。六祖眷戀故鄉，母愛尤篤。（別母石在今集成區舊村，為其赴黃梅東禪寺求佛，其母李氏送別至此石，因名。）其回鄉示寂，今國恩寺尚存塔基，涅槃於此，先置軀於此塔內。《新興縣文物志稿》稱：「香燈崗，在集成區三坪村側，相傳六祖示寂後，僧人爭迎其肉身，於此崗禱告。」《壇經．付屬品》稱其葉落歸根。屈子云：「鳥飛返故鄉兮，狐死必首丘。」（《楚辭．哀郢》）

六祖有焉。千載之下，其孝思足以感人。其後洞山良价有辭親偈。宋藤州釋契嵩《輔教編》內除《壇經贊》外，又有《孝論十二章》，比於儒家之《孝經》（見《鐔津文集》卷三）。稍後釋宗頤又有《勸孝文》（《宋史．藝文志》著錄）。禪家重孝道，即沐六祖之教化，釋與儒之合流，其澤長遠，於六祖故鄉遺跡尤令人低徊尋思不能去云。

禪宗史事已為世界學人所共注目，《壇經》異本，自敦煌本以至興聖寺本，日人已有諸本集成之作（參田中良昭《敦煌佛典與禪》）。而六祖肉身問題，友人戴密微、徐恆彬二先生均有專論。[1] 慧能事跡，討論者實繁有徒，今但舉新州一地略作考察，其餘不遑多及。

陳寅恪先生對於神秀、六祖之傳法偈頗生非議，稱其「襲用前人之舊文，合為一偈，而作者藝術未精，空疏不學，遂令傳心之語，成為半通之文」。所謂前人之文，彼舉出二事，一是神秀弟子淨覺所著《楞伽師資記》載求那跋陀之「安心法」云：

亦如磨鏡，鏡面上塵落盡，心自明淨。

1 參 Paul Demiéville, Momies d'Extreme-Orient，見其 *Choix d'études sinologiques*, p. 1921-1970, Leiden 1973；徐恆彬：《南華寺六祖慧能真身考》〔稿〕。

二是武德時僧曇倫傳言：

先淨昏情，猶如剝葱。……倫曰：……本來無葱，何所剝也？

陳説甚富新意。神秀、慧能二師之偈語，是否襲用上引二文，殊屬難言。余考神秀「心如明鏡」之義，原屬恆言；而六祖「本無」（樹，亦無台）之語，則淵源殊遠。道家早已言「心如明鏡」，《莊子．應帝王》篇：「至人之用心若鏡」。語亦見《淮南子》。《呂覽》且稱：「鏡，明已也細，士，明已也大。」（參看《御覽》七一七鏡及鏡台二項）姚察《梁書．處士陶宏景傳》云：

弘景為人，圓通謙謹，出處冥會，心如明鏡。

南齊廬江何點亦言，「陸慧曉心如照鏡。」（《御覽》引《齊書》）安知神秀「心如明鏡台」非取自此等語乎？又《梁書．到溉傳》，「子鏡，字圓照」，此則用釋典命名，所謂「大圓鏡智」是矣。

在阿含部小乘經典中，以鏡喻心者數見。姑舉一二例：

西晉竺法護譯《受歲經》：

彼便喜悅清淨，白佛：世尊境界行，自見己樂行，猶若諸賢有眼之士，指清淨鏡自照面，此諸賢有眼之士，自見面有塵垢，彼便不喜悅，便進欲止；此諸賢此有眼之士，不自見面有塵垢，彼即喜悅清淨。……（阿含部，《大正藏》卷一，頁八四三）

又失譯人名之《優陂夷墮舍迦經》：

佛言：如人有鏡，鏡有垢，磨去其垢，鏡即明。……心開如明如鏡者，不當有怒意。（《大正藏》卷一，頁九一二）

是知凡稱以「清淨鏡自照面」，及「磨去其垢鏡即明」，本出自佛言，亦即神秀所謂「勤拂拭」，惠能所謂「常清淨」也。最有趣者，第一部漢僧筆受之佛經，即為《法鏡經》，以「鏡」為名，其書尚存，見寶積部下（《大正藏》卷十二，頁十五）。書題後漢安息國騎都尉安玄譯，實出嚴佛調所筆受。《法寶義林》稱其梵名為 Ugra [datta] paripṛcchā，按 ugra [datta] 義為 strongly given，與鏡無關。梵文鏡為 ādārsa，巴利文為 ādaśa，古波斯文為 ēwēṅag。安玄於東漢靈帝末游賈於洛陽，以有功號曰騎都尉（見僧祐《出三藏記》十三），安息傳來此經原本當是胡言，為何種文字，尚待研究。書中言及「遠塵離垢，諸法法眼生」。又備述「淨戒」、「淨慧」，卷末題曰「法鏡經」。吳康僧會嘗為此經作注，並制經序（見《高僧傳》）。其〈法鏡經序〉云：

> 夫心者，罪法之原，臧否之根。……專心滌祐，神與道俱。……群生賢聖，競於清淨，稱斯道曰大明，故曰法鏡。……都尉口陳，嚴調筆受。（《大正藏》卷十二，頁十五）

又〈法鏡經後序〉云：

> 夫不照明鏡，不見己之形，不識聖經，不見己之情。……不睹聖典，無以自明，佛故著經，名曰法鏡。（《大正藏》卷十二，頁二一）

僧會之注今已不存，惟序尚傳於世，略如上引。韓子云：「古之人目短於自己，故以鏡觀面。……失鏡則無以正鬚眉。」僧會博通群書，援華證梵。其撰《六度集經》第八十九為《鏡面王經》，述瞽人捫象之事，「鏡面王大笑之曰：瞽乎瞽乎！爾猶不見佛經者矣，便說偈言：今為無眼曹，空諍自謂諦，睹一云餘非，坐一象相怨。佛告比丘，鏡面王者即吾身是。」（《大正藏》卷三，頁五一）此寓目中，其王以「鏡面」為名，示非鏡無以明道，故知以鏡譬道，由來遠矣。嚴佛調亦號「嚴阿祇梨（阿闍梨）浮調」，乃漢人出家之最早者，其筆受於安玄之經，現存者又有《阿含口解十二因緣經》，同為漢人譯述之最早者。故知心如明鏡之喻，先出於蒙莊，復同符於象法。東漢人譯經早啟其端緒，久已家喻而戶曉也！

至於惠能之偈其「本無」樹、「亦無台」兩否定句，用「本無」之理，納諸實例之中，以破神秀之有，洵能窺見本體，故為五祖所深賞。其實「本無」一語，自東漢以來，般若諸經中，已自成一品，稱曰「本無品」，《放光般若經》（西晉無羅叉譯）列第十一，《道行般若經》（後漢支婁迦讖譯）列第十四，《大明度經》（吳支謙譯）亦列第十四。茲摘錄兩支譯語如次：

> （一）佛言如是：諸天子！諸法無所從生，為隨怛薩阿竭教。隨怛薩阿竭（如來）教是為「本無」，「本無」亦無所從來，亦無所從去。怛薩阿竭本無，諸法亦本無，諸法亦本無，怛薩阿竭亦本無。……須菩提隨怛薩阿竭教，怛薩阿竭本無，過去本無，當來本無，今現在怛薩阿竭本無等無異，是等無異為真本無。（《大正藏》卷八，頁四五三）

此為東漢月支菩薩支讖「本無品」中之譯文也。

（二）善業言：如來是隨如來教。何謂隨教？如法無所從生為隨教，是為「本無」。無來，原亦無去跡。諸法本無，如來亦本無無異，隨本無是為隨如來本無。如來本無立為隨如來教，與諸法不異。無異本無，無作者，一切皆本無，亦復無本、無等、無異。於真法中本無，諸法本無，無過去當來今現在，如來亦爾，是為真本無。（《大正藏》卷八，頁四九四）

此則吳支謙「本無品」中之譯文也。兩本當出一源。支讖云「隨怛薩阿竭教」，而支謙云「隨如來教」。怛薩阿竭即梵文 Tathāgata 之漢譯。一切皆本無，諸法亦本無，即「如來」亦復如是。此後禪宗可以呵佛罵祖，以「如來」亦本無也。惠能能說：本無樹、亦無台，已能深契「本無」之真諦。顧此義之傳入，自東漢支讖譯《道行般若經》「本無品」始，時已立「真本無」之義。禪宗之祖，只拾其牙慧耳，我故謂：六祖本無之語其淵源甚遠也。

僧祐書述《道行經後記》稱「（靈帝）光和二年十月，洛陽孟元士口授天竺菩薩竺朔佛，時傳言譯者月支菩薩支讖。侍者南陽少安、南海子碧。」《白石神君碑陰》有祭酒郭稚子碧，即是侍支讖譯經之南海子碧，與郭稚必是一人（湯用彤先生說）：佐譯經之郭稚籍屬南海，遠在慧能之前，五祖之初見慧能，言嶺南人無佛性，觀於郭稚之事，可知其不然矣。

余之至新興投刺，文物工作者迎迓，喜而言曰：國中文史教授能南來此地者，以余為始，使余受寵若驚。

然日本人士組團到此參拜已不止一次。一九八一年有大乘寺長老釋井進堂。一九八四年有京都大學柳田聖山，稱美此祖庭為荔枝之故鄉。國人反漠然置之，幸未曾加以現代化，其遺物建築不致如南華、雲門之蒙受無妄之輪奐藻飾，全失舊觀，余獨喜其能保存原有面目。以宗門而論，新州實是禪宗之「麥加」，而朝聖無人，可為浩嘆！豈緣宗教情緒之低落耶？抑仍以「嶺南人無佛性」而未加以重視耶？則非余之所敢知也。

法門寺——有關史事的幾件遺物

法門寺在中國佛教史上極為著名，由於它是韓愈諫憲宗迎佛骨的所在地，一向被稱為唐代「累朝迴向」的紺宇梵剎。[1]自從一九八七年於塔基地宮出土大量遺物，震爍一時，有人竟說可以成立一個法門學，來作專門研究，可見其受人重視的情形。我於一九八八年十二月上旬，出席西安半坡三十週年紀念學術會議。在會議結束後，同月十日，有機緣到扶風縣參加法門寺博物館落成典禮，親身看到近百年來首次破例舉行的隆重熱鬧的法會，並得縱覽法門寺塔基出土所有豐富而輝煌的各種文物，真是大飽眼福。關於發掘情況及遺物包括法器道具等的詳細報導，俱見一九八八年第十期的《文物》。我在本文只談一些看後觀感及關涉到的幾樁歷史事實，作為小小的補充。

1　見薛昌撰：〈唐重修法門寺記〉。

一、參預供養及奉送真身的名僧——僧澈與智慧輪

地宮出有兩件碑記，一是「大唐咸通啟送岐陽真身誌文」，一是「監送真身使隨真身供養道具及金銀寶器衣物帳」。後者長達一千七百字，對當日供奉品物的名稱、數量及有關人物的名稱，都有翔實的紀錄，作為研究資料是無上的瑰寶。誌文題稱：「淨光大師僧澈撰，臣令真書。」內記：「咸通十二年八月十九日得舍於舊隧道之西。」由此文所載，知主其事者，有「真身使小判官周重晦、神策軍營兵馬使孟可周，及武功縣百姓社頭王宗等一百廿人」。《文物》簡報稱「隧道」東壁題記有「右神策軍使衙子弟都部領迎送真身□□周」殘文，「周」字上有缺文，當然是「孟可周」，不成問題。

此文撰者僧澈，他的事蹟見《宋僧傳》卷六：京兆大安國寺，澈傳。澈是國師悟達的弟子。著有《法鑑》四卷、《法苑》十卷。懿宗好佛，每逢法集，躬為讚唄，澈即升台朗詠。勑造旃檀木講座以賜之。《新唐書．李蔚傳》記其「涂髹鏤龍鳳，葩蕤金扣之」，備極豪侈。又於福壽寺尼繕寫《大藏經》，每藏計五千四百六十一卷，雕造真檀像一千軀，皆委澈檢校。當時號為「法將」，勑賜淨光大師，咸通十一年也。[2] 澈內外兼學，辭筆特高，故十二年送真身誌文，亦出於其手筆，全篇盼有人能為錄出，俾可補入全唐文。

---

2 大正，冊五一，頁七四四。

至另一帳單，題云「興善寺僧覺支書」。當時興善寺諸大德，出力甚多，出土琱鏤精巧的銀畫，上面題記「大興善寺傳最上乘口佛、大教灌頂阿闍梨三藏苾蒭智慧輪敬造。」「咸通拾貳年閏捌月。」智慧輪的事蹟見宋僧傳釋滿月附傳。滿月事蹟亦見日本《圓仁行記》。傳云：

> 般若斫迦三藏者，或花言智慧輪，亦西域人。大中中行大曼拏羅法，……深通密語，著佛法根本。宗乎大毗盧遮那。……法之根本者陀羅尼是也。……又述示教指歸共一十（千）餘言，皆大教之於鈐鍵也。出弟子紹明，咸通中刻石紀焉。[3]

日本圓珍入唐，於大中七年（八五三）會見智慧輪，足見其人在咸通時之活躍。大正藏所收著述，在他的名下有：明佛法根本碑，[4]即傳中所稱述者，書題：「大興善寺大曼拏羅阿闍梨三藏智慧論述。」「論」字即「輪」之訛。又有新譯般若波羅蜜多心經，[5]與玄奘所譯稍異，如「色不異空，空不異色」句之上，多出「色空、空性見色」二句，是其一例。[6]關於密宗的著作，又有二種列下：

---

3 大正，冊五一，頁七二三。
4 列一九五四號，大正，冊四六，頁九八八。
5 列二五四號，大正，冊八，頁八五一。
6 福井文雅：《般若心經歷史的研究》，頁一四二。

摩訶吠室囉末那野提婆喝囉闍陀羅尼儀軌[7]

聖歡喜天式法[8]

前者題般若斫羯囉譯，後者題般若惹羯囉撰。《宋僧傳》作般若斫迦，按宜作般若斫迦囉為是，這些都是梵語 **Prajñāucakra** 的音譯，其義即為智慧輪。

智慧輪和書寫者覺支都為興善寺僧。段成式寺塔記：「興善寺在長安靖善坊，取隋大興城二字為名。」密宗大師金剛智於開元二十年終於洛陽廣福寺，其弟子不空則於天寶十五載還京，住大興善寺，自是此寺遂為密宗的重鎮了。

二、遺物與密宗儀軌的印證

地宮出土金銀遺物多為密宗法器，如閼伽瓶共有四件（標本 FD 5:017），其腹部即鏨一周八瓣的仰蓮，聳立三叉鈷戟的金剛杵（見《文物》圖版參之三）。足內墨書有「南」字和「東」字、「北」字，推知必當

7 大正，一二四六號，冊二一，頁二一九。
8 大正，一二七五號，冊二一，頁三二四。

有另一瓶書寫「西」字。智慧輪在他所著的陀羅尼儀軌裏面「作壇場品」說道：

> 壇四角各各著一香水瓶，其瓶口中著雜輕果子及花葉等。

又佛頂尊勝陀羅真言的「作尊勝壇法」云：其壇四角各安一瓶……壇前置一器水，或銅或瓷，取五股香、沈、蘇合、白檀、龍腦取香水汁，名曰閼伽水。別取一盞，或金或銀，盛鬱金香水。……[9]

閼伽梵言 **Arghya**，其義即為香水。這四個閼伽瓶即是分置於壇之四角者。

智慧輪所造的鎏金四天王盝頂銀寶函，其立沿處各鏨兩隻伽陵頻迦鳥（即妙聲鳥）。函身四壁鏨飾四天王像，榜題如下：

> 北方大聖毗沙門天王
>
> 托塔舉劍，梵言 **Vaiśrāvaṇa**，譯義亦稱多聞天。
>
> 東方提頭賴吒天王

9 大正，冊一九，頁三九一。

雙手持劍。梵言 Dhṛtarāṣṭra，亦稱持國天。

南方毗婁博叉天王

左手柱劍。梵言 Virūpâkṣa，亦稱廣目天。

西方毗婁勒叉天王

左手持弓，右手執箭。梵言 Virūḍhaka，亦稱增長天。[10]

按照密宗的儀軌、使用四天王圖像，是誦持陀羅尼和建壇結果必須的手續，密宗著述中不少談及此事。智慧輪在前引書儀軌的「畫像品」說道：

若有善男子善女人愛持此陀羅尼者，先須畫像。其畫像時，彩色中輒不得著皮膠，唯用香汁。……畫天王身著七寶金剛莊嚴鉀胄，其左手執三叉戟，右手托腰，其腳下踏三夜叉鬼。

又「結界品」說：

10 函上四天王圖，見《文物》頁二一。

又別請五方龍王、四大天王、二十八部諸鬼神。又別請五方藥叉眾……

智慧輪的銀函上四天王都腳下正踏著二位夜叉，誠如畫像品所言。憑藉四天王來守護四隅，早期漢譯密宗經典，像帛戶梨密（多羅）（即居南京的龜茲王子高座）的結界咒法已提及了，見孔雀王咒經卷下。[11]其淵源甚遠。金剛智的不動使者陀羅尼秘密法書中，畫像法亦列第一。[12]

智慧輪所著別有聖歡喜天式法，歡喜天是象鼻人身的誐尼沙像。我所見陳列品中有一件形狀作象鼻的雕飾，正為歡喜天，亦屬於密宗的法器。

三、供養品與武后

法門寺衣物帳石刻條列的品物，第一件便是武后所捨的裙，又懿宗、僖宗及惠安皇后供養於重寺的各類織繡服飾多七百餘件，這些絲織品有的保存在陝西考古所，我們得以寓目，大開眼界。法門寺藏的舍利，在武則天時代已受到極大的尊重。道宣記道：顯慶五年春三月，勅取法門寺舍利往洛陽宮中供養。「皇后舍所

11 大正，冊一九，頁四五八。
12 大正，冊二一，頁二三。

寢衣帳直絹一千匹，為舍利造金棺銀槨，數有九重，雕鏤窮奇。」[13]可知僧徒所製的金銀函還是沿用武后的遺規。

武后時，法門寺立有千佛碑，鐫千佛圖像，其圭首處刻一巨佛、兩侍佛、兩獅，雙側刻眾佛名，共廿二行，其中日月字形作ᘓ，ᔑ，是武后新製字。[14]

天后時的供養品，嗣後每取以賞賜寺院。諸暨保壽院《神智傳》：大中時賜左神策軍鐘一口，天后繡幢，藏經五千卷，裴休為書殿額。[15]威通時法門寺真身供養，必有天后舊物，是理所當然的。

四、懿宗迎佛骨之侈靡

法門寺藏舍利，據張仲豪的佛骨碑所記：「太宗特建寺宇，加之重塔，高宗遷之洛邑，天后薦以寶函，中宗紀之國史，肅宗奉之內殿，德宗禮之法宮。」至憲宗乃親迎佛骨。自咸通十二年八月十九日，得舍利於隊道之西，十四年，懿宗復至法門寺親迎，《通鑑》記云：

13 《集神州塔寺三寶感通錄》。
14 見黃樹穀《扶風縣石刻記》上。
15 見《宋僧傳》。

廣造浮圖寶帳香轝幡花幢蓋以迎之，皆飾以金玉錦繡珠翠，自京城至寺三百里間，道路車馬，晝夜不絕。[16]

場面比憲宗元和十四年更為弘偉。事具詳蘇鶚的《杜陽雜編》和康駢的《劇談錄》。懿宗是一位奢侈浪費的君主。試舉一例，文懿公主的下葬，花費之巨，「凡服玩每物皆百二輿，以錦繡珠玉為儀衛，明器煇煌三十餘里」；「樂工李可及作嘆百年曲，舞者數百人。」[17]嘆百年曲即敦煌石窟所出的嘆百歲曲，他這樣窮奢極侈，其時龐勛已作亂，南詔又入侵，國庫枵耗，難怪唐祚不久亦就中斬了。

未幾懿宗崩，僖宗即位，詔歸佛骨法門寺，儀事至簡，一反懿宗之所為。

五、法門寺唐代石刻

法門寺在岐山鳳泉鄉。其寺原名阿育王。北魏時岐州牧大冢宰拓拔育始宏舊規，廣其台殿，刻石以紀之；隋開皇中，改為成實道場，仁壽末，內史李敏復修之。魏隋石刻、其詳皆莫考。唐武德中，改為法門寺。顯

16 標點本，頁八一六五。
17 《通鑑》，頁八一六一。

慶四年，勅僧智琮居之，賜名會昌寺。[18]

唐代該寺碑刻，金石志書可稽考的，有下列諸碑：

1 武后千佛碑

黃樹穀云關中唐碑，此推上上。

2 代宗大曆十三年（七七八），無憂王寺大聖真身寶塔碑銘。

由內供奉張彧撰文，宏農楊播書；播即楊炎之父[19]

3 憲宗元和十四年（八一九）佛骨碑

翰林學士張仲素撰[20]

4 懿宗咸通十二年啓送岐陽真身誌文

僧澈撰　令真書

5 咸通　年　監送真身使隨真身供養道具及金銀寶器衣物帳。

18 見《法苑珠林》三八。
19 見《陝西金石志》一四。
20 見《佛祖統記》四一。

6　（昭宗）天祐十九年壬午（九二二）重修法門寺塔廟記

由尚書禮部郎薛昌序撰，[21]此碑末題：天祐十九年歲次壬午二月壬子……記承旨王仁恭書，玉冊官孫福鐫字。碑側又有天祐二十年歲次癸未四月乙巳……建是款及僧惠初、神靜、諗琦及官吏李彥錮、法門寺都監劉源等題名。

按天祐為唐昭宗年號，其十九年壬午，唐亡已久，值梁末帝龍德二年，時李茂貞據岐州之地，仍奉唐正朔。茂貞事蹟詳《新五代史》卷四十〈雜傳〉。傳云：「梁開平以後，秦、鳳、階、成四州入蜀。唐莊宗破梁，茂貞稱岐王。及聞入洛，乃上表稱臣，莊宗……改封秦王。」是碑側題天祐二十年二月二十六日，已入後唐同光改元之五日。乃其碑篆額曰：「大唐秦王重修真身塔寺之碑」。然天祐十九年即西九二二元年，時同光尚未登位，據此碑則與歐史不合，殆茂負已先稱秦王矣。

碑中歷記天復元年、十二年、十四年、十九年、二十年歷次修塔寺故實。最重要為十四年建「十八間及天王兩鋪，塑四十二尊賢聖菩薩，及畫西天二十□祖兼題傳法記及諸功德，皆彩繪」。這些壁畫，可惜在歷史無情淘汰之下都已湮沒無存，聊舉其名，以供考古者的憑弔。

天祐此碑，是唐代法門寺最末的石刻，亦是所有唐碑的後殿。

21　文見《扶風石刻記》。

李茂貞據隅負固：依舊弘法，而維持唐統，故更值得一記。

地宮所出石刻，其一記云：「監送真身使，應從重真寺真身供養道具及恩賜金銀器物寶函」云云，知法門寺又稱重真寺。《扶風石刻記》下收有「咸平六年立宋重真寺買田莊記」之碑，在法門寺內，正可互證。附記之作為本文結束。

美國牟復禮先生，研精中國史學，退休徵文，謹以此篇奉獻，一九八九年二月於香港。

法門寺二：論韓愈之排佛事件

法門寺位於陝西岐山縣鳳泉鄉，原名為阿育王寺，唐高祖武德中，始改今名。自貞觀、顯慶、至德、貞元以來，朝廷屢次奉請法門寺寶藏的佛頂骨、指骨或舍利入宮。只有會昌滅佛時一度禁絕供奉。歷史上最有名的有兩次迎佛骨入宮，一是憲宗時，一是懿宗時，茲分述其事如下：

憲宗元和十三年（西元八一八）功德使上言：鳳翔法門寺有佛指骨。相傳三十年一開，開則歲豐人安，來年應開，請迎之。十二月庚戌朔，憲宗遣中使率僧眾迎之。十四年春，中使迎佛骨至京師，留禁中三日，乃歷送諸寺，王公士庶瞻奉施捨，惟恐不及。刑部侍郎韓愈上表切諫。表中大意有下面諸要點：其一，所謂佛不過是夷狄之一法，不知君臣之義，父子之恩。其二，各朝事佛者享年皆短促，梁武求佛反得禍，可為鑒戒。其三，佛身死已久，骸骨為朽穢之物，宜付有司，投諸水火。其措詞偏激，憲宗震怒，賴裴度、崔群之勸，乃貶愈為潮州刺史。

這是唐代最有名的一次迎佛骨的事情。元和十五年正月庚子，憲宗暴崩於中和殿，由於事如服金丹過多，變成躁怒，有人説是內常侍陳弘志所弒，得年僅四十三。距離迎佛骨不過一載而喪命。後此五十五年，懿宗咸通十四年（八七三）春三月癸巳，帝遣敕使詣法門寺迎佛骨，群臣多諫，有引憲宗故事規勸。這次迎佛骨規模更大，自京城至寺三百里，車馬不絕。夏四月壬寅佛骨至京師，迎入禁中三日，出置安國崇化寺。是年七月戊寅，帝疾大漸，癸巳崩於咸寧殿，年四十一。自四月迎佛骨至七月駕崩，不滿三個月，比憲宗死得更快。

唐代諸帝對佛態度，初期高祖曾下詔沙汰僧尼。太宗貞觀十一年詔，先道後佛，道教的排位在前，高宗以後，祀佛愈隆重，除會昌一朝滅佛之外，顯慶、至德、貞元諸朝都不斷奉請法門寺佛頂骨、指骨及舍利入宮。懿宗崩後，僖宗即位，同年（咸通十四）十二月己亥詔送佛骨還法門寺，佛骨從此遂埋於地宮之下，即近年掘出的塔基。地宮既經發掘，其隧道保存有〈大唐咸通啟送岐陽真身誌文〉及〈監送真身使隨身供養道具及金銀寶器衣物帳〉兩石刻碑文，題記年月為咸通十五年正月四日，因是時仍用咸通年號，僖宗至十一月方才改元曰乾符。物帳單臚列各物，自武后繡裙以下，寶器名目和出土的東西，大致不差，現均保存於博物館內。

韓愈在憲宗時諫迎佛骨，他似乎不大理會唐代皇室供奉佛骨本來已成為一種傳統習慣，在他的前面，傅奕亦反對佛教，這樣排佛，本來沒有新的意義。他從夷夏的狹隘民族觀點出發，只證明佛不過是夷狄之一法。他在早年所撰〈原道〉文中已經指出，人性好怪，乃至舉夷狄之法而加之先王之教之上，這樣一來，臣可不君其君，子亦不父其父，安得不淪胥而為夷狄？中國卻胡化了。他引用《大學》的文句，特別指出，先王相承之教，從堯舜禹湯傳至文武周孔，無形中建立道統，道統既立，則異端自然可以消弭。他的想法，當時事實上並沒可能做到，但對後來的影響極大。宋代理學家採取他的道統説，並發揚光大。而夷夏觀點，下至清初黃宗羲的《明夷待訪錄》初稿的《留書》，裏面談到《史》，便加以推演，提倡史學上的民族主義。

韓愈對於佛陀的生活，似乎很早就有一番了解。他寫過有名的長篇五古〈南山詩〉，其中一段運用五十個「或」字。這前無古人的創舉中，我嘗指出這一新奇的修辭手法是取自北涼曇無讖翻譯馬鳴（Asvaghosa）的《佛所行贊》（*Buddhacarita*）。他平生和僧人來往甚多，但始終沒有正面寫出詮釋佛教的文字。在他周圍的同僚與朋友當中，醉心佛法者大有其人，他的前任潮州刺史常袞，便曾經和魚朝恩、不空和尚及沙門良賁等十四人主持新譯的《仁王般若經》、《陀羅尼念誦儀軌》諸工作（見《大正藏》十九冊頁五一三），他所佩服的柳宗元，在元和八年馬總出任嶺南節度使，為六祖上書請求賜謚曰大鑒禪師，宗元即為執筆撰寫碑文，東坡大加讚賞，説它「絕妙古今，兼通儒釋」，是一篇「通亮簡正」之作。他的學生李翶，因為很得梁肅的賞識，著〈復性書〉，歐陽修跋其文稱「此中庸之義疏爾」。與修同時的僧人智圓自稱「中庸子」，事實是受李翶的影響。韓愈貶潮州以後，與大顛禪師相處甚為投契，他在〈答孟簡書〉再三強調，未嘗信奉其法，以求福田利益。這位孟簡，還兼通一點印度語文，且從事翻譯工作。只有韓愈一意孤行，力闢異端，毫無妥協的餘地，他向孟簡辨白重申佛法之不足信，佛不但不能與人以福，亦不能與人為禍，即令有之，亦非信道篤的君子之所懼。他的排佛立場非常堅定，和他的〈原道〉、〈諫佛骨表〉所陳述的道理前後是一貫的！

近時國內外談思想史的人們，喜歡自立新說，友人余英時教授在他討論唐宋時代對傳統思想的突破一文之中，指出韓愈原道思想的形成，可能受到禪宗的影響。他套用 Max Weber 的理論，用他的由他世界轉向此世界的術語（from 'other worldly' to 'this worldly'）來分析晚唐的禪家思想。他以為韓愈早年有一度被貶為陽山令，所居與六祖在韶州的曹溪很相近，不無得到禪家的浸潤。他支持陳寅恪意見，認為韓愈的道統說乃借用禪宗燈統，英時提出新證，認為韓愈〈師說〉所提及的「傳道解惑」句中「惑」字（delusion）乃出自禪門習語。（余氏說見《文德》頁一五八—一七一）

我的看法則有點不同。「惑」字在儒書出現甚多，《論語》孔子說「四十而不惑」。《荀子．解蔽篇》言人之患，蔽於一曲，「兩疑則惑」。他又在〈正名篇〉分析惑的類別，舉出亂名的三惑（即惑於用名以亂名，惑於用意以亂名，惑於用名以亂實）。名實混淆，終至大惑不解。儒家對解惑一事的重視，由來已久，韓愈尊荀，必有取於是，與禪家應該沒有甚麼關係。

至於儒、釋之間，持論往往互相為用，英時舉智圓與契嵩二例，此為一般所熟悉。其實自六朝以來，儒釋交融已久，宋代理學家陽儒陰佛，乃司空見慣之事，必欲說理學家所言之天理依傍禪門而生，則殊非公允之論。我始終認為「理」一字的來歷，分明遠出於禮家，荀子在《禮論篇》說道：

貴本之謂文，親用之謂理，兩者合而成文，以歸太一，夫是之謂大隆。

文理繁，情用省，是禮之隆也，文理省，情用繁，是禮之殺也，文理、情用相為內外表裏。

他區分文理和情用兩大因素來說禮，理是其中一大環節，而歸宿於太一。《禮記．禮運》亦說：夫禮必本於太一。

戰國秦漢人講太一，宋人講太極，這說明「人理」必本於「天理」。「天理」自有它的本原，和禪家無涉，問題複雜，當另行討論。

韓愈用「清淨寂滅」四字來概括釋氏宗旨，又引用《大學》古之明明德一段話，帶起宋代理學家尊重《大學》一篇，列為四書之一，朱熹在他的〈大學章句序〉中指出：「異端虛無寂滅之教，其高過於大學而無實。」他承認佛氏之教之「高」，但不切於實際。先王之教注重修己治人，化民成俗，是非常切近的日用倫常之事。佛家追求涅槃，在務實的中國人看來是不可能和不近人情之事。這是中、印民族思想不能相容的地方。禪門教訓從寂滅落實到當前生活上的砍柴挑水，好像是從他世界轉入此世界，但他們於禪定時候仍舊不忘他世界的追求，禪家根本對他世界沒有加以否定，僅是融合而非排斥，與理學還是二回事。

韓公〈與孟簡書〉末云：「籍、湜輩雖屢指教，不知果能不叛去否。」沒有提到李翱，是韓的心目中李翱已叛去了。黃宗羲曾說：「儒釋之學，……自來佛法之盛，必有儒者開其溝澮，如李習之之於藥山。」已正式給予道破。黃氏又說學佛者可分兩路：知佛之後分為兩界，有知之而允蹈之者，有知之而返求之六經者（見《黃宗羲全集．張仁庵先生墓誌銘》）。前者為真正之佛信徒，後者是利用佛以立說，可謂譎者，理學家不少屬這一類人物。

韓愈極尊崇孟子，謂其能拒楊墨，功不在禹下。他說「釋老之害過於楊墨」，又說「使其（先王）道由愈而粗傳雖滅萬萬無恨」，決無自毀其道以從邪之理，這是他的大無畏精神，有孟子「雖千萬人吾往矣」的氣概。他處處師法孟子，作〈伯夷頌〉，無異孟學的注腳。范仲淹曾作黃素小字伯夷頌，富弼題詩於後，杜衍因之有「希文健筆鈔韓文」、「欲教萬古勸忠臣」之句（《全宋詩》頁一五九八）。他標舉君子儒應有的獨立特行的崇高人格，可見他的排佛，完全從人的實際生活的角度，來糾正六代隋唐以降祀佛以求福田利益的虛妄和龐大的浪費。他指出佞佛者所得到的是享祚的短促，憲、懿二宗的後果，真不出他的預料。他的極諫，沒有收效，是失敗的，他明知迎佛骨入禁中是唐室的傳統，但他仍不顧一切提出抗議，貫徹他在〈原道〉所說的排除異端的主張，他那種偉大的實踐精神，一致受到後來理學家共同的隆重崇敬，這一成就是應該加以肯定的。

智圓《閒居編》有〈讀韓文詩〉云：「叱偽俾歸真，鞭今使復古。力扶姬孔道，手持文章權。」又有〈述韓柳詩〉云：「一斥一以贊，俱令儒道伸」，「去就亦已異，其旨由來均」。智圓兼綜儒釋，其〈自輓歌詞〉稱「平生宗釋復宗儒」，自是實情。這正是北宋初儒、釋交融的一例。

後記

一九九四年十月十一日余在北京，受故宮博物院招待，居和平賓館。法門寺館長韓金科來訪，贈該寺多次學佛教學術討論會論文集。首屆有韓國磐君〈論佛骨表小議〉。文中指出韓公諫佛之說乃沿用前人傅弈、辛替否之說，按傅、辛之反對佛教，各有其立場，詳《唐會要．議釋教上》傳說奉佛必短祚，法琳已有反駁。（見《廣弘明集．辨惑篇》）

參考書目：

貢新亞：〈說中唐政局與迎奉佛骨的關係〉，《法門寺歷史文化論文選集》。
陳慧劍：〈唐代王朝迎佛骨考〉（《人文雜誌》一九九三年增刊）。

師子林與天如和尚

蘇州以園林甲天下，師子林之名尤著。師子林位於潘儒巷內，東靠園林路，為元至正二年（一三四二）天如禪師惟則所建，竹樹怪石，俱可入畫。天如俗姓譚氏，吉之永新人。居松江之九峰。此寺名曰師子林者，記其學淵源於普應國師中峰天目明本，中峰為臨濟第十九世，居西天目之師子岩。中峰師法杭州高峰原妙，兩峰之學，至天如更為發揚光大。天如著《楞嚴經會解》十卷及語錄、剩語等，論建既多，宗門之「化機局段為之一變」（《姑蘇志》語）。

清顧嗣立輯《元詩選》，取材自天如門人善遇所編《師子林別錄》，稱「倪高士元鎮每過師子林，愛其蕭爽，為之繪圖。徐幼文復圖之為十二景。高季迪諸人題詠相繼」。雲林繪之師子林膾炙人口，當日作圖又有多人。王世貞〈書文徵仲補天如師子林卷〉云：「天如嘗有十六絕句贊勝詩。嗣善遇輩一分為十二景。而洪武初，王彝、高啟、謝徽、張適、王行皆遊，有絕句。前是朱提舉澤民圖之，徐布政賁圖之，倪山人瓚今趙善章復圖之。……文徵仲重貌其勝，書王彝、高啟之作，歸之主僧超然。」蓋為師子林作圖，始於朱德潤，下至文徵明皆圖之，足見師子林諸勝，對第一流畫家吸引力之大。又陸深跋云：「徐幼文入髩十二段，段有題名，猶損其一。後有姚少師廣孝跋尾。」幼文之畫明時已有缺損，惟分為十二景。自天如和尚為師子林即景十四首，其徒以十二景請徐賁作圖，其後王行、姚廣孝皆有師子林十二詠。當日翰墨之流多所題贊，張翥有五古一篇，鄭元佑賦五古，倪瓚作五律，道衍復有三十韻，凡此之作皆載於周永年之《吳都法乘》卷二十一〈憩息篇〉。明中葉園已零落不堪。文徵明復為補卷，沈周亦有師子林一律，其句云：「攏摠未來並已過，捱排昨日與今朝。」撏撦玄言，禪機滿紙，吳門畫家，熏沐於天如遺教者深矣。

香港北山堂藏有天如和尚手書《普說》一長卷，字大逾寸，長篇巨製，筆勢開張，渾穆沉厚，足以辟易萬夫，堪種劇跡。前題：「至元七年辛巳歲正月八日立，平江慧應禪寺眾請普說。」此文已收入善遇所編《天如語錄》卷之二，見《續藏經》第一二二冊（香港影印本）。卷末一段文字及開端數句，語錄刪去。其文如下：

……余因慧慶方丈若愚和尚率眾勸請，不容推避，引起一段葛藤，狼藉不少。大概曲為初機，一期方便，如蟲啣木，偶爾成文，亦何當有實言實句實義者哉。若愚乃摺紙為梵夾，覆命寫出，又有所不容推避者。既談於口，復書於手；雖非要譽，亦孔之醜，是歲二月初三廬陵惟則寓幻住庵書。

辛巳即元順帝至正元年（一三四一），正月尚未改元，故仍稱至正年號。其書此紙時寓幻住庵。幻住庵在蘇州閶門外，中峰明本師居此，撰有〈幻住庵記〉（宋濂亦有〈重建幻住庵記〉），至慧慶寺，《天如語錄》中有〈吳郡慧慶禪寺記〉，可見其概。

此《普說》卷後題識纍纍，記之如下：

一、倪長玗（明浩和尚）跋，略云丁酉三月九日（萬曆二十五年）於慧慶寺見此卷。又記天啟間此卷由寺僧持乞蓼洲周家題跋，周為魏璫緹騎捕去，此卷棄亂楮中，家人見有紅光，失而復得，儼有神物呵護，亦云奇矣。

二、萬曆初王穉登贊。

三、崇禎元年文震孟題贊。

四、崇禎辛未（四年）劉錫玄跋。

五、西空道人朱鷺跋。

六、崇禎丙子（九年）陳繼儒題。

七、崇禎癸未（十六年）洗松道者周永年贊。

八、乾隆五十年玉蓼庵（法名際川）題。

九、乾隆己酉十一月錢大昕觀款。（下略）

此卷又有袁廷檮印，清時曾經袁氏收藏。至今完好，紙墨如新。陳眉公先見倪雲林圖及文徵明著色卷楷書詩，後獲睹天如此手跡，稱其真是「獅子一鳴，百獸腦俱裂」。為之驚嘆！周永年跋，贊賞其「以筆為棒，點畫為喝」，「亦手亦口，以蒼蠅聲，敵獅子吼」。我嘗取原卷為諸生講説，截斷眾流，直指心性，恍如置身師子林中，與天如師精神相接，而教室渾成禪堂矣。閱元刊本《天如剩語》，記釋迦降誕之日，師拈丈示眾曰：「頂門有一竅，露堂堂無所覆藏，腳根下有一機，活潑潑無所滯礙。」一針見血。師之學以禪入淨土，承中峰之淨土百八偈，返約著為《或問》，言「淨土不離本心，與西來意曾何差別，特被機之異而已」（參鄭元佑至正壬辰序）。其發於書藝，亦以機運行，思路筆路，湛然無二，筆筆深入腠理，堅不可拔，彼以側媚取態者，見師之書，自應惕惕然，羞愧無地！

禪家之學，影響及於藝事，自元以來，已深入詩流畫伯之心坎。八大取「八還」為號，向疑其得力於思翁《畫禪室》，實則祝允明〈記夢中作伽陀〉，早已溯及楞嚴八還之句。乃知吳門名家，久契禪機。周永年題此卷在甲申明亡之前一歲，永年畢生精力，瘁於《吳都法乘》一書，余曾循覽一遍，凡與天如和尚有關文字，無不網羅於斯！書中卷二十五〈敬佛篇〉記朱鷺事，採自錢牧齋、張世偉所述。朱鷺題天如此卷云：「元季多能書人。此冊中字，勁鐵骨子，較趙承旨十倍勝，誠足寶賞。觀者往往贊不容口，乃至以字掩文，放過一片婆心吃緊警切意，所謂拾皮毛而吐髓腦者更可閔！」今世道與藝分途，幾如南轅北轍，誦鷺此語，可發深省！鷺字白民，吳江人，嘗參雲樓宏，工寫竹。北山堂藏有鷺竹一幀，瀟灑出塵，禪機流露。晚歲居華山蓮花峰下，修念佛三昧，自號西空居士，年八十。鷺題天如此卷署年七十九，則在其卒前一歲也。

北山堂藏天如此卷，書藝價值至高，朱鷺以為勝於趙松雪，自非阿其所好，爰為著文推介，以公同好，並申論天如師之師子林，及其對明吳門畫家之影響，為談藝者進一解云。

嶺南考古三題[1]

竊有二三問題，久梗胸中，願借此拈出，以供討論。

一、出合浦縣西漢大墓的「勞邑（邑）執封」一印，楊式挺君據《漢書．地理志》斷為朱盧縣，應在合浦。按《水經．鬱水注》：「鬱水又東逕高要縣，牢水注之，水南出交州合浦郡，治合浦縣，漢元帝元鼎六年平越所置也。……牢水自縣北流逕高要縣入於鬱水。」《漢志》合浦郡臨允縣下云：牢水北至高要入鬱。楊守敬謂牢水今曰羅銀水。出新興縣西南，東北流至高要縣南入西江，余謂勞、牢同音，勞邑可能因牢水而得名，勞邑所在，可提供一線索。

二、《水經．浪水注》：「浪水……又逕博羅縣西界龍川，左思所謂『目龍川而帶坰』者也。趙佗乘此縣而跨據南越矣。」左思語出〈吳都賦〉，佗秦時曾為龍川令。〈浪水注〉記尉佗墓甚詳悉，引裴淵《廣州

1 此文係《廣東文物考古論文選集》（楊式挺著）之序言。

記》：「城北有尉佗墓，吳黃武五年，孫權使治中從事呂瑜訪鑿佗墓，自天井至此山……率不能得。」《御覽》五三引裴淵同記：「城西北五里連續大崗直上百尋，名為趙王冢。吳朝掘尉佗墓竟無所見，於天井崗得六玉璽。」是佗墓吳時發掘實況如此。（《水經注疏》卷三十六、江蘇古籍出版社印本，頁二九九三。）

考《元和郡縣志》，嶺南道南海縣下云：

趙佗故城。……尉佗墓在縣東北八里。

又言：佗葬在禺山。葬與此相連接耳。

又《郡縣志》十七河北道真定縣下：

趙佗墓，在縣北十三里。……文帝為其先人置守冢，昆弟在者存間之。

此敘唐時佗原籍真定有佗之墓，當是後來衣冠塚，佗無由返鄉立冢也。而禺山之冢，亦復撲朔迷離。近日廣州市忠佑大街掘出南越宮署遺址，有斗大「蕃」字大篆，刻鋪砌石板之上。是否屬佗時物，尚未能定。論者謂是南越國宮署遺址（一部分）。按《御覽》一七二引《廣州記》，尉佗築朝台以朝天子。又引《南越記》：「朝台下有趙佗故城。朝台西三十里即崗旁江，構越華館以送陸賈，因稱朝亭。」帶「蕃」字鋪砌，與朝台有無關係，正有待於尋證。

三、刻劃於陶器上之符號，為江南地區百越史前文化之共同因素，廣東亦然。始興白石坪、饒平浮濱、曲江石峽（上層）、佛山河宕等處皆有刻符陶片。楊君撰〈探索百越文化源流的若干問題〉一文中，提出肩斧、段斧、石鉞諸器流布及於海外印支半島。此事日本及菲律賓考古家討論至繁，孰先孰後，目前仍難遽下斷語。所謂百越，實不限於兩廣，宜賓亦出肩斧、段斧。遠至西南雲貴高原，亦有越人足跡（參看汪寧生文，載《百越民族史論集》頁二三一，拙作《選堂集林．史林》頁一三九九）。一九六三年，我在印度蒲那（Poona）研究 Indus Valley 圖形符號，涉獵印度地區考古書籍，始知肩斧、段斧亦密布於印度東部 Assam 及 Bengal 山區地帶，考古學者 Bridget 輩都承認在新石器時代受到中、緬的影響。余曾舉出印度 Rangpur 出土陶文與華僑新村陶符雷同之例（參看拙著《梵學集》頁三五三至三七一，上海古籍出版社），百越常見之|||、X、⧖、↑諸符號均見於印度。《華陽國志．南中志》記「永昌有閩濮、鳩僚、僄越、裸濮、身毒之民」，印度人久已僑居於滇越。僄越即緬甸，故余認為古代越族文化侵入印東，似為不爭之事實。滇越為乘象國，或謂 Diavat 即 Dāava 之對音，地為印度之 Assam，《大唐西域記》之伽摩縷波（Kāmarūpa）。《大戰書》記 Prajiyotisa 有支那人。（參汶江：〈滇越考〉，《中華文古論叢》1980/2）殆古越人之西徙者。所謂「越」者，其分布至廣，可能遠及於南亞各地，此一嶄新課題，有需要繼續深入探討，一向未有人注意及之，故為

拈出，以質正於高明。

以上三點，略攄所見，幸垂教焉。

從對立角度談六朝文學發展的路向

魏晉南北朝是一個複雜混亂的時代，也是一個承先啟後的時代；從三國的鼎立，到南北朝的對峙，又是一個對立的時代。除了是政治的對立，還有思想的對立和文字的對立。思想的對立，主要表現在廟堂和山林的對立；換言之，在野的想出來做官，做官的卻想退隱。文字的對立，即是胡與漢的對立。這樣的對立，貫串了整個時代；而文學的發展，便在這對立情況之中，有著各種各樣的表現。

魏晉南北朝文學的最大發展，是「集部」的形成和推進。集是收集的意思，除了彙集個人的作品，還把別人的作品收集累積。過去是沒有這樣的「集」的名目，漢人是把思想性、政治性或各種的文章組織成集，是屬於「子部」的。魏晉南北朝以來的集就不同了，這種蒐集的工夫，我們把他叫做 collective work。除了個人自己蒐集以外，還有奉詔編集的，例如裴松之注《三國志》，據《宋書．裴松之傳》記載，是宋文帝命裴松之採三國異同作注。裴松之於是「奉旨尋詳，務在周悉」，「鳩集傳記，增廣異聞」。這個時代，王家和私家都紛紛從事輯集的工作，集的發展就成為南北朝文學的特徵。

我認為魏晉南北朝文學如此的多姿多采，文字上胡漢的對立亦是一個重大關鍵。所謂「胡」，在漢代是指匈奴，魏晉以後，已不止是匈奴了。這時代的胡語，印歐語系，連帶伊朗語系也包括在內了。從敦煌經卷中的佛教經典，可以幫助我們理解當時的胡語究竟是甚麼樣的。在胡、漢對立中，歷史上有一件事，是大家都未曾注意的，就是漢靈帝時，中國開始盛行胡化。《後漢書．五行志》説「靈帝好胡服、胡帳、胡床、胡坐、胡飯、胡空侯、胡笛、胡舞，京都貴戚皆競為之」。這個所謂胡者，事實也不單是指印度的。在語言文字的胡漢對立當中，首先面對的是繙譯的問題。關於內典的繙譯，梁朝僧祐（《文心雕龍》作者劉勰的老師）《出三藏記集》，收釋道安〈大品般若經序〉，文中提到「五失本三不易」的説法，就是討論佛經的繙譯問題。在胡漢的繙譯中，胡人曾有很大的推動力；其中最有成效的，我認為不是鳩摩羅什，而是更早期的支謙和康僧會二人。支謙是月支人，其父於漢靈帝時歸化中國。他「十三學胡書，備通六國語」（《祐錄．支謙傳》）。在孫權黃武元年（二二二）開始繙譯佛經，至孫亮建興中（二五二至二五三）共譯了四十九部之多，他的譯文非常優美。至於康僧會，「其先康居人，世居天竺，其父因商賈移於交阯。十餘歲出家。」（《祐錄．康僧會傳》）他在孫權赤烏十年（二四七）來到建業，並開始繙譯佛經的工作。他譯的《六度集經》，文字好得很。康僧會是以文言來繙譯的，文字水平極高，其風格又與支謙不同。我認為做繙譯的人，應該先通一種文字，再通別種，這樣的繙譯才好。我們看錢鍾書的繙譯文字非常好，我就説是他的中文好，中文比英文好，所以他繙譯法文、德文都是那麼好。因此，繙譯之功，支謙、康僧會二人當在鳩摩羅什之上。有了繙譯以後，對文學視野的拓展，起了很大的推動力。

在胡漢對立的問題上，駢文也有很密切的關係。駢文的前身，就是駢字。清雍正時編了一部《駢字類篇》，他在序文解釋駢字的意思，「比事屬辭，蓋駢文義也。」六朝時代，駢字的發展特別多，像《世說新語》中就有不少駢字，舉〈文學篇〉一個例子來說：「桓玄下都，羊孚時為兗州別駕，從京來詣門牋云：『自頃世故睽離，心事淪蘊，明公啟晨光於積晦，澄百流以一源。』」其中睽離、淪蘊，都是駢字。有人統計《世說新語》裏頭的駢字有一千五百四十一個，還不包括常用名詞；《楞嚴經》裏的駢字有四千二百個。到了謝靈運時代，他的詩文真是駢字滿眼了。我覺得駢字的發展，是駢文發展的基礎；而佛經的繙譯，給我們有很大的推動。很多佛經的序文，差不多有百分之六、七十，是用駢文寫成的。這可反映駢文與佛教關係的密切了。這也是我在胡漢對立問題上的一點看法。

在「集」的方面，除了為個人著作、他人著作，以至某種文體編集之外，更有「別傳」和「方志」的收集。魏晉以來寫別傳的風氣很流行。雖然別傳帶有小說的色彩，但又可在正史傳記以外提供另外的資料；在文獻學上的價值是重要的。劉孝標注《世說新語》，就把當時的別傳收集起來。根據宋人高似孫《緯略》統計，劉孝標的注中收錄別傳一百六十八家，數量是驚人的，所以他的注特別出名，就是因為他保存了這麼多的原始資料。這種方法當然是學裴松之注《三國志》的。至於方志的收集，則有《水經注》。今天研究《水經注》的不在地理方面，因為地理也不一定準確。酈道元是北方人，未到過南方，所以廣東、雲南的水道，都有錯誤之處。然而，史稱「道元好學，歷覽奇書」（《北史．酈範傳》）。故《水經注》徵引的方志很多，給後人提供不少寶貴的文獻資料。例如今天發現的南越王墓並不是尉佗的墓，而是他的孫子趙眜的墓，據《水經注》所引裴淵《廣州記》謂「城北有尉佗墓，墓後有大岡，謂之馬鞍岡」。及王氏《交廣春秋》謂「佗之葬也，因山為墳，其壠塋可謂奢大」。從這些地方志的敍述中，可知尉佗墓之大。《水經注》在這些小地方也講得非常清楚，文字亦很優美。《水經注》的可貴地方，就是酈道元蒐集地方志的結果。

此外，類書的編集也對六朝文字起了推動作用。魏晉以來，講究用典；而典故不能全放在腦袋裏頭，要靠翻書的。類書始於曹丕的《皇覽》，據《隋書．經籍志》，《皇覽》有一百二十卷，現已散佚。後人輯有《冢墓記》及其他片段共二十餘條資料；在我看來，它不甚像後來的類書。當時負責編撰的有韋誕、劉劭、桓範、繆襲和王象等五人，其中最主要的是秘書監王象。六朝時代，從類書的編撰也可以反映出南北的對立。大家都知道，梁武帝學問很好，亦雅好文學，但心胸卻不廣。他的弟弟蕭秀也「精意術學，搜集經記」（《梁書．安成康王秀傳》），曾招劉孝標編一部類書名曰《類苑》，共一百二十卷。孝標曾在梁武帝的圖書館看過書，後來因策錦被疏用典故事開罪了武帝，武帝沒給他任何升遷的機會。武帝亦因這部《類苑》，詔徐勉舉學士入華林，花八年的時間，編了七百卷的《華林遍略》。目的就是要超過他的弟弟，不讓蕭秀佔先。

這是南朝的事。後來《華林遍略》傳到北朝去，當日開始傳到揚州，賈人以為奇貨。值高洋領中術監，集書手多人一日一夜寫畢。退其本，曰：「不需也。」這是很有名的故事。後來祖珽聽從陽休之的計策，把

《華林遍略》改造，補充一些材料，特別是補入了《十六國春秋》——這書是蕭方等於二十二歲時寫成的，後來散佚了很是可惜！祖珽的輯補成為《玄洲苑御覽》，後來改名為《聖壽堂御覽》，後又更名為《修文殿御覽》，因為北齊大同有七個修文殿。《御覽》的名稱就由此而來，後來北宋的《太平御覽》命名便是仿此。敦煌鳴沙山石窟發現一寫本，伯希和列目P.2526號，存有鳥部鶴類四十六條、鴻類十八條、黃鵠類十五條、雉類四條，合共八十三條資料。羅振玉肯定就是《修文殿御覽》，訂名為《修文殿御覽殘卷》，收入於《鳴沙石室佚書》中；吾鄉潮陽鄭氏刻《龍溪精舍叢書》，據羅氏影本刻入，亦依題為《修文殿御覽》。但是，洪業卻加反對（見〈所謂《修文殿御覽》者〉，《燕京學報》十二期），他認為《修文殿御覽》主要是徵引《十六國春秋》，而殘卷第七十七條不引《十六國春秋》而引《趙書》，內有小注，斷定殘卷並非《修文殿御覽》，而是《華林遍略》。現在暫且不管殘卷究屬何書，類書的編撰，正好反映了梁武兄弟間的對抗，南北的對立。編輯類書工作的競爭，這說明類書在撰文運用事類的重要性，也對六朝文學起了很大的作用。

此外，我們讀顏之推〈觀我生賦〉，其中他自己的注語說他負責編撰《修文殿御覽》的。據《北齊書·文苑·顏之推傳》載之推撰〈觀我生賦〉，自注曰：「齊武平中，署文林館待詔者，僕射陽休之、祖孝徵以下三十餘人。之推專掌其撰《修文殿御覽》、《續文章流別》等，皆詣進賢門奏之。」說到顏之推，大家都熟知他的《顏氏家訓》，原來他也編類書、編文集的。有趣的是，南朝有昭明太子編《文選》，北朝也繼摯虞《文章流別》，來一個《續文章流別》。從文集的編撰，也反映到南北對立的層面上來。

說到編集之事，六朝時除了各種文體都有集外，連聲音材料也有集。最早是呂靜《韻集》，他是《字林》的作者呂忱的弟弟。可惜此書已佚。據《魏書．江式傳》：呂忱弟靜，「別放故左校令李登《聲類》之法，作《韻集》五卷，宮、商、角、徵、羽各為一篇」。呂靜此書，開後世韻書的先河。

集的作用，是把資料集中在一起，以供學習研究。這時期的作者，一方面做文章，一方面亦做文章的收集和研究。我說文學應包括兩部分，文是文篇，學是學術。編集就是文與學兩方面的結合，以學術來促進文學。因此，把文章收集，加以整理研究，是有助文體推波助瀾的功用。《文心雕龍》一書就是個好例子。上半部講文體，當時每種文體都有集，賦有賦集、詩有詩集，而《文章流別》其書還存在於世，劉勰分析文章文體時很是方便，因有很多已集中起來的材料可供使用。甚至當時仍流傳著某類文體的總集，集內序文的文學理論，都可以給他應用。可惜這些集差不多統統散佚了，我們今天也無從核對。但是可以肯定地說，《文心雕龍》中的文體理論部分是大量利用了六朝以來各類總集的材料的。從這裏可以看出，某一類別總集的編撰，對文學理論發展大有幫助的地方。

《文心雕龍》下半部的很多文學觀念。內容太多，不能贅述。不過，說到文學觀念，有一事應該提出。我覺得《世說新語．文學篇》很重要，雖然篇幅很小，但提出很多重要的文學概念。姚鼐所說的「神、理、氣、味」，〈文學篇〉幾乎都有提到。其中最多的是「理」字，有勝理、名理、精理、義理、本理、唱理、性理，又有理源、理窟等，不下七、八處之多。言「神」，則有阮籍〈勸進文〉「時人以為神筆」；言「氣」，則有王逸少「本自有一往雋氣」，張憑「負其才氣」，「劉伶著〈酒德頌〉」，「意氣所寄」；至於「味」，則謂「莊子〈逍遙篇〉，舊是難處，諸名賢所可鑽味、而不能拔理於郭、向之外。支道林在白馬寺中，將馮太常共語，因及〈逍遙〉，支卓然標新理於二家之表，立異義於眾賢之外，皆是諸名賢尋味之所不得。後遂用支理。」談〈逍遙遊〉卻有「鑽味」、「尋味」。由此可見，單從〈文學篇〉已可得到如此重要的文學概念。當時那些論「文學」者，一半是和尚，一半是玄學家。因此，我有一個奇怪的想法，魏晉時代是個「先理學時代」。今天稱宋學為理學，並不很對，應該添一個「先理學時代」的魏晉。大家都把魏晉學術說成「玄學」，而漏掉了「理」；以為只是說「玄」而不談「理」，這是不正確的。理有宇宙之理、天地之理、人生之理、文學之理；這一時代理是常常說到的，不是宋代的人才懂得說理學。所以，與其說魏晉是「玄學時代」，不如說是「先理學時代」，更為恰當。

一直以來，大家對魏晉時代的談理都不大重視；因為談理的大多數是和尚。這正好說明佛教入中國以來，對思想界、文學界產生的影響力。南北朝時代，南北對立、胡漢對立，種種的對立衝擊，把文學變得五光十色、光怪陸離了。但總的來說，魏晉時代的文章風格是「清遠敻絕」的，齊梁以後，就變為「繁縟典麗」了。雖然大家都不甚注意「清遠敻絕」，只有章太炎提出魏晉玄遠的說法。文章之所以「清遠」，原因是用以談「玄」。《世說新語．文學篇》就提到「荀粲談尚玄遠」，又謂「支（道林）初作，改轍遠之；不覺入其玄中」。由於入於玄中就不覺風致清遠。魏晉以來，無論是辯論的文章，論才性的文章，大抵形成「清遠」

的風格，開後來散文一路。魏晉時代的文章，最好是以郭象《莊子注》為代表，郭《注》的文章好極了，是可以背誦的，允為「清遠」的文風的典型。齊梁以後則是駢文了，大家都熟知的，我也不必講了。

我今天從對立的角度來講魏晉南北朝文學，由於文獻不足之緣故，其中很多的論點和材料都是零零碎碎的。我感到最可惜的是中國人歷代戰爭打仗事情太多，文獻材料不能保留下來，歸於澌滅。現在我們要講的東西很多，卻苦於沒有材料。舉例來說，梁朝時代，劉宋幾個君主都有文集，到了隋代很多已失去了。在《隋書·經籍志》裏集部所著錄的書，今天幾乎全都散佚了。我們是世界上最能毀壞自己文獻的民族，別的國家是沒有這樣自我拋棄的。就連阿拉伯人都不會這樣，我們在外國可隨處見到阿拉伯人的寫本，可遠追溯到文藝復興以前的時代；中國人卻甚麼書都沒有了，現在就只靠敦煌出土的一些零星的資料，非常可惜，也是我們最大的不幸。我們要研究魏晉南北朝時代，就必須從其他地方，辛苦地把資料鈎索出來重新整理，才可以弄清問題。但是，還有一點要提出來的，是佛經並無太大的損失，歷代的佛經大致能夠保留下來；雖然佛經並不是太多人有興趣去看，但是在佛經中尋找新的研究材料，是很重要的，也希望大家多多注意和努力。

「唐詞是宋人喊出來」的嗎？

——說「只怕春風斬斷我」

一

學術愈辯愈明；亦有求之過深，橫生枝節，支離蔓衍，如治絲而益棼者。近時學術界對於「唐詞」的新說即是其中之一例，有重新檢討之必要。由於敦煌石窟所出有《雲謠集雜曲子》，是一部有關倚聲的總集，說者目為詞集的大輅椎輪，它卻用「雜曲子」三字來命名，並沒有用「詞」字，亦不稱曰「曲子詞」，於是引出一些新的說法。

任半塘在《敦煌歌辭總編》的例言中，開宗明義便說道：

> 此編堅決肅清「宋帽唐頭」之「唐詞」意識，而尊重歷史，用「唐曲子」及「唐大曲」兩種名稱代之。

他毫無餘地要取消「唐詞」這一名稱，肆力抨擊自王國維以來使用「唐詞」一名的諸家，他的理由是這樣的：

> 夫「詞」，乃趙宋雜言歌辭體之專名也。蔣氏（禮鴻）倘認雲謠鳳歸雲等之體即趙宋之「詞」，則趙宋有詞並盛行時，唐人逝矣！逝矣！安從預曉預行此體，而規橅之歟？故「敦煌詞」一名立足不穩，王國維誤人！「雲謠集」三字下原本寫「雜曲子」，唐人用對大曲言，不云「雲謠集曲子詞」。「曲子詞」初盛唐有之，此名始見《花間集》序。王重民誤認伯二八三八既寫於朱梁間，雲謠各辭即作於朱梁間，故借用晚唐、五代達官貴人自命所作之「曲子詞」名，以名唐代民間作品，已覺未合。而雲謠諸作中，國人早已識其有盛唐作品在，今復肯定其數，且在半數之上，顧尚可貿貿然捨棄原選原寫之名，而妄易以二百年後始見之名乎？……（頁九四）

他批評蔣氏不用《雲謠集雜曲子》原名而易稱為「敦煌詞」之不妥。他認為「詞」是趙宋雜言體的專名，不可用以稱《雲謠集》中的作品。可是，吾人應該注意：把倚聲之作稱之為「詞」，是否專限於「趙宋」一代？唐人果真從未有這一稱謂嗎？至於使用「唐詞」一名，如果始於王國維，才能說人們受到王氏所誤。任氏自己明知「曲子詞」三字見於《花間集》序，而「曲子詞」一名分明帶有「詞」字，其文出於五代時《花間集》詞之一作者歐陽炯之手；其事已在趙宋之前，單就這一點來推敲，安得謂「詞」字為趙宋所專有？豈非自陷於矛盾乎？他偏偏要責備王國維在《人間詞話》中有一總概念曰「唐詞」，謂：「王氏見鳳歸雲二首天仙子一道而已，即出其自己創造之唐詞概念，以強加於唐代民間之作品，可乎？」這樣說來，他認為「唐詞」這一概念是出於王國維的創造，故推說各家都為王氏所誤。實則，這是一個毫無根據的主觀論點！我們試看朱竹垞《詞綜》卷一，早就列出「唐詞」六十八首。在朱氏之前，萬曆年間，常州人董逢元輯有《唐詞紀》十六卷，雖然四庫提要對這書沒有好評，但他分明已使用「唐詞」一名，可知在明代早已出現了！其他不必多事徵引，這可證明「唐詞」概念絕不是王國維開始作俑的！

唐五代人的著作中，許多地方都提到「詞」字。《花間集》詞另一作者孫光憲，他的《北夢瑣言》，便稱溫庭筠的集名《金荃集》為「詞」，原文如下：

> 其詞有金荃集，取其香而軟也。[1]

溫飛卿的作品，在劉昫的舊唐書本傳中稱他：

1 見龍沐勛《詞體之演進》引《北夢瑣言》，但不見於該書林艾園校本。

能逐絃吹之音，為側艷之詞。[2]

這些都用「詞」字，來概括溫氏的作品，而不稱之曰曲子或雜曲子。至於「曲子詞」一名，除《花間集》序之外，孫光憲《北夢瑣言》亦說：

晉相和凝少時為曲子詞，布於汴洛。洎入相……終為艷詞玷之。契丹入夷門，號為曲子相公。[3]

他的書中，屢屢用「詞」字，如記：

唐路侍中巖……鎮成都日，……以官妓行雲等十人侍宴。移鎮渚宮日，於合江亭離筵贈行雲等〈感恩多〉詞，有「離魂何處斷，煙雨江南岸」。至今播於倡樓也。[4]

---

2 卷一一九下，據百衲本影印明聞人詮的覆宋本。
3 卷六，一一零條。
4 卷三，三二條。

《花間集》中牛嶠有〈感恩多〉二首，此斷句應是發端二句。又記：

天復三年，（昭宗）車駕移都東洛，既入華州，百姓呼萬歲。……沿路有〈思帝鄉〉之詞，乃曰：

紇干山頭凍殺雀，何不飛去生處樂？況我此行悠悠，未知落在何所。

可見唐末五代時，「詞」字已甚通用。他所載錄有「感恩多」詞、「思帝鄉」詞諸斷句。林大椿書，昭宗僅錄四首。無此〈思帝鄉〉詞。查溫飛卿、韋莊都有〈思帝鄉〉，押平韻，句式與此不同。光憲於後唐明宗天成初，至江陵，歷事荊南高氏三世。此書即在荊南時所作，與歐陽炯同時，二人不約而同都使用「曲子詞」一名。

再驗之敦煌寫卷中，不少大曲、曲子在曲名之下多繫有「詞」字，如P. 3271卷內題：

泛龍洲詞

鄭郎子詞

水調詞

樂世詞

S.6537題：劍器詞。（參拙作《敦煌曲》頁四一）

任氏《校錄》都把各「詞」字刪去，是不忠實的！

其實，詞字的使用，唐人在宴會時亦常見之。唐孟棨《本事詩》沈佺期條云：

嘗內宴，群臣皆歌迴波羅，中宗命群臣撰詞起舞。佺期詞曰：迴波爾時佺期，流離嶺外生歸。身名已蒙齒錄，袍笏未復牙緋。（《津逮秘書》本）

孟棨書自序題光啓二年唐司勳郎中，他乃僖宗時人。迴波羅即迴波樂，此稱為「詞」而不稱「曲子」。

又唐昭宗所寫的曲子，在《舊唐書・本紀》都稱之為「詞」，如云：

送御製楊柳枝詞五首賜之。（指朱全忠）

令樂工唱御製菩薩蠻詞。

於曲子名目下加一「詞」字，標明這種作品是「詞」，在唐人著述中，時時可見到。白居易〈醉吟先生傳〉：「又命小妓歌楊柳枝新詞十數章，放情自娛。」（宋刊《白氏長慶集》卷十）白氏楊柳枝共有十首，所謂「古歌舊曲君休聽，聽取新翻楊柳枝」是也。（見《唐五代詞》頁三三）他自稱為新「詞」。范攄的《雲溪友議》云：

裴郎中諴，晉國公次子也，足情調，善談諧。舉子温岐為友，好作歌曲，迄今飲席，多是其詞焉。裴君既入台，而為三院所謔曰：「能為淫艷之歌，有異清潔之士也。」裴君〈南歌子〉詞云：「不是廚中弗，爭如炙裏心。井邊銀釧落，展轉恨還深。」又曰：「不信長相憶，抬頭問取天。風吹荷葉動，無夜不搖蓮。」又曰：「簳蟎為紅燭，情知不自由。細絲斜結網，爭奈眼相鉤。」二人又為新添聲〈楊柳枝〉詞，飲筵競唱其詞而打令也。詞云：「思量大是惡因緣，只得相看不得憐。願作琵琶槽那畔，美人長抱在胸前。」又曰：「獨房蓮子沒人看，偷折蓮時命也拚。若有所由來借問，但道偷蓮是下官。」温岐曰：「一尺深紅矇麴塵，舊物天生如此新。合歡桃核終堪恨，裏許元來有別人。」又曰：「井底點燈深燭伊，共郎長行莫圍碁。玲瓏骰子安紅豆，入骨相思知不知？」胡州崔郎中芻言，初為越副戎，宴席中有周德華。德華者，乃劉採春女也。雖羅嗊之歌，不及其母，而〈楊柳枝〉詞，採春難及。崔副車寵愛之異，將至京洛。後豪門女弟子從其學者眾矣。温裴所稱歌曲，請德華一陳音韻，以為浮艷之美，德華終不取焉。（上海涵芬樓景印常熟瞿氏鐵琴銅劍樓藏明刊本）

范攄，吳人。《唐書·藝文志》注稱為咸通時人，他居住會稽若耶溪，與方干同時（見余嘉錫《四庫提要辨證》卷十七，頁一零二三）。他和溫飛卿的時代相接，這段記載，其中用若干個「詞」字，可注意者四事：

一、指裴諴溫岐所作的歌曲為「詞」。

二、在詞牌下附加「詞」字，如南歌子詞、新添聲楊柳枝詞，楊柳之詞是。

三、飲筵所唱曰詞，同時亦是打令。

四、二人的作品，都稱「詞云」、「詞曰」。

《雲溪友議》這條材料，非常重要，完全沒有用「曲子」二字，都稱曰「詞」，足見這時作為歌曲的「詞」，不但應運茁長，而且成為新文體了。證之《樂府紀聞》所述：

> 宣宗愛唱菩薩蠻詞，令狐綯假庭筠手，撰二十闋以進。

溫飛卿時，「詞」的名稱，已很通行，和「曲子」一樣都可使用。這與「曲子」名稱在五代與北宋時並行不悖，完全一樣，故和凝可被稱為「曲子相公」，柳永樂章集內尚保存「續添曲子」情形正相同。

由上舉事實看來，我們不能咬定「詞」是趙宋的產物，只有宋人的作品才可叫做詞。從晚唐到五代，「詞」與「曲子詞」均同樣被人廣泛派上用場，何必強分畛域，硬說唐代只有「曲子」而沒有「詞」呢！

裴諴的南歌子詞是五言四句的齊言體，如范攄說，分明為「詞」。敦煌所出伯3836的雜言長短句體的南歌子，文云：「夜夜長相憶，知君思我無……漫畫眉如柳，虛勾臉上蓮。……天天天。因何用以偏。」摘辭命意，彷彿從裴諴句子而來，其間關係如何？還有待我們去尋思玩味。

楊柳枝到元代還被稱為「令曲」，元時胡三省《通鑑注》云：

> 楊柳枝即今之令曲也。今之曲如清平樂、水調歌、柘枝、菩薩蠻、八聲甘州，皆唐季之餘聲。又唐人多賦楊柳枝，皆七言四絕，相傳以為出於開元梨園樂章。（標點本頁八六零四）

可見元人仍稱楊柳枝曰令曲，與范攄所說楊柳枝，「詞而打令也」，正是一樣。唐人的楊柳枝以陳子昂所作「萬里長江一帶開，岸邊楊柳幾千栽。錦帆未落干戈起，惆悵龍舟去不回」一首為最早，詠隋煬帝事（林大椿《唐五代詞》失載）。裴、溫的新添聲楊柳枝仍是齊言七絕，唱時只是添助聲而不添字。惟敦煌 P.2819 及橋川藏本的楊柳枝作 74757475 句式，則為添字，其文如下：

> 春去春來春復春　寒暑來頻。
> 月生月盡月還新　又被老催人。
> 只見庭前千歲月　長在長存。

不見堂上百年人　盡總化為塵。

如果把七字句寫作大字來讀，兩兩對偶，自成為一首絕句。其他都是襯字。顧敻的楊柳枝作 73737373 句式，亦與此異。從寫作技巧論，遠不及是篇之婉媚動人，可惜如此佳篇竟不知出於誰氏之手。

任半塘之書，廢去「詞」字不用，而改稱曰「歌辭」，他強調主聲而不主文的立場，非常堅決。須知敦煌所出的歌曲，未必統統合樂。實則歌詞與樂曲本為二事。胡三省在後周顯德七年下注云：

> 廣順中，太宰卿邊蔚奏：敕定前件祠祭、朝命舞名、樂曲歌詞，寺司合有薄籍。伏恐所令與新法曲調，聲韻不叶，請下太常寺檢詳校試。若或乖舛，請本寺依新法的聲調，別撰樂章、舞曲，令歌者誦習，從之。（標點本頁九五九四）

胡氏引邊蔚語，實出自後周顯德時兵部尚書張昭的奏議，他加以節錄。從上列邊蔚的奏章，可以看出樂曲與歌詞事實分開，則「歌詞」也者，只是可以謳唱的文詞，而未必合樂。後周時有「新法曲調」，與「別撰樂章」的整理工作。所謂「樂章」，唐協律郎徐景安著有《歷代樂儀》三十卷，王應麟於《玉海》卷一零五稱這書第十卷題曰「樂章文譜」，有解說云：「樂章者，聲詩也。」任氏著《唐聲詩》一書，追尋聲詩一名的來歷，最早即溯源到徐氏此語。如徐說，聲詩即是樂章，後周整理之樂章，曾合新法曲聲調加以比勘檢校。上文引胡注，謂楊柳枝出於開元梨園樂章，是樂章與入樂之大曲、曲子有密切關係，故後來柳永稱其集曰《樂章集》，具見「歌詞」與「樂曲」、「樂章」涵義大有出入。楊柳枝原是梨園的樂章，在盛唐時，樂章實為「詞」之前身，任氏力譏唐詞意識之不符合歷史，不知令詞亦即樂章，打令可稱曰「令詞」，令下加「詞」字，與曲子之稱「曲子詞」，在曲子下加一「詞」字，詞兒的結構同例，何必膠柱刻舟，徒滋煩擾，故附為釐正，非好辯也。

二

近年詞學界興起一派新的論點：由於敦煌寫卷所出的《雲謠集》，標題曰「雜曲子」，因此，有人倡議唐代但稱曰「曲子」、「大曲」，未有「詞」的名稱。近見《詞學》第六期，夏瞿禪翁紀念特輯中，任半塘大聲疾呼地指責夏老，並提出「堅決廢除唐詞」一名號。他說：「唐詞是宋人喊出來的！」又說：「依調填詞的詞，並非始於北宋。初唐李靖早有七百首格調一律的《兵要望江南》。」作為倚聲的「詞」字是否在唐代完全沒有出現？關於這一問題，我在上文已給以澄清。後來，我又把台灣中央圖書館所藏舊鈔本《李衛公望江南》一書，加以整理，由新文豐出版公司印行。此書共收七百二十六首，內容非常雜亂。和張璋、黃畬二人合編的《全唐五代詞》中卷所收的《兵要望江南》比較，增加了二百四十一首之多，可說是託名李靖的各式各樣望江南的大雜匯。這書編成必在宋代，不能夠視為李靖的作品。我在該書序錄已指出：宋代目錄書所著錄的有下列各種不同的〈望江南〉：

一、王永昭《望江南風角集》二卷，見《宋史・藝文志》五行類。

二、包真君《望江南詞》一卷（崇文總目作《道術望江南》一卷）。

三、《周易斷卦夢江南》一卷，見《崇文總目》及鄭樵《通志》。

四、《大道夢江南》，見《紹興四庫闕書目》。

查題名李衛公的《望江南》書中，風角列在第二，共三十二首之多；周易占候二十一首，列於第二十六。我懷疑這本書實際即是把宋時流傳的那些作為占驗歌訣使用的望江南，集合在一起。這本書的前面有一篇跋文題曰：「（梁）貞明三年中，休安劉剸謹跋。」這裏重複了一個「剸」字，「剸」實是「鄩」之誤。劉鄩是密州安丘人，梁的大將，新、舊五代史都有他的專傳。這一跋文亦是出於偽托。

這本題《李衛公望江南》的印行，人們可以明白真相，可以知悉這書所收錄的不同時期不同主題的望江南內容如何構成的過程，它決不可能是初唐人的作品。

一九九零年五月，我在哈佛大學東亞系，作過一次演講，談到曲子詞另有實用性一路，其中大部分是應該隸屬於雜文學範疇，不能隨便作純文學來看待。這批七百餘首的望江南，便是一最重要的例子。這說明曲子詞被作為實用歌訣工具時混亂及蕪雜的程度。

我們不能魯莽決裂地把這些望江南統統看作李靖的作品，還有待於仔細研究。那可貿然便斷言唐初李靖已經寫出了數百首的望江南！這本書的出版，除了提供五行術數早期的歌訣性質的倚聲作品資料之外，對於曲子詞的起源實際情況的了解，我想應該有相當幫助的。

尚有進者，五代時，能詞的國君，南唐二主，眾所周知，其他工為旖旎曲子，還有後唐莊宗李存勗。《五代史補》說：

> 莊宗為公子雅好音律，又能自撰曲子詞。其後凡用軍，前後隊伍，皆以所撰詞授之，使揭聲而唱，謂之「御製」。至於入陣，不論勝負，馬頭纔轉，則眾歌齊作。

任氏以為莊宗只是一個武夫，何能寫出「風流旖旎」一類綺靡之音？他既誤把分明標題曰「御製」的〈內家嬌〉，說成為唐玄宗詠楊太真之作，他為了欲否定《五代史補》所確指當日李存勗的作品有「御製」之稱一說，竟謂：「將內家嬌視為莊宗御製之臨陣軍歌，則堅決不同意者，首先當為莊宗李存勗本人。」他花了許多篇幅，談這一問題，竟忘記了《尊前集》中收莊宗的詞有四首之多，像「長記欲別時，和淚出門相送」的〈憶仙姿〉（即〈如夢令〉），「畫樓月影寒，西風吹羅幕」的〈一葉落〉風格幾乎與韋莊、秦觀的作品，可相伯仲。蘇軾〈如夢令〉序云：「此曲本唐莊宗製，名憶仙姿，嫌其名不雅，故改為如夢令。蓋莊宗作此詞，卒章云：『如夢如夢，和淚出門相送。』因取以為名云。」按東坡略有誤記，宋人以為即出莊宗之手。這二首亦收入朱彝尊編的《詞綜》。莊宗行世之佳製，竟是抒情之作，沒有甚麼軍歌被流傳下來。任氏認為莊宗只能寫作為軍歌之「男聲」，純是偏見；連《尊前集》、《詞綜》都未及檢讀，疏忽至此，令人駭怪！

《總編》書中有許多標新立異的怪說，試舉一例：在斯坦因列 329 號裏有一首〈木蘭花〉的曲子，雖只有「曲子名」三字，沒有記明「木蘭花」的調名，但從句式看來和辭中有「木蘭花一墮」之句，必是調寄木蘭花，毫無疑問。試錄其辭如下：

> 十年五歲相看過。為道木蘭花一墮。九天原（願）地覓將來，餘將後遠（院）深處坐。
> 又見胡牒（蝶）千千箇。由（遊）住尖（簷）良（梁）不敢坐（侳）。傍人不乃（耐）苦項須，恐怕春風斬斷我。

這是一首白描之作，十分生動，敦煌曲子詞中罕見的佳構。任書從字形、音的近似，多作改訂。如把「墮」改為「朵」、「願地」改作「遠地」之類，全出於臆改。花一墮指花萎謝，意思更深一層，願地的「地」是語助，「願地」和詞曲常見的「坐地」「立地」語例一樣，原自通順。只是坐字複出，廣韻三十九過：「侳，安也。」我疑心第二個坐字讀為㘴，即謂飛來飛去不能安定下來。任説蝶字作牒，字形和卷中「虞侯」下面草書牒字，證明借牒為蝶。這是對的。尖音近簷，良借為梁，這些都是我的忖測，項須二字不可解，或有寫誤，任氏改作「相須」。我的校勘方法，盡量保存原貌，不欲任意逞臆妄改。這首的最後一句警句引起許多議論。任氏解説道：

> 右辭寫一少女被掠，患難中之危急心情。反映社會現實，錄下奴隸痛苦，遠非花間人物陷在荒淫腐朽生活者比，極可貴！

又引王悠然《序餘偶記》云：

> 看來她是十五歲的女孩，被人自遠地拘來，深深關鎖，都無自由，她悶對一樹盛開的玉蘭，那無知的蝴蝶，紛紛擾擾，似還自由。……她生怕遭到春風的處決，和花同盡！春風對萬物何嘗都是哺育？生機中原正寓殺機：這樣話，文人歌辭中見過麼？編者（按指任氏）責「詞學究」們，知要花間，不知要民間，兩「間」區別究在何處？曰：正在此耳！花間五百首內，能見此一「斬」字否？從來未見，亦不能見。

這首曲子竟被看成奴隸社會的寫照，由於解者頭腦裏裝滿了奴隸一類的字眼，詞中的主角便給劃定身分，看來不免滑稽可笑！王氏還繪影繪聲，說這個女孩被人深深關鎖著。文學作品可以主觀地作種種不同的看法，但這樣肯定卻是太大膽了！不知「斬春風」的句子乃是釋家們常用的字眼。日本五山時期的詩僧雪村友梅的《岷峨集》中，他廿四歲時在蜀獄中偈便有「電光影裏斬春風」之句，記得法國戴密微（P. Demiéville）教授著有關於僧徒臨終詩的注譯，第一首便舉出六朝時僧人的詩句已有「斬春風」之語，這書不在手頭，以後當再為補述。禪詩裏斬斷葛藤一類說話非常普遍，「斬」字毫無奇特之處。春風可斬人，亦可以為人所斬，主動、被動，詩家盡可任意抒寫來表現他的文學技巧。至於詞中主角是怎樣一個人？是男是女？是僧徒是奴隸？則無從下斷語。禪僧的作品往往慣用俗語，但不能完全說是來自民間，又何必揚此抑彼，無端為「兩間」築起一道莫須有的防線來自找麻煩呢！

五代北宋之際，木蘭花一調有時被用作輓歌。《湘山野錄》云：「錢思公謫居漢東，日撰一曲：城上風光鶯語亂，城下煙波春拍岸。……挽鐸中歌木蘭花，引紼為送。」錢惟演是吳越王錢俶之子，仕宋卒謚曰思。從這裏記載，木蘭花可在引紼送葬時唱出。細玩 S.329 這首詞意：先說時日相看已消逝而去，花亦萎謝了。茫茫宇宙裏，希望尋覓遙遠的未來，只好在後園呆坐等待著！（眼看）無數成千成萬的蝴蝶，在簷際梁間飛來飛去，不能夠安棲（勾引起無限的感觸）。縱使旁人不耐（耐是願詞），而苦苦相須（扶持之意），恐怕春風還是要斬斷我的。尋繹曲子深意，似在慨嘆無常。人是不能免於一死的降臨，用「春風斬斷」來作象徵手法，故這首很可能即是送殯時唱的木蘭花，是很適宜作為輓歌用的。我這一揣測，也許不無是處，不妨提出來，請大家指正。

這一首情意纏綿悱惻，雖無《花間》一般鏤雲飾月的麗句，但蝴蝶千箇，仍然是充滿「獨殊機杼之功」（歐陽炯《花間集》序語）的巧思。「花間」二字五代人常用之，花蕊夫人宮詞有「進入花間一陣香」之句。好的曲子，不必限於《花間集》或《雲謠集》，這首的意境既不是《花間》所有，更不是《雲謠集》中所有。應該特別加以表彰。花間與民間何有絕對的界限？《花間集》所以為人重視，由於當時只有這一部總集流傳之故，我們又何必以今人的心態來對它妄加菲薄，而大作翻案文章！我們看元代以「無一點塵俗氣可置之陶、韋間」的倪雲林高士，他有時還欣賞《花間集》，他在「水仙子因觀《花間集》作」一首，亦會吟出「繡簾風暖春醒，煙草黏飛絮，蛛絲罥落英。無限傷情。」的句子哩！

三

上文談及敦煌曲子〈木蘭花〉裏面有一句「恐怕春風斬斷我」，是依據六朝時僧人臨終詩「斬春風」之語。執筆時，只憑記憶，未注明出典。查此語乃見《景德傳燈錄》卷二十七「諸方雜舉徵拈代別語」一項目之下，諸禪師討論僧肇佚事：

或問僧：「承聞大德講得《肇論》是否？」曰：「不敢。」曰：「筆有物不遷義是否？」曰：「是。」或人遂以茶盞就地摸破，曰：「遮箇是遷不遷？」無對。

因此在該項之中，另有二條再説及僧肇，其一云：

僧筆法師遭秦主難，臨就刑，説偈曰：「四大元無主，五陰本來空。將頭臨白刃，猶似斬春風。」

注引玄沙云：「大小肇法師，臨死猶寱語。」（《大正藏》五十一冊頁四三五）這即是「斬春風」一語的來歷。我又説過「斬」字沒有甚麼奇特之處。茲再舉《傳燈錄》同卷中一條語錄為證：

罽賓國王秉劍詣師子尊者前，問曰：「師得蘊空否？」師曰：「已得蘊空。」曰「既得蘊空，離生死否？」師曰：「已離生死。」曰：「既離生死，就師乞頭，還得否？」師曰：「身非我有，豈況於頭！」王便斬之，出白乳。王臂自墮。

注言：

玄覺徵云：「且道斬著斬不著。」玄師初受請住梅谿場普應院，中間遷住玄沙山，自是天下叢林海眾皆望風而賓之。閩帥王公（按或指王審知）請演無上乘，待以師禮，學徒餘八百，室户不備。師上堂良久，謂眾曰：「我為汝得徹困也還會麼？」僧問：「寂寂無言時如何？」師曰：「寱語作麼？」

（下略）

下面還說：「不消箇瞨（瞌）睡寱語便屈卻去。」可見「寱語」一詞是他的口頭禪。玄沙於梁開平二年十一月示寂，年七十四。他是晚唐五代初期時人，他對僧肇此偈有「夢囈語」的批評，可知「猶似斬春風」一句在當時禪林極為流行。敦煌斯坦因三二九曲子「恐怕春風斬斷我」之句，同卷中有「大順三載壬子歲二月日」字樣，大順乃唐昭宗的第三年（八九二），寫本年代和此偈傳誦於禪林，時間情況正相符合。慧皎《高僧傳》卷五〈僧肇傳〉，只說「肇於晉義熙十年卒於長安，春秋三十有一矣」。但沒有提到這一臨終詩。我說「六朝時僧人」，應該改正作「東晉」才是。

至於法國戴密微教授所著的《漢人臨終詩》（*Poèmes Chinois d'avant la mort*）（一九八四年，巴黎出版）對僧肇此詩的法譯，把「似斬春風」譯作pour decapiter le vent du printemps，何等漂亮！書中漢文「四大元無主」

句，元字誤寫作「之」，應正。

檢（佛教典籍選刊本）宋代普濟的《五燈會元》卷六收有僧肇法師臨刑說偈「猶似斬春風」此條，廁於唐末禪月貫休之前，蘇淵雷點校，此條注語引作「玄妙」云云（頁三四五），普濟似乎不識僧肇為何人，故把他列於「未詳法嗣」項目之下。《肇論》在宋代，已有釋文才著《新疏遊刃》，現存有萬曆刻本，但流行不廣。至於點校本之「玄妙」，分明為「玄沙」之誤，故為指出。校書如掃落葉，可見讀書之不易。昔人云：日省誤書，亦是一適。可惜今人沒有這種閒情，欲免於錯誤，是不容易的。

唐代究竟有沒有「詞」，是文學史上的一件大事，理應辨明。本文曾分三次，在香港的一家刊物發表。現在將三篇合為一篇，加以修訂，還請方家指教。

「言路」與「戲路」

香港中文大學主辦的「閩方言國際討論會」今天開幕，大家要我作主題講演，實在愧不敢當，因為我既未對閩南方言作過深入研究，也夠不上是個語言學家，儘管我是語言學會的會員。但是，對於閩南方言與潮語的關係問題，我年青時確曾注意過。回顧我二十多歲主編《潮州志》時，在分卷中就曾特闢一方言志，當時幾個人共同研究，負責起草。可惜後來時局變遷，該方言志未能面世，而書稿也大半遺佚，但給後來閩南方言及潮語的研究者，留下很大的遺憾。雖然，語言學方面的知識並非我所專長，但治學之道，在於兼收並蓄。我做學問是甚麼書都看，因此，自彼時開始，有關閩南方言及潮語方面的書，我也有所瀏覽，故也不無領會。

眾所周知，一種方言的構成，必有其來龍去脈。現在大家在研究方言時，都很注意一般的語言現象，側重於字的形、音、義以及辭例和語法的研究。我則因較喜歡歷史，因此時常從歷史和文化史的角度去探視語言問題，希望藉此了解其演變和形成的過程。潮語在一般方言的劃分上，屬於閩南語系，而潮語是我的母語，所以我僅就某些方面表達一點個人的見解，同時提出一些問題，以就正於各位專家。

今天我發言的題目是「言路與戲路」，似乎有點奇怪吧。「言路」通常解為「發言的途徑」，「阻塞言路」即是不准別人發表意見。我此處借用「言路」一辭，卻是譬喻「語言的道路」（the road of language），除說明某種方言的演變軌跡外，同時也希望今後學界能「廣開言路」，為語言學開多一點新的路向。今天「言路」之突然與「戲路」有所牽連，正是我個人朝這方面進行探索的一種嘗試。「戲路」一辭也是早就有的，大家都能明白，一般解為某演員個人演戲的風格。但俗話所說的「戲路隨商路」，卻是指戲劇的潮流隨商業發展的路向而轉變，這是經濟影響文化的一種表現。而我今天所指的「言路與戲路」，則是從方言與地方戲二者的相互影響，來說明方言與戲文之間的連帶關係。這一課題所包涵的內容十分深廣，值得大家去研究。

現在我舉幾個例子，主要是利用古版劇本的戲文，去說明方言的發展及其演變過程。我認為這是研究語言學十分重要的一個途徑，因為劇本本身就為語言提供了特定的歷史背景，對了解語言的來龍去脈，可說助益無窮。目前有關這方面的資料十分豐富，以潮州戲劇方面現存的歷史文物而論，就包括有明代的戲文寫本、刻本，還有其他年代的很多手抄本，尤其紙影戲在這方面所存的資料更多。我兒時在家鄉潮州，就親眼見到「林萬利」店子刊印出售潮州戲冊，本子的種類和數目多極了，那時極便宜，很不起眼，一塊錢就可以買許多本，現在卻變成十分珍貴的文物，人們亦改變其觀感，可謂刮目相待了。

我要舉的例子用潮州話來說就是「十八棚頭做到透」，意思是甚麼行當都做遍了，一如我做學問，樣樣都搞。其實，「十八棚頭做到透」這句話，窮其究竟，卻是源自溫州，存在於南戲裏面，在閩南戲本中也屢見不鮮。我曾兩赴溫州，對溫州的南戲甚感興趣，而且找到許多資料。其實，溫州的南戲與閩南戲關係甚為密切，可謂系出同源。現在，「十八棚頭」這句話仍流行於溫州，而且南戲真的有「十八棚頭」，就是在溫州流傳的最重要的十八齣戲。而福建的梨園戲與溫州的南戲有十分密切的連帶關係。大家知道，福建的梨園戲分為「上路」與「下南」兩大流派。「上路」則為老戲，「下南」即是南戲。「上路」的「路」屬於行政區域，宋代開始有此建制，元代沿襲，特別將其定為行政單位，如「兩浙路」、「福建路」等等，所以習慣上稱浙江為「上路」，故閩南的梨園戲「上路」即是指標準的溫州南戲。去年龍彼得（P. van der Loon）發表的著作《明刊閩南戲曲絃管選本三種》，內容甚佳，印刷也很精美，裏面有明版的《刻增補萬家錦隊滿天春》一種，內收十八「隊」，其實就是「棚頭」，十八隊就是十八棚頭。因此，「十八棚頭」的說法是從溫州經閩南傳到潮州的，這是戲劇對方言有所影響的顯例之一。我再用潮州話舉一個例子。「加羅」，以及「加哩囉」、「加哩嗹囉」，三個方言詞的意思都是「差得遠」，只是每加一語助辭，則在於加強其語氣。

我打電話問我們研究所的蔡俊明先生，他編寫的《潮州方言辭匯》裏面是否收有此組辭匯，他說有「加羅」、「加哩羅」，未收「加哩嗹羅」，而蔡先生的書「加」則作「膠」字，二字潮州讀音相同，究竟如何寫法，這是件十分有趣的事。最近我才悟到，似乎仍應以「加」為是。因為「加」即是增加，而「加囉」、「加哩囉」和「加哩嗹囉」的意思則是差得遠，意思恰好相反，是反其意而用之，以強調某人或事物「很差勁」、「差得遠」。「加」是動辭，「羅」、「哩囉」和「哩嗹囉」都是語助辭，助辭的每一遞增在於加強説話的語氣。許多人都知道，明戲中的神咒在眾人合唱時也有「囉哩嗹」的，我曾著文述及，但其時沒悟到這與潮州話有關係，所以今天提出來補充這一點。

關於「哩囉嗹」在戲文上的應用，我可以舉幾個例子，請大家討論。龍彼德在他的書中談到閩南戲有齣叫《戲上戲劉奎》的，這是十八齣戲其中之一，戲中有三次用到「嗹哩囉」，如：「我今惜爾如惜金……莫待山頭路尾石步沾我身，嗹哩羅，嗹嗹嗹」（此句三用）。「嗹哩囉」或「囉哩嗹」這些辭匯可追溯甚遠，我曾加以研究，並有專文論及，最早可見於晚唐禪宗和尚使用過，在《五燈會元》裏面有很多材料，我有一篇文章特別提到這問題，大家可能已看到。但那時我沒有注意到將其與潮州話聯繫起來看問題，也未注意到溫州南戲中的類似材料。其實宋代溫州人已甚多使用此一方言詞語。我試舉一些例子：

其一，南宋葉適《水心文集》卷八裏面有：「聽唱三更囉哩論，白旁單漿水心枯」，其中「囉哩論」三字，見張炎《詞源》裏面所附的謳歌，當時唱者在唱辭末尾每加上「哩囉嘍論」，此處則為「囉哩論」三字。南宋寧波人史浩之〈粉蝶兒〉則有：「解教人囉哩哩囉」。顯然，葉適和史浩都是浙江人，屬於浙江「上路」南戲同一系統。

另外，最近出版的《（溫州）南戲探討集》第六、七集中有溫州的《叮叮噹》，裏面有「山腳門外羅里、羅羅里」。這説明溫州很早就有這種方言辭語，後來運用到南戲裏面，其最有力的證據就是於一九七五年在潮州市出土的明宣德六年的《劉希必金釵記》寫本，這是目前全中國可見的最早的戲文寫本，比上海發現的《白兔記》戲文寫本還早。而《劉希必金釵記》恰好就是溫州南戲，這是很多人肯定的，因屬戲劇專門研究的範疇，這僅引用其資料，不再贅述了。

《劉希必金釵記》寫本中多次出現「里囉嗹」，如第四十齣〈雁兒舞〉中有一段齊聲——「哩嗹囉嗹！哩嗹唻囉哩！嗹哩嗹囉哩嗹！囉囉哩嗹囉哩嗹！」

這只是其中的一段。我引用它的原因，是因為唐代牛僧孺的《玄怪錄》有一首酒令，內有：「羅、李，羅來李，羅李羅來，羅李羅李來」，就與上引《劉希必金釵記》中的〈雁兒舞〉中的齊聲唱辭諧音類似之處。《玄怪錄》原是志異小說，描寫蚯蚓或妖精變人的故事。其中有四個主角人物：來君綽、羅巡、羅逖和李萬進，上面的小令，就是以四人之姓嵌入的。有人因此而遽以斷定這是「囉哩嗹」的來源，這種看法，我絕不敢苟同，因為「囉哩嗹」這種助語辭在禪宗語錄中早就廣泛應用，而中國人歷來喜歡玩文字遊戲，因此開玩笑式地以四人之姓嵌入小令中，以諧音聊博一粲，純屬文字遊戲。所以，說其套用則可，若認為那是「囉哩嗹」的來源，則是本末倒置。

如前所說，《玄怪錄》中的小令和《劉希必金釵記》中的〈雁兒舞〉是屬同一類型的。〈雁兒舞〉中的「齊聲」相當於後來之合唱，過去閩南戲未正式開場前往往先有「囉哩嗹」一類的合唱，這是一種神咒。神咒有次序規律，字數也很講究。類似的神咒在潮汕民間至今仍然存在。揭陽一帶的巫卜神棍在為人辟邪禳災時，往往以紙錢拊背，一邊口中唸唸有辭：「加嗹囉，加嗹囉！從這畔加囉到那畔，保佑ＸＸＸ，一年四季無奔波。加囉加四遍，辟使邪煞歸上天」。——「加嗹囉」事實上就是一種神咒，至今潮汕民間的尚有可考。這顯然與戲文中的咒語應用到民間有亟大的關係，這是「戲路」對「言路」發生影響的又一例證。

以「戲路」而論，《劉希必金釵記》是南戲，後來傳到潮州來。我在潮州市博物館中見到出土的明宣德年間的《劉希必金釵記》寫本，保存完好，十分漂亮。我曾建議汕頭大學專門為這個珍貴的寫本開一個研討會，主要探討戲劇與戲文、有關戲文與方言的關係以及其他問題。這個現時最早的出土戲劇寫本將會吸引很多人參加會議。

南戲的「戲路」傳播途徑，是從溫州經福建至潮州，然後到南洋群島和越南各地。前幾天我剛在河內參加遠東學院九十週年的一個國際學術會議，期間曾欣賞越南戲，音樂很像潮州音樂。這使我想起二十多年前在法國時，於汪德邁（L. Vandermeersch）的家裏見到一本《安南佛典》，內中《上士語錄》王如法贊云：「等閒戲弄沒絃琴，社舞村歌且囉哩，哩囉囉，囉哩哩，不屬宮商角羽徵」。——這是極為罕見的一本清代安南抄本，顯然是南戲傳入越南的例證之一。潮州揭陽話現在還有一句「閒囉哩嗹」表示清閒自在，可以作為《安南佛典》中王如法贊的註腳。

清初閩南戲頗為流行，因此到處猶聞「哩囉嗹」之聲。曹雪芹的先祖曹寅曾將其譏笑為蛇語。為甚麼呢？因為「閩」字在字形上表示「門內有蟲」，從蛇，因此閩話也就變成「蛇語」，不單有點鄙屑之意，而且也在賣弄博學。曹寅還有詩述及「摘耳猶聞囉哩嗹」（曹寅《楝亭詩鈔．聽閩樂》），頗有些嘲諷之意。但也反映出其時坊間閩南戲風行之盛。所以，不僅當年江南猶聞「哩囉嗹」，而且「哩囉嗹」也一路隨著潮劇傳入越南，此也足證「言路」跟隨「戲路」廣為傳播，很值得大家注意。

今天我講的，主要是提議大家不妨從戲文中的資料，去發掘其與方言的關係，或可從語言學的研究中闢一蹊徑。但因語言學非我所專長，剛才講了許多「哩囉嗹」的話題，真是囉哩囉嗦，請大家原諒。謝謝大家。

一眼與雙眼

古代東羅馬的薩珊王朝，有人說過：「除了用雙眼觀察一切的中國人和僅以一隻眼來觀察的希臘人之外，其他的所有民族都是瞎子。」（見法儒阿里．瑪札海里所著的《絲綢之路》，耿昇譯本頁三二九，據稱這一說法源自摩尼教徒。）薩珊唐代稱為拂菻，與華交往歷史悠久，一直到明太祖登基後的第四年，還有〈諭拂菻王〉一檄文，交由該國捏古倫親自帶往，諭知中國已經改易朝代，改元曰洪武（《明實錄》卷六七，見《全明文》卷二十）。當時東羅馬似乎特別稱讚中國的物質文明，能夠觀象製器，不像希臘人只有理論而已。中國的造紙術、火藥、瓷器等等向西方的傳播，正可說明這一事實。

使用雙眼可以觀其全體，使用一隻眼則長於概括，簡單地說是全象與抽象的區別。前者照顧到全面的事實，後者注意事實的某些特徵，加以概括性的說明。這是中國人使用的思想方法，與西方人的差別，一言以蔽之：即在雙眼和一眼之分。中國人是十分務實的民族，其傳統的思想方法，所重在「事」，認為理寓於事，不隨便離事而言理；希臘人則不然，統事於理，喜歡做出抽象理論，企圖拿來證明一切的事實。畢竟人還是兩隻眼睛的動物，上帝是給人們的雙眼，而不是給一隻眼的！我參加過不少外國漢學家的小型討論會，發現他們討論漢學上的歷史問題，每每方纔認識幾樁事實，即喜歡企圖建立一套理論拿來作全面的解釋，有時不免「屈事以就理」。而中國人對自己的歷史認識，似太過於注意一些零碎的事實，不敢輕易去作概括性的系統理論，好像膽識有點不夠。

中國歷史上的學人不太熱心追求純粹理性的抽象理論。他們不太喜歡去造論，並不是沒有這種能力，而是慣用雙眼，來照顧事實。而不敢使用一眼，以免抹殺事實，用佛家的語言來說是要做到「事理無礙」、「事事無礙」，能否真正做到還值得研究。

東羅馬人對古代中國的評價，是出於有深度的由衷而恰當的了解，不是歪曲和阿諛。今天我們研究傳統與現代關係這一課題，主要貴在於知彼知己的原則下，做出認真和深入的探索，然後方有建設性的結論。過去那些過度的、無謂的、自我誇張和任意的自我貶抑的各種言論，實際是出於不正確的認識與一時愛、憎的情緒，都是不必要的。

用一眼與雙眼，作為希臘和中國的區分，事實亦是東西文化的主要分歧點。季羨林先生對波斯人這幾句話，近日嘗有過簡單的介紹。本人特別作上列一點補充。二者之間，孰得孰失？必有能辨之者，希望大家注意，再作進一步的討論。

章太炎對印度的嚮往與認識

香港大學將舉行章黃學術討論會，要我參加。欲正式提出論文，又苦無時間，我想關於章、黃對現代革命啟蒙思想和他們在聲韻和國故學各方面的貢獻，必有許多佳作；所以我選定這個不為人所重視的題目來談談。

太炎先生在佛學的造詣，特別對瑜伽師地論研索的深度，從他的名著《齊物論釋》，可以獲得了解。他嘗自詡他這部著作是「一字千金」（《自述學術次第》），繆篆為此書增加注釋，稿本達二十五冊，洋洋大觀，花去很大的精力。我個人對章氏的景佩，特別是他對印度學術的正視與嚮往的精神。在後來發現的劉師培一封秘密與端午橋的私人信件透露著：「（太炎）今擬往印度為僧，兼求中土未譯之經，惟經費拮据，未克驟行。」望其「助以薄款」，「以彼苦身勵行」盼能「成人之美」。（一九三四年十一月二十六日《大公報·史地週刊》第七號，又《洪業論學集》頁一三三）此事終於不果行，故太炎始終沒有到過印度。《太炎文錄》的別錄卷第二，最少有八篇正面談到印度文化政制各方面的問題。在〈印度人論國粹〉一文中說：「國所以立，在民族之自覺。」「人無自覺，即為他人陵轢；民族無自覺，即為他民族陵轢。」惟有對自己文化的了解與自尊，才有自覺可言。又一篇論中印聯合之法，「宜以兩國文化相互灌輸」。又答鐵錚書，暢論中國德教要點在「依自不依他」、「佛學與王學雖殊形，若以楞伽五乘分教之說歸之，自可鑄鎔為一」；他說「世無孔子，即佛教亦不得盛行」，以明儒、釋相倚相容之理，甚有見地，由於儒、釋都是無神論者，都是注重依自不依他，真是一針見血之論。但真正的印度本土文化是有神論的；佛教在印度雖經阿育王及 Kaniska 王兩代的提倡，自從佛教與商羯羅辯論失敗之後，佛教徒在印度，遂一蹶不振。一九六三年我在印度 Poona 研究婆羅門經典，曾於南印度旅行到建志補羅（Kamehipuram）即達摩航海港口，其地現林立者皆婆羅門名剎，惟存佛陀一小石像在督察署中（見拙作《佛國集》），祇園遺教，零落至此，可為浩嘆！印度人性格，一方面非常自大，一方面因為古典 Tapas 思想的注入牢不可破，各派無不以自苦為極，非人所堪。要把中、印兩國文化互相灌輸，談何容易！章氏只從佛學出發，可惜沒有親臨印度；假如嘗試過印度人的生活，他必定另有一番不同的體會。

一向和佛教被看成姊妹教的耆那教，是公元前四七七年與釋迦約略同時的 Mahāvīra（大雄）所創立，我國佛殿往往稱為大雄寶殿，似乎把他和佛祖混在一起，耆那教經典亦無人翻譯，不免有隔閡之感。章氏在日本時，自號曰「末底」，法雲的《翻譯名義集》說：「末底，秦言慧，」末底即梵話的 mati，耆那教說智有念智、聞智、直觀智、他心智、完全智五種，念智即是 mati，章氏不薄外道，故亦有取於此。佛學巨匠楊仁山有代人答日本末底書二通，譏諷他習佛不喜淨土、密宗，而不排外道（見《等不等觀雜錄》卷八），太炎與鐵錚書內有反對密宗及淨土之語，病其缺乏「勇猛無畏之氣」，楊氏的批評即針對這一點而發。印度教自來即被佛徒排斥為外道，他們的重要經典完全無人問津，只有數論的金七十論三卷由陳時真諦譯出，其餘是一片空白。如果太炎真的能夠在印度為僧，不知他是將皈依佛門？抑將能涉足於婆羅門的領域？如果他要真正了解印度思想本來面目，是需要進一步熟讀婆羅門教的經典——即那些未經漢譯的作品，我想他若在印度，他一定不滿足他在日本得到的一些關於印度的智識。以他的佛學基礎之深厚，經學造論之獨到，和他對印度文化嚮往的熱誠，他對印度本土文化必能加以弘揚光大，他的成就必不止此，是可以斷言的。

太炎習梵語，對他研究聲韻文字之學有極大幫助，如他論梵文字母有緣、姹、荼三者和漢土的知、澈、澄可相比方，對後來有很大的啟發。他訂定紐文三十六，韻文二十二，為注音字母之先河（見〈駁中國用萬國新語說〉）。因為他有梵語智識，才有這種成就。蘇曼殊有志著《梵文典》，想是以日人著作為依據，章氏和劉師培都為他這本書撰序，亦已分別刊出，但曼殊卻交了白卷。

章氏學問，可說含弘光大，他自撰的《自述學術次第》，指出不少新途徑。傳人之中，能繼承他梵學一路，竟寥若晨星，以我所知，只有泰縣繆篆（子才）是這方面的重鎮。繆篆六十歲時整理他的著作，共六十冊。於《齊物論釋註釋》篇題中，闡明梵文之「字」平等性及「語」平等性之義，列出圓明字輪四十二字，羅列眾說，甚為賅備。巴黎出版《法寶義林》首冊，曾加以譯述。法國戴密微先生（Paul Demiéville）在廈門大學講授西洋哲學時，和繆篆過從甚密。戴氏是梵文權威烈維（S. Lévi）的高足。我想繆篆的梵文智識與戴氏不無關係。他們兩人曾合譯《尹文子》，有照片寫明「於廈門大學之兼愛樓」（見民國二十六年中山大學文學院為繆篆印行之《中國固有道德》書內頁四九二背面圖片）。繆氏於此書扉葉背面寫著：「顯道及鄰德上中篇，經章師太炎鑒定，章於二十五年六月十四晨殂化，書此以誌不忘。」繆篆是書，現不易見到，故為附記於此，以見其人之學術淵源，和早期中、法學術交流的趣事云。

潮、客之間

第二屆國際客家學研討會開幕，主席要我說幾句話，我是不敢當的。我的先代從大埔南遷來潮州，到我已是十三世，早已數典忘祖，連客家話都不會說了。所謂客家，是中國移民史上操特有的語言、與潮語系的人們並肩活動於閩、贛、粵地區的一支族群。舊時潮州府屬各縣除澄海縣之外，沒有不操客語的住民。現在由於語系不同而劃分，潮、客各自發展，於是形成了潮州學和客家學的區別，但某些歷史問題還需要潮、客學共同研究，因而無法弄清彼此疆界，試舉兩個例子略討論之。

一、明代嘉靖二十九年（一五六零）雄據柏嵩嶺稱帝的張璉，自號飛龍人主，改元造曆，引起明廷三省會剿。他的歸宿向來有兩種說法：一是官方說他被俘獲，一說他逃亡至海外三佛齊。曩年我在潮州金山頂發現《平寇碑》，內有詩句云「破虜三旬馘四雄」，注云：「張璉、林朝曦等」。另在平和縣亦有碑刻載張璉就擒事。惟《明史·外國傳》稱：「萬曆五年商人詣舊港，見璉列肆如蕃舶長，漳、泉人多附之。」在饒平當地尚有飛龍廟碑，為清代所修建，民間祀有飛龍王爺神像。門人劉陶天著《白村集》，說據平和九峰曾昭慶家藏札記：「璉失敗後，從雲霄港坐木船與數十人出海。」他認為張璉外逃之說尚屬可信。查張璉本為上饒烏石村人，其地屬客語區域，他的同伴林朝曦就是大埔人，所以張璉問題亦是客家的歷史問題。〈外國傳〉說他逃至三佛齊，漳泉人多附之，他分明是客家，與漳泉不同語系，恐無可能。舊港亦名巨港，即印尼的Palembang，王大海的《海島逸志》和《噶剌吧紀略》都隻字未提張璉的事。《明史》此說是採用王圻的《續文獻通考》，不知王說何所據，仍有待進一步研究，既知張璉原是客家人，自來談客家人往海外拓殖的只提到羅芳柏、葉萊，從無人言及張璉，故我今為提出，希望共同再作深入研究。

二、中外交通上中國物質文明的西傳，與絲綢同樣居重要地位的還有樟腦，所以西方學人有「中國的樟腦與絲綢之路」的說法（見法國 Aly Mazaheri 的 *La Route de la Soie*）。阿里說道：六世紀時，樟腦作為遠東作物，在薩珊王朝中佔有重要的地位，產於南方的叫樟腦，北方則稱之曰「潮腦」，以其出產於潮州。在台灣蘊藏有大量熱帶樟腦，荷蘭人佔領台灣的時候，充當了台灣與印尼所有樟腦和遠東及歐洲交易的經紀人，而原籍福建的客人又擔任外國與土著之間的樟腦商人的角色，潮州饒平在明代出海的港口名叫樟林，為紅頭船往外洋的據點，樟林的名稱必與此地出產樟樹的緣故有關。近年樟林發現一些清代唱本，描寫當年生活實況，引起學人注意，成為研究的重點，但對該地的樟樹出產與貿易，則尚無人注意及之。客家人在清初從事海上貿易，操縱樟腦市場的實際活動，我懷疑荷蘭國內的檔案資料必保存一點記錄。樟林與樟腦及其與客家人的關係，還有待我們好好去研究。

以上所述是兩椿潮、客共同需要探索的有趣問題，說明潮州學與客家學有不可分割的聯繫性。故為拈出，希望大家加以注意。

瑜伽安心法

瑜伽（Yoga）有結合、控制諸義，是來自印度的產物。Yoga 這個名詞最早出現於 Taittirīya Upanishad 奧義書「以瑜伽為胸」（2.4.1），可能與行氣有關係。我們從瑜伽經（Yoga Sūtra）和多種的奧義書像《瑜伽真性奧義書》（*Yogatattva Up*，下簡稱 Y. U.）等重要經典，可以了解它的大概。瑜伽有用咒語（mantra）、靜止（laya）、運動（haṭha）各種法門，在靜坐時，定念於兩眉之間的凝神動作是三摩地（samādhi）層次的起點（見 Y. U. 23-25）。在漢俗一般流行的靜坐法，亦有用這種方法來教導初學入門的。

我在十幾歲時已開始學習各種胸式、腹式與道、釋的靜坐法，作了許多嘗試。一九六三年我在印度從事研究，於 Pondicherry 的法國印度學研究所工作，那時 J. Filliozat 教授曾把他的有名論文〈道教與瑜伽〉和我討論一些後期道教徒習靜的方式與瑜伽實際有許多類似的地方。我本人對於印度瑜伽各種健身的鍛煉體操，未有深入的體驗，但親見到在印度修持瑜伽的人，他們都有很高的理想，希望通過苦行，在感覺世界之外達到另一個世界，或發展成為某種特別功能。由於修持賦出的代價太大，經過長期高度的精神集中與虔誠地投入信仰之後，人的心態起了很大的變化，引出許多幻覺，所謂自我體驗的「超覺」，我認為不少是相當於催眠的結果所造成。

我個人的看法是這樣的：用「逆」的方法，好像行 Hatha 瑜伽的逆行式（viparīta Karani）或倒裁式（Srisāsana）去作深層的精神鍛煉；如果行之不得其當，有時每每相反地得到害處。所以我多年來的經驗，寧願採取道家的用「順」的途徑來安頓精神的寧靜境界——即所謂「攖寧」，同樣亦可收到「精神獨與天地相往來」（《莊子．天下篇》）的效果。莊子一書談到的精神修養理論，和印度瑜伽思想非常吻合。我現在不妨試談一些用瑜伽理論結合莊子的「順」的辦法，開出一劑安心的清涼劑來，可以減輕精神壓力。

莊子在講庖丁解牛的一段故事中，指出要「依乎天理」的妙義。如何能夠保持刀刃的鋒利？是倘若遇有大槃結晶骨頭，切勿用刀去碰它，只要順著牛的筋絡，一切障礙，便可迎刃而解。他在〈養生主〉篇中又提及「緣督以為經」一句，甚麼是督？根據瑜伽的理論，人體的微細身，氣脈系統有七十二萬條（一說是七十五萬條）遍布全身。最主要的有三條即中經（Suṣumnā）、左經（ida）及右經（Pingala），從丹田沿中經的督上通泥丸（頭頂）。奧義書（Śaṇḍilya Up）說：中經是解脫——的道路。中經相當於莊子所說的督，在人身是多麼重要啊！

今年元旦我寫的一副聯語中，有「神馬行良馭」句子，神馬二字的來歷出自莊子的「以神為馬，予因而乘之，豈更駕哉」。下面接著說：「且夫得者，時也；失者，順也。安時而處順，哀樂不能入也。此古之所謂懸解也。而不能自解者，物有以結之。」（〈大宗師〉）他把人的精神譬喻為馬。神的運動行止，是需要善馭的人加以控制的！

一般人都患「得」患「失」，因此而神志不寧。莊子很懂得精神上的自我控制，他能「外物」，擺脫外界事物的約束，認為「得」是時機緣遇所造成；「失」亦是理所當然，應當泰然處之。這樣，在情緒上沒有哀與樂各種激情的刺激，就好像倒懸的人，獲得解救。莊子可以能無動於中不為得與失所干擾，完全得力於一個「順」字，安於時而居其順，自能得到精神上的寧靜，至於那些不能夠自我控制則是外物的羈束，使他無法排除。所以莊子又提出「攖寧」一吃緊語（key word）。

他說：「攖寧也者，攖而後成者也。」攖訓「有所繫者」（崔譔注），攖是繫縛，攖而能夠寧靜，說明在束縛中自我獲得解放。他主張修養境界能夠「外物（質）」、「外生（命）」之後，所得到的精神上的愉快感受是「朝徹」（好像朝陽初升時的洞澈明白）。「見獨」（體會到一個整體）然後入於不死、不生的階段；這時候，雖然接觸到外界事物的糾纏、牽擾，心中仍然得到大安寧，那就叫做攖寧（〈大宗師〉）。

他復提出「心齋」一法門。他引用孔子答顏回的詢問，先統一心志：「無聽之以耳，而聽之以心，無聽之以心，而聽之以氣。聽止於耳，心止於符。氣也者，虛而待物者也，惟道集虛，虛者心齋也。」他說用「氣」來代替耳朵，以氣統攝心靈，綜括各種感覺，耳不過是眾感官之一而已。這時候周身上氣的流轉，渾然一體，氣是不可見不可聞不可接觸而能隨物運動的空虛氣體，而神志注意力的控摶之下，整個心靈澄明一片，這便是所謂「集虛」，他接著說：「虛室生白，吉祥止止；夫且不止，是之謂坐馳。夫徇耳目內通，而外於心知，鬼神將來舍，而況人乎？」當靜坐於一室之內，寂光所照，輝耀四極，光之所至，故有「生白」的感覺。心中一片光明海，充滿吉祥來止而不止，神與氣同流，周行六合，這樣便叫作「坐馳」。神馬行於上下四方，了無罣礙。耳與目都與內心相通，外來的心智一一排除不生蔽障。氣與神渾然一體。有人解釋這樣境界便是佛家所謂天耳通的能聞彼聲，他心通的能知彼意。又和孔子六十而耳順相符合（章太炎《齊物論釋》）。耳順的意思是否如此，我不敢說，但「順」是一吃緊語，儒、道都有相同的指示。莊子安時處順，一語在〈養生主〉篇還重複敍述，可見莊子是十分重視的。印度人稱「順」為 anukūla。「順其自然」自會取得哀樂不能入的異熟果（借用佛家名詞）。戰國時的《玉刀珌銘》上說：「行氣……順則生，逆則死」，中國養生術氣功以順為主，可以說是「順」的瑜伽，依天理，順自然，理得心安，行氣之時，緣其督脈，上下同流。亦以順為貴。印度人借「唵」（om）字作神秘聲音以為安心的符咒，中國人只是依乎天理，順任自然，「坐忘」中的高度精神集中寂光普照，唐代道士司馬承禎的《坐忘論》談到許多他的「見獨」體會，通過行氣的親證，神與氣的渾然一體，即是瑜伽之具體顯示，這樣收到安心的成效，自然而無毛病，我覺得比實行逆的印度瑜伽，要希望得到某種特異功能而不免「猶有蓬之心」（〈逍遙遊〉語）更為妥善而易於做到。質之高明，拜望有以教我。

說卜古

元虞集述卜古可罕為天光降樹所生，見其所作《高昌王世勛碑》。卜古者，屢見於回鶻文獻，舊為聖明可汗之尊號，人所共悉。

蒙古語之巫，與維吾爾語中之女巫，有共同之語源關係：

蒙語：男巫 bɵɵ

維語：女巫 udegen 女巫 bywi

說者認為 bywi，出自古突厥語之 bθgy，而蒙語稱巫為 bɵɵ 亦來自突厥語。（即由 bθgy → bøge → bóe → bɵɵ）在蒙語借用 bɵgy 時，突厥語中用作男巫[1]。亦有人謂 bθgy 於突厥蒙古語實互相借用，疑其語源來自古漢語之「卜」[2]。

1 魏萃一〈維吾爾語 bywi 一語的源流〉，見《民族語文》。

2 丁師浩、特爾根譯《策、達賴：蒙古薩滿教簡史》油印本，上文引用。

余按遼太祖阿保機，或云：阿保之義為頭，機為唯一，是猶殷契之稱「余一人」也；然保機或與 bφgy 音近有關。維語女巫 bφwe 與突厥之 bφgy，當出閃族語系。考之古阿卡得文（Accadian），占卜謂之 baru，其字於蘇美爾象形文作，與甲骨文之或尞祭之，於形相近，楔形文變作，義為神斷或占卜。Barû 一字原指內臟占卜僧，即西方所謂 aruspice 或 haruspice 者[3]。楔形文書中 bārū 正示占卜[4]，語頭之 bā，與「卜」音義吻合，自出於偶然，不得謂其出於漢語，亦如 bφgy 之不能謂出於漢語之卜，其理正同。世之研究維吾爾語者，僅溯語源至於突厥，而未能遠稽古代閃語，故為補其不及云。

3 法語謂腸卜僧，古羅馬指觀察內臟從事占卜者。

4 參 Jean Bottéro: *Symptômes, signs, écritures en Mésopotamie ancienne*（Divination et Rationalité. 1974, Paris）。

宗頤名說

先君為小子命名宗頤，字曰伯濂，蓋望其師法宋五子之首周敦頤，以理學勗勉，然伯濂之號始終未用之。自童稚之年攻治經史，獨好釋氏書，四十年來幾無日不與三藏結緣，插架有日本《大正正、續藏》，及泰京餽贈之《巴利文藏》，日譯《南傳大藏經》。

初，余於法京展讀北魏皇興《金光明經寫卷》，曾著文論之。八一年秋，遊太原，夜夢有人相告。不久，陟恆岳，於大同華嚴寺覩龍藏本是經，赫然見其卷首序題「元豐四年三月十二日真定府十方洪濟禪院住持傳法慈覺大師宗頤述」。又於《百丈清規》卷八見有「崇寧二年真定府宗頤序」。元普度編《廬山蓮宗寶鑑》（卷四）內慈覺禪師字作宗頤。元祐中，住長蘆寺，迎母於方丈東室製〈勸孝文〉，列一百二十位。曩年檢《宋史．藝文志》，有釋宗頤著〈勸孝文〉，至是知其為一人，以彼與余名之偶同，因鐫一印，曰「十方真定是前身」。

又余與扶桑素有宿緣，自一九五四年著文論熙寧中潮州水東劉扶所塑瓷佛，為小山富士夫取以迻譯，嗣後論文屢在兩京刊布。近時為二玄社編《敦煌書法叢刊》凡二十九冊，向不知何以結緣如此之深，後悉日本大德寺住持養叟宗頤，與一休宗純同出華叟宗曇之門。一休，即真珠庵開祖也；養叟，與余名復相同。前生有無因緣不易知，然名之偶合，亦非偶然，因識之以俟知者。

選堂字說

或問於余曰：子曷以選堂名齋？應之曰：平生治學，所好迭異。幼嗜文學，寢饋蕭《選》；以此書講授上庠歷三十年。中歲重理繪事，以元人為依據，尤喜錢選。六十退休後，蒞法京，以上代宗教與西方學者上下其論。

記敦煌本《老子化胡經》，其十一《變詞》有句云：「洪水滔天到月支，選擢種民留伏羲。」選民云云，正如希伯來之 chosen people，此道教徒之創世紀遺說也。以為洪水過後，人類種民惟伏羲，如彼土之挪亞，今苗傜神話尚存其說。前歲遊吐魯番，見其博物館中，伏羲女媧交尾之圖凡數十事，圖之之意，似示人類祖先有再生之義，是古代西域有伏羲種民傳說之明證也。由是觀之，選擢之說，亦有可取焉。余之以選名吾堂，蓋示學有三變。客曰善，因記之以示後之人。

附：化胡經第十一變詞

十一變之時。生在南方閻浮地，造作天地作有為。化生萬物由（猶）嬰兒，陰陽相對共相隨。眾生享氣各自為，番（蕃）息眾多滿地池。生活自衛田桑靡（麻），劫數滅盡一時虧。洪水滔天到月支，選擢種民留伏羲。思之念之立僧祇，唯有大聖共相知。

勺瀛樓記

昔鄒衍論中國外如赤縣神州者九，即所謂九州也。有裨海環之，又有大九州，瀛海環其外，天地之際焉。夫中國之于海內，猶太倉之著稊米；四海之于天地，何異大澤之有礨空。州之數曷止于九？然後知鄒氏之為虛誕，以至小窮至大，猶有期于精粗者也。

長洲之為洲，處瀛海中，我不知其何所麗，然于赤縣神州，則暢然可望，其猶在裨海之間乎？臨流四眺，不睹涯涘，心契冥漠，不覺而神與俱遠，又若置身天地之際焉。超人先生居此有年，構樓于洲之阿，察乎盈虛，觀乎遠近，於是取弱水三千，只飲一瓢之義，榜所居曰「勺瀛」。余曾數登先生之堂，鼓琴賦詩，以望于海，有莊生陸沈之志；顧以粟碌之身，浮之江湖，食之鰌鰍，蓋夢寐求之而不可得；而先生徜徉于此，左孺人，右稚子，應物隨和，因才任教，無小無大，義設于適，可謂條達而福持者已。今年秋，余將有瀛海之行，先生餞余於勺瀛之樓，曰：我樓臨滄海，宜具海客談瀛之趣，子盍為我記之。因為推天地一指之說，假莊生語以報之曰：曷不言天地一樓之更為美耶？自樓遠睇，海波壯闊，巔崖崛崋，敢以汪洋無端厓之辭進，庶幾與弱水飲瓢之義庸有訢合者乎。

乙巳秋古瀛饒宗頤撰記，越十年青龍乙卯歲莫竝書

詩

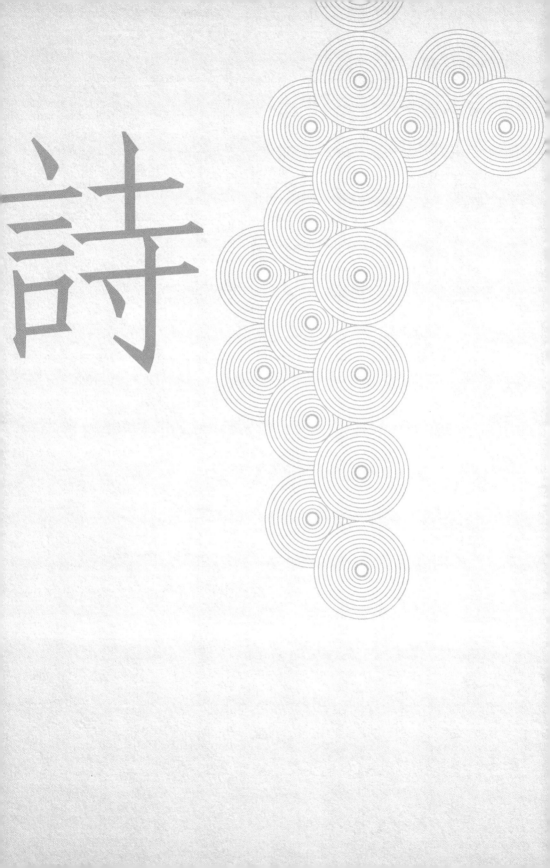

佛國集

一九六三年秋，讀書天竺，歸途漫遊錫蘭、緬甸、高棉、暹羅兩閱月，山川風土，多法顯、玄奘、義淨所未經歷者，皆足盪胸襟而抒志氣。鴻爪所至，間發吟詠，以和東坡七古為多；蓋縱筆所之，行乎所不得不行，止乎所不得不止，邁往之情，不期而與玉局翁為近。間附注語，用資考證；非敢謂密于學，但期拓于境，冀為詩界指出向上一路，以新天下耳目，工拙非所計耳。遊踐所及，別有行記，絕壤殊風，妙窮津會，非此所詳云。

五代馬裔孫佞佛，抄撮內典，相形于歌詠，謂之《法喜集》。又纂諸經要言為《佛國記》，見《舊五代史》一百二十七，竊顯師書名。茲則僭易之，改稱《佛國集》。

一九六五年聖誕前一日饒宗頤識，時客巴黎

印度洋機中作

色相空中許我參，試將金翅與圖南。日燈禪炬堪迴向，坐覺秋雲起夕嵐。

孟買苦熱

彷彿當前截眾流，寶車香象許同遊。夏雲猶覆三摩地，火裏新荷欲出頭。

望海

攪亂波心有綠蘋，飛鳶跕跕正愁人。路遙且潑清明眼[1]，不用拈花已覺春。

康海里（Kanherī）古窟二首

望中尋尺盡松樅，似刃群山不露鋒。有洞無僧傷眇漠，空村回首白雲封。

日午點燈可得看，荊林古碣艸漫漫。扶籬摸壁真無謂，踏斷江聲到晚寒。

達嚫車中

去去荒丘路險艱，征車朝發晚知還。精藍如鴿今誰問，獨向青林覓黑山。

法顯《佛國記》：「達嚫國大石山有五重，其第五層為鴿形，此土丘荒，無人民居。」又云：「達嚫國幽險，道路艱難。」《大唐西域記》書此於憍薩羅國（Kosala）之跋邏末羅耆釐山（Bhramara

1 楞嚴經：「云何晴空號清明眼。」

Giri）夾注：唐云「黑峰」，高麗本則作「黑蜂」。此精藍今不知所在。印度中南部今概稱為達嚫，梵語 Dakṣina 義指南方，今作 Deccan，較法顯所指更為廣泛矣（參看 R. G. Bhandarkar: *History of Deccan*）。

Bhandarkar 研究所客館夜讀梵經 次東坡獨覺韻

梵經滿紙多禎怪，梵音棘口譬癬疥，攤書十目始一行，古賢糟魄神良快。積雨連朝捲雲起，書聲時雜風聲裏。思到多歧屢亡羊，樹在道旁知苦李。鬚眉照水月共明，擾人最是秋蟲聲，將迎難證心如鏡，輸與暉日識陰晴。

冒雨遊伽利（Karlī）佛洞，汪德邁背余涉水數重，笑謂同登彼岸，詩以記之。用東坡白水韻

夏坐已終雨猶縱，天公於客頗愚弄，平疇無際交遠風，眾流截斷齊奔洞。地滏欺人腳陷泥，波翻堤勢馬脫鞚，賴彼應真力渡水，深厲淺揭情何重。山前紅碧紛奪目，林底龍蛇招入甕，乍悟虛空山嶷然[2]，尚喜雷風心不動，窟中佛像百丈高，氣象儼與天地共。參禪精意解救糉[3]，聞道癡人強說夢。江花微含春山笑。歸路又勞秋霖送。身外西隣即彼岸，悟處東風初解凍，可有言泉天半落，頓覺慧日雲間湧。老聃舊曾化胡來，

2 《傳燈錄》：「慧明禪師云今天台山嶷然，如何得消殞去？」
3 巖頭禪師語，見《宗鑑法林》。

道窮何必傷麟鳳。

阿旃陀（Ajantā）石窟歌　次東坡芙蓉城韻

山深難以測湛冥，鑿窟何年費五丁。一水倒瀉玻璃屏，林木蕭蕭俄停停。經冬黝石不再青，洞門纍纍如流星。倔侻離樓各異形，二十九龕剎那經。碭基敷綵圖仙靈，玄津重檝兼龍軿。法流是挹常惺惺，闃其無人徒歆馨。風低艸偃閉明廷，洪鐘虛受靡由聽，窮巧彩章誰所令。朝日斐亹翼窗櫺，神之去來總無憑。蕭疏但賞物象泠，有扉終歲不復扃。畫中金翅鼓修翎，鈞天廣樂響春霆，眾姝玉立何亭亭。殿間欲勒千佛銘，共雲異嶺高竛竮，髣髴金策聲鈴鈴，振我客愁愁不醒。群山奔走不遑寧，輪與百丈倒淨缾。拈花意與日同熒，風前一葉警秋零，溪流半涸石苔腥，涼生火宅掩雲溟。自笑此身同轉萍，攀危安若履戶庭，洗慮且去心中螟，於茲悟得無窮齡，傷懷莧學子才邢。

《大唐西域記》：「摩訶剌佗國（Maharuttha）東境大山，重巒絕巘，爰有伽藍高堂，邃宇疏厓……上有石蓋，虛懸無綴……精舍四周，彫鏤石壁。」考古家謂此即阿旃陀石窟。

印度大榕樹歌　用東坡竹枝歌韻

天長日久蓬萊深，千枝摶聚竟成岑，蒼龍萬千化為一，人間幾見老榕林。游絲垂地連渠碧，絲化為根榦復及，如是緣搏還相生，真宰已驚鬼神泣。觀者如山城可闐，柯葉葰茂蔽平原，咄哉樹王何功德，種得魁梧五百年。參天何止二千尺，榦空蟲鳥時出入，鱗鮐相藉著因緣，旃檀呈力見剛直。自本自根思化人，無花洞古不知秦，廣蔭數州庇交喪，真智憑誰轉覺輪。秋深微聞蟬聲咽，我獨婆娑賞秀折，迎風不用傷飄零，無家懶復賦彈鋏。高陵深谷識盈虛，風雨如晦龍相呼，此物終違匠氏顧，佳色分留與老夫。後凋松柏亦多事，蒙莊山木休流涕。寄身好在無何鄉，並生原不分天地。業風識浪流轉多，過眼山邱已巍峨，孰如此樹謝夭伐，植根萬古伴樵歌。

《齊民要術》引《南州異物志》：「榕木緣搏他樹」。在Madras之巨榕，幹逾千百，始恍然于南印度神廟有構櫨（pillar）至千數者，殆取象于榕乎？附書以質諸熟稔建築學者。余所見暹羅呵叻亦有巨榕，遠非此之匹。

南印度七塔（Mahābalipuram）歌 用東坡海市韻

乾坤浮水碧黏空，水面杲日紅當中。七塔嘉名天下走，其勢上壓斗牛宮。當年何人此角觝，名王幽贊勞神功[4]。千兵象陣能擒虎，諸天鱗尾如蟠龍[5]。奘師西行未到此，冥搜有待杜陵翁。流急屢驚鷗鵜散，岸闊

4 指Pallava King Narasimhavarman I, A.D. 635-645。
5 去廟不遠有洞，雕鐫鬥士與虎及象，示恆河之戰，其中神像，有人首蛇身，似伏羲女媧者。

彌覺黿鼉雄。廟堂藻繢資鬼斧，譎變倏忽吁難窮，峻宇丹牆臨絕海，呼吸元氣通昭融。我有精誠動真宰，凌霜欲為鳴九鐘[6]。日薄麟爭今何世，聖者恃道安由豐。東門鞭石作梁渡，南極鑄柱齎山銅。冥冥神理誰能究，天昏寒浪來悲風。

建志補羅（Kanchipuram）懷玄奘法師 用東坡玉局觀韻

達摩當年附舶處，蒼蒼叢芮塞行路[7]。事去何人憶往賢，剩有微風吹蘭杜。經過不辨路與橋，西風門巷雨瀟瀟，縱然寶塔凌雲起，丹霞已取木佛燒[8]。慈恩陳蹟何所有，牛車困頓臥病叟，空思彈舌受降龍，更無梵住供孱守[9]。誰殉猛鷙捨中身，始嘆今人遜古人，漸看圓月露松隙，想見清光猶為君。

唐李洞道《三藏歸西天國詩》云：「十萬里程多少磧，沙中彈舌受降龍。」自注：「奘公彈舌念梵語心經以授流沙之龍。」

6 郭璞《山海經圖贊》。
7 建志城為達羅毘荼（Dravida）都城，《西域記》謂印度南海之口，向僧伽羅國（Simhala）即錫蘭，水路三日可到。又記達摩波羅（Dharmapala）出家事。
8 見《傳燈錄》。
9 現林立者皆婆羅門名刹，惟存佛陀石像一，在警察署中，祇園遺教，零落盡矣。

那伽跋陀那（Nagapattinam）訪漢塔廢址 用東坡羅浮山韻

此地古屬黃支國，與耽摩栗底（Tamralipti）齊名（希臘地理家謂之 Nikama，義淨謂之那伽跋陀那 Nagavadana）。唐宋以來，僧徒經室利佛逝來天竺者，多自此登岸。宋咸淳三年（一二六七）建塔立碑於此，見《馬可孛羅遊記》，今僅餘基址耳。

黃支之大莫與京，黃支名德多馬鳴。漢塔建自咸淳歲，西書記載何分明。蓬轉牢居往殉法，幾人九死求一生。自古孤征接踵至，以智為獵道為耕。勝處何曾忘述作，含德已足比老彭。鴻厓巨浸鯨波橫，投軀慧巘萬事輕。茫茫象磧棲遑處，天魔帝釋面目獰。欲奮智刃斬雲霧，祇山[10]挂想如門庭。此間去海不咫尺，僧徒往返路必經。我來躑躅荒郊外，遺基無復覩前銘。自濟三衣慚法朗[11]，空飛一雁憶蘇卿。南溟九月猶初夏，芳草連天與雲平。

別徐梵澄。次東坡送沈逵赴嶺南韻

海角何來參寥子，黃帽青袍了生死。知我明朝將遠行，攜酒欲為消塊壘。宿昔讀君所譯書，君名如雷久貫耳。相逢憔悴在江潭，無屋牽舟煙波裏。羅胸百卷奧義書，下視桓惠蚊蝱矣。嗜欲已盡心涅槃，槁木死灰差相似。勸我何必事遠遊，中夏相懸數萬里。我言雪山猶可陟，理勝胸無計憂喜。贈詩擲地金石聲，浮名過

10 即祇園。

11 見《西域求法高僧傳》。

實余深恥。憑君更乞竹數竿，便從寂滅追無始[12]。

初發捧地舍里（Pondicherry） 次東坡將往終南韻

朝行野日照髭鬚，客中舉目非葭莩。雨風何憚久漂濡，大雅不作要誰扶。林籟為我起笙竽，中原遠靄入看無。此邦自昔劫灰餘，濱海故多摩竭魚。其民所見皆黑膚，汲水家家頂擊壺。白雲回首天際烏，渺渺南渡將焉如。婆羅門僧罕跏趺，頭留短辮履非鳬，額間塗灰似泥淤，殊俗使我生躊躇。蕭條閭巷且安居，遠遊毋謂勝轅駒。

中印度班底蒲（Bandipur）向為美素兒（Mysore）名王畋獵之所。沿途古木參天，來遊者夤夜宿峰頂，凌晨坐坦克入森林中，日出騎象而歸。次東坡法華寺韻，以記遊蹤。

萬林塞斷碧落界，千竿猶似湖州派。夜分時聞虎豹啼，奔車喜同掣電快。臨坻眼訝峰陡絕，入耳秋悲聲砰湃。冥冥鴻飛何所慕，豐艸遮天波決隘。舊是行獵藪澤地，于今池頹峻隅壞。周陆髣髴辨前蹤，老樹睢盱藏精怪。即鹿無虞林中逐，挂枝犢褌花間曬。疇日名王此叱咤，幾時零落歸露薤。荒壑何由訪至人，徒聞居

12 君能寫竹。

死動如械[13]。清晨跨象出茂林，佳興愜人等爬疥。孰與長鳴馬剪拂，但見高飛鳥羽鎩，遠適莽蒼奚以為，分明曾欠行腳債。

海德拉堡（Hyderabad）古孔多（Golconda）廢壘，印度之長城也，蜿蜒山際，窮秋草腓，陟造其巔，山川蕭條，不勝天地悠悠之感。用東坡武昌西山韻賦此。

羈心似酒醱浮醅，眼前物象費鴻裁。西行又得長城窟，山昏野凍無寒梅。停車直造九折坂，雲間古堞何崔巍。孤城一片插萬仞，中有白骨鎖夜臺。當年戰伐空陳跡，落日千里但飛埃。興亡彈指何足數，回頭蠟淚又成堆。荊榛滿地悲禾黍，遐陬喜見漢尊罍[14]，我自踟躕久不去，欲留詩句鐫城隈。亦知片石終磨滅，忍向斷碣剔古苔，更上烽臺試遠眺，風雲莽莽煙塵開。悲歌待約高岑起，只愁鼓角城頭催。暮天搖落將安往，迴車殘夢挾驚雷，猶疑征騎風雨至，況聽邊聲逼耳來，淒涼年代難復問，文未加點心生哀。

恆河口乞食如昔，書以志慨。

人情儘說了生死，乞食何因叩鬼門。菜色兩行連彼岸，情根難斷況愁根。

13《列子》：「至人居若死而動若械。」
14 關口陳列有天啟五年瓷器。

晨過鹿野苑

沈沈曉霧忒無明，斷壟雲低未放晴。誰復拈花空色相，衹餘幽鳥落寒聲。
舊苑依稀隔野煙，殘僧來此拜啼鵑。迦維古國休重賦，托缽風前自可憐。[15]

梁有《迦維國賦》二卷，晉右軍行參軍虞干紀撰，已亡，《隋書·經籍志》衹存其名。

阿育王窣堵波下作

婆羅謎碣忍摩挲，佛國滄桑感觸多。我亦持籃求一賣[16]，秋風曉日渡恆河。

泰姬陵

雄心贕欲寄溫柔，傾國生來有底愁。竟逐名花憔悴損，玉鈎殘夢冷于秋。
名陵風月異朝昏，眉嫵遙山帶淚痕。莫道霸圖今已矣，御街墜葉為招魂。

---

15 時有黃衣和尚來此參拜。

16 方密之藥地和尚自言：「我乃持破竹籃向鬼門關求賣耳。」

余初來南印，由孟買飛臨麥德利斯（Madras），旋自新德里復經此赴錫蘭。迨適緬甸，又由哥倫坡歷此往加爾各答，凡三臨此都。昔無為子以王事而從方外之樂。余何人斯，遊于方內，而寄情無始，其為神趣，豈山水而已哉。因次東坡送楊傑原韻，以志余衷。

三巡海嶠以送日，面與秋山相競赤。黝膚嬌女映芙渠，譬操白蟹配丹橘。已把龍宮吞八九，淺傾溟海當杯酒。不怕漂流耶婆提，長風天半屢招手。便從豎亥步太虛，胸如夏屋但渠渠，儘道孤遊生情嘆，西風無用憶鱸魚。我到天竺非求法，由來鵰鷲誰堪敵。且循石窟誦楞嚴，一庇南荒未歸客。

初抵錫蘭

暫勞微雨洗征塵，萬里波濤一葉身，吹暖海風秋似夏，不妨籠袖作驕民。

錫蘭官舍臨湖晚興

蠻鄉三月倦生涯，莫把山川比永嘉。樹密繁陰虧冷月，天長遠水入流霞，昏黃人有纏綿意，虛白波生頃刻花。稍欲沈吟同澤畔，微風時與動窗紗。

又作

天上銀河未築橋，水風人影共蕭寥。此生合向荒村老，獨對孤燈聽夜潮。

詩心剩共秋爭怯，客淚還同海競深。久慣天涯住亦得，濤聲偏向耳邊侵。

題錫蘭獅山（Sigiriya）壁畫 次東坡龍興寺韻

呵壁遠參談天藝。片石高丘俯百世。敦煌差許伯仲間，下視吳生真輿隸。散花天女多嬌嬈，惟覺舞鶴堪比歲。攀梯直上龍蛇窟，走筆猶翻雷雨勢。壞壁縱令毫髮爽，精靈獨與諸天契。莫言意到氣先吞，早增上果定生慧。含光靄雲扶棟宇，懷古秋風忍屑涕。朴略響象承蒼昊，煥炳眼開譬初霽。丹青萬變曲盡情，風激餘芬繞衣袂。因念顯師島上來，山川草木生豈弟。

緬甸蒲甘（Pagan）石洞，壁繪蒙古騎士，驚喜題此。 次東坡開元寺韻

舊傳黃禍撼山川，駿馬西馳奔猊狻。六師所至無敵手，炎火燒天人摧肩。此間兀立五千塔，爭姿摹影羅青蓮。宣哀寶鐸動永夜，滌塵法雨庇遙天。一從玄關失幽楗，堅林焚燎涸靈泉。但看旛風花前落，無復鏡月定中圓。今從圖畫瞻猛士，乍驚塵壁挂星躔。眾階野獸穿窟穴，一鳥庭樹飛蒼煙。日月纏迫歸空滅，往事悲歌徒口傳。行程舊帙難稽覽，無憂花樹尚香鮮。天衣飛動磔毛髮，金軀久已廢止觀。

宋《秘省續》收書目有《蒲甘國行程》一書，惜已失傳。

緬北村女，豔溢香融，梳髻插花，宛同漢俗，為賦續麗人行。次東坡韻

情深有水難比長，風吹野花滿頭香，美人相望不相識，秋波脈脈枉斷腸。眾花儘是可憐意，鬱蒸日午奈思睡，忽見陌頭柳色新，愁牽野草隨風靡。深秋南國不知寒，且從茅店歇征鞍。人間未乏周昉筆，暫作欠伸背面看。始信東坡言無底，誤把西湖擬西子[17]。君看草樹連雲齊，中有嬌鶯恰恰啼。

孟德勒陟古剎遠眺八莫

鋪成玉砌勝瓊琚，山影秋林一帶疏，目極金沙猶咫尺，可無父老憶相如。
當年市馬屢馱經[18]，叱馭王尊事遠征。日落山城烏鵲噪，傳烽萬里塞雲橫。

初到真臘

天留荒殿綴人間，鵶路蒼蒼萬木攢。偶見竹喧歸浣女，小橋流水暮雲閒。

17 笪重光句云：「西湖浪把西施比，湖比西施更誤人。」
18 《宋史・兵志》：「乾道間大理以馬易《經》、《文選》、《三史》、《初學記》，《釋典》。」

夜訪吳哥窟

曲徑江通欽乃村，衝寒何事叩重門。疑雲成陣蛙爭鼓，殘月無聲犬吠昏。荇藻陂池悲寂寞，龍蛇山澤想軍屯。塔鈴不語今何世，聊欲尋詩石尚溫。

安南鄭懷德《艮齋詩集．真臘行》，自注：「高綿國西南荒山中帝釋寺，為古佛坐化處。行一日程至一古城，其宮殿欄廡，皆白石雕琢，光瑩精巧。」此詩作于丙午（即乾隆五十一年，一七八六），為吳哥窟早期史料，時尚未鞠為茂草也。

宵遊 Bayon 宮

面面莊嚴孰化成，廟如老將樹如兵。嵯峨遙夜秋為厲，澒洞蒼煙月漸生。剩有鵋梟供夕食，更無熠燿作宵行。迷陽忽蹈文身地，喚起荒涼萬古情。

Phnom Bakheng 道中

漫道窮山似鐵圍，千回百匝阻將歸，疎林古道秋如許，收拾殘陽上客衣。

越語 Phnom 為山，此廟建於山巔，俯視千里，自基至頂共七層，四周建塔凡一百八，今多傾圮。視其一方，塔之為數悉三十三，論者因謂即仿蘇迷盧規制，**Filliozat** 教授説。

Angkor 城雜題

寂寥宮殿日西斜，儘道蕪城是帝家。蔓草難圖人去後，一藤終古接天涯[19]。
柵象為奴此築臺，回頭棨戟只蒿萊。當年戲馬今安在，蔌蔌風威萬壑哀[20]。
杏梁依舊晚鴉啼，燕子重來啄井泥。誰道星移驚世換，壞牆秋草與人齊。
兵車畫壁尚轔轔，無限邊愁泥殺人。還似鬥雞盈水陸，抱關翁仲擁城闉[21]。

哥里益（Bernard P. Groslier）教授掌安哥窟重建之責，余笑謂君真神廟之毘溼奴（Vishnu）矣。媵之以詩。

到此休驚九折魂，江流石轉斡乾坤，鑿山績可追神禹，呵壁辭應待屈原。老屋數間權作主，平湖千里識真源。蠻夷大長今何在，無復深山叫夜猿。

金邊湖

南來頻食金邊魚，紅樹滿江畫不如。待夢西江浣腸胃，微波亂葉落寒墟。

---

19 殘甃老樹，露根藤蔓，有長數里者。
20 《真臘風土記》所載象臺今尚存，為 Jayavarman VII 所建。
21 真臘舊分水陸，城之四門，列石翁仲兩行，每行神將五十。

金塔（Phnom-penh）二首

竟以蒿丘浪得名[22]，孫吳宣化到堂明[23]。即今舉目山川異，愁聽江流日夜聲。

稻田漠漠淡雲遮，碧水蒼煙去路賒。乍聽鄉音翻疑夢，此身誰信老天涯。

暹羅猜耶山訪佛使比丘，遊室利佛逝遺址，於荒榛中躑躅終日，歸來有詩。偕行者謝大晉嘉，即用謝客登永嘉綠嶂山詩韻，邀其同作。

海嶠陟彼岨，言造棲禪室。蕭寺尋秋草，懷古情未畢。祇洹留芳軌，瞻謁慙朽質。頹礎復何有，聊欲撥蒙密。涓涓石上泉，翳翳桑榆日。表靈資神理，稽覽歎周悉。山僧昭曠姿，黃裳抱元吉。玄照澈生死，高蹈故難匹。坦道欣同登，了悟庶萬一。緬想幽人蹤，才調不世出。

附：謝晉嘉三首（參見《饒宗頤二十世紀學術文集》第三六三頁）

---

22 或說扶南即小丘原名。**Phnom**，山也，漢譯為「南」。

23 《三國志・吳志・呂岱傳》：「岱既定交州，又遣從事南宣國化，暨徼外扶南、林邑、堂明、諸王各遣使奉貢。」堂明或謂即真臘北之道明國，在驩州之西。

後序

《佛國集》者，潮安饒選堂先生記遊之作也。自印度經錫蘭、緬甸以迄高棉，得詩凡若干首。夫宗炳澄懷於山水，聊託臥遊；許詢快意于津梁，徒誇濟勝。慈恩杖錫，扇化于龍砂；霞客記行，齎志于雞足。懸渡登陟，自古為難。矧吾儕送炎瘴之生涯，作永嘉之流寓。廬峰南墮，闔眼窗前；五嶺北來，增欷海表。凌雲之懷靡託，兼山之願徒虛。若乃擊汰滄溟，指途丹徼。壯遊萬里，旁究四韋，問殊俗于騎象之鄉，訪正法于降龍之地。引瞿曇為知己，抉鷲嶽以填胸，如君斯遊，良足企矣。先生業精六學，才備九能。罨罨之思，內凝穆行，熊熊之采，外溢縚繩。用能摛葉抽詞，粲花振麗，詠重三之蠻語，妙解娵隅，讀百二之寶書，廣通象譯。固已騰蕤學林，掞張文轡。屬以夏坐之季，乃為佛國之行。黑浪搖天，赤城霞起。雲車飛步，臨忍土以前蹤；玄谷微塵，指黃支而稅駕。吳哥石窟，扶幽夢于前朝，泰姬名陵，飄香魂與墜葉。獅山遐矚，壁問千年；鹿苑靈龕，心澄四地。法顯猶艱之路，何處精藍；真臘就荒之城，獨存翁仲。川路綿邈，皐陸嵯峨，都邑人物之豐昌，歲時陵谷之遷貿。愉戚萬端，俯仰均感。是宜坐戀三宿，嘔心一囊，延古睇於馳晨，送今懷於奔夕。靈運振奇巖谷，兼賅慧業，和仲栖遲嶺海，尚想清音。短製長歌，半緣蘇韻，嗣響于海市西山諸什，取材于荔枝榔杖之餘。而靈境獨造，雅聲遠姚，陶染所凝，符采相勝，所以音宏鐸舌，韻答鍾唇者也。側聞駪征所責，鋭志居稽，搜蟲書鳥語之文，溯龍樹馬鳴之論。方將研精白業，別啟玄言，殫見洽聞，廣乎真俗。而乃山靈助其冥契，詩骨入其笑嚬。問慧忘疲，遂親明瑟，吹塵起漚，悉為勝因，範水模山，亦供餘事。是則探龍半爪，未礙驪珠，窺豹一斑，諒符全目。納須彌于芥子，同釋迦之方志。異日周流八極，抒軸四洲，唾地而海立雲垂，振衣則潮鳴獅吼。鐫幽賾于環中，踊蓮花乎波外。提河之潤弗輟，堅林之影彌彰，邃旨沖宗，逗機應物，則斯篇其將為先之旆乎。

丁未仲夏，蘇文擢敬序

西海集

飛越阿爾卑斯（Alpes）山

俛視洛桑湖，十洲餘幾點。叢芮如可數，沈霧倏斜掩。我騎在鵬背，扶搖笑鴻漸。日光萬丈毫，歷歷映巖隒。改容睨天綷，玄黃變忽奄。峨峨太古雪，精氣寒未斂。氤氳抱危石，佳勝乃在險。騀駊撇空起，返照留餘閃。頗訝閶闔近，終疑雲悖魘。大荒汝何依，孤航逐風颭。八紘只俄頃，彈指出重崦。好山天餽余，采筆宜濡染。初月方眷西，林壑休塵忝。

羅馬圓劇場（Colosseo）廢址

城旦艱難八載成，劫灰歷歷古今情。穹廬猶是淩霄漢，六百年間恨不平。

陵阜茫茫帶日曛，基扃固護想雄勳。可憐馬磴成奇戮，殘霸誰教免豆分。

手格千群付一嚬，喑嗚林木動星辰。罼罘漫野今安在，角觝寧哀待死人。

門鎖修齡白日長，人間換盡舊伊涼。雄獅猛士真何益，未解拽屍意可傷[1]。
欲譜無愁果有愁，北齊歌吹亦溫柔。白楊風起多冤鬼，擲盡頭顱可自由。

圓劇場為羅馬人娛樂遊戲之所，公元七十二年，俘猶太人三萬驅使建築，歷八載始成，可容觀眾八萬人。地下藏猛獸，供與勇士角鬥。及時，鬥者魚貫入場，行近皇帝座前肅立，言曰：敬禮凱撒皇帝，將死之人，向汝敬禮。（Ave, Caesar Imperator, Morituri te Salutant.）有時驅奴隸罪犯異教徒與猛獸格鬥，致死者尤多。如是表演亘六百年，死者逾五十萬。後改角鬥場，為畋獵區，Titus 帝於此戲殺野獸九千，Trajan 帝竟戲殺至一萬一千隻。自二六零年波斯王 Sapor 攻入敘利亞及小亞細亞，羅馬皇帝 Valerian 被俘，波斯王用之作上馬蹬，旋剝其皮懸之神廟。至二八五年，羅馬遂分四帝，繼之異族入侵，終至崩潰。

經 Albano 湖

藏林傑觀問真源，古道行人與雨繁。客裏光陰如過鳥，繞湖一匝已黃昏。

湖在羅馬郊外，其側 Castelgandolfo，教皇庇護十二世每週兩度蒞止。

1 拽出死屍喻悟得西來意，見《傳燈錄》。

Pompei 四首

一掩何年載，啟扃如翻書。玉堦且竚立，啼烏驚夢餘。
荒草臥殘甃，大風發深省。曾是洗凝脂，壁上衣裳冷。
小霓俄成霰，去日自苦多。山空聞答履，餘響問幾何。
觀世嘆如史，弔古豈異今。林中謝山鬼，許我一沈吟。

Pompei 在公元前八十年，為羅馬殖民地。公元七九年城為火山所掩燬。

Frosinone 村莊

繡得平原綠欲流，有山如髻水如油。蓼花楓葉疑相識，儘道殊鄉足少留。
泠風清甽想康衢，稻隴江南了不殊。飲得波光同中酒，此身汎汎羨雙鳧。

Frosinone 小城，為羅馬至 Naples 必經之孔道。

自疏鈴鐸（Sorrento）遵地中海南岸策蹇晚行

海角猶名是地中，驚濤如此去無蹤。淄澠胸次渾難辨，不用安禪制毒龍。
唾月推煙百里拋，征車獨自念勞勞。天風吹髮泠然善，容我孤篷釣六鼇。

憑誰管領日冥冥，眼見奔流注不停。如得出人千尺井[2]，西來山似佛頭青。
匹馬秋風對逝波，飄零骨相惜蹉跎。暮雲昊昊涵空綠，時有翔鷗掠面過。

Sorrento 在 Pompei 地下城之南，面海背山，風景獨絕。

登巴黎鐵塔放歌

高標特起支山川，皋原千里此脊椽。攀登吾意獨茫然。蒼蒼上有日月懸。懸車轆轤響連連，烈風吹我帝座前。我眼因之窮無邊，下窺城郭蟻附羶。此中陵谷幾變遷，憶昔蠻觸相熬煎，斷流千里爭投鞭。名王銜璧既牽攣，萬兆輦致莫敢愆。黎民傾囊有餘錢，積憤難將山谷填。大辱誰教江海湔，造為此塔上撐天。豈同士馬鬥精妍。即今都會何闐闐。奔車日夜喧哀絃。吐茵時見口流涎，文章綺靡出市廛[3]。潤色繁華推後賢。沃土由來非自全，勢高氣厚理則然。我來窺天廢朝饘，摩挲喬木參風煙。嘉日遊人趨湧泉，莽蒼一氣接原田。江流滔滔去蜿蜒，逝者如斯百喟纏。誰從碧落整坤乾，欲起拿翁笑拍肩。

鐵塔（La Tour Eiffel）以工程師阿菲爾得名，一八七零普法之役，拿破崙第三被俘。明年二月二十六日媾和，賠款一萬兆法郎，分五年清償，以國民捐輸踴躍，先期償清，德軍始撤退。故以餘款

2 石霜性空禪師答僧問。
3 道旁咖啡座為藝人文士麕集之所。

建此塔為紀念。塔高九八四呎，重七千噸，於一八八九年落成。黃公度《登鐵塔》有「宮闕與城壘，一氣作蒼莽」句。

拿破崙墓

百戰終然厄倒戈，賸從闕下撫銅駝。深宮池水猶哀咽，絕島風濤孰更過。長筭累欷悲短日，豐碑突兀對奔河。歸魂豐沛原無憾，遺語真令涕泗沱。

墓在塞納河畔。拿翁昔練兵於此，曾語他日願葬斯地，後人如其言，并鐫其語為墓銘。

伯羅亞宮（Château de Blois）弔詩人奧爾良（Charles d'Orleans）親王

絕臏鬆軀事孰嗟，竟從縲絏就天涯。謳歌一夢空餘恨，禾黍重來尚有家。萬古栖栖憐鷙鷙，百年草草逐風沙。即看臺殿今寥落，賸與黃昏掃落花。

Orleans 為 Louis Duke of Orleans 之子，舉兵抗英。折其一腿，被俘至 Azincourt，羈留二十五年。以詩託其哀思，所作迴腸盪氣。既返法，重建宮室於此。其後路易十二法蘭西斯第一踵事增華，遂成今日之傑構。

沙維爾尼行宮（Château de Cheverny）晚宴

主人殷勤意不疲，招呼遠客來荒陂。背山臨流開爽塏，百里漫勞車載脂。當年皇族畋遊地，別館近在水中坻。珠簾甲帳宛如昔，羅列寶鼎蟠蛟螭。髹床遠自中原至，西漸聲教良可稽。畜皇繪畫更妙絕，僧繇虎頭頤指麾。舊笳曲美動林藪，絳袍猛士雄武姿。青雲為紛虹為繯，想見潘黨驅六麋。西山日墜遊未散，起燒庭燎環階墀。繁俎綺錯樂無已，義渠哀激人心脾。攢頭萬鹿滿堂壁，京臺渚宮無此奇。抽毫欲試羽獵賦，酒酣尚聞風颼颼。

一九五六年巴黎漢學會議既閉幕，午後全體驅車至羅亞河之行宮區（Châteaux de la Loire），遂至 Château de cheverny，晚宴於狩獵館（The Hunt Museum）。廳懸鹿角逾千，蔚為奇觀。行宮外列武士衣古紅色獵裝，共數十人，奏狩獵古調，聲震林木。行宮聳立森林中，有湖沼之勝，為一六三四年 Henri Hurâult 伯爵所建，四壁繪畫瑰麗，出於 Blois 畫家 Jean Mosnier 之手。路易十五曾駐驛於此，其御用物有來自中國之漆器云。

沙波宮（Château de Chambord）聽古樂

絳宮近在水橋西，缺月微茫眾草低。遙想沙丘方獵罷，隔江盡唱白銅鞮。

犬馬紛紛實苑臺，百年雲雨只蒿萊。若論優孟齊卿相，解道人間莫里哀。

宮在 Boulague 森林中，去羅亞河岸數里而遙。一五一九年法蘭西斯第一所建。王嗜田獵，為靡靡之樂，厥後亨利第三、路易十三、十四均遊宴於此。莫里哀（Moliere）所作名劇《布爾喬亞紳士》（*Bourgeois Gentilhomme*）即於一六七零年十月在此宮中首次演出。

巴黎中秋

未到江寒葉脱時，黃雞白月上尊巵。滚塵擾擾秋隨半，造物昌昌汝尚嬉。拂鬢西風勞北顧，倚天南斗漸東移。莫從片滓緇雲漢，酖毒山川世孰知。

凡爾賽歸途作

山花葱蒨土膏肥，萬木森森欲合圍。返照分明開一境，喜無杜宇勸人歸。

尼羅河上空看日出

一水從天來，迤邐連沙漠。黃塵紛無際，蕭條暗城郭。晦明初未分，沕穆氣旋豁。須臾光上指，天門似啟鑰。一線微陽動，積藹散林薄。瀲灩隨波生，水火交相斫。輪移水面紅，終焉天宇廓。微聞古氾濫，降丘巢水鶴。黑土惟墳壚，居民資銍穫。哈壁汝何神，拯溺出深壑。如何天不弔，痛毒尚遺惡。魚鱉思驕陽，何時脫窮涸。便欲訴真宰，孱魂為解縛。極目正曈曨，渾沌許重鑿。

尼羅河膏腴黑壤，故埃及人稱其國曰黑壤國。哈壁即 Hopi，埃及河神名。

錄詩竟自題一絕

風霜正與鍊朱顏，異域山川剪取還。看擊鯤鵬三萬里，可無咳唾落人間。

以上丙申（一九五六年）旅法、意作

富蘭克福歌德舊居 用東坡遷居韻

小我焉足存，眾色分纖麗。著眼不妨高，內美事非細。矚目無窮期，繁華瞬即逝。持爾向上心，帝所終安憩。生命在守一，無勞太早計。春蘭自終古，清風時拂砌。青山環里門，白日照雲髻。不祭神常在，委軀輕蟬蛻。我來自東海，再拜薦蕉荔。天地眷長勤，生生閱塵世。但期兩心通，俯仰去來際。洗耳聽鐘鳴，去垢如趕蚋。

歌德詩句云：Mir ist des All, ich bin mir selbst verloren（我既為一切，我當捐小我。）彼晚歲攻治「色彩學」，其《浮士德》奧旨在申向上（Steigerung）、及實現完美（Entelechie）二者之義。歌德主「一」（Das eine），教人從高處著眼（Hohenblick）。其摯友席勒以《鐘鳴操》（*Lied der glocke*）

著名，歌德為撰文作箋。其短篇如《無盡期》（Für ewig），《神意》（Das Göttliche）等，均為人傳誦。

慕尼黑納粹集中營 用東坡屈原塔韻

嗟爾待死人，忍死情安歇。死者或非死，泉路空嗚咽。難為種族心，赴義忘飢渴。驚飈忽鼎沸，地坼九州裂。多少含冤士，濺血誠壯烈。頹垣試回首，殺人如川決。人道委地盡，積尸堪比塔。祈死以貿生，身名寧俱滅？悲歌韋索井（Das Wesobrunner gebet），蹈火意彌切。誰復更臨此，能免骨先折。風林黑茫茫，萬古肝腸熱。大地果淪胥，茲焉明志節。

德詩人 E. Wiechert 于一九三八年被囚集中營。曾作《死之候選人》（*Der Todes kandidate*）一書。德古典詩歌有曰「天堂地獄」者，言：「地獄之中，死者非死，只有悲哀而已。」（一零七零年刊）《韋索井畔讚歌》為八世紀以高原德語寫成之宗教詩。

讀尼采薩天師語錄

納納乾坤大，茫茫今何世？世果有真宰，生天復生地。天帝倘畀我，我安能自制[4]。狂哉尼采言，悲歌

4 尼采云：「假若真有上帝，我怎能禁止自己不是上帝。」

欲隕涕。如何變彌亟，幾人竊神器。無復假神力，悍然比上帝。炊煙索寒天，曠野渺無際。何日聽雞鳴，泱漭天初霽。

彼岸倘可期，悠悠即長路。崩厓當我前，懸車那可度？我手方高攀，我眼須下顧。兩途俱可愕，捷徑終窘步。躋險豈不艱，傾墜者無數。深淵諒可懼，峻嶺非所怖。誰能更於此，磨勘得妙悟[5]。

文明果何謂，安在繁華中。五色令目盲，五音使耳聾。渾沌終自戕，椎鑿安所窮。理廢寧蘊真，玄珠墜幽宮[6]。茲辰非曩日，視天更夢夢。井泉暮夜鳴，此意孰與同。焉得薩天師，為洗陰霾空。看看窗牖間，杲杲日生東。

以上丁酉（一九五七）年遊西德作

尼采著 ***Also sprach Zarathustra*** 主張刊落思想上之臭韈，惟超人方克承擔新文化之任務。井泉見所作《夜吟》（***Nachtlied***），余尤愛誦其《冷落》（***Vereinsamt***）詩中，「**dem Rauche gleich, der stets nach kältern Himmeln sucht**」句。

---

5 尼采云：「可怕的不是高峰，而是懸厓。」

6 尼采云：「真正文化繫於人之內在世界：文化而無偉大之內在動機，僅有外表之輝煌者，徒為『暴發戶』文化而已。」

意大利紀行詩

自羅馬北行，歷經隧道，車中悶熱。用昌黎山石韻

恨身不是陸探微，西來空對海濤飛。負郤當前幾畫本，朱甍映地綠莓肥。驅車行邁竟何適，堆眼古蹟認依稀。山石歷亂撲人面，餐風聊足忘我飢。有時衝煙出林莽，斜曛帶雨齊扣扉。越洞穿隧人跡絕，惟見陰谷霧霏霏。河流一瀉更百里，修軌南來如帶圍。如何鬱蒸中腸熱，汗珠滴滴霑征衣。誰謂清遊興未極，車中局促等銜鞿。山嶽于人休騰笑，稍待秋風便告歸。

巴都亞城曉發

褰帷四望意如何，暑氣漸因日上多。乍睡渾忘身是客，奔車扶夢過陂陀。

歐諾河畔

臨流瞑色立移時，白鳥蒼波識面遲。窮髮行藏誰得似，此身合入無聲詩。

但丁墓下作

曩者誦神曲，謂與天問參。天果有九野，地寧缺東南。天衢惟無梗，恬虛安且耽。天心惟秉正，眾惡歸

海涵。有怨試呵天，噓氣蒸蔚藍。有淚或經天，下滴成淵潭。惟天行水上，六龍不停驂。地實居其中，如黃卵中函。而君不謂然，云有水晶含。其外曰無窮，天府此靈龕。其下則幽都，魔怪走趛[illegible]。爰有愛神存，萬類獨力擔。善者叨其光，溫煦如春酣。惡者被其懲，淨界去嗔貪。厥意將毋同，道一復生三。大明比日月，智者固同諳。惜君膏自煎，壽未齊彭聃。茲來叩墓門，重譯契玄談。四顧闃無人，悲風生石楠。蒼鼯驚窣窣，綠草駭毿毿。感世久溷濁，蔽美而專婪。上蒼冬不瘖，下民非所堪。有怨不可申，怪子苦呢喃。有淚多于酒，邀子傾其甔。安得起九原，重與細評探。

墓在意大利 **Ravenna**。

觀 Sandro Botticelli 春歸圖（Primavera）

眾卉競舒華，轉眼已飛絮。留此十丈圖，貌得春歸去。光風泛蘭芷，柔荑紛無數。迤邐千里平，綠草迷行路。美人隔霧縠，略展淩波步。說道春偕來，細看又疑誤。空有脈脈情，終古使人妒。

佛羅稜斯弔羅稜佐（Lorenzo）

舊館登臨地，今來走馬看。哀歌銷日永，談笑換春殘。世亂詞翻豔，星移興未闌。衹應宵燭淚，紙上不曾乾。

威尼斯海傍茶座

適來抱膝對沙禽，觀海初無萬里心。日月昇沈星漢爛，悠悠千載付沈吟。
鷗鷺相偎不待媒，島山竦侍漫驚猜。眼中碧海真吾肚[7]，何事拖泥涉水來。
恍對故人欄外柳，直參元氣水中天。此身暫置浮雲外，且辦清茶晚飯前。

水城初泛 用楊誠齋韻

船頭水濺簟難乾，只許曲肱那許眠。陡憶前旬清水曲，忽從南海到西天。
越巷穿橋水浸天，去來不陸不川間。有城如此堪名水，無地容渠更著山。
城根屋瘦樹仍肥，倒景殘陽漸向微。頗怪篙師偏賣力，棄帆操槳去如飛。
直港橫汊後復前，水鄉小憩自翛然。不隨趁客鷗爭粒，卻愛催詩雨拍肩。

貝魯特喜晤荷蘭高羅佩有贈 用白石待千巖老人韻二首

孤鴻何處來，忽爾臨海角。嘉會在逆旅，此意豈前覺。嚴城終日閉，危葉驚禽落。玄言足解嘲，莫道風

7 《傳燈錄．天台勤師頌》：「山河是眼睛，大海是我肚。」

波惡[8]。何當綠綺琴，與泛黃箋浪[9]。九州方火熱，正要起沈恙。別促喜且愁，徒勞蒼海望。開卷思古人，髣髴千載上[10]。

地中海上空書所見

碧海勢吞天，尾閭了不見。空濛數萬里，何處是赤縣。蒼天忽改容，砉然開生面。疑入混茫前，旋覺寒暑變。涼意乍侵人，涷雨下如霰。欲呼雲作絮，雲去但片片。回頭殘月明，滿地流霞絢。

以上戊戌（一九五八）年重遊意大利作

題哥耶（Goya）畫鬥牛圖 用韓孟鬥雞聯句韻

青兕排山來，紅綾張以待。赫曦照臨處，奇服戢光彩。追逐罔造次，格鬥瀕危殆。周旋臨大敵，壁立彌自在。疾似風掃葉，安如戟前鐓。滌蕩踞高原，秋風拂爽塏。旁觀久噤瘁，往復相嵬磊。進不以險移，退未

---

8 余以中途飛機失靈，降落貝魯特，停留二日，得識高君，若天假之緣也。
9 君能鼓琴，著有《琴道》、《嵇康琴賦注》等書。
10 君以明萬曆本《伯牙心法》一書見貽。

因患改。哀呼聲震慄，馳騾毛翻嶊。脱手勢小挫，回頭勇百倍。側睨虎豹姿，展轉蛟龍醢。啞人怒何強，履尾氣終餒。躲閃信能事，機巧出欺紿。叩歌非寧戚，邁步笑章亥。力竭方就死，牛乎汝何罪。以鬥博人懽，厥過疇能浼。但以智爭贏，何殊寶為賄。嗜殺久成俗，傳自愛琴海。至今變加厲，好之驕且怠。助叫喧旅人，丕績此嘉乃。君看哥耶筆，水墨懶加綵。白手戰方酣，戎車奔屢凱。時已蔑惻隱，道焉得大隗。飲血思鴻濛，夬履愬真宰。聊為自警篇，他山庶可採。

哥多瓦（Cordoba）歌　次陸渾山火韻

一水東流百里渾，殘甃廢壘據其源。八荒抉背安足吞，陰陽為寇風騰軒。宮墉百雉紅女如燔（Aljama-Mosque），我來黃昏登古原。思昔回回撼乾坤，阿米亞（Omayyads）勢伸無垠。崛起新朝（Abbasids）修巍垣，敞開萬戶更千門。神工鬼斧麗朝暾，蟲沙飛伏鶴歎猿。長橋臥波誰叱黿，隨陽就溫聚鴻鵾。帆檣千里爭飛奔，報達（Bagdad）以外茲最尊。體天作制闢華園，嘉樹幽茂花穠繁。瑪瑙充閭珂珮喧，金聲玉潤吹篪塤。八維九隅森旗旛。學人紛至蝨處褌，挂轉牽靷摩肩臀。重城闃爾且駐轅，揚塵周道垂雕鞬。壞牆霞染日燒轓，鬱蒸廣陌颸繙帑。穹廬萬柱似蜂屯，綺疏璀璨玻璃盆。車渠石盌鳳皇罇，梁四公子所未言。人間久歷雨風翻，往事千秋笑平反。祆神禎眼今猶暖，玄以為門淨為根。火經副墨雒誦孫，真人踵息氣歸跟。教澤如山浩蕩恩，一一皆可究其原。誰謂天關不可援，帝賜可蘭（Koran）萬古論。文字蛟螭纏陛闥。柑林（Orange

Tree Courtyard）依舊留蘚痕。於茲遊目兼遨魂。幽房臨春曾鎖冤，嬋嫣古淚至今存。懸知秀色美可飧，多少佳麗通媾婚。向來兵馬資長昆[11]，獻階干戚舞蹲蹲。百獸軒鬐鳳翥騫，一洗西海諸讐怨。蒙莊博依等鵬鯤，長春亦復踰崑崙。莫思西狩戰塵昏，木司塔辛玉石焚。時清久已驅憂煩，逝矣有舌休重捫。

哥多瓦與報達、亞歷山大，為中古回教三大中心聖地，學者咸集。一二五八年旭列兀（Hulgau Khan）西征，破報達，以馬蹄躪平之，殺回教徒八十萬人，遂使數百年中亞天方烈燄忽焉衰絕。堵阻回教勢力東侵之勢，此蒙古人之貢獻也。《元史·憲宗紀》云：「八年春正月，諸王旭烈兀討回回哈里發（Khalifa），平之，禽其王。」此為蒙古征服之末代哈里發，即木司塔辛（Mostassim）。事又詳《新元史·報達傳》。至順三年，瞻思撰《哈珊神道碑》云：「仲諱速混察，從皇弟旭列育適西域。」（沈濤《常山貞石志》二十一）旭列育，《諸王表》作旭烈兀，《百官志》、《食貨志》、《察罕傳》、《郝經傳》作旭烈，《速不台傳》作吁里兀，《本紀》作旭烈或旭烈兀，附記于此。

阿含伯勒宮（Al-Hambra） 用昌黎岳陽樓韻

崇墉諸山間，卑高互揖讓。擎天丹砂塔（Vermilion Towers），形勢兀雄放。耳門（Arch and Gate of the

11 用徐陵《與嶺南酋豪書》。

Ears）與正闕（Gate of Justice），岩嶺紛殊狀。山郭儼伉儷，舉案相拱向。含滋蘚樹深，浴雪波潮長。星光燦成銀，顥穹密而妨。皇居巍峨起，樓櫓江山壯。闤闠連堡塢，萬蹄復千兩。南統珊瑚海，西望花林曠[12]。白氈火浣布，青絕金雞帳。人事苦俇攘，營魂傷懾踼。今踐無人境，懷舊增愀愴。清晨登井幹，楨壤皆亭障。守關原在險，強敵未敢傍。固護有基扃，氣接沙漠上。莽莽地積陰，冥冥天覆盎。虛霩矗無垠，日月馳不亮。殘夢罥蛛絲，年載更絺纊。滄桑換蕪城，吞恨誰相況。蒼山白千里，皓皓慌瀇瀁。維時方熾熱，蕭條縮寒漲。回觀闐闔內，廂序屹可望。密石飾堦墀，俯仰心神暢。旋室娟窈窕，今昔集忻悵。瞪曠以勿罔，心悸勞疲恙。庭草碧未除，榴花綠新釀。當年行幸地，金杯遞清唱。蘭楯騶增錯，沈香珠設醬。累巧不勝書，歡愉故難忘。歐文（W. Irving）舊有記，縱覽久神王。摹寫雖纖縟，暗世憶趫亢。外史雜秘辛，艷跡蔑猜謗。閻浮共一漚，何勞問真妄。如臨景福殿，飛宇列仙仗。罘罳多龍文，煒燁生譎誑。椒房無月妃，逍遙待雲將。回紇呼赤城，嘉名吁良當。疇夷七級塔，燼滅隨藁葬。眯眼起黃埃，邊風急寒浪。哀志摧短日，促路更誰諒。悵觸撫前塵，覆車懲初創。霸圖悵已矣，人世幾得喪。虺蜮鬥未已，殷鑒茲堪尚。修世焉易覬，休命賴國相。不然夸奓佚，貪歡餘一晌。臨風空涕零，何辭遠臨訪。

A-hambra 意為赤城。九世紀間 Granada 之第一皇帝 Ziries 所營建，合堡塢（Alcazaba）、皇居

12《大秦景教碑》語。

（Alcazar）、城市（Medina）三者為一體。十四世紀阿刺伯詩人 Ibn Zamrak 有句詠之云：「城為婦兮山為夫。」（The city is a lady whose husband is the hill.）一八零八年至一八一二年，其地為拿破崙軍隊所據，其七級塔（Torre de siete suelos）及水塔（Torre del Aqua）皆夷為平地。一八二九美國作家 W. Irving 嘗從 Seville 蒞此遊歷，著有 *The Tales of the Al-hambra*，至今為人傳誦。

以上丙辰（一九七六年）遊西班牙作

中嶠雜詠

36 Poems Chinois Sur l'Auvergne

五月廿三日，雷威安 A. Lévy 夫婦驅車載余，自巴黎至 Bordeaux 城。中間經 Loire 河行宮，遂入萬山中。共行二千華里，沿途得詩卅一首。雷君謂法語三十六始為成數；因思王荊公詩「三十六陂秋水」，黃山谷詩「縣樓三十六峰寒」，例有同然，爰足成之。以其地法語統名 Massif Central，遂命曰中嶠，雷君悉譯成法文，將刊行云。

一九七六年六月於巴黎。

高盧（gaulois）舊蹟費幽尋，長坂柴車匹馬瘖。此去叢祠將百里，重山莽莽日如金。
車上征塵衣上雲，四圍暝色亂山昏。古原落日蒼茫地，偶有鐘聲遠處聞。
雕鎪神怪役萬夫，地獄淨風路各殊。血灑宮門思烈士，諸天亦不惜頭顱。

題 Bourge 教堂。大革命時，闍闥天神石像，頭顱多被砍去。

垂柳搖絲陌上新，近溪已見十分春。了無哀樂纏胸次，野曠天寒不見人。

經 Montluçon 作。

林寂風淒向夜分，山城千仞日纔曛。野行處處艱投宿，白馬人家早閉門。

夜宿 Éuaux，此地有 hôtel 名 Cheval blanc 者，以時太晚，不納旅客。

深更兼味得應難，乳酪清茶興不闌。枵腹莽蒼桑下宿，明朝于邁勸加餐。

深夜不易得食。《詩經》：「無小無大，從公于邁。」

抱膝車中閱數州，乍看初日吐林丘。尋山晞髮寧辭遠，坯上清晨快縱眸。

遙望 Puy-de-Dôme。《爾雅》：「山一成曰坯。」故以坯音譯 Puy。

逐日追風興未終，稠林人在畫圖中。靈風聖迹分明在，遙見青青簇半空。

指 Maiaon de Sailles 等處。

能從沙礫闢荊榛，羽翼青冥信絕倫。下視高原三萬里，雲峰未宿桃源人。

Le Barrage des Fades。魏劉廣有《下視篇》，謂：「視下者，見之詳矣。」見《全三國文》。「羽翼青冥」出王安石詩。

砥柱擎天孰比高，修河（Siouls）北去勢滔滔。奔車可必傷逝水，大任天庸付我曹。

仲尼觀水，有逝者如斯之嘆。Lévy 駕車鎮日，自日中至晚上十一始得食，余戲謂此真「餓體膚，勞筋骨」者矣；豈孟軻氏云：「天將降大任」者非耶？

手攀橡木陟崔魏，嘉樹余懷久往來。挂眼星辰如可摘，齊州九點望中開。

詠 Chêne。山中遍植此樹，因憶韓愈謫潮州，手植橡木，人謂之韓木，其《畫記》云：「時往來余懷也。」

山路崎嶇石半焦，道旁惡竹又干霄。嘉名金谷鍾神秀，乞與山靈作白描。

Mont-D'or 以意譯之，可稱「金谷」。

淨居聖寺兀嵯峨，曇鉢穹窿鎮伏魔。驀憶陸渾山下火，人間桑海變何多。

Pierre le Chestal。支謙嘗隱穹窿山中，其《法句經序》云：「曇缽偈者，曇之言法。缽者，句也。」即 Dharmapata，此借指 Bible。是地屬火山餘脈。

綠遍郊原浩莫分，花塍交錯自成文。風旛不動山逾靜，桑樹雞鳴又一村。
簷角崢嶸倚古馗，十方異軌總同歸。雲中周道真如砥，絕頂題名繞一圍。
群峰萬派此朝宗，古柏經冬倍鬱葱。思得愚公助一臂，移山來此聽晨鐘。
雕梁仙字認飛昇，闐爾神龕亂草青。真照無知寧待說，橫江何處與揚靈。
萬態雲煙日卷舒，重丹複碧樹扶疏。憑高待共浮雲約，路轉懸橋必坦途。
春風牆罅拂蛛絲，挂得斜陽景最宜。俯仰古今無限意，蒼天如蓋地如碁。

以上記 Pontgibaud 道中所見景物。

聖母祠前鱖正肥，無風無雨不須歸。吾生原罪如堪赦，願縛孱魂住翠微。

Orcival 作。此處溪流產 truite 甚肥美，有譯作白鱸，余以其音近鱖，故以鱖稱之。

兩峰列陣似軍屯，黝壁蕭條谷尚溫。欲起莊生聊問訊，何年天地一成純。

Les Roches Tuilières et Sanadoire。

平湖芳草碧毿毿，戴雪遙峰峻宇紺。布暖條風剛酒醒，中天麗日似江南。

Lac de Guéry。

暫遊千里未消魂，雪後山成屋漏痕。妙句佳書同一理，幾時悟到十玄門。
車間驢背總消魂，客舍題襟雜酒痕。山色如詩詩似夢，不同杜老出夔門。

Puy de Sancy 偶憶陸游詩和作。

古柯異石亂交加，石自癡頑枝自斜。人外忽驚春數點，隔籬燦爛有蘋花。

詠蘋果樹 Pommier。

迴飈嶺上可鉏荒，萬綠叢中白間黃。刀割香塗生意在，窮山合署水仙王。

詠黃水仙 Jonquille。

臨湖徙倚兩三松，微徑思尋麋鹿蹤。雙槳來時人影亂，小船搖曳出蘆中。

Lac Pavin。

過嶺翻疑地勢殊，林如列戟草如蒲。重山曲折開春曉，深遠宜為幽谷圖。
磵底栖禽千種囀，峰頭森木百重泉。恐除山鬼難專壑，十里幽篁不見天。

Les monts du Cantal。

盡日車行萬疊山，山靈應是笑吾頑。不煩泉石驚知己，一聽潺潺亦解顏。

La Cascade de Sartre。

此峰不語立中原，俯視紛紛曠野分。何處征禽西北去，極天雲海走蝹蜿。

Col de Serre。

危磴貧居勞者歌，道旁冰塊尚嵯峨。亦知擊壤今何世，想見民風樂歲儺。

Auvergne 山民有其音樂舞蹈，如 Chants de Moïse 之唱。山歌若 Adieu pauvre carnaval 為狂歡節謳歌，樂而忘其貧也。

殘雪高低久未消，盤紆雲棧入青霄。山尖徑仄風成朔，目送飛鴻過石橋。

登 Puy Mary 絕頂，即迴車下山。

老屋空林草一丘，曾於重譯識前修，又陵雅達誠堪味，法意淵微即自由。

Bordeaux 訪孟德斯鳩故宅。自嚴復又陵譯其《法意》，孟氏之名遂遠播中國。

孰言鳥獸不同群，城市山林故不分。待為先生演爾雅，鸚哥他日定能文。

Lévy 家中養貓六頭，鴨七隻，犬一，鸚䳇一，籠中小鳥，吱吱喳喳，飲食與共。孔子云：「鳥獸不可與同群。」先生殆非其徒歟！黃山谷有《演雅》一篇。

波光一抹屬詩人，修竹茂林可結隣。欲禱上清許淪謫，靈山合老倦遊身。

以上丙辰（一九七六）年在法國中部作

Thoronet 寺

七月鳴蜩喧四圍，野風噀綠上征衣。奔泉裊裊松林外，寺古無僧只客歸。

Carcès 湖

叢薄相依護此湖，漣漪弱柳臥菰蒲。暖風待客殷勤甚，滿載秋陽上坦途。

醋山（Mont Vinaigre）

迎面孤峯削不成，何人吃醋錫嘉名。傘松無數張華蓋，蔭得稻花滿意生。

蟬居（Lou Cigalige）偶成三首　汪德邁新宅

新屋名花意倍幽，松風吹影落茶甌。蟬聲長是多饒舌。還伴清泉細細流。

何來腳底更雷鳴，一犬噤寒不作聲。獨自閉門非覓句，雨姿晴態總關情[13]。

橄欖成林合作圖，桃花夾竹映氍毹。新嘗嘉饌牛心炙，況有黃蜂酒味腴。

Le Trayas 晚興四首

斜暉渲出紫巉巖，海入地中類碧潭。來往十年真一夢，明朝歸去意何堪。

誰把青山盡變紅，飛鴻正掠夕陽空。薄寒催暝月初出，檻外雲飛不礙風。

魚蝦兼味入新醅，乍逐群鷗海上來。涼暈波光搖鬢影，古臺檐樹久低徊[14]。

素月頳霞相與明，陰晴我欲問山靈。凝成淒碧秋無際，靜夜燈如萬點螢。

以上丙辰（一九七六）在法南作

---

13 喜雨作。

14 戴老置酒餞余。

白山集

乙巳歲暮，于役法京。開春為阿爾比斯山之遊，聊乘日車，以慰營魂，更狂顧南行，瞰海忘憂。行篋惟攜大謝詩，爰依其韻，浹旬之間，得詩三十六首，都為一集。以山居所作獨多，命曰白山。昔東坡寓惠州，遍和陶公之句。山谷謂：「彭澤千載人，東坡百世士。」余何人斯，敢攀曩哲，特倦覽瀛壖，登高目極，不覺情深，未能閣筆。蕭子顯云：「開花落葉，有來斯應，每不能已；雖在名未成，而求心已足。」今之驅染煙墨，搖襞紙札，踵武前修，亦此意也。

一九六六年三月記於巴黎

戴密微教授赴日，臨行貽書，謂唯漢土之人最知山水，以余將有Alpes之遊也。深感其意，賦詩卻寄，兼簡京都故人。 用大謝送孔令韻

廿載居南陬，如蟬不知雪。西來為看山，茂賞欣同潔。感公磊落姿，勵我俶儻節。奇秀鬱高文，區寓仰

鴻哲。妙智出天全，淨地無虧缺。丘壑佇玄覽，禪藻資繁悅。東征俄頃間，朝日輝巖列。遙知盍簪處，雅奏唱方闋。洛中舊遊地，石滿古車轍。樓臺煙雨中，佳景天然別。文章侯洪爐，飲墨慚幽劣。

Mont-Blanc 用入華子岡韻

漉沙用構白，著粉堆冰山。寒飈崩崖吼，哄日明危泉。雕透傷斧刃，吟嘯思前賢。坤軸昔曾折，天衢若可阡。硍硍驚走石，悄悄飛冷煙。今古一成純，誰復較蹄筌。群山此為君，雲衣萬壑傳。象冥定天秩，理幽分化前。只愁月色孤，猿狖啼潺湲。艱險駭將壓，餘悸訝同然。

Byron 句云 "Mont-Blanc is the monarch of mountain...in a robe of clouds, with a diadem of snow."

Chênedollé 亦云 "Voilà donc ce Mont-Blanc monarque des montagnes."

Shelly: "Ye toppling crage of ice! Ye avalanches, whom a breath drawns down. In mountains overwhelming, come and crush me."

宿 Col de Voza 用登石門最高頂韻

一山惟白曉，孀娥昔所棲。酸風欲蝕人，陰氣滅前溪。峨峨千丈冰，鑿澗復填階。天崩地坼後，鬼雨夜淒迷。昨來沿何徑？晨興沒故蹊。星痕方變色，霜顏如帶啼。風幔不解語，惜無佳人攜。寒艸偏留情，枯盡復生荑。況乃積香雪，耀眼有珠排。何須逥日馭，且倚入雲梯。

初入山 用過白岸亭韻

漸春山戀人，延我到蘿屋。秋毛經冬骨，飄葉復槁木。幾曾歷滄桑，誰為剖心曲。春來山如笑，與我相傾屬。敢憚千里遙，呦呦思鳴鹿。天長況夢短，有生悲無樂。青山縱不語，亦自感休戚。此情可成丹，我欲問抱朴。

望霧中 Chamonix 用白石巖韻

入峽景頻變，微漸繞硯生。雲中萬重山，寒調觸深情。嵌空太古雪，曾蘊無窮齡。於茲悟畫理，陰凹費經營。疾風拂千里，長澗落遙汀。為我分一奇，如氣出幽并。雲頭供吞吐，峰腰作賓萌。山形筆筆異，飛白孰與京。待招洪谷子，商略傾微誠。

山中滑雪 用池上樓韻

晨風倏成陣，絕嶠弄哀音。有懷可容冰，無水恐恆沈。輾溼幾頓躓，彌知筋力任。茫茫白間黑，前路有疏林。髡枝不著花，清致足窺臨。嶺雲披絮帽，亦復忘崎嶔。短景忽參差，亂山起層陰。行行何所慕，曠野渺霜禽。但未忍黃昏，夕陽動悽吟。雲外山河遠，客子難為心。乃知行路難，嗟嘆直至今。

踏雪歸來　用還湖韻

謝公茂形外，天趣屬清暉。背流欲安之，迷岸終識歸。山行雪淹膝，頹陽隱翠微。朝來雲懵懂，夕返霞紛霏。河山自匪礙[1]，煙水共無依。畏寒鳥飛絕，趁暖風墐扉。去國夢魂遠，入春鴻燕違。物色多變化，理一可類推。

雪意　用嶺門山韻

垂老不廢詩，所怕行作吏。前藻試商確，逸響差可嗣。蕭寥臨臯壤，沈沈會雪意。飛瓊時起舞，攪碎故鄉思。暗水情微通，浮嵐癡可喜。此間無古今，昏旦氣候異。光屆嶺生澤，地滑步增駛。凝愁翠欲拾，扶夢煙如芘。園林粲皓然，貞白明吾志[2]。

1 《五燈會元》語。

2 平生所慕為陶貞白一流。其言「人生數紀之內，識解不能周流，天壤區區，惟恣五欲，實可愧恥。自云博涉，患未能精，而苦恨無書。」余之凡鄙，其病正同，然西來讀書，流覽圖卷，所好有同然也。

山中見月 用出西射堂韻

昔年搗藥窟，寂寞抱高岑。得地恐石田，闚天只泥沈。初陽不到處，終古惟窮陰。勞君苦登頓，芳意一何深。人力真勝天，繁星復如林。形與影競馳，何以寧此心。已知即無知，所尚在靈襟。空山不見人，有月惜無琴。

向喜誦「空山多積雪，獨立君始悟」句。面此窮谷，共賞初晴，慨然援筆。用石鼓山韻

去國日已久，神與遙山接。每歲望中原，一髮渺難涉。積雪滿江海，未辭遠攀躡。獨立知朝徹，於道倘有協。苕發覺春寬，樓高驚夢狹。百年幾青兕，萬壑皆白疊。枯楊初生稊，蒼松不凋葉。愛憎已齊喪，陰陽聊可燮。茲焉憺忘情，貞觀自云愜。

詠白樺 bouleau 用種桑韻

弱質甘犯寒，何曾費攘剔。長伴風中松，冰磵日紬績。霜皮薄如紙，粧點嗟何益。蒼鬢覆翠靨，驚沙縫破隙。么鳳空山冷，憔悴護春埸。孤蟾餘朗照，稍稍明心跡。江南乞移根，聊用慰遠役。

旅窗曉望 用東山望溟海韻

冬山睡態足，雪飛皚悠悠。玄裾牽雲帶，林路塞蘐憂。枯松如挾纊，層冰覆高丘。泐穆連九垓，渾茫迷

十洲。毫末勁飈生，几席巖氣流。東風欲解凍，西日忽我遒。碧空自澄遠，昭曠應所求。

雪消後作 用遊南亭韻

精靈自來去，雲水日奔馳。寒宵人慵起，小星列半規。春風鎮相識，徘徊遠路歧。有淚珠沈海，斷腸花發池。逴逴嚴冬盡，亹亹好春移。銷魂幾陣雨，漫山玉筋垂。嶺日生殘夜，鍾情長若斯。藏花護玉意，一片白盈崖。冷入相思骨，說與何人知。

和巖上宿

修林無靜柯，且從巖下歇。清川見停流，斷壑窺圓月。暝色滿高樓，朔風何觱發。上神知乘光，清徽悟超越。逃澤不亂群，直木惡先伐。霞采倘可嘸，勝賞出窮髮。

和詠冬

徒懷琬琰心，霧靨復煙滅。素綈結紅冰，敢勞纖手切。誰覓一丸泥，封閉千堆雪。顏借香醪朱，態比新月絜。茫然驚夢破，終復迷來轍。

和淨土詠

直是玻璃國，何須出四城。共風與連韻，遊聖證無生。碧虛望晴色。琪樹盡玄英。神趣豈山水，杖策且遐征。

和石壁立招提

偷來五岳圖，兼天淨未已。遠藹在空濛，窮照到無始。毋勞大匠斲，登高損屐齒。悲風千里來，深谷寒雲起。虛室既生白，河清應可俟。須彌舊有山，祇洹今無軌。何緣露電嘆，已入冰壺裏。欲觀空非空，須盡理外理。

和望石門 此詩《康樂集》不載，見《陳舜俞廬山記》。吳其昱輯出。

若華暉石林，惠氣生嶽趾。聊為歌白雪，嫵媚照千里。伊昔王安道，拂衣華山裏。我今貌茲山，清興逐風起。相去千載遙，禪味倘相似。

王履入華山為圖四十詩一百二十首，見《明史．方技傳》。

和江中孤嶼

抽青還配白，冰谷此周旋。霜雪非不流，得地終遐延。淚濤安可凝，猶欲漲平川。情雲心上飛，如花散綺鮮。惟山為表靈，將詩萬口傳。一日抵千秋，且結東西緣。莫信蒙莊語，養生始盡年。

山中讀謝客詩 用南樓韻並簡戴老扶桑

文章藉神來，能事豈相迫。雪山供眼前，寢饋異方客。潛蓄觀嵐巔，沈吟坐向夕。正覺惟安忍，何往非所適。謝公外死生，修短安足戚[3]。賞心乏良知，美人千里隔。建言空安排，妙句屢堪摘。沈照通道情，拯溺傷崩析。悠悠誰與論，嘉誨俟良覿。

發 Fréjus 用入南城韻

此心如白紙，五色休迷目。乘化看雲飛，酣眠樂水宿。

地中海晚眺，Nice 作。用始寧別墅韻

一望青未了，方知物不遷。沙際遠分星，欄外足忘年。滄海波不興。抱蜀意彌堅。小立不易方，自得靜者便。翔鷗下千萬，浩蕩沒前山。去者入微渺，來者自洄沿。夕陽譬回甘，餘味正纏緜。放眼任張弛，清影落漪漣。喪我要无功，觀海須造顛。六龍騖不息，萬化紛周旋。力命休相爭，海若久忘言。

---

3 謝詩云：「送心正覺前。」

羅馬劇場廢址，一世紀物。 用瞿溪山韻

荒草閉頹牆，夕陽歸斷浦。風流何所有，但成螻蟻戶。歌臺與舞榭，零落委丘莽。百年積悲笑，一往那可覩。弛旆終喪師，駴鍾祇戲鼓。雪嶺憶驅象，夜山時叫虎4。霸圖嘆瓜分，稻香猶著土。跋扈空爾勞，毋為眾生苦。

紅巖 Côte d'Azur 地中海沿岸每見之，畫家喜摹狀焉。 用富春渚韻

曖曖丹樹林，漠漠蒼山郭。我來嗟已晚，原隰變綠薄。圻岸屢土崩，星石紛棋錯。四海觀尾閭，九州此為壑。登樓欲去梯，繪境欣可託。霧捲去帆輕，煙消高柳弱。神奧各全想，捫酌許償諾。傷嶷愛折楞，契闊悲濩落。响濡看巨鱗，升沈念微蠖。

Jardin des Feuillantines 訪 Victor Hugo 故居。 用初發石首城韻

古來京洛地，素衣易變緇。獨有江海人，高唱秋懷詩。落日愛黃昏，玉碎悲素絲。割霜月如鐮，南畝更念茲。山鬼一何哀，歌斷寒颸颸。聲酸歐陽賦，神泣鮑家辭。異曲各示工，蕭條不同時。我來庭戶闃，躑躅

4 Hannibal 曾驅象陣越阿爾比斯山。

欲安之。風徽感氣類，敢效青冥期。喪明傷西河，指天比南嶷。清芬不可接，懷賢增淒其。但看林木秀，颯颯朔風欺。

Hugo 於此地寫成 *Les Fenilles d'Automne*。其 *Soleils couchants* 屢云 "J'aime les soirs" 其喪子詩 *Le pot cassé* 云 "Toute la Chine est par terre en morceaux" 以漢瓷寄意。其 *Booz Endormi* 句云 "Quel dieu, quel moissonneur de l'éternel été...cette faucille d'or dans le champ des etoiles." 其 *Les Djinns* 如歐陽修《秋聲賦》。哭子詩起句 "O ciel" 屈子之指天為正，史公所謂人窮則呼天也。

自白山造 Assy 山巔 用南山往北山韻

來時飇迴雪，去夕日沈峯。攀條生別意，愁睨青青松。冰塊久未消，水面浮玲瓏。那知萬山外，更有百丈瀧。巉岩四圍裏，絕頂尋仙蹤。琉璃開詭巧，連蜷圖靈容。高臺何偃蹇，安憚披蒙茸。明神將夕降，嫋嫋生和風。徵今念獨深，眷往情彌重[5]。驅車臨崇岡，騁望孰與同。懷哉佳山水，不與世窮通。

5 山巔新建教堂，藝術品皆出新派名家之手。

憶 Léman 湖一九五六年往日內瓦過此，忽忽十年矣。 用入彭蠡湖韻

淥水入我夢，所思不可論。永夜無迴波，斷岸有驚奔。層嶺隱蒼榛，幽路襲芳蓀。千峯冰雪際，猶作睥睨屯。撩人惟春夏，警我兼晨昏。寂默沈萬頃，旖旎敞千門。平蕪天盡頭，低樹影空存。煙外溪娘語，波面姹女魂。祁寒至此盡，湛碧欲流溫。殊鄉等吾土，且共樂安敦。

Lamartine: *Le Lac* 句云 “Ainsi, toujours poussés vers de nouveaux rivages, Dans la nuit éternelle emportés sans retour.” 又 Shelley 有句云：“Clear, placid Leman...which warms me with its stillness, to forsake Earth’s troubled waters for a surer spring.”

LeFayet 道中作 用廬山絕頂韻

雙眸眄修途，一開還一閉。去水付黃昏，來車循往轍。彼岸竟無明，肺肝餘朗雪。

讀 Rimbaud 詩 用廬陵王墓下韻

舟如蝶迷陽，飄飄到何方。冷眼看乾坤，熱淚灑平岡。沈憂虹貫日，隱愛雪充腸。至道生無名，嶄新出悲涼。空中傳恨語，百世不敢忘。我邦稱鬼才，長爪差雁行。萬星燦暮夜，千鳳翥奇芳。後不見來者，勇往意何傷。睿哲天所忌，逋播豈相妨。滄海窮曛黑，歲月念方將。夭枉無足悲，輝光詎尋常。江河萬古流，盛

藻隨風揚。尚論他與我，餘蘊待平章。

其 *Bateau Ivre* 句 "Un bateau frêle comme un papillon de mai." 余喜誦之。又其 *Ophélie* 詩警句 "Clei, amour, liberté, quel rêve, ô pauvre folle! Tu te fondais à lui comme une neige au feu." 可與白居易「平生所心愛，愛火兼憐雪」相媲美。又佳句如 "Mais, vrai, j'ai trop pleuré, Les aubes sont navrantes, Toute lune est atroce et tout soleil amer." 故以虹貫日，譬其沈憂。其論文宗旨如 "Au fond de l'inconnu pour trouver du nouveau!" 老子云無名天地之始。於無有處求新趣，其理相通。Rimbaud 十六歲以詩鳴，後飄泊四方，三十餘而卒，李長吉歿則二十七。其警句 "Million d'oiseaux d'or, ô future Vigueur?" 茲意譯之。輝光指其 Les Illuminations。其名言 Je est un autre，後人多所抉發。

晉嘉寄示遊清邁素貼山寺，用康樂從斤竹澗韻，追憶曩遊，再和一首。

事往足思存，微處可觀顯。秋風一披拂，花露想淒泫。殘碑有時滅，墜淚如登峴。萬里屢駿奔，百年只遐緬[6]。心已生死齊，人尚蜣蜋轉。拈花餘一笑，所得無乃淺。何似山中雲，朝夕任舒卷。當年薜蘿枝，猶掛般若眼。石筍插雲尖，山蒲經雨展。唾灰久已乾，泡水競誰辨。孤遊意少悰，因君還自遣。

6 陶潛賦：「蒼旻遐緬，人事無已。」

侯思孟約郊遊，以失眠未赴，報之以詩。用鄰里相送韻

嘉約違攀躋，咫尺等楚越。嵇生朝慵起，豔賦愛綺發。向來識佛面，未曾計日月[7]。心知逗曉晴，雨到中宵歇。小痾無足慮，頓悟笑所闕。雪後變冬溫，蟄蟲催春別。飛鴻看有時，佳興在冥蔑。

題宋喬仲常後赤壁賦圖 用從遊京口韻

一葦隨所適，初冬月色高。地上見人影，畫筆一何超[8]。結夢在中流，沈思繞行鑣。獨鶴颭激水，徘徊臨桂椒。居然萬里勢，紙面動風潮。髣髴步雪堂，夜分歸臨皋。主人飲我酒，使我顏如桃。嘉會不可常，白日去昭昭。何必感須臾，雙鬢非愁苗。長江浩無窮，雲海深故巢。自是縈舊想，披圖興行謠。

巴黎聖母祠 Notre-Dame 夜步 用七里瀨韻

遊目久躊躇，古意生臨眺。夜樹帶餘清，高闕聳雙峭。淺水魚吻足，華燈月分曜。千載此祈禠，神風助舒嘯[9]。雖乏上皇心，終會靈臺妙。慚為掣鯨手，屢倚天涯釣。息意休辨宗，厝辭增物誚。謳歌歸去來，欲

---

7 《碧巖錄》馬大師事。
8 唐宋人喜繪人影，如戴嵩畫牛，瞳中有牧童影。劉宗道作《照盆孤兒》，今皆不可見。可見人影，惟此圖耳。
9 陸雲賦：「瓊娥起而清嘯，神風穆其來應。」

譜穿雲調。

Fontainebleau 森林拿破崙行宮 用發歸瀨韻

長算屈短日，終古月常圓。雕牆倚靈瑣，限曲溯涓漣。樹昏疑接海，風起欲拔山。向來畋獵地，三驅有緩前[10]。飛轂行留影，分翠高暨天。陰凝勢方鞏，陽回力猶邅。當年叱咤處，八荒吞無難。長林紛在眼，積憤究誰宣。蓋世傷促路，逝水感徂年。

寄答吉川教授及京都諸君子 用初發都韻

憶賦秋醒詞，中天月流素。西馳迫行役，楓葉未沾露。三度旅京洛，無由及冬暮。睽攜遊子心，祇是惓朋舊。風物何清婉，疇不思玄度。敷藻漱芳華，稽古騁翔步。錙銖精討論，妍蚩辨好惡。倚聲我所耽，含毫生遠慕。野雲看孤飛，卻立空四顧。為山積九仞，徒復寶康瓠。笑啼隨赤子，東西罔識路[11]。幽獨賴琴音，流連思清晤。

10 梁簡文《南郊頌序》：「三驅有緩前之禽。」
11 周止庵語。

題敦煌寫卷雲謠集雜曲子 用道路憶山中韻

數校此卷，三復無數，畧綴綺語，無懼泥犂，惜乎彭羨門之未及覩也。

誰與唱雲謠，欲歌歌嘽緩。偷寫暗贈人[12]，百讀恐腸斷。紙仄艱貯愁，何以攄深欵。盟鏡怕重尋，鎮是生憤懣。素胸雪未消，橫眉月更誕。春去草萋萋，人來花纂纂。迴腸繞夜長，剪燈嫌燭短。枕淚濕濃翠，腰身倚密竿。消受到微熏，餘寒奈難暖。延露縱多情，低吟應罷管。

12 曹唐詩云：「偷寫雲謠暗贈人。」

黑湖集

一九六六年八月，戴密微教授招遊Cervin，在瑞士流連一週。山色湖光，奔迸筆底，沿途得絕句卅餘首。友人以為詩格在半山白石之間，爰錄存之，藉記遊蹤。戴老為譯成法文，播諸同好，雅意尤可感也。

饒宗頤記

Mont-la-ville

一上高丘百不同，山腰犬吠水聲中。葡萄葉濕枝頭雨，苜蓿花開露腳風。

自Evian經Leman湖中瞻眺

恍如一葉渡江時，山色波光瀲灩奇。日月此中相出沒，飛來白鳥索題詩。

涕柳垂隄綠正繁，看山一路落平原。片帆安穩西風裏，領略湖陰頃刻溫。

涕柳二字用法文 Saule pleureur。

Chillon 讀拜倫詩

小鼠窺人囓一燈，壞牆沮洳是良朋。劇憐人更微于鼠，想見冰心共淚凝。

拜倫 *The Prisoner of Chillon* 句云 "To tear me from a second home with spiders I had friendship made… Had seen the mice by moonlight paly, and why should I feel less than they?" 可以人而不如鼠乎？不勝憤懣之情。

猶餘古道照風簷，隱隱林間上缺蟾。珠岫珂岑殘雪霽，晚花帶雨落廉纖。[1]

傑闕方壺峙激流，佳篇天地必長留。當年漆室今生白，漫道人間不自由。

Vevey 車中戴老為述當地史跡

我從赤水思玄圃，公與蒼山共白頭。人物水鄉勞指數，名都行處足淹留。

---

1 珂岑見張融《海賦》。

R. M. Rilke 墓

人間從此變淒寥，花下高眠意自遙。留有暗香誰省得，西風新塚樹蕭蕭。

Rilke 自鐫句於墓碣，其辭曰 "Rose, oh reiner Widerspruch, Lust Niemandes Schlaf zu sein unter soviel Lidern!" 至今索解人亦不易。

Rhône 河

急灘對我盡情啼，萬頃波濤石夾泥。霧裏看山成一快，曉風雲水欲平隄。

Zermatt 道中和李白

無數層巒莽莽山，飛鳶去雁不知閒。遊人躑躅將安往，只在高低殘雪間。

驅車忽過萬重山，心共孤雲來去閒。耀眼冰川皆淨土，置身太古異人間。

夕歸呈戴老

迴風袖裏猶飄雪，落日峯頭似鋈金。行客不如歸犬逸，野花偏待美人尋。

流水潺潺送遠音，虛雲擁樹改餘陰。追隨一老同康樂，無悶能徵算在今。

Gornergrat 峯頂

雪壑冰崖起異軍，山山霧雪了難分。龍沙便有千堆白，未比茲山一段雲。

蒼山負雪燭天門，疊嶂晴時帶雨痕。絕壁翻空入無地，遙遙又見兩三村。

自 Riffelalp 捨車步入林丘

平林突兀出雕牆，雪外千峯護夕陽。攜杖遠來忘欲返，松花猶帶古時香。

斜暉雲際閃孤光，碧瓦紅樓費點粧。林外雪山山外影，最宜入畫是蒼茫。

縈青繚白萬峯頭，遏日飛柯瀉急流。落葉滿山人迹杳，澗泉和雪洗清愁。

黑湖（Lac Noir）坐對 Cervin

玉山堆裏看冰山，磐石當空意自閒。懸渡崑崙難比擬，湖風吹我出林間。

雪嶺低昂帶數州，且從石棧作勾留。黃花交面如相識，水黑山青天盡頭。

湖水清時不見魚，飛飛蛺蝶欲連裾。山深草淺饒蕭瑟，相對一峯問起居。

誰與鋪綿入紫微，中天雪共日爭輝。望雲自切思鄉意，獨向湖邊繞一圍。

車中望白牙山（Dent du Midi）

濁浪滔滔識所歸，輪蹄終日踏晴暉。開簾雪巘仍招手，為約重來叩翠微。

Lausanne 泳池

人同洲渚各橫陳，湖水湖煙更媚人。小坐風生吟思足，落花依草自成茵。

Bellerive 公園

風吹蒲稗更相依，岸柳深情那忍違。垂縷和煙千百匝，溪山只恐放人歸。

馬牙皴法聳奇峯，墨澤涵波潤古松。欲向山靈留粉本，月明來此聽樓鐘。

Grands Bois（大林）

出門喜有好風俱，綠樹成陰即吾廬。一事令人長繫念，繡球花下食湖魚。

別 Lémen 湖

葡萄一望竟成林，沙長岸邊嫩草侵。隱隱南牙天半現，暖風日影盪湖心。

Mont Tendre（柔山）山上六首

長林無際蔽高岑，危徑紆迴亦費尋。俯視白山猶咫尺，濛濛西日見天心。

每從疏處透陽光，密樹攢攢累萬行。小犬依人還自得，山花笑我為誰忙。

過崗地勢忽焉殊，老木千年自不枯。蔓草滿山風下偃，鈴聲叱犢上長途。

嵐如八大醉中稿，人似半千筆下僧。亂石問誰曾斧劈，故鄉時見此丘陵。

絕頂編籬石作欄，諸峯回首正漫漫。我來不敢小天下，山外君看更有山。

山椒峻處可題襟，自是入山恐不深。為謝知音巖下叟，西來只欠一囊琴。

《黑湖集》有戴密微教授法文譯本，一九六八年刊於瑞士《亞洲研究》（*Asiatische Studien*）第二十二期。

羈旅集

洪北江云：「羈旅之期，逾晉文公之在外[1]。」余年未而立，屢去鄉國，久歷亂離，不遑啟處，爐峰寄跡，及今亦過廿餘載矣。古之詩人，往往羈旅憂傷，獨謠孤歎，意有鬱結，發為篇章；余雖數廢詩，何獨能無感？然感而後思，思而後積，契闊死生，純情增悵[2]；駕言出遊，輒寫我憂。中間數歷扶桑，三蒞北美，朋儕唱歎，氣類不孤。聊因暇日，削而存之，用俟重刪。其海西之作，別為專帙以行。自忖情寄有乎，言庶遙契，千里相應，存乎其人。造化給須，取之在我[3]。

丁巳　選堂書

獅子山坐對朝昏，悠然成詠。

窺牖獅子山，當頭一棒喝。揖我如大賓，見我如拄笏。我行方施施，日來步林樾。郊卉靚吐妍，斑鮮紛

1 見《傷知己賦序》。

2 《楞嚴》云：「純想即飛，純情即惰。」

3 薛瑄《敬軒讀書錄》云：「唐人詩曰：足知造化力，不給使君須。吾有取焉。」按此為李長吉句，見《感諷》五首之一。

清發。晨興寂無人，鳥啼山欲活。烹荼捫虱坐，面壁書空咄。夜半山雨來，諸峰翠似潑。有時層陰生，雲過山竟沒。果有負而趨，恍兮極通悅。乃知大無外，何處有凹凸。建以常無有，乾坤此秀骨。供養得朝霞，從之餐野蕨。

曾酌霞招遊粉嶺未果

近界青山好，服車了無艱。如矢開坦途，削去山巑岏。禾黍方油油，綠遍千里原。絕似履故鄉，每到輒盤桓。曾生欣見招，更欲窮躋攀。同為人事役，浮雲不與閒。神遊已自足，霞采絢林巒。極目惟蒼煙，海市幻螺鬟。入冬風變楚，四國紛觸蠻。嗟爾山中人，求隱未得安。且掬山下泉，聊以滌肺肝。

得友書 用東坡故人信至齊安韻

晞髮睎荒原，朝衣塗炭上。北鄙花門警，千里遞邊餉。孤坐念蓴羹，夷居厭蒟醬。冬暖嶠花明，風霾海成瘴。蒼然平楚間，我懷兀何向。故人風義篤，耿耿問無恙。忍古甘鉏荒，聽鼙思武帳。酒淚恐成河，一夜心頭漲。

董彥堂遠賸所著殷曆譜報之以詩

九州共識邯鄲淳，能讀契龜接典墳。汲冢竹書難輯綴，堯年巧曆極紛紜。何人稽古追秦近，許我問奇向子雲。牢落山川空愛寶，清風蘭蕙為誰薰。

東海行 甲午夏東渡扶桑海上作

風吹雨腳天盡頭，我行忽爾到東海。去去誰能挽逝波，倚天尚有魯戈在。向夕風恬北斗低，寥天闊遠無雁飛。南北東西底處所，坐擁海天碧合圍。舟行漸覺六合小，齊煙九點連雲杳。心寬白日撼波濤，目盡青天無昏曉。隨風且理髮衝冠，中原彌望氣如山。憑欄試抹登臨眼，獨對孤雲袖手閒。

四十初度，李君栩厂集杜四律枉贈，曾君履川書為長軸，良朋高誼，依韻奉報。

跌宕躭文史，蹉跎閱歲年。九州留藕孔，三絕有韋編。眺聽緣俱省，迂疏老更堅。去來江海上，餘地足回旋。

佳氣蘢葱近，清尊磊塊無。下簾谷口鄭，枚卜交州虞。共繫斯文重，豈關風土殊。木根聊結茝，撓棟要人扶。

句愛茶山活，詩從雙井求。酸鹹心異癖，俛仰屋如舟。久敝廣長舌，翻思浩蕩鷗。山川初洗濯，畫出浪仙流。

惛惛寧不惑，咄咄竟奚為。重負嗟羸馬，窺園懶下帷。人同疏澹菊，春到最濃枝。珍重群公意，深盃醉不辭。

附原作：集杜壽固庵都講四十初度／李栩堪（參見《饒宗頤二十世紀學術文集》第四一二—四一三頁）

頤園挽詩

斯文終未喪，長者竟云徂。八十復何求，百齡若須臾。公昔流愷悌，敷政在海隅。多士同景附，和樂光有孚。陵谷雖屢遷，進退終不渝。卅載尋干戈，身遇與國圖。高樓白月間，惆惆且盱盱。暮年更避地，舉目山河殊。猶留千首詩，墜獻賴傳扶。苴綴海南珠，功比洪景廬。[4]旁徵及薄劣，廣座辱深譽。習之感梁肅，欲賦慚不如。悽悽揚子宅，惻惻黃公壚。再過餘腹痛，揮涕進生芻。

七月六日向夕與諸生泛海至清水灣舟上雜詩

積雨初放晴，天心渾一洗。潛鰡自往來，碧波淨無底。
青雲若可接，白鳥且為朋。直望三萬里，波濤似建瓴。
胸中無魏晉，到此休問津。宿鳥如相約，飛魚欲近人。
沙禽復苦熱，來藏深樹中。舩笛一聲鳴，驚起四面風。

4 公輯《讀嶺南人詩》絕句。

水珮動風裳，那有塵生襪。日晚汐催歸，撈出水中月。
雲容晦復明，波光絢以耀。藹藹斜暉間，輕風吹大帽[5]。
孤嶼煙中浮，佛頭糞可著[6]。終古侶魚蝦，何曾問猿鶴。
狂風撼峭帆，連山堆白浪。獨有蜑家人，安閒沈霧上。
船尾夕陽紅，船頭初月白。天地一孤舟，宛爾忘主客。
青林何處所，浮嵐看有無。遙天剩一角，明滅在菰蒲。

長歌行和徐文鏡

港中琴人，于月首周末，輒有文聚之樂。是月余先一日飛羅馬，不克與焉。徐翁以詩來索和，因步原韻奉答。

載脂何事冒煩暑，九有翻雲更覆雨。悄然獨為萬里行，深負故人具雞黍。薄霄浮雲眼界清，愀然宛聞鳳鸞鳴。遙知高館張樂地，笙簧喧吸動江城。二十三絲彈夜月，清思如詩詩似雪。吳質不眠倚樹聽，伶倫拍案亦驚絕。逝水滔滔愁夜長，客心此日行未央。何來跋涉沙漠地，翻念歸服芙蓉裳。純白翁，山澤臞，聲清入

5 大帽山舟中可望。
6 佛頭山在清水灣前。

木澹欲無。焦桐今值劫灰餘，逸響空自追黃虞。盛子木訥琴中禪，水仙掐抹也自賢。野雲枯木意泠然，至和懶復辨中邊。鼓宮鼓角即耶許，忘懷獨造孤迴處。視乎冥冥聽無聲，鷗鷺何勞哀箏柱。鳥飛獸走興欲仙，水雲海上挹成連。文姬五弄今莫傳，虞山遺意在斯焉。于喁古調間新聲，深閨齊唱到三更。新翻樂府紅豆曲，檀板金尊太憨生。挂眼高樓明月絃，月中幾度見桑田。東顧雲遮千里目，西浮水拍五湖天。君兮此際樂欲狂，閉門酣飲迫纁黃。白日既盡繼朗月，吳歈楚些一時忙。嗟余遠役胡為者，浪跡真疲支遁馬。撫絃搔首欲問天，得彼失此理難假。先生坐撫書滿腹，獨從絃外守淵默。大音希聲惟無作，萬竅齊虛況比竹。此心久矣泯成虧，且付明珠寫百斛。

為吳仲輿題白鸜鵒賦碑拓本 碑在韓山韓祠，清潮州知府龍為霖摹泐上石。

公文在天下，如水罔不流。公書在人間，片羽不可求。乃有鸜鵒賦，題名于上頭[7]。飛動發光怪，寒木纏蛟虬。想見興酣時，落筆搖九州。後人滋異議，撼樹笑蜉蝣。我生後千載，恨未從公遊。婆娑祠堂前，橡木枝撐幽。仰止有高山，低徊悵久留。吳侯金石癖，篤志慕前修。珍襲廣徵題，寶此等琳球。遊子久不歸，歲時忽我遒。祠堂何處尋，煙波使人愁。高文可解慍，安用更離憂。

---

7 公書惟《曹娥碑帖》上題款樸拙可信。韓山《白鸜鵒賦》字體近米，但署退之二字。梁于渭《麟枕簿稿本》稱：「《白鸜鵒賦》摩崖，司馬退之行書。」

答中田勇次郎京都，兼簡多紀穎信大原。用杜公聽許十誦詩韻

憶昔遊大原，隨煙出石壁。正音和鹽梅，瓔珞破沈寂。落落三千院，名與日月敵。菁花薑芥書，醒我如蒙擊。福地何蕭爽，南面誠不易。清詩愜幽期，落紙嚮鳴鏑。祕藏發殊觀，陡然驚霹靂。頗念魏氏譜，高文共推激。別來幾寒暑，律字須抉剔。悵望虛翠屏，長空晚寥閴。

島上大風止後聊短述

寒氣鬱高林，雨勢可搖海。不信風濤間，中有九州在。
推戶顧茫茫，馬牛誰復辨。興言昏墊哀，肝腸逐風轉。
原野黯無光，有聲酸鈴鐸。應為起蟄來，沈悲出冥漠。
驚飈果何從，日夕二三至。亦知不崇朝，依舊江山麗。

詩心四首

詩心入冬眠，蜷臥遂三載。言泉忽解泮，一瀉到無外。好風枕上來，咳唾拋亦快。謝彼褦襶子，名山今何在。

有生無根蒂，有淚可朝宗。處處皆牛山，那不傷道窮。悠悠三千年，孤憤一例同。何如玉溪生，且聽一

樓鐘。愁陣奇兵出，其勢不可當。以詩載之歸，擲地聲鏗鏘。吟賦非庾郎，避之身焉藏。徒懷契闊心。欲以問蒼蒼。長夜悄然逝，林表麗朝暾。如彼溘死人，忽得見陽春。豹變此其時，游魂抑歸魂。寥寥天壤間，待與智者論。

與傭石翁別六年，頃書來云，以沽酒自活。感成一律。

已是浮雲終古陰，相望江海但愔愔。六年消息供腸斷，十日平原衹夢尋。別後關河成獨往，老來井臼更誰任。杜人聊解煩苛意，惆悵深情比石林[8]。

為陳仁濤題谿山蘭若圖

我曾浩蕩觀齊州，船行天上逐雲浮。我歸枯臥守四壁，屋角看天在咫尺。東海南海足幽探，有山終不似江南。君從何處得此卷，野橋流水更荒遠。墨葉如雲列嶂前，天池百丈落飛泉。輕風搖江蒲嫋嫋，暮霞浥雨

8 《石林詩話》云：「曹參方欲解秦煩苛，付之清淨，以酒杜人，亦是一術。」

山娟娟。中有蘭若足幽隱，云是出自僧巨然。元章題字依稀在，墨妙如新何年載。物非其人不苟傳，君於南宗尤有緣。況茲北苑稱入室，如對江南好風日。何年能為江南居，披圖聊散胸怫鬱。

又為題梨花山鵲圖

枝頭山鵲竟無聲，綻蕊含苞別有情。無雪東欄思問訊，此花看過幾清明。

偶作示諸生二首

一雨消殘暑，行歌雜醉醒。浮雲欺白髮，滄海有玄亭。詩與裁狂簡，心隨入渺冥。要令參造化，何事苦窮經。

更試為君唱，雲山韶濩音。芳洲搴杜若，幽澗浴胎禽。萬古不磨意，中流自在心。天風吹海雨，欲鼓伯牙琴。

贈別獨峰兼貽漢翹

故人惜分攜，小別彌年載。我去三神山，君亦入江海。揮涕鶺鴒原，東歸竟有待。萬頃一抹吞，片語九州駭。繁憂坐相襲，衹慮鬢毛改。江樓喜再逢，九衢鮮爽塏。涑雨與洗塵，招飲勞王宰。眼看綠陰濃，燕歸春尚在。此夜月正圓，若為勗光采。

選堂晚興

高樓俯大荒，浮雲任變化。隱几萬卷書，亦足藏天下。茗搜文字腸，潔宮守智舍[9]。浩歌送北風，俛焉俟來者。

鄭君寶滬自夏威夷、藤田君公郎自東京，皆來及門，酒次書此示之。

天墜故不憂，四十心未動。極目寒波外，九州紛總總。且酌杯深淺，莫問鼎輕重。有人夜持山，案上長供奉。

雅琴篇示因明 和唐司馬逸客原韻

四夷交侵雅樂廢，淥水白雪迴難尋。蜀聲駿快吳聲婉，判然湖海與山林。南來抽琴幾儔侶，時時登陟青蘿岑。日暮寒蟬助淒切，久客憂思壯難任。中夜月光來入戶，拂衣起坐撫鳴琴。琴兮貴自然，何取軫玉與徽金。泠泠十指間，宛聞太古之遺音。胸吞雲夢吾吳子，翛然无名復无己。有聲響可追宗文，無絃心欲通栗里。

9 管子：「心者智之舍也。」

爛柯廿載辭鄉國，眼中之人今老矣。疎越數聲物盡靜，知君深已契妙理。坐忘好客輒移情[10]，松風蕭颯秋月明。靜聽元音生腕底，大絃溫潤小絃清。慙我推吟乏清脆，對客往往不成聲。時聾久不聞韶雅，天涯難有知音者。雍門飲泣又幾人，落葉微風力寧寡。關關嚶嚶鳳歸林，巍巍蕩蕩洞庭野。海角于喁樂未央，手揮目送自成章。佳篇遠來抵球璧，索居誰共理笙簧。不圖坡公落儋耳，還使枯桐起嶧陽。且詠南風扇南服，悵望山高楚水長[11]。輕綽低吟味外味，韻古聲希澹可貴。襄之峴山魯徂徠，今人孰會琴川意。盍從此處泯人天，入木三分莫斷絃。覃思有聲無文處，相期忘義復忘年。

贈吳純白

碣石幽蘭聲久絕，殘帙晚自扶桑出。此弄消息宜緩彈，寥寥千載知音難。川東隱谷有君子，頭白眼花勞十指。時艱孰買調千金，獨行空奏鳳歸林。偶然操縵鸞凰叫，翠竹啼秋芙蓉笑。九疑嗣響存若亡，長清短清歸混茫。療飢徒說紫芝好，誰為置君洞庭傍。

---

10 姚莘農號坐忘齋主。

11 叔雍先和作。

聽呂振原彈琵琶

火鳳新聲調可哀，子絃輕撚漫低徊；已驚運撥如風雨，又挾蕤賓指上來[12]。

鼓琴寄蔡德允

風雷入手疑奔霆，瀟湘水國雲冥冥。夜啼有烏朝飛雉，古調今人尚愛聽。洗盡喧聒箏琶耳，橫江彷彿揚湘靈。一彈應使墨翟喜，再彈可助屈平醒。亦知至和無攫縪，終遺妙響出玲玎。神如無厚入有間，指若舊刃發新硎。嗟余略會琴中趣，心絃願保常惺惺。咫尺但愁難覿面，飛鴻空送數峰青。

聽梁高陽搊箏

寒泉汩汩入清寥，金雁鈿蟬手自調；腸斷十三絃上語，思歸雲路正迢迢[13]。

黃鐘白紵動湘靈，輕按聲遲拍轉停；十曲新翻誰得似，紅窗影裏槲林青[14]。

12 君門人馮德明亦推卻能手，如廉郊之為曹綱惺靈弟子也。

13 箏曲有思歸樂。

14 唐時秦箏十曲以槲林歎紅窗影最為人愛重。

正月三日選堂琴會

虛牖生閒雲，開軒眺平楚。輕拂鳴琴彈，疑對蒼石語。溶溶春水動，靄靄谿嵐聚。遺情外塵囂，忘機孰賓主。風暖雉雊木，海昏鳩喚雨。掃壁篔簹響，展席蛟龍舞。取興在煙霞，接景足遊處。蓬屋非春臺，聊可閱眾甫。

吉川善之教授宿熱海草宋詩概說，錄貽近製，賦此奉報，并柬神田小川兩博士。

熱海攤書地，澄天氣象兼。秋生萬木杪，意在最高尖。秀句輝巖壑，端居理帶籤。說詩如治水，應不較毫纖。

蒙莊聊適己，下筆自洸洋。放眼乾坤白，悲秋蕙草黃。穹廬傳勝解[15]，蕘圃憶吟床[16]。何日同幽討，銜盃問水王[17]。

附原作：辛丑孟秋熱海惜櫟莊草宋詩概說二首／吉川幸次郎（參見《饒宗頤二十世紀學術文集》第四二一—四二二頁）

15 小川教授《敕勒歌考》，深佩勝義。
16 暢盦《藏書絕句》云：「蕘圃風流昔欲參。」
17 《易林》：「海為水王。」

張谷雛命題所庋潘冷殘畫卷

中齋心無著，閒處筆如椽。寫石謝蠻巧，深得靜者便。遊心太古初，渾不受拘牽。草木愛華滋，荊關久摩研。元氣何淋漓，看與日月懸。經卷欣同好，非翁誰為緣。昨者睎潘筆，石交已沈泉。妙才餘斤質，尺幅開山川。文采終不磨，過眼倏雲煙。荒寒水墨間，尚有詩爭妍。嶺海數流輩，殘也實當先。壇坫非寂寞，繼起者連連。伊余等曹鄶，非陌復非阡。奉手苦無由，空嗟歲月遷。百年能幾何，力貧買醉筵。拂拭生愴楚，撫卷心茫然。友道舊所敦，幸寶此戔戔。

聖誕大傷風，杜門偃臥。越二日，儉甫招雪曼伉儷同遊新巴黎農場。至則卉木向榮，群動飛潛，饒有生意，積痾為之頓失。歸來讀東坡和子由園中草木，走筆依韻，得十一首。

消痾作郊遊，座列山川彥。畏風更淩風，談虎初色變。終乃御風行，拂面反忘倦。初陽展餘溫，百卉任舒卷。蕙畝椒臺間，光遲覺氣婉。覽物本無心，暫悟欣所遣。掩鼻泗欲流，唯恐濕瓜蔓。破涕力成笑，置身在蘭畹。梅萼方吐春，莫訝歲時晚。

野竹無人問，經冬倏成林。況茲草木狀，翠質足夸矜。文通歎命微，鐫骨尚能任。欲以寫勞魂，兼為綴靈襟。采采須及時，未老尚可簪。莫待搔更短，銀髮逐秋深。燕語斜陽外，誰為管廢興。攀折遺所思，僕病謝未能。

今歲春早回，海棠開旋老。無煩燒燭照，紅粧堪拜倒。寇莫大陰陽，萬彙恣意造。為此頃刻花，徒爾傷天巧。何勞大匠斲，手傷神自耗。君看明朝雨，墜茵泣野草。[18]

託根無何鄉，確乎不可拔。非葉亦田田，濯淖無須插。幾曾戰膏粱，飲冰而食蘗。相忘有鹿豕，噓呴猶宿約。皭然泥不滓，過雨翠如潑。心比後凋松，從不傷搖落。[19]

有花鋪如錦，有葉翠如蒲。亦曾勞蝶翅，頗復捋蜂鬚。經春凋謝盡，未如草夏枯。委名等地瓜，落拓在江湖。江湖罕見憐，植者毋乃劬。寄語趙廣漢，可取入畫圖。[20]

誰共倚斜陽，今春紅倍早。先鳴恐啼鴂，泣血以終老。向來芳草地，不待雪霜槁。春泥枉護花，意同馬戀皁。慨然唱金縷，空自傷懷抱。百歲等驚波，歌焉代紵縞。[21]

愛熊如愛魚，豢養在中廳。爭栗共兒曹，恩愛不加釘。仁心及百物，提攜出戶庭。一旦翛然去，垂涕歎竛竮。獸也有至情，涵濡雨露青。茲來覿同類，徒傷物象泠。[22]

結隊將奚適，方塘可圖南。眼明觀至樂，口徹諭真甘。淪漪映葉卷，蒲稗隱鏡涵。蒙莊自濠上，大士往

---

18 海棠。
19 水蓮。
20 番薯花。廣漢謂趙昌。
21 杜鵑花。
22 熊。儉溥舊蓄一小熊，日與兒曹戲狎。熊漸大，不中留，移贈植物公園，以增市趣。

提籃。去來無涯苦，資君一笑堪。滿地金銀氣，對此將無慚[23]。

王孫悲慕類，此處足清遊。崖邊羅桂樹，叢生山之幽。仰攀⿰犭頁步澮，猶越百尺溝。首似冠狻猊，尾若溜懸抽。何來此異物，盤根踞蹲虬。不用狐假威，應無狗敢偷[24]。

似從會稽來，赬首輝奪目。垂柳蔭黃喙，飲啄山之麓。誰寫五千文，換此顏如玉。翠尾從天降，影浸寒波綠。羨煞懶蝦蟆，冷比陶潛菊。哀鳴三兩聲，清珮雜琴筑。吾心久亦遐，欲譜陽春曲[25]。

西海昔所貢，起儛心自知。翠羽以為旍，引得簫聲悲。不隨登天去，一落滄海湄。鳳皇在筎中，肯與雞鶩期。融⿰火侖甘隱處，釋痗有湘籬。廣志靡所憂，聊復忘渴飢[26]。

湯展雲挽詞 用東坡弔李臺卿韻

蕭然瘦鶴姿，芳風出言笑。嘯歌審脣吻，神理通闢竅。韻溯梁山溫，想屬詹公釣。平生半面新，頗接三語妙。世衰默守玄，道喪餘觀徼。叡音忽已遐，世事吁難料。律谷春罷暖，慧燈昏安照。波瀾思老成，德業

23 金魚。
24 獼猴。
25 白鵝、天鵝。
26 孔雀。

追年少。一卷汲古歡，九弄識宗要[27]。遺編待殺青，潛德久彌耀。九原文子悲，三號秦佚弔。由來太古心，豈辭末代誚。

山椒看日落，用昌黎南溪始泛韻三首。

客心戀殘陽，稍坐遂忘返。滄滄涼涼意，憑誰問近遠。六螭欲安之，懸車在峻坂。須臾墜蒙谷，萬牛力莫挽。勝事愜幽期，歸謀脱粟飯。山外水連天，難覓舊庢偃。長安在何處，所悲蕙草晚。無女對高丘，瑤臺空偃蹇。

飄飄何所繫，海角一孤舟。疊疊風上波，送愁苦未休。晨熹正微茫，遍照天盡頭。慆慆日月徂，崢嶸悵淹留。連峰如囚山，懸解將何由。勞人腓無胈，稻粱開舊疇。陳力終歲勞，甽畝誰分憂。過眼浮雲生，天地尚悠悠。朝陽終麗景，傾柯得所投[28]。板蕩莫賡歌，詩亡繼春秋。

璀璨閃華燈，南服賞奇蹟。聊為沓潮吟，鯨呿復鰲擲。抉眥鯉魚門，勢吞趙佗石。大雅久寢聲，餘緒待推激。古人不可見，搔首風剌剌。情深將毋同，潭水真千尺。衝濤擊危欄，霞彩明丹壁。歸來且放歌，無為拘形役。

---

27 沙門神珙作九弄反紐羅紋側紐，無能傳其三昧者。君著綴語標音學。

28 用鮑照《園葵賦》。

讀陶公乞食詩

伍胥奔吳市，吹簫動九閽。野人或與塊，歸國思晉文。賢哲伊昔然，乞食安足論。陶公初投耒，豈獨為飽溫。拂衣竟安之，行行歸田園。叩門亦何事，其奈拙語言。嗚呼天地寬，無處可安貧。如何思冥報，長懷漂母恩。士為知己死，徒抱千載冤。嗟嗟眼難瞑，懸之國東門。

題冰谷風榆圖為丕介

陵谷變多端，朔風吹何疾。彌望黑森林，亂峰爭初日。層冰正峨峨，千里白未了。颯颯風中榆，隆冬出奇矯。飛雲海上來，帝車方出震。靜看塞兩間，壁立山千仞。遊子晨何之，杳窕淩霄漢。力尚可縋幽，及此冰未泮。吹噓仗雲霞，蟄蟲終未死。此中有詩魂，我欲呼之起。

題日本摹刻韓幹圉人呈馬圖

右卷為和工某氏所刻，題《韓幹圉人呈馬圖》，上鈐「建業文房之印」，則是南唐舊物。考河南《邵氏聞見後錄》廿七，載南唐李侯《閣中集》，第九一卷畫目，其上品九十五種，內有《奚人習馬圖》

三，注云：「韓幹。又今人注：一在野僧家。」此集後有李伯時跋，謂其中名品，多流散士大夫家。所言今注，殆出伯時手也。《閣中集》為卷近百，想見建業當日收藏之富，此卷未知是否為《奚人習馬》三卷之一。莘農出示此圖，叔雍先有詩，命賡作，因再步東坡韻。

天馬西來青海垂，絡頭玉勒鞚青絲。鐫工妙鏤韓幹墨，健筆真同沙畫錐。躍然紙上窮殊相，草木披靡朔風馳。汗血奮飛可及日，莫使奚奴任馽羈。閣中上品稱神駿，建業墨印尤瓌奇。豈同解甲辭廟日，萬騎齊暗甘伏雌。焚餘回鸞今無恙，倘有鬼神呵護之。伯時經眼若摹繪，定必刳形而去皮。張髯搜奇偶獲此，驪黃以外誰能知。寫神還待吳興趙，相骨毋勞支遁師。

楚繒書歌次東坡石鼓歌韻

繒書原物既歸 Sackler 博士，哥倫比亞大學特為召開討論會，由 Goodrich 教授主其事，詩以記之。

涂月招搖位當丑，是孰維綱訊蒙叟。久訝俶詭劫灰餘，旋出窮泉不脛走。因思黃繚南方強，問天惠施肆開口。纚纚鋪陳數百言，悠悠況二千年後。營丘重黎舊有圖，平子描繪頭唯九。於斯獨舉五木精，待起鄒生問榆柳。若從時月揣宜忌，艱于南北辨箕斗。初讀秪驚口銜箝，細推倍覺襟見肘。妙悟偶然矜創獲，缺闇通篇多藜莠。最眷三閭悲長勤，敢云千載許尚友。窈窕方哀世多艱，神祀但嗟民有穀。當春行事勤卉木，論書波磔異蝌蚪。曷以利眾會諸侯，欲賚油素叩黃耇。誰取幼官校時則，漫稽爾雅勞指嗾。辭清直可追雅頌，篇長何止儷鍾卣。四神格奠尊祝融，九州氾濫思鯀瞍。留與叔師補楚騷，還笑退之悲岣嶁。撥棖應手未灰滅，地不愛寶天所厚。獨看神像繞周圍，不知指意屬誰某。我行萬里獲開眼，寶繪喜歸賢者有。考文幾輩費猜疑，歷劫終欣脱箝杻。感極咨嗟且涕洟，自古文章抵芻狗。鑽研我意亦蹉跎，摩挲彷彿喪神偶。方今舉國盡奔波，剜苔掘臼走黔首。欲杜德機示地文，更窮贏縮識天揞。博古龍威遠流傳，講經虎觀知去取。且從書證試闡幽，何當爬羅與刮垢。無復鸞飄嘆鳳泊，定知神物長呵守。西顧因茲屢吟哦，扛鼎力猶未衰朽。莫言尺縑罔重輕，惟有十鼓堪比壽。

王貫之見余遊尼亞加拉瀑布詩，以半癡詩禪觀瀑十首相示，因用坡翁百步洪韻，賡作長句。

長川料與海通波，織來橫練須天梭。翻江立壁垂萬仞，巨靈終古此瑩磨。驚洪澎湃紛眩轉，傳神留句待東坡。娭春莫負桃根槳，高吟驟雨打新荷。獨恨無山可仰止，閃光但駭流銀渦。宣尼臨此休嘆逝，聖書早過跋提河。嘘煙幻靄難方物，瀑花雨散曼陀羅。喧豗無奈欲聾耳，如鳴金鼓千銀駝。心寬自可納須彌，即看巨浸同委蛇。向來無覆兼無記，羈魂徒爾棲蘧窠。頗欲於茲滌玄覽，奈他念念恆流何。敢以巵言誇遐邇，詩成恐被祖師呵。

棪齋來書論白石詞，舉暗水溜碧句。憶秋日多侖多同遊馬蹄瀑，涓流巨浸，小大相較，頓興齊

物之思，因再步前韻卻寄。

應龍莫為興濤波，天漢織女未停梭。同愛澄江淨如練，寄聲徒以詩相磨。詞客飄流忽到此，憶曾露飲菊花坡。惱人萬里攜秀句，深秋涼吹動殘荷。別來三月可入夢，依稀鏡面浮微渦。望斷雲山兩戒地，會當一葦航長河。吾生自恨無根蔕，幾時誤落此塵羅。渴來掘井將何用，鳴沙苦似尋水駝。異方寄食飢驅去，平居安敢望委蛇。爽然面此千丈瀑，河伯應悔營水窠。何如暗水涓涓碧，清空還可酬陰何。定有佳人索錦字，風淒月白凍誰呵。

詩成後二日，與畫師蕭三同遊梅窩銀鑛潭，竹樹荒翳，澗水清淺。余笑語：梅窩無梅，須君寫桃下種矣！歸途口占，戲為此詩，三疊前韻。

窮陬海水未揚波，趁墟人往如穿梭。對此茫茫吾安放，照影欲借青銅磨。江邊獨樹真畫本，遙岑待補倪迂坡。適來但惜秋已過，荒塘有鴨竟無荷。記曾風雨此登頓，欹車泥滑陷盤渦。湯湯駭浪割無際，崩山浸灌路成河。即今日落千山靜，臨川微步塵生羅。天長海闊飛鳥沒，惟見歸犢如負駝。方冬流涸石乃出，坐令飛瀑類委蛇。會挹滄江添勺水，試從巖隙尋僧窠。無梅偏與黃昏近，童山其奈濯濯何。不如蕭八乞桃種，筆端應有神來呵。

鹿苑高處晚眺，四疊前韻。

黃昏日落光涌波，疏林歸鳥紛投梭。頓時暮色蒼然至，水天一碧鏡初磨。近看嶙峋石插竹，遠望晻藹江吞坡。新茶小試還潑乳，盤飧喜得飯包荷。乍寒風拂肌膚紫，酒未沾唇顏生渦。笑與兒曹指鄉國，窮髮以北即關河。仍歲寄書屢不達，寥天一雁入雲羅。昔曾濯足恆河口，倚裝象背勝明駝。觀於海者難為水，心安行處自委蛇。朱樓傑閣連雲起，人間難道有仙窠。滔滔逝川閱幾世，徂年一往竟如何。檻外蒼煙洗紈綺，拈來麗句師所呵。

青山訪僧不遇，向夕泛舟返舊墟，五疊前韻。

片雲洗空鳥飛波，輕舟往返如投梭。缺月於人疑舊識，兩山影動煙相磨。江邊漁火閃星點，羸牛擁鼻臥重坡。我行何止半天下，十方水宿常結荷。此間溟海兼天淨，無風水面亦翻渦。屯門自映浪花沒，蒼蒼寒渚耿秋河。魚市張燈歸意動，焚香微聞多伽羅[29]。榜人為我鼓雙槳，彎腰容與猶半駝。山林皋壤有至樂，浮生退食異委蛇。竚看奔車似走馬，機心幸已忘臼窠。野草無名時對我，顯真那復問誰何。獨言獨笑來還去，寒山相見定呵呵。

---

29 時舟中焚香。

青山禪寺鼓琴次曾履川風字韻

颯颯寒生木末風，瀟湘雲起十指中。山高水流渾意表，無方無體誰為雄。抱琴欲眠青山側，眼中鶻沒夕陽紅。重樓金碧如雕繢，非李將軍即王熊。禪扉深閉晚寂寂，丹崖幽契緬支公。何年杯渡此駐錫，至今花落春山空。人靜鳶烏亦自得，欲歸還倚兩三松。南圖天海去咫尺，北依斗極望崆峒。波翻忽落荒服外，震風夏屋資帡幪。盛時尚喜朋簪樂，殊方莫嘆烝無戎。澄懷夙早是非泯，射鴨不假竹枝弓。剩有琴心參太始，聊與拍肩吟醉翁。俯窺培塿呑蔕芥，盪胸野水青濛濛。誰把釣竿拂玉樹，況聞貝闕鄰珠宮[30]。沈霧冥冥羌晝晦，七聖且復迷西東。環海諸山晨夕變，不知為嶺復為峰。超然象外安所極，手捫星宿羅心胸。雲林森渺無人野，起余深省但晚鐘。無勞泰山東武曲，餘音已足破鴻蒙。向來會心不在遠，休計閬風千萬重。潺潺滴水穿石溜[31]，隱隱暮山映煙虹。便有藐姑與箕首，敢忘虞夏繼黃農。鮫人浪傳踏潮詠，逋客妄覬虎溪逢。登隴望秦不成弄，將歸自撫傷飄蓬。十年至今猶不復，幾人齒豁更頭童。高巖峻極青溪遠，猿鳥生哀泣秋蟲。丘陵喬木暢然望，故鄉祇許夢魂通。每吟離獸東南下，空堂起坐憶嗣宗。何當試鼓霹靂引，一為起蟄鞭魚龍。啼烏別鶴徒永歎，岐山思士意何窮[32]。

---

30 南漢置媚川都于此以采珠焉。

31 青山有滴水巖。

32 《岐山操》、《思士操》并傳為文王製，見《僧居月琴曲譜錄》序。

論畫再次履川風字韻

待從宗炳振玄風，崑閬盡納方寸中。曠懷直追千載上，嬾將恆岱較雌雄。坐究八荒生百態，心花競放淺深紅。山川賁華終待汝，光懸日月何熊熊。興來手補乾坤缺，乘桴欲謁扶桑公。寸縑蒼莽露厓崿，人天湊泊非鑿空。脱畧形似暢神趣，寒風肅肅吹磵松。水墨輞川久冥滅，林巒洪谷想崆峒。華原獨自師造化，心源萬彙歸幬幪。董巨鬱為百世法，譬先行陳有元戎。僧繇點畫吁可怖，森森鉤戟明霜弓。畫書異名本同體，論心合有巖下翁。循虛振迅天真出，離披氣可傾鴻濛。使毫行墨渾成耳，非此疇得詣玄宮。藻繪不徒求容勢，春風浩蕩滿南東。秋雲遙望情無極，孤岑呈秀茁奇峰。曲為嵩華趣方丈，天然丘壑橫心胸。丹青自古比雅頌，神姦可燭賴鼎鐘。漢明宮殿羅粉繪，蜀郡學堂開顓蒙。虎頭倒景作清氣，三分倨一成二重[33]。欲以棲神澄藂慮，卻于赫巘臥飛虹。勝流精爽挹魏晉，皇風淳古慕羲農。吳興[34]瓌壯何險黑，北宋遺徽時一逢。王宰蜀山趨巧峭，下視馬夏猶榛蓬。畫惟全真兼存性，吾生篤好自騃童。向來藝者須意氣，豈比懦夫老雕蟲。亦知天馬不受絡，但期造化相參通。膏馥得一足揮霍，華滋舍爾焉朝宗。竚看橐籥開戶牖，莫執蝘蜓嘲龜龍。誰能會此通變意，化機萬古無終窮。

33 摭顧愷之《畫雲臺山記》語。
34 朱審。

題曾酌霞淵默雷聲集

十年露電去駸駸，忍向遺編泝苦吟。身逐鳥飛終是識，天教雲斷獨何心[35]。行藏窮髮餘孤詣，文字奇哀有遠音。兄弟白頭鄉國淚，傷春地下更難禁。

與棪齋北溝摩挲器物，紬讀書畫，不覺浹旬，莊尚嚴那志良二君冒風雨飭人輦散氏盤相示，意尤可感，因紀以詩。

能來觸暑復衝寒，南港北溝屢往還。淩晨驅車排日至，荒村寂寂證古歡。鴻都建業足儔匹，山花寶器同斑斕。毛公舊鼎摩挲久，郭熙發興青林間。亦知望古古遙集，佳書直作故人看。平生一事最堪憶，暮雨滿山輦散盤。

北美絕句贈楊蓮生

霜鬢他鄉尚草玄，傳經心事豈徒然。十年賓至如歸日，入座春風許我先。

35 集中有「等是斷雲吹易散，不如飛鳥過無痕」句。

又和蓮生

招邀雞黍婦當廚，驚座高文照四隅。聞説讀書頭欲白，古歡長聚夜深爐。

廣島夜弔和平塚

一瞬嗟無常，劫灰塞行路。層樓火後茆，微命草間露。孤炬照千秋，一碑睨方怒。死者難瞑目，誰復蹈此誤。荒榛厭人骨，森然夜可怖。莫言如泡影，九京忍重顧。我來憑弔久，逝水尚東注。佳兵紛未已，群生那得度。何以儆後人，迴車更緩步。

池田末利教授偕遊宮島，歸舟中作。

浮岸飛甍水擊舷，長洲無浪復無煙。橫流截壑終歸海，短日銜山尚照天。廊廟逶迤連貝闕，鳥居竦峙閱桑田。千松環拱同參拜，麻屨白衣想昔賢。

初抵廣島賦贈小尾郊一

驅車迓我短長亭，每憶斯人感涕零[36]。遠客難忘花外集，玄言且寄壁中經。六朝吟望頭空白，三峽[37]奔

36 斯波教授已謝世。
37 指三段峽。

流眼尚青。劫後山川應勝昔，哦詩喜對暮雲停。

讀棪齋詩稿五色印本，即仿其體製題首[38]。

千音隨風發，寸心帶淚滋。迷離耽客夢，歌吹契春詞。瑤華遺遠人，芳馨方奈茲。攢念在交親，切響忘渴飢。色絲巧織綴，馳思難逐追。筠枝端可可，章製何遲遲。燕婉剟新蓬，晻曖裛游絲。已悲行役逼，曷辭叩問癡。往來無歇緒，抵死以為期。

群賢送別倣棪齋體[39]

墮溷人間我獨癡，西風離合定前期。飛雲易徙真如葉，別樹旁牽賴有絲。來日錮車勞想像，故時燕影蓄然疑。海涯盍試回生種，重上深山訪玉芝。

38 切韻平聲之韻脂韻分用古音之部脂部。

39 切韻平聲之韻古音之部。

次韻棪齋玉湖有憶[40]

螢影蛩聲恨失群，冀州颷舉憶夫君。十蘭曾是連根種，修黛相從斷碧分。爛縵江楓看奪錦，華妍澗月苦隨雲。商量雅和忘傾夕，野露霏霏已溼裙。

雪霽冰凫（Banff）諸峰改觀，棪齋填玲瓏四犯以寄湖山寥寂之感。余既繼聲，復效其體，續為長句[41]。

霜冷秋山尚鬱葱，水流雲殢失前蹤。密林經雨新添淚，明雪回晴漫改容。過眼玲瓏微惜玉，關心眉黛不成峰。西風夢結澄潭影，一路陵巒定幾重。

玉湖山椒千枝含雪，真吳仲圭所謂萬玉藂也。手寫粉本以歸[42]。

一任終風取次飄，千枝戴玉待凝腰。神傷陵谷情常在，興託江湖路已遙。腳下煙痕添嫵媚，山中螺髻得嬌嬈。原知到此聊棲息，且抹微雲為素描。

---

40 切韻平聲文韻古音真部。
41 切韻平聲鍾韻古音東部。
42 切韻平聲宵韻古音宵部。

和棪齋江戶行[43]

難得間關送汝衣，惹憐鰻井惜多違。畫梁燕子先秋集，霜驛山村漸夜歸。枉讀鮫綃仍自忍，枯彈客淚有誰依。消殘裙屐繁華夢，獨賸瑤臺偃蹇圍。

中元節檀香山「蕙期期」（Waikiki）城和棪齋有約不赴

隔盡齊州一點通，蠻歌倩笑水聲中。可憐負汝團圞月，無奈隨人窕窈風。嘶騎鬟英絲婉轉[44]，空床結夢夜朧朦[45]。單衣待訂來年會，且試櫻桃秀靨紅。

加拿大自冰凫（Banff）挪伽山（Nargnag）山麓，挾纜乘纜凳，懸渡絕頂，下臨無地，逾七千尺。棪齋為印第安少女造像，余亦得環山畫稿數十。

闐風緤馬不言歸，來倚崇丘覷翠微。厓谷共清經雪濯，裳裾交暎拂雲飛。奔車懸渡寧忘險，絕頂孱魂始解圍。明日此情堪一省，秋空挾纜破林霏。

43 切韻平聲微韻古音脂部。
44 檀島風俗以鮮花為串，男女均佩之，土語謂之Lai猶華言練也。
45 用梁武「結夢在空床」句。

別路易士湖

雪嶺崔巍不可躋，江干萬樹極淒迷。殘陽欲下愁何往，秋水方生我獨西。異國哀笳催淚落，平皋嬌馬畏人啼。無端丘壑饒清興，坐對湖雲接草齊。

美瀾（Takakkaw Falls）涯畔，讀棪齋次聲步韻清真少年遊。

娟娟秋水思難任，向夕湖壖翠影沈。峰罅噓煙飄霽雪，岸間蒃樹臥川禽。何人窮谷能吹暖，前路群山奈積陰。馬滑霜濃且休去，舊歡如夢足追尋。

紅印第安語 Takakkaw 華言美也。

李彌厂荷上齋展觀海藏樓七十生日謝客詩稿，及唐李郢自書詩長卷，敬和一首。

勿謂西南遠，得朋以類行。聖者無棄物，晤對真襲明。抱殘甘違時，詩以喻孤貞。試唱百年歌，收哀入商聲。惜哉夜起庵，徒博任俠名。

龍鳳豈外飾，星晨兀自行。朱絲閟精光，散帙縹緗明。鬼神呵奇文，寶此風水貞。鑑古八十翁，吾黨鼓吹聲。摩挲忍去手，空憐白紵名[46]。

46 義山《汴上寄李郢詩》有「煙幌自應憐白紵」句。

附原作：叔雍星島假歸，為邀武仲履川固庵希穎莘農叔美文擢稚琴宴集敝廬荷上齋，觀唐李郢自書詩稿卷子及海藏樓七十生日謝客詩遺墨。酒闌得句奉呈并示同座諸公，即次海藏翁原韻二首。／李彌厂（參見《饒宗頤二十世紀學術文集》四三七頁）

寄棪齋倫敦，兼訊殿爵，次和劉孝綽韻略效其體。

丁茫釽析微，混沌川塗闢。沈雁萬里冥，寒冰千仞碧。相知緣氣類，久要睠平昔。寬腰試看心[47]，聯句恨分席。因憶子劉子，河上賞濤醳。疇為撥霧手，永憶疏雨夕。寄聲切問安，敵堅有磧石。

附原作：壬寅十一月十五日倫敦大霧，劉子殿爵叩門問疾奉謝。次韻劉孝綽「侍宴集賢堂應令」[48]。／李棪（參見《饒宗頤二十世紀學術文集》四三八頁）

蘇圃文擢過我有詩枉贈，疊前韻奉報。

小器慚斗筲，大道在翕闢。妙句波瀾翻，盤空松柟碧。親交義所敦，文雅須追昔。向來漁釣手，許臥滄

---

47 禪家有《看心論》。

48 齊梁陳古音入聲韻錫類，《廣韻》入聲二十二昔韻。

江席。碎義安足揚，結習餘汎醳。掞藻得高朋，聊可樂晨夕。江流日滔滔，導河始積石。

餞歲和少帆文擢并呈孝若翁三疊前韻

爆竹聲隆隆，春林霧初闢。歸夢連芳草，遙暉盪空碧。去者不可追，來者寧異昔。秉燭待更闌，胡床早穿席。天意仍舊蹊，人事換新醳。昧昧思達晨，悠悠坐竟夕。敢忘故園心，還就他山石。

棪齋書云：倫敦郊居，門外積雪七尺，方霽復降，窮廬嘔詩，吹律噓暖。四疊前韻。題其新什。

一雪白無垠，千林青莫闢。神傷萬丈縞，心懸寸草碧。之子不歸來，遠遊曷娛昔。內聽窮比音，和體壓前席。初月不到處，飲啜倒村醳。萬里訪戴難，相思空日夕。遙想北風尖，歌聲出金石。

叔雍歸自南溟，趨訪不晤。相過又不值，賦此奉約。兼示尤光敏梁榮基二生。五疊前韻。

獻歲迓歸人，舊觀粲新闢。來往苦相左，空濛幻寒碧。滄波室尚邇，羈愁忽終昔。聳帨思遙年，南北無暖席。眉壽古所稀，聊此薦觴醳。傳經遊夏在，稍慰風雨夕。春風吾道東，看取書堂石[49]。

49 用翁源邵謁事，見《方輿勝覽》。

大埔遯翁山居和石禪

繞樓江水羨肥仁，詞客今為隴畝民。望裏山川成隔世，心中風雨暗悲春。喚愁新變寒前草，覓句冥搜劫後塵。同為官梅動詩興，可憐王粲不歸秦。

元日和作

背人桂根隔年攀，無雪春回惹鬢斑。海霧積寒時砭骨，瓶花勸影暫開顏。竟非吾土悲流水，獨在異鄉怕看山。似草青袍仍此日，十年生意寄蕭閒。

和文擢

心齋久欲廢羔豚，蔬菜真同饌玉恩。本味先登賓客覽，野芹難與俗人論。十年朋舊花間老，萬里海山竦處尊。猶有春蘭堪緝佩，喜聞篁竹報添孫。

步栩厂集義山詩原韻送叔雍南歸，偶讀《晉書・袁宏傳》故及之。

走馬真同鸜鵒舞，勞生剩著蜉蝣衣。比肩牛驥寧言恥，入夢關山倘暫歸[50]。獨笑春風元落落，低吟寒鵲

50 石湖詩：「夢裏關山或暫歸。」

故飛飛。隱鱗卜祝誰相問，千載從嗟識者稀。

印禪惠貺擬九龍山人寫竹次韻

飽墨還含風雨溼，瘦枝纔茁歲華新。佳辭猶自清人骨，老屋何妨結近鄰。搖夢江湖胸吐月，代耕筆硯腕藏春。多君一軸漫相贈，長物從茲未厭貧。

次韻和棪齋讀韓詩二首

黃鳥何交交，睍睆音逾好。偶吟婦病行，亦以交叶道。宮商津筏存，且叩篋中寶。古人骨已朽，池塘泣秋草。揣情異質文，懷古傷遠抱。

棪齋譏退之以幽宵合韻，且云降及西漢，魚侯雖合，魚幽仍分。然檢羅常培《兩漢韻譜》，幽宵幽魚幽之魚合韻之例不一而足，知韓公蓋依漢韻，不能以嗣宗之詩繩之。焉可輕議前人乎？

韓卿[51]與隱侯，殊途終合道。氣類相推轂，謨訓知常保。輕重濟艱難，脣吻非潦草。思古俾無訧，吁嗟鬢毛老。莫訝南溪麤，那遜西崑好。

51 陸厥字。

題錦堂蝶隊圖。時辛丑春莫，層樓挑燈，正雨橫風狂時也。

一片韶光帶霧籠，枝枝葉葉舞回風。依人漫問非吾土，結隊還知認舊叢。歷劫纏綿天亦老，多憂躑躅意難同。驚心啼鴂春將去，猶戀飛紅碧沼中。

昂坪二首

絕壁搜殘字[52]，大風試浩歌[53]，山窮嫌樹少，地迥得天多。野水青如染，秋雲薄似羅。荒塗猶未啟，藍縷意如何。

客舍星河近，賓鴻報晚涼。山行先得月，野望更何鄉。暝色分蒼翠，林霏隱混茫。此時足可惜，微露正沾裳。

曉行

晨興嫩日漸成溫，霧裏看山獨擁門。不塞不流林外澗，自來自去嶺頭雲。眼前拳石安危繫，舌本清泉冷暖分。聊欲題詩當棒喝，無花法雨已紛紛。

52 石壁有古雷紋刻石。
53 大風坳為昂坪必經孔道。

下山

回頭尋舊徑，隱約在雲端。探手知天近，懸車行地難。望中林接海，意外酒翻瀾。卻念泥塗際，雨風膽已寒[54]。

梅窩道中

此去梅窩近，人歸傍午天。沙黃磯似鐵，浪白海為田。短樹難成陣，秋風且趁船。江山方待汝，囊括入詩篇。

華嚴瀧放歌次青蓮將進酒韻

江户東南亞學會召開，余與德坤伉儷荊和志仁令揚皆與焉。白鳥芳郎教授摯友村田晴彥校長款余等居多摩川，禮遇周至。復約為日光之遊。初入谷大霧，紅葉滿山，經雨有向榮之意。既陟嶺，潭水潨然，衝濤旋瀨，悄愴幽邃，寒人肌骨。至中禪寺而北風飄雪。一日之中而四時具。恨難以窮其狀，乃作畫附書華嚴瀧歌以貽村田先生，俾作永念，愧未能得其大略也。甲寅冬選堂識。

54 前度下山，值流潦陡漲，塗中困于風雨。追思猶有餘悸。

莫問華嚴瀧從何處來，只笑如入寶山空手回。同遊長者幾華髮，浪花時亂鬢間雪。仲尼不用嘆逝川，太白還須撈海月。欲辨涅槃何滋味，請試山中活水來。俯瞰九州如礨空，遙想崑閬似覆杯。山容澹，太瘦生。木葉脱，飄未停。逐流可到海，吟句更誰聽。相忘道術遊方外，使酒如澠不願醒。荒山纔悟天地始，芸芸眾物皆無名。且從象教分至樂，暫擲浮生資笑謔55。看看瀑流無已時，惟有狂歌勸清酌。天欲雪，正須裘。許我新詩換美酒，主客同銷萬斛愁。

徐福墓

不死奇方自子虛，求仙反説是仙餘。島人若問誰營墓，請讀黃州所獻書。

扶桑俗訛傳有徐福墓，國人有信為真者。考王禹偁《黃州小畜集．卷十四．錄海人書》，謂秦末有海島夷人上書詣闕者云：「天子使徐福求仙，載而至此，童男丱女，即吾輩也。夫徐福，妖誕之人也，知神仙之不可求也，蓬萊之不可尋也，至是而作終焉之計。」有後序云：「此書獻時，蓋秦已亂而不得上達，故《史記》闕焉。余因收而錄之，以示于後。」

55 資通恣，見秦刻石。

謝霖燦惠摩些文書并墨竹次李白仙詩韻

青山披綠雪，令我視茫茫。栽竹因折梅，豈不思元章。架上摩些書，篆勢飛鸞翔。奧旨惟君問，緯繣紛難量。露珠勤拂拭，草木想輝煌。大荒分異景，藏之靈壇房。化為兩三竿，繞屋清氣涼。飲我岕中茶，靜女儼道妝。吐納得朝霞，月霽而風光。忽睹仙人篇，媿貽明月璫。報詩猶覿面，語笑挹叢香。

後飲酒十首和方密之用陶公韻

密之此詩，僅見流離草，世間罕覯，不避續貂之誚，和之亦聊志嚮往之私而已。

楚塚發奇書，先德而後道。韓非豈解此，徒然作喻老。幾人身佩玉，而心如木槁。天末殘雲飛，卷舒意自好。蒼翠滿空林，竚興以為寶。秀色落吾詩，有懷出繫表。

早識東西均，會通此其時。循理寧好異，體要誰正辭。一往古今情，逝者忽如茲。掩卷興遐思，夢闌起然疑。敗葉亦有廬，木立自不欺。茫然觀我生，吾道竟何之。

心競水長流，何處非人境。蒙莊那可炮，一睡亦須醒。群經已糞溺，精義無人領。翻然可無慚，惟有此毛穎[56]。心苗養其誠，虎變看文炳。

56 見密之象環寤記。

此島繞波濤，飄風偶一至。枯藤撼且墜，蒼天呼豈醉。終當待其定，山海休造次。立此不易方，亂流安足貴。何處冀州原，沙棠含至味。

文者天地心，得此心可宅。閉眼思去來，隙駟終無跡。結念在王者，興起須五百。漢後閱千年，史傳尚空白。青簡幾成灰，黃卷宜珍惜。

聲氣終不壞[57]，中和良可經。其說非耳食，其理豈目成。自從衰周來，世代紛屢更。割據如蠻觸，各自分門庭。一朝敞神界，百家忍罷鳴。品物既流形，庶得蒼生情。

毫末看此身，高臺起悲風。詩成覺句繁，盡在繢貂中。作述誠多事，咫尺意難通。太虛如可括，何嘆弢無弓。

求理譬罻羅，高翔那易得。衰柳蔽秋陽，寒氣使人惑。蒼然俯平楚，川途有通塞。白雲遙可念，招我到江國。獨鶴下荒原，群鴉正嘿嘿。

端坐飛清寒，六十羞一仕。離披春草外，青山即知己。泛泛弄江鳧，淪逸非可恥。玉瑟試彈秋，鏘然思甫里。綠窗呵禿筆，洪荒猶可紀。莫嗟著葉遲，盤根足棲止。微光參最靈，孤燈堪長侍。

伯玉師彼愚[58]，栗里證吾真。緬焉山水窟，且賞畫中淳。檻外紛喧攪，眾卉巧競新。智與謾相成，六譯

57 密之有此說。
58 密之號愚者。

溯先秦。回首望遠郊，而多車馬塵。耕穫亦云勞，民生固在勤。不飲且如醉，獨與雲水親。千山無近遠，疊疊有關津。地動復天迴，斜日漫沾巾。混沌久鑿竅，寧有羲皇人。

南海唱和集

武進趙翁叔雍南遊曠力，執教上庠，海氣昏昏，午枕成癖，嘗以《和東坡海南贈息軒道士韻》見示，余迭和之，翁奮其神勇，前後疊韻至五十二，具載《高梧軒詩集》（卷十二），余亦賡和至四十七疊。同時儕輩如李彌厂、曾履川累有和章，動盈篋衭，縞紵投報，極一時之盛。詩中有一字不符原韻，所不計也。李、曾諸家詩先後印行，余所作亦布諸港大《中文學會會刊》。今諸公均下世，曩日耆舊，十年之外，凋落殆盡。叔雍墓有宿草，七三年秋杪，余離星洲前夕，與馮列山驅車臨其塋，行楸列列，停駕思哀。玆者重理陳篇，低徊往事，念逝沒之相尋，蓋不勝鄰笛之戚云。

丙辰秋選堂識

寄趙叔雍星洲疊其壁字韻

樓居可摘星，窮海昏送日。遙想趙邠翁，勤養每拔十[1]。平生好人倫，務使脱穎出。雕鎪草木餘，述作比興隙。落南頓多文，吟思不異昔。莫待江山助，群彥已側席。但恨川原紆，無由就東壁。

兩歲抵千秋，何以樂一日。鄙吝久蕤胸，得一竟忘十。泰山徧行雨，膚寸觸石出。教化之所被，還看及纖隙。坡公在儋耳，即今豈異昔。刻燭知何時，睽隔念朋席。聊託市人書，付彼酒家壁。

附：原作／趙叔雍（參見《饒宗頤二十世紀學術文集》第四四七頁）

答叔雍 三疊壁字韻

省書姑愈愚，遭人鮮寧日。亦復同歐九，往往廢百十。欲澄虛妄心，罯待清明出。蟲魚竟何事，徒爾耗駒隙。平生江海人，無訧思在昔。敢學魯中叟，造次不暖席。還當師達摩，詩龕試面壁。

又一首 四疊前韻

絕學倘無憂，遑論剛柔日。佳詩真棒喝，聞一已獲十。譬彼弄鳴琴，挑我神思出。語笑桄榔下，翱翔舞

1《蜀志．龐統傳》：「性好人倫，勤於長養。今欲興風俗，長道業，拔十失五，猶得其半，而可以崇邁世教，使有志者自勵。」

詠隙。甚欲逐南航，文宴踐疇昔。竿拂珊瑚樹，月挂滄海席。玄珠佇遠投，看墜雲閒壁。

題李彌庵虞山詩卷 五疊前韻

山栖久忘年，海溢消長日。支公富神理，聞道早推十。林泉驚知己，句挾風雷出。向來得天全，奮筆同批隙。舊遊恍如夢，歷歷換今昔。祇此骨肉情，契闊愴袵席。剩撫烏絲欄，悔曾攀絕壁。

東尊生濠鏡 六疊前韻

避地欲餐霞，門對滄海日。山川滌玄覽，誰云過六十。置身上腴間，世待斯人出。和羹調鹽梅，高詠出講隙。東海與西海，心同自夙昔。此間盛朋簪，頗復虛前席。期子渡江來，抽琴候蘿壁。

和叔雍林中見群夷 七疊前韻

知雨有陰諧，知晏有暉日[2]。羌筰比中州，其地正相十。淮南賦招隱，鳴陽山中出。屈子詠離憂，葛藟生石隙。何處非魑魅，今也曷異昔。平生試懾心，有脅不至席。思君不得閒，采秀登絕壁。

2 見《淮南子》。

題抱朴子 八疊前韻

岠齊州以南，丹穴皆戴日。舟帆安易到，晝夜不止十。草木冬賁華，無待錦匠出。朱康所記傳，已復及細隙。好事抱朴翁，訪古更稽昔。欲乞勾漏令，天胡靳一席。徒爾慕大秦，琉璃堆四壁[3]。

秋間攀大嶼山於鳳凰嶺側候日出 九疊前韻

蕩蕩望八荒，杲杲起初日。羿弓曩所赦，餘一已勝十。火州鬱勃間，石精所自出。篋身于大海，性命送駒隙。惟南有名山，福地稱在昔。飛霜何煒煥，玄雲起四席。吾道堪化胡，行處得面壁。

晚經大風坳 十疊前韻

漢祖歌雲揚，夸父杖追日。猶未履此險，一夫足敵十。吾行昂坪道，星如撒沙出。回首渺雲海，荒山餘寸隙。安得倒乾坤，迴車挽往昔。天閽不可叩，羲和方卸席。浩蕩淒風前，賈勇臨攢壁。

謝彭襲明贈畫 十一疊前韻

3 時方疏證神丹經地理。

多君摛雲腴，揮寫銷夏日。疑見南嶽師[4]，佛前且合十。風月不到處，暫放數峰出。危葉墜曾波，微陽生霽隙。山林與皋壤，遙思儼古昔。與可誠可人，坐我蒹葭席。尚欲起坡翁，重與論照壁[5]。

題神田喜一郎藏書絕句 十二疊前韻

臨風思美人，眇眇惜往日。縹帙從雲降，其儀真九十。紛彼鸞鳳姿，妙筆非世出。乃知賦家心，囊括窮毫隙。比聞祛微恙，步履應勝昔。載誦漁歌子，請業憶前席。文藻追嵯峨，唐音出魯壁[6]。

陽月遣興 十三疊前韻

經秋無一詩，憒憒送斜日。花鳥詎如許，陽春報九十。小雨浥清漣，寒浸新綠出。妙雲掩癡山，略補天罅隙。今古誠旦暮，何必夢昔昔。抉目送飛鴻，西山登衽席。歲晏轉愁予，浩歌千仞壁。

題潘蓮巢墨蘭卷 十四疊前韻

物情自傷離，葵藿必傾日。佩纕與結言，百畮此其十。幽芳發蒨蒨，曾喚湘纍出。卷葹心未死，猶茁舞

4 嬾瓚。
5 山谷《跋東坡論畫》云：「問道存乎其人，觀物必造其質。」此論與東坡照壁語，託類不同而實契也。
6 數年前曾從翁詢日本填詞史，知嵯峨天皇《漁歌子》乃彼邦倚聲之權輿。

詠隙。盈川苦悲秋，蒿草傷從昔。彼樧雖充幃，𣑴不與同席。魂歸睨故鄉，何處許呵壁[7]。

酬水源渭江并呈多紀上人 十五疊前韻

麗句真絕塵，芙蓉映初日。潘江而陸海，論才君過十。香消酒醒後，聲噴霜竹出。依艸有落花，點綴春間隙。袖翻打毬舞，佚調追曩昔。憶曾陟魚山，恨未接几席。幸謝紀上人，來秋容叩壁[8]。

贈琴師容翁心言 十六疊前韻

泠泠七絃琴，薰風拂夏日。至樂忘年義，不覺垂八十。莫謂蓬戶間，清歌金石出。宗派溯廣陵，沾溉偏遐隙。心逐徐青山，疏淡惟師昔。三復廿四況，寢饋共枕席。希聲孰知音，白雲時挂壁。

翁年七十餘，祖慶瑞，原籍黑龍江，著《琴瑟合譜》。瑞受之李澂宇，澂宇得傳于徐越千周子安之徒，蓋五知齋一脈也。瑞授大興張瑞珊，著《十一弦館琴譜》，其徒劉鐵雲為梓行。書中劉氏于《廣陵散新譜》後記敘傳授淵源甚詳，足以補苴琴史。余曾從容翁問指法年餘，性懶而拙，愧未能窺其萬一耳。

---

7 楊烱《幽蘭賦》云：「悲秋風之一敗，與蒿草而為芻。」

8 水源著有《香消酒醒詞》，精雅樂，能吹觱篥云。

雨夜鼓琴 十七疊前韻

屋居如乘船，危坐輒終日。琴絲潤慵理，曝一遂寒十。偶操二三弄，漸覺真味出。飛雨橫江來，點滴響簷隙。寤言莫予應，伏枕眷遙昔。古怨奏側商，秋雁紛入席。滿目起波濤，黏天渾無壁。

作書 十八疊前韻

有客不速來，流連竟彌日。琴尊即佛地，容我姑住十。熒熒青燈下，墨磨精光出。須臾鴉滿紙，樂此消塵隙。投南逾十年，茲興未改昔。北風助臂指，其勢欲卷席。博君一葫蘆，留詩只疥壁[9]。

再答叔雍 十九疊前韻

詩心譬沈牛，一擱每百日。偶爾短兵接，奮臂一抵十。亦不藉魯酒，自有神思出。愁陣終披靡，抵巇還蹈隙。矍鑠哉此翁，拔山氣猶昔。幸未鄙曹鄶，分庭更讓席。猶可撼三江，隔海且堅壁[10]。

鏡齋鼓琴錄音寄高羅佩吉隆坡 二十疊前韻

尊者何曾盲，如雲偶蔽日。心中一切智，定力應勝十。鏘然鳳鸞鳴，味從肘後出。愔愔含至德，妙悟參

9　於蔡德允家中作書盈紙，不知其日之夕也。

10　來詩有降旛語，故以堅壁為請。

禪隙。露電驅寒暑，換了幾今昔。寄聲到殊方，洗耳爭入席。南風不待薰，餘音已生壁。

題雙玉簃圖 二十一疊前韻

歲暮景常新，開軒烘嫩日。無憂且無過，讀易遂五十。槖籥天地間，暫休動愈出。卜築雙玉簃，栽柳蔭簷隙。猶有氣如山，披圖夢宿昔。芰荷紛映蔚，鷗鷺共几席。入海久忘機，龍吟時破壁。

自題長洲集 二十二疊前韻

阮公在竹林，青眼送白日。飛鴻號外野，賦篇遂八十。江山助悽婉，代有才人出。東坡謫惠州，和陶飽飣隙。歸趣終難求，興詠敢攀昔。獨有幼安床，坐久已穿席。望古意云遙，舊塵空汙壁。

人日 二十三疊前韻

俯仰蘗百憂，焚香數人日。蟪蛄與朝菌，百步笑五十。手把寒山詩，苦言真味出。何妨石作腸，待取補天隙。閒居觀氣象，疑獨外今昔。寒梅澹無影，翠禽晚投席。俄頃抵百年，春風與掃壁。

覓句 二十四疊前韻

觀史信如花，豈獨記時日。慆慆久不歸，徂年瞬過十。向來多梗概，真積氣彌出。江湖吐亂洲，千里無際隙。室邇神已遠，了了今非昔。探驪偶覓句，魚龍也避席。怒濤終夕鳴，雨聲休撼壁。

附：宗頤兄神勇五和前詩，茲再雜賦六首答之，以博一粲。／趙叔雍

附：寄固庵／彭醇士

附：題北苑龍宿郊民圖／前人

附：辛丑秋香港大學五十週年紀念敬疊固庵南海唱和詩韻四首／吉川幸次郎

（以上附文參見《饒宗頤二十世紀學術文集》第四五三—四五六頁）

謝彭醇士贈畫 二十五疊前韻

平生慕甘亭，儷句堪炫日。餘晷及繪事，畫水日計十。尺縑從雲墜，雨洗新秋出。筆清了絕塵，漭我三餘隙。一往既奔詣，真趣迴邁昔。山林何坦迆，嘉卉羅堂席。明鏡照無疲，清光滿蓬壁。

題龍宿郊民圖并寄楊聯陞教授 二十六疊前韻

行都尚嫵媚，憶當南渡日。籠袖載歌舞，吳兒復十十。羨彼太平人，娭春渡頭出。茲圖豈異此，膚寸竊窺隙。好事東維子，隕涕說疇昔。陳義既堅深，符采紛盈席。伊余亦何為，卮言徒嚮壁。

教授撰《龍宿郊民解》，訂董思翁之説。謂此四字應是「籠袖嬌民」。余考楊維楨《送朱女士桂英濱史序》稱「錢唐為宋行都，男女痡峭，尚嫵媚，號籠袖驕民。」陳眉公《太平清話》即襲此。「籠袖嬌民」一語，南宋以來始用之，則斯圖是否出于北苑，不無可疑矣。近見沈寐叟《海日樓札叢》卷三，亦引元曲《公孫汗衫記》，以説「籠袖驕民」四字。

陳槃庵惠貺五華詩苑因題其書　二十七疊前韻

與君不同州，神交累年日，筆削春秋旨，義例窮五十。昌詩及梓桑，異軍張纛出。佳篇紛絡繹，搜討喜乘隙，鄉舊零落盡，鼙鼓愴疇昔。因憶層冰翁[11]，垂老不暖席。溫風久怠時，蟋蟀空吟壁。

赤柱訪蜑家　二十八疊前韻

試作踏潮歌，炎州送月日，提封自成國，列檣譬井十，欲從丐煙波，一濯秋陽出。可聞長江磂，叩舡依巖隙。頓有起予興，綢繆故勝昔，回首招漁父，雲山方側席。永憶媚川池，明珠夜照壁[12]。

---

11 古直先生嘗自梅縣來書，邀重返南華大學。

12 唐子西詩言「聞蜑戶叩舡作長江磂，欣然樂之。」秦淮海詩亦云「試問池邊蜑」，「豈無明月珠」，茲用其語。

屯門晚望 二十九疊前韻

屯門曷曾高，青山繚白日。波濤汩沒處，舟楫猶百十，南荒驅鱷來，未聞經此出。昏昏幻蜃氣，拍天水無隙。往事忽如煙，龍戶空話昔。歸津望斷隴，窮髮展片席，自崖意云遙，孤雲生暮壁[13]。

送吉川幸次郎教授東歸 三十疊前韻

障川知有誰，橫流到今日，寥寥青燈下，可語難過十。欲辯久忘言，真意酒後出。罕聞塞源論，祇見蹈隅隙。天下裂堪憂，楹書徒夢昔。雨暘苦不定，羈旅欣促席。看君返自崖，颸風猶嘯壁。

再答叔雍 三十一疊前韻

寒暑恣推移，流人不惜日。吟思比春蒐，禽一乃竄十。晨起搴帷望，卷舒風雲出。妙句可上口，杜宇響山隙，芳草信有時，佳興未改昔，觀海意溢海，群鷗競入席。萬里欲賡歌，重與築詩壁[14]。

寄棪齋倫敦 三十二疊前韻

海角久滯書，真同隔天日。拙編勞挂齒，繙閱胡至十。神物驚知己，曳尾汙泥出。相守短檠燈，楮床固

---

13 韓詩「屯門雖云高，亦映波浪沒。」公赴潮州，實未經此，觀《增江口》一詩可證。

14 叔雍來詩有「杜鵑攬山隙」之句。

牆隙。卜官廢已久，縋幽窮曩昔，荊公老作賦，文仲許分席，墜獻不足徵，看取蝸書壁[15]。

下大嶼山遇暴風雨澗水陡漲追記六首 三十三至三十八疊前韻

一雨不肯休，淩晨終喪日。登山吾久禱，佛龕且合十。鳳嶺近失蹤，未見樵人出。空濛迷百里，天海無寸隙。草木多活意，華滋不異昔。喧豗煙瀑外，挾我登蠹席。破膽怯聞雷，昨宵苦撼壁。

沐雨緣山行，偷天訝換日。崩土等危丸，凝注者累十。峰轉頓無路，忽瀉驚洪出。不知何所詣，死生付絕隙。褰裳厲之過，步履似平昔。固知巖牆下，何曾非袵席。安危繫一心，前路皆竦壁。

誰作米家山，潑墨遮雲日。披麻復解索，變化何止十。遊心大化中，妙筆與爭出。於茲悟至理，無勞鑽穴隙。古人骨已朽，披圖夢夙昔。何如真山水，日日供案席。取舍自吾儕，尋幽且搏壁。

下山更遭風，豈真無寧日。山海盡顛蹶，前趨一仆十。撲面如受鞭，陷泥久不出。林卉既停偃，水火豈構隙。胡為不先後，安排疑宿昔。持傘履此山，飛廉竟倒席。天其畀詩人，高歌夸絕壁。

沿坡覓行車，艱阻如追日。泥潦不可步，草樹九圻十。眾澗會成河，輪入不能出。水勢何湯湯，方割崩崖隙。下車挽不進，驟雨未減昔。餘寒戰我齒，溼地焉可席。行路竟爾難，雨絲猶噴壁。

---

15 李棪自倫敦來書謂海外讀拙作《殷代貞卜人物通考》至于十遍不遺一字者，惟彼一人，詩以致謝。荊公有《同王濬賢良賦龜詩》，故及之。

挾筴共登山，本以銷長日。看山如讀畫，一行目常十。夏雨不饒人，驅我荒山出。驚瀑懸百丈，度越穿林隙。前山忽異態，轉瞬判今昔。上蒼旋作美，雨霽俾逃席。歸來喜無恙，剪紙急烘壁。

題范寬溪山行旅圖 三十九疊前韻

濱虹老作畫，黑如雲掩日。宋縑原自爾，彼黑乃倍十。豈傚董思翁，意從思白出。密林何茂蒨，妙在露微隙。欲為黑白論，執今以御昔。但看蒼茫間，崇山勢壓席。且挹百丈泉，溉我四立壁。

濱虹晚歲論畫力求黑，余戲謂此論乃從董玄宰思白之説悟出，今觀范中立《溪山行旅圖》，其黑處實分五色，乃知作畫亦貴知白守黑，非僅一黑字所能了也。

題秋山問道圖 四十疊前韻

巨師水墨間，坐對輒移日。一峰何葱鬱，礬頭不止十。老衲破庵前，未敢呼之出。鐘聲落上方，隱隱度林隙。即此闚神理，泯然契今昔。何苦規倪黃，自躡北宋席。少豁胸中塵，日日張粉壁。

題郭熙早春圖 四十一疊前韻

晴川矗瑞松，群壑爭初日。吾意在荒遠，條風拂里十。雲樹依嶔岑，時見層樓出。春歸一何早，鶺鴒喧林隙。氤氳籠尺幅，滋味信如昔。休作無李論，即此可奪席。高致增吾狂，且醉亭間壁。

贈立聲 四十二疊前韻

識君在亂離，琴言每竟日。相忘到爾汝，石交一勝十。真趣濬心源，春風拂口出。飛潛羅胸次，濡筆江海隙。老遲與尺木，抗手力追昔。彼美蕁菜條，猶許讓一席。牆窗潑墨來，雲煙生四壁。

和叔雍元日詩 四十三疊前韻

雙丸苦相催，舊歲又元日。居然成久客，因循逾四十。爆竹喧四鄰，天迴萬象出。只惜昨宵花，棄擲蒼苔隙。斷紅誰復顧，涼燠異今昔。殊方看海晏，澄波淨如席。水風拂佩裳，停車皆油壁。

香爐峰顛看日落，憶夢老星洲。夢老近作畫，攬取如拾遺，而神理自足。 四十四疊前韻

曾雲晉遠天，戀此桑榆日。寒漸忽洄闇，海洲奄失十。蔚然森霞彩，稍待神麗出。奇趣豈山水，矚覽遍遐隙。欲以結遙心，朗照思平昔。繕性滄波外，詠歌菰蒲席。緬想湖裏遊，清言可鐫壁。

九日小集媚秋堂 四十五疊前韻

木葉未見凋，不信真九日。臨觴休辭醉，座客幾八十。良夜接清娛，巵言曼衍出。新詩藻綺思，屬和苦

無隙。日暖玉生煙，美意倘如昔。思落蒹葭渚，人歸薜荔席。酒酣歌莫哀，坐看月沉壁。

道風山上迎月示同遊諸子兼柬存仁教授 四十六疊前韻

自笑真南人，學如牖窺日。責善須良朋，列一漫疵十。神明袪練久，終見佳致出。登峰到此山，奇花爛林隙。留連詎忘返，相見如宿昔。圓月昵可親，澄流歸一席。遇象意能鮮，水繞東西壁。

有感元夜七星同聚續和叔雍璧字均第四十七疊

九執出梵天，七曜兼月日。列宿馳玉軑，扶輪駕百十。星紀終回旋，於理非閒出。誰與圖天官，璇璣照纖隙。因果那足計，符應可徵昔。吾生如落花，幾輩墜茵席。何用憂羅睺，微曦方動壁。

長洲集

余十二始學為詩，為之卅餘年。旋作旋棄，僅存棲大藤峽諸作，頗謂能狀酈湛若未狀之境，顧亦視同敝帚也。南來十年，久輟吟詠，自習操縵，復稍稍間作，豈詩心與琴心有相資為用者乎？魏晉人詩，惟阮公能盡其情，陶公能盡其性。東坡謫嶺南，盡和陶諸作。余尤愛阮詩，欲次其韻以宣我胸中蘊積，庶幾得其情之萬一而未遑也。新曆除夕旅長洲，攜琴宿雙玉簃，環屋濤聲洶湧，如鴻號外野，動我憂思。案上有《詠懷詩》，乃依韻和之，五日而畢。非敢效其體也，間用前人成句，意有所極，遂忘人我。夫百年之念，萬里之思，豈數日間所能盡之耶？但以鳴我天籟而已。

一九六一年春饒宗頤識

往歲庚子，寓長洲島上，盡和阮公詩八十二首，未遑改定。嗣有事於四方，曾於臺北中央圖書館書庫，遍檢明人別集，所見効阮之作，有薛[1]、何[2]、周[3]、陳[4]諸家。王船山庚戌稿亦和步兵《詠懷》八十二首。江文通、庾子山始擬《詠懷》，此皆步其後塵者也。乙巳秋，居京都，悉蘄水郭階有擬《詠懷詩》六十一首[5]。近人段淩辰亦曾和阮，皆前乎我而為之。余詩本非効阮公之體，特次其韻，寫我憂勞，聊復存之。抒哀樂于一時，表遐心於百代，後之覽者，倘有取焉。

一九六六年冬宗頤又識，時客巴黎

和阮公詠懷詩

寒濤初洗耳，可以罷鳴琴。颯颯遠風生，聊爾滌煩襟。芭蕉舒新綠，三兩未成林。看看似相識，欲與盟素心。

右第一首

1 薛蕙《西原集》，嘉靖十四年刊本，內《効阮公詠懷》三十首。
2 何鰲《沅陵詩集》，莆田黃松林選，萬曆刊本，內有《詠懷》十五首。
3 周是修《芻蕘集》六卷，萬曆十八年丹陽令周應鰲刊，內《述懷》五十三首，學阮。
4 陳第《寄心集》六卷，萬曆卅九年刊，詩學魏晉，有《詠懷》十六首。
5 《春暉雜稿》。

去帆如飛鳥，頡頏隨風翔。光風泛蕙芷，市遠味自香。臨流賦新詩，結習不能忘。欲掬不停波，涴彼將腐腸。無盡此江山，曲處隱蘭房。煙波浩無際，杲杲日正陽。海角早得春，羈旅有何傷。

右第二首

刻意遲春回，心花發桃李。凋年此夕盡，明朝歲更始。棄我者昔日，去程生荊杞。今昔苦絡繹，有如足隨趾。旋磨不能休，高歌望我子。畏隹風滿林，吹萬待其已。

右第三首

海勢到此窮，稍出即坦道。雞犬忽成村，佳興知常保。南服冬無雪，行處皆春草。四時不可分，無為頌難老。孤嶼媚中流，容光日姣好。

右第四首

手牽百丈濤，口詠九曲歌。長繩繫羲和，緩轡莫輕過。此間俯九州，人事傷蹉跎。魚鹽堪敵國，帶礪有山河。檣危驚風起，樓高墜葉多。逝川如可問，閱世竟如何。

右第五首

皎月出東山，朦朧青天外。繚之以白雲，綽兮如綬帶。明夕正當頭，與客成嘉會。有人倚樹眠，斧斤不能害，獨照此山川，孤吟足聊賴。

右第六首

坐覺堂堂去，燈上日潛移。開簾一以眺，斷岸何逶迤。蔽虧林木間，倒影復參差。奔濤欲捲人，天壓訝不知。不見牛羊下，碧草空離離。

右第七首

已從月入海，流光照滿衣。更隨鳥巢南，去去相因依。低徊思故鄉，惄焉如朝饑。荒疇可復田，遊子久不歸。歸去惟夢中，夢醒輒成悲。除卻夢中心，何因隨雁飛。醒來餘四壁，漆黑更安歸。

右第八首

餘暉剩一線，云是北山岑。冥冥日沈夕，蕭蕭風振林。萬頃起波瀾，月色冷滿襟。誰能叫帝閽，為我排重陰。泉石饒蕭瑟，偏戀弦上音。諳盡寂寞味，珍重詩人心。

右第九首

萬籟此俱寂，惟聞海潮音。棲山不厭高，臨淵不怍沈。獨訝歲何之，人海且滯淫。果如赴壑蛇，夸父已化林。蕭條玉局翁，難慰歲暮心。

右第十首

松風喧不定，歌吹出虛林。為言歲云暮，背我去駸駸。梅花數點香，天地此何心。驪駒已在門，徂年豈久淫。一夕判修歲，來日苦相尋。萬里人未歸，念此涕難禁。

右第十一首

窮冬龍戰野，告我陰疑陽。譬彼夜篝燈，面闇背生光。一陽終可復，所戒在履霜。啼鴂屢先鳴，百草行不芳。芙蓉攓作衣，薜荔綴為裳。何方許輕舉，霞珮共翺翔。不爾侶魚鰕，江湖永相忘。

右第十二首

蒼天與碧海，相去等唯阿。填海以為門，欲阻西日過。一夫可當關，保疆不在多。海誠志士淚，經天復傾河。風起看雲飛，萬古一咨嗟。

右第十三首

惝怳無所見，崢嶸風滿帷。無酒難成醉，盃底鬱深悲。冥坐天地間，去影將語誰。自有清明生，不借月光輝。且留罔寁野，少坐莫言歸。

右第十四首

冥茫觸心兵，朔風著哀詩。百哀豈爾勞，待與素心期。吾意在筆先，詩以遺所思。所思心如一，異代即同時。顧瞻周道間，坦蕩任所之。自是懷昭曠，安計嬰嘲嗤。

右第十五首

狂攘此何世，海嘯轉強梁。息我乎沈墨，攜我乎蒼茫。馮夷欲我歸，風伯挾我翔。過眼如風燈，契闊徒相望。寒梅可著花，叢菊幾經霜。一念下泉人，喟焉增心傷。滔天如此水，百變異其常。君莫賦七哀，我已廢九章。

右第十六首

浮生邈山河，負手待來者。世短蕞百憂，意多類走馬。百蟲莫予和，率彼來曠野。九天在其上，萬川盡歸下。皓月照千山，余懷渺難寫。

右第十七首

去日盡如夢，夢中意獨傾。綺語偶一為，聊以破沈冥。嫣然心花開，簾罅吐春榮。此心如朝徹，種種今日生。吟白幾莖髭，坐對青燈熒。燈花與盆花，粲比二難并。甘苦敢喻人，但取慰吾情。

右第十八首

海波汨沒處，暫分片刻光。須臾霞彩生，天際見琮璜。案頭隔歲花，猶發去年芳。披衣未明起，端坐待初陽。孤鶴天際來，群鷗已爭翔。逃虛將焉往，恨不置汝旁。令威久不歸，黯然徒自傷。

右第十九首

潮聲破吾寐，攬鏡驚鬢絲。日月不相饒，難與玄髮期。海桑眼中生，入海更何之。冒寒此候潮，甘作漁父辭。憂與憂相接，屈子不余欺。滄浪之水清，憂來還自持。

右第二十首

後浪推前浪，相推入渺冥。浪花恣意發，慰我事孤征。偶爾作飛雪，捲起雜哀聲。破寂除此聲，枕畔有雞鳴。忘卻天涯老，風露正盈庭。

右第二十一首

浮雲蔽朝曦，寒氣方蝕林。不知是亭午，反作虞淵沈。天意多翻覆，滄海有遺音。皦日自可迴，積陰更相尋。冥冥塞兩間，何處見春心。

右第二十二首

四海環此堂，崇山在其陽。樂只古君子，四方且為綱。沆瀣既充閭，雲氣接洞房。日出露已晞，猶戀葉上霜。吾生直如寄，惜此炳燭光。澄懷獨樂處，飛鳶與翺翔。

右第二十三首

眾山何嶷嶷，風濤自不驚。日出見高樓，頓使一座傾。揖我如大賓，延之入戶庭。亦有悠然想，足以遺世情。春意茁幾枝，枝上翠禽鳴。德音不遠人，聊復樂此生。

右第二十四首

有竹可醫俗，居俗亦何傷。塘柳拂前簷，籬犬吠我旁。此中有桃源，豈問海與桑。田家勤秉耒，但恐多霰霜。碧落故悠悠，放懷日月長。

右第二十五首

平蕪釀暮色，小雨浥西山。群鳥倦知還，飛去何翩翩。放眼窮蒼昊，重得返自然。當頭此夜月，千里共嬋娟。還我少年心，花下且流連[6]。

右第二十六首

臨海成四塞，披山且帶河。江行何所見，野卉紛吐葩。山石睨向人，閱盡幾春華。水落石乃出，無用以相誇。難得如爾壽，吾意亦蹉跎。漱石復枕流，不樂復如何。

右第二十七首

猶觀山海圖，眼中是十洲。排闥兩山青，對峙如簿雠。一水浸其中，哀鳴若有求。世已無盧敖，仍期汗漫遊。日月互出沒，陰陽載沈浮。百年責丘墟，何遽蹈滄洲。堯舜等糠粃，清濁此分流。良樂今則無，驥騄徒倚輈。默思老氏言，絕學故無憂。

右第二十八首

6 公元一九六一年元旦適值農曆十一月十五日是夕月當頭。

對花作長揖，心共春風顛。搔首偶弄琴，未敢以問天。紙花冷于人，依依希見憐。花誠可亂真，不必問媸妍。此中饒真意，燒燭照無眠。置身外是非，聊盡養生年。

右第二十九首

日月去不息，浮雲終日行。雲水各異態，往往不知名。無名天地初，疇能識物情。雲水終不言，報以萬壑聲。此水合天地，一住歸蒼冥。仙人蜃樓居，其下鬱佳城。日月之所照，百卉復滋榮。榮枯理則常，譬如影隨形。且看水窮處，又擁晚雲生。

右第三十首

昔年荊棘處，平地起樓臺。蕪穢一以治，峻宇何壯哉。民生誠多艱，誰為闢蒿萊。不見踏潮兒，赤足暮歸來。海上苦多風，捲屋作飛埃。灌莽短牆頹，猶可辨劫灰。

右第三十一首

我心靜如水，朗可澈九幽。林木何窅冥，嚴冬宛如秋。我亦有卮言，時時雜謬悠。洗心問此水，何故出山流。山畔暮雲生，蒼茫挾海浮。澤風中夜起，凜乎不可留。山海誠壯觀，想像淩虛遊。何處覓子春，入海拏扁舟。

右第三十二首

舉杯送昨日，昨日又今朝。旦暮相乘除，如薰之自消。仰首見飛鳶，天外若相招。波濤催人老，晝夜苦不饒。營魄果能離，高舉隨風飄。人生終長勤，念之使心焦。

右第三十三首

樓館臨遠路，旭日麗霜晨。江湖幾釣竿，初不屬隱淪。來遊滄桑外，罕逢塵外人。車馬秪去來，舊轍隱悲辛。獨立數梅花，頗得靜者真。何必陟峰頭，散為千億身。斗室足自寬，四海許為鄰。

右第三十四首

住山意良寂，避地尚未遑。小坐看雨歇，晞髮沐朝陽。揭日豈無心，只恐不成光。少小多慷慨，濟川欲為梁。臨老登高丘，崑崙忽在旁。好日終戀山，山外茁奇芳。采采且在茲，無用高馳翔。

右第三十五首

塑膠以為竹，蘙薈竟叢生。于茲觀物化，豈獨論其形。與可見卻步，擲筆走青冥。青冥對朝昏，可以移我情。

右第三十六首

出門無所見，飛雨濕輕埃。山色何青青，扶船送我來，雨過雲成泥，幽意已難排。雲歸谷復封，歸路安在哉。

右第三十七首

入山意不平，怒石激洄瀨。源頭盡活水，滾滾自天外。畫地聚成村，截江作襟帶。山上有懸泉，朝汲亦足賴。當年纏寇盜，巢穴久為害。化險在吾儕，保世日滋大[7]。

右第三十八首

原野入寥廓，白日尚荒荒。翛然寓無竟，年義兩俱忘。樓外俯微波，浴日弄晶光。中有古波瀾，無風亦

7 長洲有張保仔洞。

自揚。泠泠心上絃，拂之未終場。戛然一念止，其聲鬱彌彰。無住以生心，其理自尋常。

右第三十九首

獨樹垂垂發，葳蕤雜珠璣。晨以茹朝霞，暮以掛落暉。天意憐幽草，莫嗟此物微。坐閱風塵老，屢經雨露晞。孤根無所倚，曾不假風威。根枝本同生，一莖更相逢。根自連九地，枝乃高崔巍。屹立無人顧，周道甚平夷。

右第四十首

窮陰驅急節，積慘不能舒。山海沈霧迷，咫尺失雙鳧。林際偶吐光，清暉已足虞。闌干伴一霎，宿鳥忽沖虛。如盲初發矇，頃刻氣候殊。閒來無一事，鬥韻作清娛。新詩寄遠人，神愜理復符。久矣倦登臨，吾意自躊躇。

右第四十一首

詩寧以澀貴，世論孰英雄。託喻在清遠，高流差比隆。甘平直通性，於道最為融。寄興自無端，和之以太沖。人代雖冥滅，良朋豈無戎。陶公致淳美，真意夙推崇。陳思工發端，宣城躓其終。所貴得天全，穆矣如清風。

右第四十二首

寄情極八荒，棲遲窮海裔。作詩行自念，論文或嘆逝。深藏豈自珍，奇想喻天際。語及平生歡，感愴輒難制。駃驥等犬羊，誰與誦惜誓。

右第四十三首

詩成須有神，神乖理無方。楚人詠靈脩，芳菲襲滿堂。天機日月行，彫斲徒自傷。要如磁石靈，吸引動三光。三復伊安篇，聊此道其常。[8]

右第四十四首

佳詩如佩玉，溫潤發為榮。內美在收視，何取乎傾城。良苗日懷新，平疇翠秀生。山林皋壤間，緬焉起深情。句嬾不勝思，因風入太清。

右第四十五首

---

8 柏拉圖對話，論詩須賴神力，詩人予人以靈感，有如磁石互相吸引，傳遞于無窮。磁石有靈魂說，似肇於泰利士，見亞氏《論靈魂》篇。

劚山以為硯，鑿海更為池。組之以春雲，得句漫相宜。何處是椒丘，欲往折瓊枝。春水不可畫，春風初拂籬。渺渺此春心，衹有好雲隨。

右第四十六首

欲騁白蘋望，細雨沾衣襟。客影墮寒波，驚烏忽入林。小景自可憐，亦足會我心。開囊載以歸，稍縱便難尋。

右第四十七首

盤桓小塘側，野水漾輕雲。魚隊逐殘香，兩兩自成群。微風灑雨落，花影何紛紛。

右第四十八首

詩如參活句，妙在不苦思。晚蟬說西風，佳境偶遇之。室邇人則遐，蒹葭以為期。由來雲門頌，亦自等兒嬉。須放過一著，擊節自一時[9]。

右第四十九首

9《碧巖錄》：「師云：放過一著，若不放過，又作麼生？盡天下人一時落節，擊禪床一下。」

花開不自覺，生意滿蒿萊。提攜失東君，綻蕊安可能。羅帳來清風，顧影何幽哉。

右第五十首

懶從季主卜，早知背時宜。詩中有天地，舍此安所施。搴裳臨江濆，鳧鴨在陂池。北風何發發，叢葦自離離。何以散我愁，嗒焉心如儽。

右第五十一首

我思在四方，俯仰或千里。蕩胸澡冰雪，合眼入濛汜。高衢思騁力，河清倘可俟。曠野多芸黃，千家有荊杞。南服動兵甲，喪亂豈解已。凶器終自戕，龕暴思神理。念彼赴火蛾，傷哉誰能止。

右第五十二首

小人計其功，君子道其常。不見風中松，卓立不易方。誰明憂患故，而具此剛腸。詩心與易通，百世資稻粱。至人安所歸，蘐草樹芝房。炎邱已火流，群蝨猶在傍[10]。

右第五十三首

10 炎丘見《大人先生傳》。阮公著《通易論》，蓋深於《易》，故能明於憂患與故。作《易》者其有憂患乎，阮公蓋以《易》為詩者也。

翩雖集苞栩，徘徊更何心。江介多悲風，朝日耿北林。故鄉不可望，千山蔽高岑。高辭安可攀，夷居甘陸沈。一誦北山詩，隕涕不能禁。

右第五十四首

江上看雲起，雲起定何之。雲從北山來，于役未有期。山雲夜夜飛，起我江海思。山川幾更新，雲雨又一時。寄語北山雲，毋為北風欺。

右第五十五首

荇青蒲芽白，春歸亦有時。不信春光生，竟爾被雨欺。落花渾無賴，蜂蝶紛相嗤。攬思花冥冥，爛漫失春期。斡轉此春光，除有神扶持。

右第五十六首

此間無南北，來者不向隅。世味何曾冷，日出暄暖扶。四海為一家，橘柚合槐榆。光炎燭天庭，一航縱所如。可憐羈旅人，久復忘舊居。亦有懷其資，括囊更無譽。

右第五十七首

層樓雲可遮，矗出青霄外。所耗幾人力，積慮非一世。古來此彈丸，未曾列四裔。遠去歎鳳鸞，漂漂或高逝。有田總不歸，山海可盟誓。

右第五十八首

我昔居揭陽，簸弄明月珠。書巢短檠燈，先人有敝廬。食薺未覺苦，析糠或為輿。萬里思蓴羹，留滯海南隅。感此懷舊遊，入夢祇增歔。永路試望鄉，吾意或少舒[11]。

右第五十九首

一水何處去，其勢不可干。問花花不知，問鳥鳥不言。采菊衡門下，有蕊不盈簞。亦復忘渴飢，春到不知寒。飛鶴橫江來，起舞何軒軒。惠然招之至，不肯受一餐。高志抗浮雲，慨然增永歎。

右第六十首

照海燈火繁，真如不夜城。向來夜參半，闃已無人聲。晨起行江瀆，麗日媚郊坰。亦知和為貴，關關林

11 先君築室曰蓴園，榜曰書巢，以為誦書偃息之所。

烏鳴。我歌君子行，喚起古今情。何日謝塵囂，虛白室中生。

右第六十一首

高山即高士，自為天外賓。搔背有麻姑，幾見海揚塵。我詩不自惜，出句若有神。如植空中花，奈何多翳人。

右第六十二首

以腳扣兩舷，魚來倘無憂。淮海渺相忘，春水蕩輕舟。豈無蛟龍種，相從山澤遊。

右第六十三首

政寧不忍人，要以下為基。民勞盍小休，戒在荒于嬉。相固待不虞，忠信以閒之。誰能觀廢興，重與還周姬。

右第六十四首

東坡在儋耳，和陶瘴江濱。海瘴不能腓，又不損道真。飲酒可無辭，沈憂能傷人。我今乃和阮，仍是懶慢身。醉客對醒客，快語藏悲辛。

右第六十五首

我意在無外，思來拍水浮。偶然百首詩，足輕萬戶侯。碧桃未著花，對客只含羞。尋詩如尋花，崎嶇亦經丘。無怪溧陽尉，一吟雙淚流。拾得真吾師，神與化俱遊。

右第六十六首

晨興偶操縵，積習遂為常。君聲與臣民，眾音成紀綱。繞指三兩聲，鏘鳴似珪璋。領略味外味，豈不厭膏粱。幽蘭久式微，九疑空自芳。至意通無間，指撝自有方。生氣正氤氳，潤此冰雪腸。

右第六十七首

勿謂藩籬小，雅興尚能任。燈下撫鬢毛，惟此是知心。吾行安所之，膠漆千里尋。怕聽筴中鳥，聲聲戀舊林。低首禮屈宋，敢効辭賦淫。危涕與羈思，春至獨難禁。

右第六十八首

寥寥千載下，自是知者難。入海擊磐襄，適楚亞飯干。看盡長安花，誰為置一餐。犬羊虛有鞟，已矣復何言。

右第六十九首

窟泉潛九淵，雲暈豈有思。迢迢鵠沒處，千里唯邦畿。波濤晨夜興，東方猶未晞。藥欄有嘉卉，日暮復弄姿。如何狂風過，相棄忽如遺。

右第七十首

逃俗無蹤蹊，千林忽暮色。佳句憂中來，胸次常反側。清思泛妙香，不謂出荊棘。便須快捉著，飛去無羽翼。惟此鏡中心，可得勤拂拭。詩外祖師禪，詎出浮屠力。

右第七十一首

春風休入座，我屋小如舟。春動百花開，香生不自繇。夜來春雨聲，花謝成杞憂。春風與春雨，胡乃成寇讎。誰能亭毒之，擕手閬風遊。

右第七十二首

驟驥傷悲泉，懸車更服箱。去日如轉輪，塵隙漏春光。遊塵拂遊絲，隨風以簸揚。輪轉日萬周，絲繞百迴腸。春光在何許，海國勞跂望。

右第七十三首

高樓坐向夕，白屋未全貧。逝水日添波，隔海霧如塵。殘夢費冥搜，財名安可殉。別有吞天意，襟懷詎絕倫。日落山更幽，物外蘊道真。表靈欣獨賞，亦足契我神。戲海有群鷗，何必問水濱。

右第七十四首

物情如芳草，歲歲有枯榮。疇能外死生，入彼無畏城。佛前試拈花，一笑春風生。一人一事間，胡有種種名。詩以了一切，何待玉山傾。陶公豈非愚，乃以影答形。

右第七十五首

詩中有慧劍，欲運之無旁。此志極上下，扶搖千里翔。往者固可追，來者良可望。往來通為一，不坐已先忘。何必起蒙莊，重與論其常。日暮溯大江，悲心殊未央。

右第七十六首

攤書聊送日，省誤以忘憂。同歸而殊塗，意欲會九流。可有貞觀風，四部資校讎。碎義休逃難，恐為達士羞。作賦慕淩雲，所追風力遒。下友無始終，上與造物遊。

右第七十七首

春風扇微和，吹拂到巖阿。百卉既滋榮，我筆亦生華。何須頌草木，徒爾興咨嗟。枝頭好鳥鳴，殷勤意有加。我自悦其音，他人將謂何。

右第七十八首

眾鳥之所宗，由來是鳳凰。豈復同凡禽，飲啄在山岡。海運徙南溟，曾擊臨八荒。去以六月息，默爾深潛藏。藪澤咫尺間，無地可迴翔。但且惜羽毛，毋為弋者傷。

右第七十九首

我夢向千里，醒來忽在茲。一念生三千，復與千里期。青天延明月，欲結新相知。月乎投我懷，解珮而要之。願心如圓月，遍照去來時。

右第八十首

何處有神仙，乃曰松與喬。人縱真登仙，天有幾重霄。不死復安之，天路豈不遼。勞人思曠上，止息樂此朝。縱浪大化中，生氣足飄颻。

右第八十一首

詩無乎不在，瓦甓亦賁華。豈不思古人，易奇而詩葩。老驥千里心，猶秣天山禾。誰能寫其真，而求世俗阿。真氣果吐虹，覽者莫驚嗟。

右第八十二首

附：與李棪齋論阮嗣宗詩書（參見《饒宗頤二十世紀學術文集》第四八二—四八六頁）

附：侯思孟著阮籍生活與作品題辭（參見《饒宗頤二十世紀學術文集》第四八六—四八七頁）

和韓昌黎南山詩

昌黎以賦為詩，《南山》尤推奇作。洪興祖比之《子虛》、《上林》。王平甫以為勝于杜之《北征》。惟蔣之翹譏其運用「或」字五十餘，不免蔓冗，恐為賦若文者亦無此法。是說也，方世舉曾斥其妄，謂用「或」字乃本諸《小雅．北山》。西儒 Von Zach 譯韓詩全部為德文，於諸「或」字譯為 Oder，及 Bald...，bald 兩式。復在「爛漫堆眾皺」句下注云：

> Die folgenden Verse sind wegen ihres fünfzigmal wiederholten huo（或）inder chinesinchen Literatur Berühmt geworden; Wen-hsüan 17/5 dürfte hier als Vorbild gedient haben.

則疑其出於陸機《文賦》，說近是矣，然猶未得其要領也。余讀北涼曇無讖譯馬鳴菩薩之《佛所行讚》（Buddhacarita）。其《破魔品》第十三有云：

師子龍象首，及餘禽獸類，或一身多頭，或面各一目，或復眾多眼，或大腹長身，或羸瘦無腹，或長腳大膝，或大腳肥蹲，或長牙利爪，或無頭目面，或兩足多身，或大面傍面，或作灰土色，或似明星光，或身放煙火，或象耳負山，或披髮裸身，或被服皮革，面色半赤白，或著虎皮衣，或復著蛇皮，或腰帶大鈴，或縈髮螺髻，或散髮披身，或吸人精氣，或奪人生命，或超擲大呼，或奔走相逐，迭自相打害，或空中旋轉，或飛騰樹間，或呼叫吼喚，或惡聲震天地，如是諸惡類，圍繞菩提樹，或欲擘裂身，或復欲吞噉[1]。

凡用「或」三十二字，始恍然於昌黎乃脱胎於此。昌黎闢佛，于釋迦之行跡必所留意，此讚譯自北涼，為一五言長篇，昌黎當曾寓目，無意中受其影響，取其法以撰《南山詩》，遂開詩界曠古未有之新面目。以闢佛之人，而取資于佛，亦云異矣！陳寅恪《論韓愈》，曾謂退之以文為詩，頗受釋氏「長行」之改詩為文，與「偈頌」之以文為詩之暗示，于茲惟未見及。故余此説可謂發前古之秘，鑿破混沌，亦一快也。

頃為諸生説唐詩，涉論及此，略為診發，以就正通人。記戊戌之歲，曾以半日之力，步《南山詩》全韻，為張大千六十頌壽，伍叔儻見之，語余曰：此真咄咄逼人。是詩王文卓君曾加注語，刊入其所著《畫詮》中，

1 《大正·四·本緣部》下，頁二五。

流布未廣。曾郵示李棪齋倫敦，棪齋謬加稱許，和阮嗣宗詩見答，復因《南山詩》用韻，推論《廣韻》所注獨用同用之由來，説甚可取，今併錄之，以附于篇。《南山詩》和韻者極少，惟清朱珪《知足齋集》中有一首，余詩不敢與朱比倫，但不復步昌黎鋪張排奡之舊轍，別以嚴謹結構出之。詩道多方，各有所長，未可得一察焉以自好。值諸生徵稿，故忘其固陋，復刊布之，聊自省覽云。

壬寅仲冬宗頤識。

大千居士六十壽詩用昌黎南山韻

河嶽公炳靈，萬象歸籠囿。夫唯無所作，作必入無究。海涵而地負，得曰非天授。初從李曾問，賞奇愛屋漏。學書猶學劍，公孫昔曾覯。腕下走龍蛇，一一競奔湊。如錐之畫沙，譬針之度繡。斯冰為斧刃，力已紙背透。觀物契淵微，方春草木茂。出筆混沌開，晴雲露高岫。披圖幻神髓，大滌畫新就。法盡理自生，探驪珠在噣。畸人天眼別，造化蘊神秀。沈酣積歲年，燒灰入醇酎。咫尺論萬里，山川供卷覆。北苑真爛熳，唐後無此構。人物骨氣遒，勁豪見肥瘦。鬼諏且神格，達幽而窮宙。何必蕁菜條，自足與雕鏤。亦同豎亥步，東西極廣袤。洗象峨嵋顛，登降變氣候。夔門山蔽日，岃崱莫間簉。悲風明月峽，啼猿徹青戊。遠涉兩河口，下臨無底竇。縋幽索為橋，飛泉石可漱。御風渡雲海，腳下陰霾糅。威遲大吉嶺，積雪輝晴晝。結廬無人境，萬古冰流漚。閬風何足論，攀陟惟猿狖。河陽取平遠，到此宜驚仆。大癡寫虞山，歸應自憎陋。古今幾勝流，登覽如公富。畫本恣冥搜，西馳仍北走。物豈淫其性，天下盡在宥。賈勇莫高窟，三載願終售。天若閟神物，固護蓄精祐。遙源得濬波，休虞來者詬。惟公履其危，瓔珞出幽黈。惟公振其秘，慧日發怐愗。惟公啟其方，一洗傳模舊。彥遠曩未收，喜見今日又。諸天神變在，穠縟煥靈罶。方賞崖谷清，莫訝陰陽寇。陶此方寸慮，共資一慈救。乃知象教力，大庇猶哺鷇。微公與瞻摩，此道疇宣奏。經變稱楞伽，歲月久遷貿。謂有吳生體，千載罔邂逅。今覿公所橅，嗟嘆勞頸脰。紛綸還精魄，昭曠發矇瞀。惟公極汪洋，巨壑收眾溜。千彙兼萬狀，觀者駭且復。畫史何紛紛，誰得出公右。萍浮亘南北，來往衣冠冑。信美有湖山，入座皆蘭臭。收藏可敵國，服食無贏副。或云猿託生，狎之如鼯鼬。時惟掀美髯，何曾眉頭皺。風塵忽澒洞，起陸龍蛇鬥。居如駭浪船，人作驚弓雊。水國傍鼋鼉，奔車何輻輳。行吟天地遠，蹉跎歲月驟。公復盡室南，吉者天所佑。繪事不間作，點石如注灸。或為湖州竹，葉藏枝似籀。或為洞庭浪，釃波沛迴逗。偶寫山水格，聊助東皋耨。由來雞林重，一紙萬人購。料簡尤精絕，識者咸諠譊。落落大風堂，不脛遍老幼。心與古為徒，造次無剌謬。意但擷英華，事豈同飣餖。寶物曠代有，仍歲出荒匱。得公揄揚之，宗廟薦登豆。非牛又非麟，畫壁相異獸。道人所未道，喻說譬靈鷲。持較苦瓜翁，未知孰先後。公於敦煌日，絕景欣宿留。鑿塘移藕根，惜哉不遂媾。今看盈丈荷，翩翻若舞袖。前塵恍如夢，何年得西狩。邅道夫崑崙，登丘而北首。隔海望神山，佳氣出饋餾，利涉貞有孚，勿幕占井收。化俗貴奇藝，毋勞假弓彀。。追琢金玉相，樸樕須薪槱。又聞棗如瓜，辨吉不待繇。況公所居處，其民皆夷姤。相忘乎道術，嘉會千秋遘。丹青懸白日，辭藻比列宿。東京盛鴻都，文駟充華廐。觀公畫室中，插架森瓊琇。星榆已種天，玉芝更產霤。祝公無窮壽，海國歡狂狃。如山之不騫，得氣之常懋。日月與齊光，天地等營腠。遙進一尊酒，介福且勸侑。他鄉久不歸，憂心恆孔疚。煮愁難得熟，嘉瑞尚可呪。大荒逆旅中，行處即賃僦。有山桃含笑，有梅蕊攀齅。他日俟河清，還歌以獻酭。

編者按：王文卓注（參見《饒宗頤二十世紀學術文集》第四九零—四九六頁）

附：選堂寄示次昌黎南山一百二韻奉答次阮詠懷第四首　三用陰聲韻幽部唐韻上三十二皓／李棪（參見《饒宗頤二十世紀學術文集》第四九七頁）

南征集

秋興和杜韻

無寐涼颸忽入林，疏檽燈火助蕭森。彌天江海曾傷別，漫地風雲詎變陰。困柳嬌鶯猶喚夢，辭枝寒鵲若為心。義山腸斷非今日，欲寫秋聲怯夜砧。

六曲闌干斗柄斜，安排筆硯染煙華。唇髻誰鑄成名馬[1]，星漢今看有遠槎。九縣多方爭豹略，萬方一概動羌笳。胡姬[2]沈醉呼難醒，起剔銀釭眼未花。

諸天移景澹含暉，上座傳經事已微。荔子偏教樓閣麗，木棉不見鷓鴣飛。寸丹澆水心餘熱，斷碧連山意更違。往日親朋應眷我，籬邊人瘦夕陽肥。

一葉阽危似累棋，淮南枉賦長年悲。紀侯大去還無日，陶令歸來會有時。關塞他鄉多暝宿，江皋余馬苦

1 馬援交阯上馬式表。時越戰方酣。
2 花名。

朝馳。賓鴻萬里無消息，林鳥從知有去思。

雨歇天低峭峭山，鄉閭指點白雲間。人隨秋水歸群壑，月帶星河照近關。叢竹送青還繞屋，金尊浮綠且開顏。飄殘墜蕊堆庭砌，試覓芳蹤向舊班。

綠到髡枝最上頭，柳條婀娜不宜秋。四時罕變冬仍翠，百卉何知春只愁。去去家山戀落日，栖栖南北逐浮鷗。他生未卜今生老，遙認齊煙是九州。

作稼難邀一溉功，河山回首日方中。趙岐係志鳴孤憤，屈子何因欸緒風。牢落鬢非鴉背黑，淺清句共海綃紅。江頭多少王孫老，最憶滄洲此禿翁。

長河望遠自逶迤，漠漠桑田接翠陂。北顧窮邊先舞雪，南征倦鳥且巢枝。不愁波淺潛蛟出，待見山明落照移。聽雨聽風黃葉路，相思華髮正低垂。

秋興詩跋

昔錢蒙叟數和杜公《秋興》，當鄭成功舉舟師入南京，和之以作凱歌。及吳三桂弑末帝于雲南，則和之以告哀。前後所和幾百章，編次為《投筆集》，太炎稱其傷中夏之沉淪，未嘗不有餘悲也[3]。

3 《訄書》別錄甲。

《投筆集》在當日有所忌諱，未敢刊布[4]。宣統庚戌，鄧氏風雨樓始校鐫之。蒙叟于《有學集》卷十〈紅豆二集〉，僅錄《後秋興》八首，繫以題曰「八月初十日小舟夜渡惜別作」。其句云「皮骨久拌猶貰死」，「白水旌心視此陂」，厥志亦可哀矣。邇者港詩人以《秋興》倡和，前後累數十首，寄慨往覆，竊杜老三嘆之遺音，異靈均《九章》之餘旨，落南無事，因夏丈之作，聊復賡歌。既成，誦之淒婉，反似義山，全失杜樣，為之悵然。爰書數語于末。

九日黃昏登高次小杜韻

背人一水去如飛，望裏層樓接紫微。九日逢辰渾不覺，十洲環顧欲安歸。行空皓月扶元氣，散錦繁星媚夕暉。且席殘雲揮雁去，天遙地遠莫沾衣。

雜詩

一年未換薄羅衣，狼藉繁英尚門菲。日月不羈天宇闊，溪山無盡雨聲稀。瘴來渾覺愁成瘧，事去難將夢表微。絕域光陰成底事，衹應留句送餘暉。

4　中央圖書館藏鈔本一卷有劉公魯題記。

漸霜白向鬢邊來，竹外疏花蘸水開。植土危根偏布暖，入懷孤月喜無猜。暗塵生網空嘆拙，野鳥依人不用媒。欲寄荒寒難著筆，秋風捲葉曉侵苔。

溯洄寒露入江深，老樹亭亭暫愒陰。山色曳嵐連碧海，水紋搖日錯黃金。人隨車馬臨歧路，牛載烏鳶過遠林。如許生涯誰印可，休教晨吹惱禪心。

寄港中琴友

幽篁帶水月微寒，秋塞悽吟晚自彈[5]。已分臨歧曾惘惘，未須行海始漫漫。亂流孤嶼身安放，隔霧繁花獨愛看。省識東風無限意，何人同與凭闌干。

自蘇坡至武吉甘蜜

恨無湅雨洗征塵，海色驕陽入早春。椰路孤馳如蹈火，橡林千里不逢人。村開竹塢初成市，俗雜昆侖語更親。藍縷周諮勤域外，艱難能不念先民。

5 《秋塞吟》即琴曲《水仙》，余喜彈之。

金馬崙高原二首

群峰萬壑似軍屯，霹靂溢亭此最尊。車碾蒼煙天恐裂，林分峭路日常昏。九千里外驚初到，百八盤高許等論。絕頂清池堪浴夢，飛飛蝴蝶自成群。

鍊石真宜補奧區，祇憐亂木塞荒途。山前殘月微微見，肘後寒雲漸漸無。十里林霏生幻景，百年潭水照真吾。行行莫與山爭路，歸擷繁英作友于。

怡保道中

山翻碧浪連雲起，一路尋秋入太平。失喜峰巒同八桂，冥搜石乳足千齡。風吹野日荒荒老，雨打籬花脈脈情。何處仙人能駐景，崎嶇我欲問曾城。

太平湖

淺水漣漪自一方，山川今喜入詩囊。虬松閱世真行健，湖草如茵欲吐芳。地僻南金琛賮美，雨昏北郭馬蹄忙。春風為補林塘破，拂曉啼猿只斷腸。

檳城敘舊

傍柳穿橋過講堂，俯臨煙水極蒼茫。儘多風物供詩料，誰遣斯人老異鄉。廿載殷憂艱一聚，百年樹木費平量。椰林海色徒相念，隻手猶堪闢大荒。

升旗山與遙天同登

青藹平分坐擁氈，登高遊目對遙天。枕流未覺人將老，銜石從知海可填。桃李春風思往日，江湖滿地送流年。過雲如馬渾無迹，叱馭窮山且著鞭。

樟宜楊氏遠籟別業舊為蘇丹行宮

貝闕珠宮竟屬公，北溟西海此潛通。暮紅分靄鶩移岸，浮綠橫波欲撼空。涼月漸生新雨後，清風半在茂林中。群星此夕詞人聚，異代流觴事許同。

羈禽

樓寒院冷失秋暘，江雨連緜接夜長。料峭不殊春二月，離披最念柳千行。宵深短燭搖殘夢，盃淺長歌續斷腸。隔箇風簾清似水，羈禽繞樹鎮徊徨。

種花二首

四角滋蘭五畝強，種花人在樹中央。蕉風觸午青雲熱，柳浪遮秋白日長。庭葉變紅忘季候，園英得紫足清狂。蘿扉不閉諸峰靜，碧蘚春歸一院香。

乍臨山少林多處，徒憶風清月霽時。天與秋鴻如有約，地連春艸阻歸期。百圍喬木環滄海，一角殘陽護短籬。小別成連音變徵，囊琴餘味獨燈知。

聞雲

閒雲斜壓雁聲低，水舍煙蕪浸小陂。雨幕背窗愁夜永，涼宵留客得秋遲。燈明炙手空餘熱，海暗藏山又一奇。缺月如眉空憶汝，柳花兩岸上船時。

胡姬花下作

天入西南異我鄉，小樓山紫暴秋暘。乍涼乍暑葉猶媚，舍北舍南花不香。壓酒傳詩空繾綣，凝雲暗雨自荒唐。分愁去雁共千里，冉冉飛星勞夜長。

借園田居和陶五首

繞廬只繁碧，非水復非山。此屋非吾有，小住足忘年。種竹已參天，積潦忽成淵。謂我懶秉耒，躬耕有研田。墨可彌九州，悲欲塞兩間。不憂去日多，所惜祇眼前。迢迢千里原，簇簇萬家煙。厖吠巷未深，雞鳴樹久顛。此生復何慕，難得須臾閒。樊籠有天地，方寸且陶然。

有蟻大於瓜，無車少塵鞅。漸無食肉相，已斷塵外想。神交音書絕，四海罕來往。壁虎日以肥，書帶日以長。隔隣即彼岸，吾道庶云廣。森疏夏木深，上界眇虛莽。

故人天末至，知音自不稀。胸中山水清，異途可同歸。門外蕭蕭柳，時時拂我衣。飛絮衣天下，此願終莫違。

曩日營書屋，種花作野娛。今者來曠野，舊屋已丘墟。此身雖落南，猶夢嶺南居。且作圖中花，權植兩三株。樹樹不費栽，葉葉皆真如。我園堪久假，此身猶贅餘。真中不異幻，實往終歸虛。於茲悟至理，萬有生於無。

和韻出窘思，借人紓款曲[6]。誰憐匆匆意，苦吟聊自足。東坡信無俚，和陶開新局。愁始試客衣，冷漸欺官燭。俯仰看桑田，熱淚迸寒旭。

6 王湘綺云宋人和韻，皆窘迫之極思也。

花葩山上，酒次天中錄示尹昌衡句即和。

酒撲朱唇月墜山，一山得所眾山環。馬思款段仍強項，人習侏離且啟顏。五十年華寧算老，八千子弟幾生還。相如自有凌雲賦，豈學劉安久閉關。

附：尹氏原作（參見《饒宗頤二十世紀學術文集》第五零四頁）

David Hawkes 辭牛津大學中文教授，專志譯紅樓夢，賸之以詩。

舉世滔滔識子賢，甘輕高爵事陳編。種桃當有千年計，鼓瑟誰張五十絃。移老入閒良有道，拋春墜夢惜無邊。曹家往事低徊久，一帙紅樓賴汝傳。

對月三首和杜

獨往和雲八千里，天孫幾輩想衣裳。他心婉孌悲秦贅，別意支離對楚狂。霑霧臂寒憐舊態，隔林花暖奈殊鄉。人間火宅輪雲漢，猶怕前頭是夕陽。

不聞江瀨雁流哀，百折驚濤到此迴。近水氣蒸千夢去，遙山波送一詩來。平添短髮生明鏡，旋覺餘輝滿翠臺。為語瞿塘城下客，泱泱南顧海如杯。

縮地誇能勘大宙，御風浩浩極秋高。鋤荒已慣淩窮髮，耐冷何堪入不毛[7]。俯仰商聲歌爾汝，指撝佳氣屬吾曹。舊山落木知多少，烏鵲南飛未算勞。

花葩山中秋

秋到平分月正中，海濱山郭峭帆風。浮槎玉宇纔初地，啖餅金尊已半翁。旋出天心輝下界，斜飛露腳墜長空。峰顛獨樹何多態，看茁奇葩處處同。

題馬守真蘭卷，櫽括容甫句為詩。

夕韭朝菘看滿田，寒流清泚送華年。靈思已使叢蘭泣，宿恨徒教子墨鐫。掩抑荒煙芳艸陌，支離疏柳夕陽天。浮生相感空啼笑，訴與哀絃祇惘然。

花時

花時把酒且栖遲，雨夕將春苦護持。倩影夢隨簾押轉，流光意共縠紋馳。風行天上已如渙，水到渠成非

7 諷登月者。

出奇。幾縷爐煙剛破曉，絆愁惟有柳如絲。

忼烈書來云，余近詩頗具一格，兆傑復譯余句以證滄浪之說，書此謝之。

山程水驛首重回，散帙新詩費別裁。濺淚春花休更落，鳴條秋鳥自生哀。開簾燕子因風入，掃地猧兒趁客來。閒裏方知身似畫，疏疏試點石間苔。

連夕寒雨，溪漲數尺，滿地黃流，和義山三首

宵來雨腳大於絃，羈泊琴書老歲年。望遠無心甘化蝶，思歸有夢託啼鵑。平蕪千里同傾淚，寒食萬家尚禁煙[8]。忍看飛紅隨汐去，江皋何處覓嫣然。

無端天鼓浪和風，初月未生露井東[9]。別意可堪洲渚隔，離心直共海潮通。他鄉土室虛生白，故國霜林欲變紅。半晌陰晴難逆料，不勞膏沐感飛蓬。

隔簾相望見應難，蔓草污泥鳥啄殘。平野川流開地闊，滿林風戰怯聲乾。紛紛叢籜望秋墜，滴滴空階到枕寒。贏得沾衣人獨立，明朝桑海不堪看。

---

8 時值回人齋節。

9 回俗見月乃許進食。

峇厘島雜詠

爪哇東 Bali 島，今譯峇厘。印尼當馬打藍（Mataram）時代，達倫馬旺夏（Dharmawangsa）王朝勢力，已伸展及於該島。全島居民，虔奉婆羅門教，至今不墜。《永樂大典》引元《南海志》：「闍婆國管大東洋，有孫條、琶離。」琶離其即 Bali 乎？爪哇明初交易行使漢錢[10]。一八六零年，日惹（Jogjakarta）曾發現宋錢[11]，至今峇厘島上清銅錢甚多；兒童拾取，或以編成工藝品。現有華人約一萬二千人，所在立廟，計有十所，聞有建於嘉慶間者。觀覽所及，在 Kuta 之公祖廟，有光緒五年楹聯，在 Tahanam 之真人宮，華人聚居盈千，聞將近二百年云。

Klung Kung 道中

似奕長安在日邊，山花山果勸流連。交加澗壑天仍隔，裼袒人家地自偏。海近飛鳶驚跕跕，林深眾瀨競淺淺。厚坤久裂煩真宰，欲鏟群峰盡作田。

余於一九七二年六月，薄遊斯島。始至，導遊者為驅車自 Den Pasar 遵海岸東行，經 Klung Kung 市，

10 《瀛涯勝覽》。

11 見一八九九年《通報》。

已夕陽西墜，不及睹其地古代法庭壁上之名繪，誠交臂失之。島上少女大都披上裝，惟老婦未棄舊俗，而畫家已無所取材矣。島多火山，居民祈禠禳災，故事神彌謹。

Kusamba 蝙蝠洞

法音無暇分晨晦，枯樹早先契道機。月黑群飛出死窟，柯黃眾蘚護神扉。川流人代驚何速，風急林鴉晚待歸。塵世紛更無足怪，野花冷淡自成圍。

有廟臨海，疏林黝洞，蝙蝠出沒其中，故以 Goa（洞）Lawah（蜘蛛）為名。東坡句云：「奈何放燕蝠，屢欲爭晨晦。」借以發端。舊傳南海之濱，有一枯樹，五百蝙蝠於中穴居，為火所困，聞誦《阿毗達摩藏》，愛其法音而不去，遂證聖果。迦膩色迦王（Kaniska）招集五百賢聖作《毗婆沙論》，即枯樹中之五百蝙蝠也。詳玄奘《大唐西域記》（健馱邏國）。

Besakih 廟

如戟廟扉兩扇分，三成壇宇即崑崙。心誠帛氈勸供奉，目擊蓬瀛愜道存。連峒黃茅通到海，趁墟青箬自成村。世間難覓桃源路，愁絕斜陽日叩門。

島上廟宇，以位於 Gunung Agung（崇山）之 Besakih 為最古。其廟門之制，倣浮屠分為兩扇而中虛之。全島神廟前門之闕皆仿此。廟最高處為迷盧山（Merus），為故王統治威力之象徵，殿墓亦在焉。《爾雅．釋丘》：「三成為崑崙丘。」廟以三色成時，其北黑色，祀毗溼奴（Vishnu），其中白色，祀濕婆（Siva），正南紅色，祀婆羅門（Brahman），印度三合之教也。以生、護、破壞為一體。廟祝衣白氈，號曰 Pamangkus，猶印度之婆羅門徒矣。

Bangli 樹鐘

歷劫清鐘散大悲，遐方日月識盈虧。雲蒸布願流甘雨，鳥散潛虛冷碧墀。獨樹孤騫扶愈直，九天彌望覆無私。一詩聊結忘年契，芳沼垂楊綠滿籬。

Bangli 之 Sidam 廟，有大榕樹，盤鬱高聳，其上築室如巢，以貯大鐘。（Tree Bell）

Batur 山遠望

谷狠山狂大澤焚，風行波細復成文。崖焦黃炙嶺頭熱，地迴碧添湖外雲。暫付詩心追寂寞，欲呼霧豹隱氤氳。天南重詠陸渾火，春暖桃花水上醺。

是處火山，海拔七千七百呎。一九一七年地震山崩，坍屋六萬五千，毀廟以百數，死人逾千，惟 Batur 附近諸村無恙。村臨大湖，雜植卉木，其屋以黃紅青諸色石砌成，絢美可愛。有不韁之馬，以供馳騁，遊人多樂趨之。

象洞

野水崢泓迴出塵，蕭疏叢竹欲依人。圓荷經雨初沾袂，方沼藏暉不當春。蘚跡先朝空幻滅，知津窮照更誰因。山丘華屋應同感，捫象花前付淺嚬。

洞位于 Bedulu 村，依巉巖以鑿洞。由鐫銘知為十一世紀東爪哇愛兒棱伽 (Erlangga) 王朝舊跡，王即誕生於峇厘者也。此地向為僧人栖息之所，稱為 Goa (Cave) Gadjah (Elephant) 者，以象洞得名。舊址盡埋土中，近始發現。

Tenganan 古村落

千村暮色入昏黃，繭足荒山問上皇。從古土堦輕黼黻，彌天喬木盡文章。公田雨我堪重詠，廣樂聲希可止狂。欲向丹丘尋不死，漫從神禹裸人鄉。

此為島上最古村落，百餘年前嘗大火，現有村民三百八十人。耕田以百分之二十為公有。薄暮往訪焉，聽村民敲擊古樂，清省無繁促之調，真三嘆有遺音者矣。

Tirta Umpul 陵寢

此地從來古戰場，諸陵風雨鬱蒼茫。鈞天精爽桄榔外，靈府清涼甃井旁。越陌度阡情似昔，懷鄉去國意難忘。女牆寄託惟朝菌，逝水流哀送夕陽。

地在 Tampak-siring 宮之下，Tepasana 陵墓在焉。相傳為古 Magadewa 王與 Batara Indra 之戰場。有天然井水，居民以為湯沐聖地，男女每裸浴其中。

鬥雞

山川斷取豁靈襟，最愛淳風太古心。樂此鬥雞存舊俗，喜無射雉賊珍禽。退之應怯賡聯句，杜老徒矜樹柵吟。自憚文犧甘曳尾，寒江注目暮雲深。

Gianjar 鎮為峇厘鬥雞最有名之地。韓愈孟郊以鬥雞聯句，杜甫《催宗文樹雞柵》，於雞俱有所鍾，惜乎未睹此也。

觀舞

皓齒青眸映碧波，衣香鬢影似南柯。無絲急鼓多催袞，有淚柔腸定婥婀。豪蕩草書憶渾脫，悠揚燈火夢婆娑。由來觀舞雖填咽，奈此風塵澒洞何。

島上少女，演宮廷舞。賞其手揮目送，洵乎神境，蓋非童而習之，不能細膩如是也。昔張旭觀劍器禪脱之蔚跂，而草書長進；今余於此，觀舞者動作入微，儼如鏤金戛玉，於倚聲宕折吞吐之理，別有會心，喜極遂賦。舞樂雜金革及管，而少用絲，不聞繁絃，而有促拍，尤為神往。

Toba 湖絕句

印尼之 Danau（湖）Toba，或譯作都拍湖，以 Toba 族得名。在蘇門答臘之北，去棉蘭一百七十四里。驅車經 Pematang Siantar（漢名先達），即抵湖區。華人呼為淡水湖。波澄如鏡，群山環繞，峭壁聳立。湖長八十公里，東南亞大澤無出其右者。客歲壬子往遊焉，忻然有結廬之想。去湖不遠為峇達山，（Batak 或譯作摩達山。）亦遊蹤所及。先後得絕句二十章，陶鑄風物，澡雪精神，山水有靈，倘驚知己。聊復錄之，以示同好云。

大荒棋布島三千，拍岸遙波斷復連。波外有山堪插鬢，殘雲疑接混茫前。

印度尼西亞全境，有島嶼三千，星羅棋布。

管領湖光一日強，未輸濯足問滄浪。天教活國烹鮮手，來試魚羹十里香。

都拍湖以烤魚著名，臨湖列食肆數十。

樹態河聲自不同，小舟如剪快追風。緣源忽失村前路，春在波明葉暗中。

湖水源出東南 Asahan 河。

從誰買得畫中山，湖海英靈聚此間。孤嶼中川添嫵媚，一船山影載人還。

湖中央孤島 Samosir，廣袤比新加坡國境，殆有過之。

亂峰和夢入模糊，日出汪洋錦滿湖。繡得平原何所似，山深曉不聞啼烏。

湖長八十公里，日出耀金，輝碧奪目。湖邊 Haranggaul，可見湖面最寬闊處。

情深苦被山遮斷，獦獠蕉林似解愁。漫道抽刀能斷水，水寒仍帶熱情流。

十里黃塵酷暑熏，斷崖佳氣日氤氳。詩情楠樹貞林外，付與寥天日暮雲。

去湖不遠多火山，地下岩漿坌涌，時有濃煙冒出。李白詩：「千千石楠樹，萬萬女貞林。」

手擊滄海一杯吞，積草由來綠不蕃。怕就雲根尋野燒，蠻煙合處九陽奔。

湖北面為 Sibajak 火山及 Sonahung，四周草木，因終歲琉璜所薰，皆變淺綠色。

煙欺醉眼醒調風，影壓浮萍匹練中。待約詩仙閒摘句，孥舟戲唱小桃紅。

太白《秋浦歌》：「水如一疋練」。楊西庵有《小桃紅》詞。

數聲柔櫓憎忘歸，來去春風不掩扉。近水暝村低似岸，遙山霽柳碧成圍。

湖上人家夜不閉户。隋煬帝《望海詩》曰：「遠水翻如岸，遙山倒似雲。」

漿邊汎汎羡雙鳧，飛入蘆花看也無。吹起蘆笙秋似夢，黏天浪擁月輪孤。

林小眉《摩達山下即事》：「蘆笙吹處秋如夢，一角荒山夜有霜。」

丘陵浩蕩趁流波，倚伏未如客夢多。靜繞鐘聲無際水，濤花起處夜如何。

瓜皮艇子滄洲旁，欲覓歡愉訴渺茫。我謝波神端作美，月明來此聽鳴榔。

湖邊精舍夜宿。

漲痕低共日西斜，看足郊原處處花。客路頻驚山色改，白頭無復鬢堆鴉。

湖濱花圃林立，以菊花最為可愛。

敗墟黟面語侏離，枯柵紅裳入畫宜。賴有春風勤拂拭，湖陰愛讀小眉詩。

小眉為林景仁號，著有《摩達山漫草》，詩為與婦張馥瑛居棉蘭時作，集中詠是山景物極工。觀市句云：「黟面敗墟多鬼趣，紅裳枯柵作幽春。」馥瑛今年七十餘，亦能詩，余識之棉蘭張氏第宅中。

寧無宋玉解招魂，穹谷深林鬼火屯。象陣兵銷千載後，殘鐘依舊挂黃昏。

T. G. Frazer 在《金枝》（*Golden Bough*）卷三，記此地土人招魂習俗。其辭曰：「魂兮歸來！曷遊蕩于茂林深山些，抑窮谷之中些！」頗類《楚辭》。峇達山東接亞齊（Atjih），其民剽悍好鬥。今存銅鐘，為明成化七年鑄。

遐諏我亦識撐犁，風過天低與草齊。板屋秦風洵足慕，衣冠盡在牛欄西。

峇達山酋長古屋，猶保存完好。土人皆居干欄，與牛豕同處，東坡詠黎句：「家在牛欄西復西。」

撐犁，匈奴語，天也。

細雨霏霏溼遠丘，刀環誰舞不剌頭。菁林萬古傳歐冶，頑鐵居然繞指柔。

馬歡《瀛涯勝覽》，記滿者伯夷國俗：「插一兩把短刀，名不剌頭。」即馬來語之 Beladau 刀也。

土人因寶刀，時有浪漫故事。

帶雨層雲困不飛，野禽見客驀成圍。驚波休說公無渡，寒鵲頻呼我夜歸。

露枝塵染黰無光，密雨時侵螻蟻牆。椰汁剖來供一啜，芳洲人自樂洪荒。

一九七三年于星洲

冰炭集

平生所作詩，懶不收拾，行篋存者猶近千首。友人頗愛余絕句，而刊行僅有瑞士黑湖諸作。爰以暇晷，裒錄成帙。漏雨蒼苔，浮萍綠錦，雖無牧之後池之蘊藉，庶幾表聖狂題之悲慨。舟車所至，五洲已歷其四。祁寒酷暑，發為吟哦，往往不能自已。念世孰相知定吾文者，遂奮筆删訂，顏曰《冰炭集》，并繫五古三首，鳴蛩哀黽，聊助鼓吹云爾。

壬子時在星州

胸次羅冰炭，南北阻關山。我愁那可解，一熱復一寒。條風頻布暖，漫云歲已闌。宵來爆竹聲，聊以警頹頑。

亂緒託高林，寒自波心起。指按欲斷絃，音生無際水。瘦秋鏤細葉，微飈動文綺。我哀更夢誰，幽憂此能理。

游絲隔重簾，望春目欲斷。漠漠疏林外，入畫但荒遠。流水自潺湲，中有今古怨。日暮忽飛花，閒愁起天半。

睡起

心花開到落梅前，清夢深藏五百年。蝴蝶何曾迷遠近，眼中歷歷是山川。

杜鵑謝後作

蕨蕨風威眾草低，行人悵望日沈西。杜鵑淚血應拋盡，如許殘春不敢啼。

讀唐人張碧詩

天教下筆證興亡，剩有心聲接混茫。見說髑髏渾欲語，野田燐火又成行。絡緯風前晚自哀，飛花飛雨落蒼苔。何人為續遊春引，會見勾芒入夢來。

春陰四首

連旬未有不陰時，道是春回花卻遲。人日一陽猶未復，低徊方寸草堂詩。

一畦細雨掠波平，仄徑奔車犖确行。聞道提封廢阡陌，塍溝不斷轆轤聲。

萬花濺淚汝何堪，瞶瞶彼蒼睡尚酣。向晚斷霞千里赤，驚心魚尾是天南。
涑雨何嘗與洗塵，新栽楊柳不成春。閒雲忙水愁何在，屋角鳴鳩秖笑人。

京都大原山寺聽梵唄題贈多紀上人

入谷鳴蟬先洗耳，升堂吹律遏行雲。魚山遺響今誰繼，待起陳思與細論。

夢天

夜夢捫天萬疊青，馳魂何遠叩冥冥。千年走馬人間世，但覺乾坤水上萍。

連夕風雨不寐

六載清明不到家，石榴花發思逾賒。夢中多少愁風雨，換作商聲遍海涯。
何物煮愁能得熟，深宵虛負短檠燈。安排紙筆剛成句，穿屋斜風冷可憎。
燭暗眼昏莫解衣，薄涼猶似暮春時。縱吟詩句無人識，只有飛蛾撲硯池。
無花何事雨仍狂，樹杪波濤欲撼床。誰向蓬萊斠海水，海空水盡是何鄉[1]。

1 杜牧詩：「水盡到底看海空。」

口占贈畸齋

韋誕張芝去不回，書林誰復闢蒿萊。為君重詠出師頌，應有崑崙入夢來[2]。

鳳皇山霧中湧現

雲窗霧閣隱樓臺，草樹青青簇四隈。休向荊關搜畫本，此山無語忽飛來。

流浮山即事

渡海端攜秀句來，征車朗月晚同回。歸雲擁樹還相伴，撲面飛鷗莫浪猜。

甌脱天令限海山，一旗高揭白雲間。橫流滄海茲應盡，乍見遙山亦解顏。

柔櫓無聲合斷腸，居人更似路人忙。秋風留客殷勤甚，擘蟹椎蠔試一場。

雁

水國蝸城稻米肥，失群饑雁盡南飛。逃愁萬里真無地，更下平沙繞一圍。

---

2 往日崑崙關大捷，出君奇策。

題敦煌琵琶譜二絕

波磔奇胲豁兩眸，樂星殘譜認伊州。玉田難覓知音寡，辜負當年菊部頭。

清絕五絃島國哀，天平一紙發沉薶。憑誰為唱傾杯樂，還逐尊前水鼓來。

僧道騫楚辭音殘卷

楚聲自昔祖騫音，泯宋遺徽久陸沈[3]。同調惟應陳安道，沈湘憔悴伯牙琴。

吉光照眼動湘靈，啼鴂先秋涕自零。故訓於今多緯繣，駟虬容我叩冥冥。

敦煌卷尾每有寫經生題記

墨跡依稀字似蠅，蜀江魚子剡溪藤。何期折柱揚灰日，更見奇書出羽陵。

寫經無酒筆頭乾，萬軸摩挲廢寢餐。不及晁陳徐討論，古悲悵觸涕汍瀾。

羅子期以手摹楚簡見貺報之以詩

殘賵千年不化煙，更能留命待桑田。天教疏鑿詞源手，為補秦官博學篇。

---

3 《朱子集注》嘆久未見騫公之書。

香魂會有弔書客，彩筆當年聞醴陵。不逐花蟲隨粉蠹，荊榛寒雨汗仍青。
楚宮萬古雜然疑，翠墨行行勢最奇。今日寒蟬昨夜鵲，秋墳共唱鮑家詩。

題聽雨樓雜筆為高伯雨六首

末世同為膏火煎，無錐可立但青氈。絲窠綴露曾何益，須悔當年學草玄。
入簡星熒故不光，窺人殘蝨閱滄桑。蟠胸五十年來事，剩與河橋説辨亡。
雨中煙樹憶南村，筆法君家有本源。絕似哀湍奔筆底，瀟瀟飛雨隔江繁。
人間淒斷雍門琴，誰識清言畫裏心。白眼看人渾欲老，一編苦道去來今。
巵言曼衍我思存，姓氏秋燐安足論。裘馬京華餘冷炙，卻慚珠履趿侯門。
遺事聊追越縵書，一時纂轍費爬梳。漫同窺日牖中趣，沾溉風流也起予。

展董彥老墓次聲步韻義山故驛弔桂府之作

溪山如夢鳥空啼，歷亂霜萁逐水泥。此際洹南端可念，斷腸新塚日沉西。

京都僧俗秋祭焚山祈褫禳災，與清水茂大地原兩教授登高同觀。

風吹野火出林間，妙法相傳不等閒。生世有誰空四大，但看殘燒滿秋山[4]。

東京東洋文化研究所插架有明代詩人小傳鈔本六卷，向不知誰何之作。書中起謝山人榛，終范閣學景文，蓋牧齋列朝詩集初稿殘帙也。末有雍正癸卯李穆堂七古，首句云：「夫人柳氏女中俠，玉池文采雙鴛鴦。」指柳如是事。漫題短句，以誌眼福。

文采先朝靡孑遺，新蒲細柳意何疑。絳雲餘燼都蕭落，珍重芸窗六卷詩[5]。

中秋前一夕洪煨蓮丈招飲康橋別業

圓月高時葉始黃，白頭酒興尚清狂。初來林館謳吟地，共聽秋聲說故鄉。

哈佛圖書館裘開明教授出示宋元佳槧因題

萬劫辛勤聚此堂，宋廛猶有十三王。殘編遙出東宮日，異地同傳楮墨香[6]。

---

4 火中現四大及妙法等字。
5 牧齋師大埔僧道忞，見《布水臺集》序。其次列朝詩，殆亦《新蒲綠》一書之意也。
6 《漢書·景十三王傳》袁克文舊藏。

東維題記久訛傳，廉石新藏竟不全。能省誤書良一適，況從山水會心源[7]。

博覽會題所見宋槧

南渡群賢百卷中，書棚猶盛舞雩風。鄱陽名句嬌嬈甚，想見吹簫和小紅[8]。
歐九遺文見細鐫，宣和舊事已雲煙。眼明萬里逢珍笈，一度摩挲一黯然[9]。

初見楚繒書於紐約戴氏家

十載爬梳意自遐，驚看寶繪在天涯。祝融猶喜行間見，待起龍門問世家。
一卷居然敵楚辭，渚宮舊物自無疑。驀從玄月萌秋興，遙想洞庭葉脱時。

波士頓讀畫三首

千秋日角帝王家，妙筆閻公世共誇。畫出阿摩追叔寶，最憐重唱後庭花[10]。

7 元本《圖繪寶鑑》孫季逑所見者，尚缺楊維楨一序，津逮本有序矣，而舛誤竟至三處。
8 臨安陳宅嘉定刊《南宋群賢小集》，展出者為《白石詩集》。
9 宋刊《五代史記》及《宣和遺事新編》。
10 閻立本《歷代帝王像》。

梟雁荒陂意自諳，趙家風味在江澤。開圖但見秋無際，一片垂楊似漢南[11]。

北狩龍旗竟不回，六宮粉黛盡蒿萊。畫廊搗練廉纖雨，猶帶寒砧入夢來[12]。

題世界博覽會印尼館

二年行跡遍東南，夢醒蕉林月滿潭。何日江鄉能寄旅，雨花雲鬢拂征驂。

春社家家説鬥雞，高林藏寺水侵堤。有情紅袖紛招手，無意嬌花自貼泥。

Chrevelan 博物院有長沙出土雙鳳雙蛇巨座，與信陽所出虎座鼓，形製相近。

鸞鳥高辛可受詒，屈盤噓呴有雙螭。九頭雄虺終難問，異代還深宋玉悲。

北美匹斯堡 (Pittsburgh) 見紅葉

初見山城綠變殷，緒風危葉意闌珊。折來聊當相思子，寄與何人仔細看。

---

11 趙令穰《江村圖卷》。

12 宋徽宗倣《周昉搗練圖》。

北美飛東京途中作

夢覺千山又一方，奮飛不用嘆迷陽。忽從鴉背臨朝日，始見峰頭是故鄉。

琵琶湖晚興

天含神霧水如詩，湖草尋常衹弄姿。猶是荻花楓葉地，夕陽無語雁來時[13]。

大阪贈林謙三

白髮人推萬寶常，琵琶聲裏換伊涼[14]。此鄉處處多紅葉，一入秋風有冷香。

燃林房與水原琴窗論詞

叢篠深林日欲殘，漸霜楓葉不成丹。何人解道清空意，漫剪孤雲取次看。

池田末利偕遊嚴島平松公園

一路青松撲眼簾，浮屠海角極精嚴。禪心早置崎嶇外，碧水遙天淨可兼。

---

13 《緯書》有《詩．含神霧》。

14 君譯《天平琵琶譜》及《敦煌琵琶譜》為五線譜。

過牛田訪故友斯波六郎舊居

遺札摩挲一愴神，迴黃轉綠正蕭晨。三山雙葉[15]情如昔，六代徵文又幾人[16]。

戴密微丈座上作兼簡吉川教授京都三首

從公真覺十年遲，萬古銷愁酒一巵。初雪乍晴明宿眼，渾如山澤出雲時。

失笑多能待訂頑[17]，會心無境要頻刪[18]。謝公自愛超神理，我道從知山水間。

柳州悟處可關禪，協律幺絃事渺然。欲叩南村盧德水，因風且寄白雲箋[19]。

寄蓮生

二年西望費吟哦，董老麻皮竟若何[20]。半幅煩君重討論，林汀蘆屋更摩挲[21]。

---

15 皆附近山名。

16 君為日本選學巨擘。

17 清初釋寂鎧與八大同時，其名句：「多能即是頑。」

18 唐皮日休句：「好境無處住，好處無境刪。」

19 明季南村病叟山東盧德水自云于杜詩四十餘讀，撰有《杜詩胥鈔》。

20 八大句云：「郭家皴法雲頭小，董老麻皮樹上多。」

21 傳董源之《寒林重汀圖》，今藏日本蘆屋市黑川家。

偶讀宋珏詩句「他日相思如讀畫」，記年時于碧寒家中觀比玉題字，遠隔千里，因賦短句分寄港中諸畫友。

來時雨雪半遮雲，別後西風悵失群。賸覺相思如讀畫，明年秋水再逢君。

憶神田鬯庵

萬里經年作暫遊，重帷煙篆寫深愁。倚聲同賞揚州夢，漫賦青溪一帶流[22]。
心越猶存大雅音，且將琴雅託秋林。九疑舊曲今誰理，古怨從君覓繡鍼[23]。

寄平岡武夫

博雅徐松許頡頏；城坊猶擅説長安[24]。霜娥對飲今何夕，恨隔中秋一日看。
雨過秋高氣自清，逢迎千里見平生。疏狂長記前蹤跡，蕭寺寒山踏月明[25]。

---

22 曾于君家觀賞王漁洋《紅橋修禊圖》。
23 又觀東皋禪師琴譜。君有意整理唐寫《幽蘭》卷。
24 君著有《長安與洛陽》。
25 去歲中秋後一日抵京都，其夕平岡邀飲，酒後同遊洛中古寺。

憶侯夫曼

檻外千山入眼青，騷魂依戀古羅亭。鶯啼燕語如相訴，可有當年鼓瑟靈。
細柳新蒲氣已吞，炙眉噴鼻孰相存。傷心豈獨鴛湖曲，千載猶應仔細論[26]。

聞雪

海南海北思無涯，慚似江淹筆有花。聽得聲聲盡騷屑，殘宵飄雪落誰家。

一九六六年一月十一日巴黎大雪，郊外深三尺，十年所未有，喜賦。

初飛尚似柳綿輕，焂爾瓊琚滿砌生。風院卻如花一片，做成非雨又非晴。
東來和氣阻嚴冬，一夜堅冰白盡封。雪北香南方會得，妙天拈出似機鋒[27]。

初食高麗薊

法語名 Artichant，俗云：“Avoir Un Coeur d' Artichant.” 喻人心如此草，一時易以鍾情，戲為詩詠之。

---

26 君治吳梅村詩。
27 沙滕臻禪師答僧問「金粟如來下降」云：「香山南雪北山。」吳藻名其集曰《香南雪北詞》。

密瓣層層意自深，新蓬初剝見同心。從君咬遍春邊醉，後夜相思那可尋[28]。

橫波無賴是阿儂，抽盡藕絲意更慵。調以白鹽摻素手，世間何物似情濃。

浮香如薺舌留甘，紅豆春來尚困憨。還向東風將酒祝，柔腸空欲遶吳蠶[29]。

以 Lilas 插膽瓶漫賦

案頭清供伴低徊，脈脈佳人把繡裁。報導新晴簷雪霽，早花含蕊待春來。

眉梢眼底挂垂垂，月榭煙寮晚更宜。多少鸞箋愁寄與，且扶鄉夢寫烏絲。

題納蘭詞

雨雪霏霏靡所之，青山溼遍有新詞[30]。烏頭馬角能相救，水厄偏難懺大悲[31]。

---

28 漢俗古有咬春之習，清姚燮詠春餅《一枝春》詞云：「指村帘、有客春邊尋醉。」

29 吳綺句：「把酒祝東風，種出雙紅豆。」

30 此容若悼亡所作新曲，周之琦《夢月集》沿之。

31 納蘭拯吳漢槎于塞外，然其歸自吳江即舟覆而沒，漢槎曾為容若刻《大悲陀羅尼懺》。王昶《論詩絕句》詠漢槎云：「誰知水厄還難懺，枉為同人禮大悲。」此事世罕知之。

湮陽舊刻在揚州[32]，再世仲安亦悠悠[33]；淥水紅欄柯似黛，風花側帽自風流[34]。

登月戲詠

靜海翻雲黑似烏，再來初地已模糊。廣寒宮裏銀河路，飛雪揚塵始戒途。

吳質肯將桂樹抛，蟾蜍散盡恐難遭。人間鑿險俄天上，此去雲霄幾羽毛。

禪趣四首和巴壺天

劫草連雲吹不斷，業風隨浪更無端。置身還寓諸庸外，莫問菖蒲可作團[35]。

移花臨鏡自生春，祓垢如銷霽後塵。相去仙凡寧尺咫，林間乞取著閒身。

水影山容盡斂光，靈薪神火散餘香。拈來別有驚人句，無鼓無鐘作道場[36]。

拂衣一笑首重回，面壁還當肆口開。日日刹幡原不動，好風偏與役心來。

---

32 張純修奉天堧陽人，與朱竹垞多唱和，為容若刻《飲水詞》於揚州。

33 鎮洋汪仲安有「納蘭再世」之目。重輯納蘭詞，較袁通本多一百餘闋。

34 晏小山：「側帽風前花滿路。」（禹之鼎繪容若三十一歲像，紅欄老桂，葉作深黛色。）

35 《齊物論》：「為是不用而寓諸庸。」

36 支遁句「窮理增靈薪，昭昭神火傳。」

學苑林雜題

有綠無黃不計年，端居最愛此芊綿。忽然一夜風吹雨，滿地橫流可泛船。

出門但見青青草，解語漫尋灼灼花。惟有胡姬[37]能勸客，一枝投老且為家。

枯藤猿挂雨毿毿，喚起畫師李世南。秪道無冬長是夏，未諳搖落向江潭。

海氣炎蒸日易昏，何曾人物異中原。偶來交臂牛車水，麴米攤香又一村。

黃昏缺月逾牆來，誰是西鄰翟秀才。秪惜林婆難壓酒，一杯暫與畧形骸。

日日步行過野橋，藤梢竹刺一身遙。汛來還似通潮閣，鶻沒天低夜寂寥。

長沙酒家坐月翌日小女將有遠行

驅車一去是長沙[38]，環海繁燈盡著花。為謝殷勤雲外月，相隨明日到天涯。

暗水迴波意自遐，窗前疏影樹橫斜。清泉也奏陽關曲，南去雲山路尚賒。

戊申中秋夜月全食，鼓琴待月。

涼露秋情動碧空，海濱溘舞葦條風。霜娥此夕應無恙，一夕為君咒缽龍。

---

37 星洲名花。

38 Pasir Panjang。

加東海畔

嫋嫋微波雨後寒，海神山客見應難。刷風椰葉徒生媚，繁髮垂青荔子丹。

九日

久荒研石已生苔，潤逼琴絲撫自哀。不上層樓纔幾日，滿城風雨送詩來。
節到花黃草不黃，登高隨例對茫茫。南溟西海皆衿帶，莫問他鄉與故鄉。

雜題

椰雲搖夢落重柯，芳草如茵海不波。白鳥聲中孤葉墜，綠楊風起意如何。
湖外草青及岸齋，詩心上下極雲泥。百年人事低徊徧，輸向桄榔聽鳥啼。

檳城極樂寺路旁題壁，有光緒丙午聽水翁留諗妙蓮方丈絕句，漫滅不可卒讀，試為錄出。詩云：「龍象真成小鼓山，廿年及見寫經還。何期六十陳居士，聽水椰林海色間。」檢滄趣樓集，果有此詩，因和兩首。

試招涼吹到神山，清磬驚禽相與還。猶有舊題留壞壁，漸多新塔出雲間。

入海無須更出山，九州行遍不知還。天涯別有臨歧意，只在崎嶇躑躅間。

花圃和晉嘉

花發猶憐月上遲，看花人遠想春姿。無花枉自歌金縷，何日從君共折枝。

鯤島欸乃

草山二首

山峻天低夏亦涼，晨興濛霧尚汪洋。漫言河岳英靈在，有鳥不鳴花不香[39]。

護綠不鉏有命草，隱青但酌無聲泉。山中爽氣生秋後，樓外清歌獨秀先。

水裏坑

千里東來水盡渾，萬山合處見孤村。鹿洲先我曾來此，艱絕懸崖手自捫。

39 山間溫泉硫磺味極濃，故其諺云：「鳥不語花不香。」

集集道上

巒君山鬼雜黿鼉，危磴艱如判命坡。到此豁然開大道，方知人力勝天多。

日月潭雜詩

水水山山即復離，澄潭百丈窟蛟螭。飄然獨木舟來去[40]，始見洪荒一段奇。
洪波不著一浮萍，萬籟無聲逝復停。沆瀣莽蒼供吐納，波心影浸漫天星[41]。
終朝不見隻禽飛，地窄天遙未許歸。忽起玉龍三百丈，喧豗雷瀑水深圍。

登天路

路在日月潭左，共三百六十級上有文武廟，風景幽絕。

升階距躍真三百，懷遠題詩到上頭。誰管人間魚爛局，白雲腳下但悠悠。

---

40 番往來必架艀艋，剳獨木為之，雙槳以濟，大者可容數十人。

41 《臺灣通史》云潭中舊多菱藕，番取以食。今則蘋藻亦未見之。

化番社

岸上乍聞擣杵聲，九州除此孰清平。呵春鼓煦非人境，仗此侏離移我情[42]。

水社

非濁何由得見清，卻來深處覓蓬瀛[43]。山環百匝無歸路，祇有孤雲與目成。

涵碧樓夜宿

方丈蓬萊在眼前，迴波漾碧浩無邊。東流白日西流月，扶我珠樓自在眠。

打鼓山

打鼓山空水勢移，煙籠鹿耳尚迷離。洪濤拍岸天無際，想見埋金釁筏時[44]。

一九四七年修《潮志》初遊臺作

42 歸化番時舉杵作歌聲，與水相和答。
43 藍鼎元謂日月潭古稱蓬瀛，不是過也。
44 明時，林道乾出沒海上，埋金於此。

瑤山集

編者按：讀嶺南詩人絕句題徭山草／陳顒（參見《饒宗頤二十世紀學術文集》第五三三頁）

題辭／詹安泰（參見《饒宗頤二十世紀學術文集》第五三三頁）

又／劉寅庵（參見《饒宗頤二十世紀學術文集》第五三三—五三四頁）

自序

去夏桂林告警，予西奔蒙山，其冬敵復陷蒙，遂乃竄跡荒村。託微命於蘆中，類寄食於漂渚。曾兩度入大瑤山，攀十丈之天籐，觀百圍之櫾木，霏霏承宇之雲，淒淒慕類之麕，正則小山所嗟嘆憭栗者，時或遘之。以東西南北之人，踐坱軋罔沕之境。干戈未息，憂患方滋。其殆天意，遣我奔逃，俾雕鎪以宣其所不得已。烈烈秋日，發發飄風，卑枝野宿，即同彭衙，裹飯趁墟，時雜峒獠。逢野父之泥飲，值朋舊而傾心。區脱暮警，寒柝宵鳴，感序撫時，輒成短詠。錄而存之，都為一卷。今者重光河嶽，一洗兵塵，此戔戔者，皆危苦之詞，宜捐棄而勿道；然而他鄉行役，誠不可忘，燒燭竹窗，如溫舊夢，敝帚自珍，亦何妨焉。

一九四五年乙酉重陽饒宗頤識於北流山圍

人日

窮陰皂白不能分，誰遣春風散重雲。嶺西千古斷腸地，酒澆不下胸輪囷。僵臥松氈數人日，流年似鳥遄飛疾。仍是東西南北人，此身歸去安能必。萬里風波一葉舟，青山百匝繞蒙州。流離豈是長無謂，懷古端須志窮愁。

蒙山史事罕徵。李德裕子燁嘗貶蒙州立山尉。燁撰妻《滎陽鄭氏墓誌》云：「大中九年乙亥，終于蒙州旅舍，權厝于蒙州紫極宮南。」唐之紫極宮未知何在。李義山《無題》「萬里風波」一首，說者謂在江陵為燁所賦也。德裕于崖州，著有《窮愁志》。

天堂山

甲申（一九四四年）七七後一日，天氣晴朗，與諸生步入瑤山。歷榛翳，窮巖險，崖斷如臼，樹密成帷。游行二十里，遂造天堂之嶺，愛其翹然特秀，崢嶸雲表，而霾藏於深菁茆峒中，詩以彰之。

泉石有靈，其許我為知己乎。

平生不作蠶叢遊，忽淩崒兀無與儔。孱軀但恐天柱折，蔽空賴有枝撐幽。群山如馬勢難遏，一水瀉為萬丈湫。羊腸似索縛我足，十步不止九遲留。欲上閬風呼造父，惜哉窮谷無騂騮。哀蟬苦道行不得，山間盛夏已驚秋。行行漸喜天池近，鼓鐘髣髴在上頭[1]。入山未覺仁者樂，侏離瑤語已生憂。纏頭戴擇眼中見[2]，伯益道元所未收。敢頌草木酬巖壑，蓬心恐貽山靈羞。

旱峽

漂搖居桂林，十日九風雨。何方招旱魃，擎石將天補。間者來蒙山，白日潛沮洳。淙淙大壑瀧，朝夕似鳴鼓。不意斗大城，氣象自淳古。躋險聊出郭，頗愛林嵐盱。驕陽燋崇岡，旱意逼汗注。晴雲鎖梯石，名實誠相副。方知造物理，消息不易數。安得拂秋風，暫為起煙霧。

金雞隘

我從旱峽來，嵧嵬苦充斥。鳥道亂崩雲，去天未咫尺。壞堞視眈眈，勢可吞梁益。火日正欺人，忍令雙

1 《永安州志》：「山有大塘，相傳歲時豐常聞鼓樂聲。」
2 瑤婦多以白巾纏頭，或以竹籜圍其頂。

腳赤。喧豗有眾灘，入耳森慘戚。憶昔渡武水，金雞若壘壁[3]。頗訝天地間，嵌此一頑石。豈如茲山高，嶄險侔劍戟。奈何委遐荒，飛鳥且絕跡。丈夫志萬里，臨此甯辟易。好去攀懸崖，待將藍縷辟。

嶺祖村夜宿

此身忽落瘴煙裏，以豕為兄蚊為子。擬從林表探青冥，卻怕門前聒黃耳。如梯稻壟與雲齊，千山萬壑鷓鴣啼。松灘咽處露微月，似道此間即窮髮。身世飄飄何足嗟，猲獠相將亦是家。須傾人鮓甕頭酒，宛在胡孫愁上走[4]。前度桃花開也無[5]，攀藤我欲訊星斗。

清湘行　次放翁山南行韻

秦人昔破荊楚日，鏖兵先自黔中出。制敵奇正環相生，回首龍門意怫鬱。靈渠無竭氣尤豪，遠同河海分朋曹。湖南從古清絕地，清湘弄碧九疑高。百年草草征伐處，叢薄深菁宛如故。海陽山峻陣雲深，陸梁地僻煙塵暮。長川形勝接中原，塹將堅壁掣鯨吞。前事不忘殷鑒在，恢宏庸蜀為本根[6]。

3　坪石有金雞嶺。
4　人鮓甕在夔州，胡孫愁亦峽中地名。
5　相傳嶺祖村山上有桃樹，實大如柑，味如蜜，見《永安州志》。
6　時遷都重慶。

始安竹枝詞

余遘亂歷平樂荔浦，其地即晉宋始安郡境。感顏延年之望汨心歎，效劉夢得之聯歌赴節，為賦竹枝四首。

縱是溫風每急時，滿山還唱畬田詞。故蹊帝子無人問，短笠長刀赴亂離。
層層桃李散朱雰，竹戶茅茨高概雲。靈秀昭州容一盼，九疑瀧險此中分。
甘巖靖尉列山頭，銀釧歌聲拂水流。崖處巢居天不遠，雲間煙火是孤州。
斷藤不綰東西嶺，叢木廢池亂後過。日暮高城人不見，扣盤誰唱竹枝歌。

《宋書．州郡志》，始安郡轄有荔浦平樂等地。顏延之出為始安太守，經汨羅有《弔屈原文》。其詩云：「竭帝蒼山蹊。」謂舜陵也。王禹偁作《畬田詞》，見《小畜集》八。明《一統志．平樂府形勝》云：「清湘九疑灘瀧，至昭而中分，民居多茅茨竹户。」《輿地紀勝》引舊圖經，昭州景物有靈秀亭，甘巖山；古跡有故孤州城，靖尉山。

中秋後五日，過文塘與趙文炳，同宿李氏山樓。

豈是尋常作客時，燈窗談笑慰驅馳。跨鞍食麥人逾健，帶郭橫山此一奇。又見寒塘收好月，待將舊夢入新詩。幾年浪走空皮骨，不為迷陽始說疲。

九日雜詩

中酒枯腸亦吐芒，高秋坐惜去堂堂。江山不負勞人意，又放頹陽到野塘。

菊帶霜威護短籬，危城清釃敵淒其。山河表裏如襟帶，誰信投荒某在斯。

碧澗中藏萬斛愁，浮雲偏滯古蒙州。亦知竹葉非無分，難得山翁折簡留。

峽裏輕雷晚自哀，干戈憂患鎮相催。人間未廢登高例，且插茱萸歸去來。

繭足猶能卻曲吟，萬山何處白雲深。莫愁九日多風雨，記取壺冰一片心。

示賈生輔民時避兵龍頭村

同是無家客，解纕意獨溫。風昏萬象默，地仄百憂屯。燈下呻吟語，鑪邊犢鼻褌。交親料此日，剪紙與招魂。

遣懷

貸得青山樵爨缺，去來赤腳水雲間。鑿垣聊可追王霸，作賦何曾讓小山。隔縣賊塵驚眯目，緒風曉角下茅菅。千憂縈繞還成笑，剩覺題詩力未孱。

雨夜

此身牢落瘴雲西，行處無端又野蹊。坐對青山羞氍氀，起燒紅燭與提攜。荒村斷雁風初厲，急浪寒蛩夜欲啼。那可久留秋雨惡，思歸只怕路成泥。

秋懷三首

舊圃經霜始著花，髡枝擁得夕陽斜。旁人錯比芳菲節，指點天涯一角霞。
破碎河山攬一圍，極天零雨只霏微。坐憐壯士秋風裏，九月天寒未授衣。
萬縷秋光付野煙，不從野望始茫然。神京夢裏勞西顧，念亂心如下瀨船。

何蒙夫亂離中守其先德《不去廬集》未嘗去手，投之以詩。

餘生懸虎口，盡室寄龍頭[7]。萬戶多荊杞，孤村有戍樓。未忘款段馬，早作濟川舟。二柄終妨汝，因風思舊丘。
鄰烏同止止，夏屋尚渠渠。節概鬚眉裏，文章憂患餘。可堪聞戰伐，且復侶樵漁。未老山中客，惟應賦卜居。

7 村名。

冼玉清自連州燕喜亭貽書及時，予避兵西奔，倉黃中賦報。

千秋燕喜亭，寂寞今無主。玉想瓊思處，江山伴淒苦。地似皋橋僻，懷哉暫羈旅。出郭瀨淺淺，入門風虎虎。攀桂聊淹留，萬方驚窘步。遺我尺素書，未曾及酸楚。日月苦纏迫，春愁種何許。山中聽蟪蛄，詩祟恐無數。十年拓詩境，澒洞知幾度。且試寫古抱，甯復怨修阻。休譜阨屯歌，哀時淚如雨。

附：原作

賣癡聲不到山村，祈穀人家笑語喧。我自無聊閒讀賦，蟪蛄鳴處憶王孫。

黃牛山。山在永安州西二十里，州人避寇，結茅絕頂焉。

昔我讀水經，知有黃牛峽。掩卷輒神往，肺腑若與狎。豈知後十年，其境果身及。地仄異西陵，徑險逾西狹。重巖遠際天，壁立如駢脅。駊騀屬稠林，彌望疑馬鬣。澄潭餘尺水，甘苦堪一歃。下窺萬鴉沈，煙雨可吐歙。不用懸身登，已覺筋力乏。弧矢暗江海，罔象浮岌嶪。茲焉結茅茨，彌想古耒臿。吾生百鍊鋼，萬險那能劫。政可追冥搜，山卉即象法。易堂隱翠微，守志乃鴻業。嗟哉二三子，臨履莫云怯。

文墟早起

支頤萬念集蕭晨，獨立危橋數過人。一水將愁供浩蕩，群山歷劫自嶙峋。平時親友誰相問，故國歸期倘及春。生理懶從詹尹卜，荒村祇是走踆踆。

寄懷俞瑞徵文以尚有秋光照客衣為韻

團團中秋月，年年有新樣。今年文耳塘。夕輝勝朝亮。賤子誠不速，鬥飲倒佳釀。生涯託餔啜，茲焉即微尚。如何會難常，西竄真無妄。萬方同傴仄，可奈去心賞。奮飛阻山河，軫結難名狀。斯樂豈偶然，追思輒神王。

連月失名城，勢如拉枯朽。反怕消息來，寸心亦何有。六合驚塗炭，微生同敝帚。重華今渺冥，誰是格苗手。蠻貊懷忠信，詩書開戶牖。寄聲慮不達，城闉屢搔首。平生歷鋒鏑，已成喪家狗。祛除戎馬氣，端恃一杯酒。放心浩劫前，有藤大如斗。

山居等蟪蛄，不復知春秋。死鑽舊紙堆，閉門當遠遊。不敢學虞卿，著書說窮愁。願如梁江總，還家尚黑頭。故鄉不可望，淚與浮雲浮。亦知非吾土，日日強登樓。

賈生同臥起，落月仰屋梁[8]。引我飄搖心，天使落要荒。敢陋九夷居，謂可希虞唐。洞庭渺天末，欲濟無舟航。湖湘三數子，契闊涕沾裳，此日足可惜，得酒當細嘗。無須嘆飛鳶，且為恤赬魴。

8 與賈生輔民同榻。

足跟愈堅牢，世態愈可笑。黃鍾終毀棄，瓦釜竟雷叫。天道果回旋，疇能覿其徼。甚欲訴真宰，為予鏟六竅。新知俞夫子，語默天下妙。肝膽明冰日，千里倘相照。行己慮猶非，願言證古調。

瑤山少人到，有田無阡陌。灌莽作友于，饑鷹夜不匿。如何耳順年，來此蹈危石。天心誠叵測，簸弄豈終極。伯儒來書言，徑狹不及尺。怵惕久難進，駭汗生兩腋。我昔陟嶺祖，曾作蠶中客。今也缺追隨，連雲橫戰格。無因送百壺，為公增腳力。

日日但寢飯，瞢瞢失所歸。昏旦變氣候，煙雨荒是非。比者失新墟，遠騎來打圍。十里無人行，蟲沙伏以飛。孤生絕因依，肉食不能肥。千山如囚牢，一水如纆徽。豈復長拘羈，念此欲涕揮。誰能叫帝閽，早晚罷戎衣。

黃牛山歌和天水趙文炳

此間非同谷，胡為牽蘿補茅屋。崩榛正滿道，長鑱曲柄子安歸。尚憐朝士風中老，裂冠毀冕收身早。空有新聲續水雲，坐嘆凝霜沾野草。從來多壘儒生恥，忍見呼兵蒙山道。山間豈易忘歲月，日下幾曾傷流潦。栖栖此日湄江湄，故都故國有所思。攜家黃牛嶺頭住，幾時騎牛函谷去。渭水滔滔盡北流，終南兀兀肯南顧。勸君休唱黃牛歌，淚似秦川嗚咽多。放翁猶堪絕大漠，祖生微聞渡黃河。丘山會有萬牛挽，莫傷隻手無斧柯。

哀桂林

狠石怒不平，平地每孤峙。諒哉石湖言，瑤篸差相似。久無腸可斷，負此峰頭利。鄉心苦邅迴，日夕望灕水。颯颯東來騎，奔狼兼突豕。回首嶒峨地，血淚夾清泚。魂散孰為招，愁煙非故壘。人事有逆曳，喪元知誰子。徒言山河固，我欲問吳起。

哀柳州

睅目皤腹何足道，丹荔黃蕉一齊掃。乍見跕鳶張我拳，誰驅厲鬼擊其腦。窮荒難享無邊春，如此江山坐付人。峰是劍鋩水是帶，十年徒想清路塵。哀哉新豐幾折臂，甯以三軍為兒戲。霸業雄圖今奚似，滔滔桂水流民淚。

東方子

耳君名早識君遲，七星巖畔立多時。如何三月建章火，一角滄桑付與誰。吾行久滯蒙山麓，君歸卻臥昭潭曲。咫尺可思不可望，徒聞烏尾訛城角。殘山賸水好平章，知君涕淚滿奚囊。病馬可無千里志，餘生但取還故鄉。咄咄蒙夫同臥起，檢點光陰如夢裏。已知詩外盡窮途，卻笑春蠶心不死。多憂天遣罹艱屯，人間行處有朝暾。十年原野厭膏血，中興待詠留花門。

文墟行

數載苦飄零，衣帶日以緩。故里今安歸，異鄉常戀棧。孤舟泊萬里，四海寡一盼。立山多友生，寄身忘荒遠。絳帳舞風雩，黃菊開秋苑。如何戎馬亂，拚作飛鳥散。李子何豁達，高義逼霄滿。溫湯與濯足，說經勸強飯。文墟權息偃，自喜堪肥遯。始知終覆巢，未必無完卵。逃劫棲黃牛，誅茅汲翠筧。悲歌答風湍，客夢依雲巘。已嗟室翹翹，徒想花纂纂。交情勝弟昆，摯意兼暄暖。獨憐李下蹊，竟作溝中斷。十室見披髮，九有嘆微管。何以妥我魂，庶自涯而返。心亂詩尤孱，聊用報悾欵。

冬至

心折路迷正愴然。陽生冬至朔風前。一身異縣仍三徙，九死辭家又六年。破壁曆殘驚歲暮，碧江山赭失秋妍。南東行處悲禾黍，觸眼荒疇不復田。

夢歸

頻年惟夢以為歸。夢繞故山日幾圍。鵲噪妻孥驚我在，鴻飛城郭覺今非。天留世棄同無妄，海立山頹豈式微。賸有茫茫游子意，八千里外念庭闈。

亂定晤簡又文有贈

笑公鬚眉如蝟戟，嶺南人似關西客。喜公健啖每兼人，一杯直買三千春。昔歲轉遊涉隴漢，文淵豁達世共嘆。揭臨東海莞鹽田，歸向南藩弄柔翰。且借扶搖九萬里，隻手冀把狂瀾挽[9]。平生洪楊最低頭，輕拋心力廿五秋。幾年僕僕金田道，歸來卻臥永安州。妻孥擁被空山裏，往日蘆漪人老矣。獨把丹心映白雲，時遣長鬚致雙鯉。我來忽在天一方，端居共賞黃花黃。山河砥柱須公等，相看且莫涕淋浪。

聞履庵病亟

掉首爐峰又二秋，挂飄還作桂林遊。我來君去何倉卒，樂盡悲生易白頭。南海衣冠勞寤寐，他鄉雨雪動離憂。何來虛妄東坡耗，豈有生才似此休。

寄慵石丈

先生日日務醍醐，萬古詩名屬酒徒。道遠常難數字至，春生得見一陽無。鑿坏抱甕今何世，野柝鄰雞曉自呼。甚欲因公問消息，故鄉恐見鬼盈車。

---

9 主辦《大風月刊》。

大藤峽

龍山何崯岈，伸出如雙臂。五屯遮其左，巖洞通幽邃。羊腸何處所，絕壁吁可畏。藤峽勢最險，攀登增驚悸。古來此興戎，徒益蒼生匱。一篠亘南北，出師動七萃。斷之果何補，矜功勞誇示。四海皆連枝，胡為列烽燧。至今兩崖清，短日泣寒吹。富貴僅暫熱，聲名亦嫌忌。卉木自皇古，長為天地媚。至美出自然，伐鼓安足冀。

明天順八年，監生封登奏：「潯州夾江諸山，崯岈巀嶪，峽中有大藤如斗，延亘兩崖，勢如徒杠，蠻眾蟻渡，號大藤峽，最險惡，地亦最高。登藤峽巔，數百里皆歷歷目前，諸蠻視為奧區。桂平大宣鄉崇姜里為前庭，象州東鄉武宣北鄉為後户，藤縣五屯障其左，貴縣龍山據其右，若兩臂然。峽北岩峒以百計。仙人關、九層崖極險峻，峽以南有牛腸、大峼諸村，皆緣江立寨。」（《明史》卷二百五廣西土司一）此明初瑤山之狀況也。成化二年，韓雍等攻石門、古營諸地，破瑤寨三百二十四所，改大藤峽為斷藤峽，刻石記之。又截其藤冒以為鼓。（阮元有詩詠之，見《揅經室續集》五。）

國專講師歐陽君出長金秀瑤區，詩以賀之。

六一能文未算奇，奇在折箠笞胡兒。平南大小六七戰，使虜辟易怯西窺。銅章出為瑤僮宰，瘴煙滿面生于思。豈其以此列戟當營衛，抑乃哦詩正要撚吟髭？書生大言君莫嗤，十萬大山即雄師。大王壚裏多子弟[10]，髫首椎髻供驅馳，藤峽天險逾冥阸，縱有伏波未敢越雷池。老夫佗舊有壯語，南面聊可作娛嬉。君今潭潭如臥虎，春風百騎擁旍旂。我非陸生艱作記，南來稍餽一囊詩。最難彭魏連翩至，誅茅髣髴翠微時。交州好士稱士燮，君應樂此忘其疲。滔滔天下皆兵革，微君誰與巢南枝。

羅夢村道上

吾心已搖搖，忽到瑤人屋。初疑搏扶搖，更似騎鴻鵠。羊腸盤百八，累我行卻曲。豈惟折我笻，且復痛我僕。到此謀一憩，草樹媚穠綠。孤村何所有，編戶緣修竹。野豬骨如柴，云是食不足。天雞時一喧，催歸聲更速。板瑤躺地臥，無被可加腹。燒薪聊取暖。奈此寒觳觫。稚子無袴著，見人尚羞縮。骯髒難入眼，哀哉此惸獨。平生欠腳債，結荷幾水宿。回首浮雲外，夷羊方在牧。蒼然幻煙靄，峭壁紛斜矗。翻羨山子瑤，過山如蝙蝠。冥冥祝神禹，火急為刊木。忍饑渡危橋，預進豆腐粥。

瑤人宅中陪瑞徵丈飲酒

冬日誠可愛，生事靠圍爐。瑤俗慳賣酒，先生頻捋鬚。薯蕷久充腸，旬日遠庖廚。聞有落花生，其脂可

---

10 君為平南大王墟人。

醫癯。招呼二三子，盍簪入市屠。得酒出望外，雖薄酌須臾。一飲足去冰，再飲顏勝朱。酒債尋常有，茲焉那可無。平居思九子，志節較區區。亦復嗤二曲，土室署病夫。丈夫貴特立，坦蕩養真吾。當知樂處樂，焉問觚不觚。大道在稊稗，乾坤入酒壺。請歸問瑤婦，痛飲莫躊躇。

瑤山詠

薄薄瑤山酒，日日不離口。瑤女未解愁，楚客空搔首。村村聞鴂舌，家家盡墐牖。老松八千尺，日傍北風吼。山花乍吐妍，山石漸變醜。五里沈霧迷，公超挾我走。本性侶麋鹿，何意跨蒼狗。世亂隱佯狂，捉襟時見肘。赤足拖狐裘，此趣笑誰有。萬方聲一概，到此忘陽九。所欠花豬肉，無食使人瘦。行歌聳驢肩，歸路逐牛後。長嘯叫孫登，客夢落林藪。

三十四年元旦值無錫國專二十四週年校慶，石渠置醴瑤山精舍，酒後賦呈座上諸公。

我似羸牛鞭不動，尚欲與公偕入甕。薄酒澆胸如瀉水，一飲百杯嫌未痛。江海相逢值元日，觥籌手揮兼目送。窮山華筵豈易得，此樂要當天下共。太湖三萬六千頃，伊昔曾開白鹿洞。崔巍瑤嶺播遷來，最高寒處能呵凍。師友呻吟各一方，二十四年真一夢。我行疊嶂嘆觀止，如吞八九於雲瞢。群公堅苦餐藜藿，要為國家樹梁棟。平時蟠胸有萬卷，可與山靈一披諷。潢潦終當歸巨浸，蠻荊自昔生屈宋。西溪一脈此傳薪，南荒萬象足摶控。汀洲鴻雁漸安集，風雪紙窗餘半縫。傾壺但願長周旋，破眼梅花春欲縱。

贈蔣石渠

誰歟玄黃兵馬秋，刀能犯難砥中流，渾身是膽有蔣侯，載五車書驅九牛。側身西向睇梁州，鑿山緣木窮荒陬，猿狖蠻犵相交樛，險如陰平宵渡偷。滄江老屋小如舟，鷓鴣滿山呼鉤輈，行不得也終遲留，同來諸生三兩儔。恰如陳蔡從孔丘，晝則樵爨夜呻嚘，文學穰穰倉囷稠，有弟有弟碩且修。群經百子獨旁搜，赴義無畏行無訧，誰其可比隋二劉，我昔感君枉青眸。千里之外結綢繆，風雨如晦屋鳴鳩，既見君子喜兼愁，惡風濁浪波山浮。佩君不肯化指柔，似君須向古人求，乾坤吾道長悠悠，急景凋年忽我遒。豈不懷歸不自由，群山峨峨風颼颼，別君東去徒離憂。

金秀村遲蔣毅庵不至

君昔命駕適蒙山，繭足龍阪[11]空復還。君行桐木[12]不可遇，我且拂衣文墟去。人生會合不可常，浮雲蔽天道路長。山頭流水長嗚咽，客心此日悲未央。與君交好如兄弟，翩翻無奈成秋蔕。千峰黯黯雲冥冥，終日

11 蒙山地名。
12 瑤山墟名。

遲君君不至。我歸少住龍頭村，勞生久已雜雞豚。相逢當為置醇酎，霞佩頡頏古所敦。

白沙道中遇雨

松陰勺水碧於藍，亂石穿空鎖夕嵐。蜑雨撩人偏作美，嚴冬宛似暮春三。

別石渠

等是無家別，難為去國心。南風終不競，荒谷唯窮陰。食蕨顏逾美，生魚陸可沉。寄言分手者，相守在東林。

毅庵自瑤山歸贛，道經文墟，信宿餞之以詩。

出山還作入山謀，顛頷南冠一楚囚。零亂飄燈驚暝宿，分飛勞燕惜遲留。君從惶恐灘頭住，吾向茱萸江上休。腸斷朔風行萬里，一川鼙鼓月如鉤。

兵後同文炳栢榮黃牛山臨眺

避兵惟愛酒中藏，小憩椒丘當坐忘。埋霧峰巒猶虎踞，追風木葉尚鷹揚。劇憐拱手歸秦虜，失笑行歌類楚狂。剩有晴嵐堪媚客，牛山風物亦清涼。

以上在蒙山時作

黃村

刼餘草樹有創痕，亂石臨江似馬屯。雲自無心波自遠，一帆初日過黃村。

武林口

滔滔二水合成愁，處處人家水上樓。落日孤篷天杳杳，已迷歸路是藤州。

過藤縣默誦少游好事近詞

宿雨添花迷處所，江流砌恨幾多重。亂山南北連雲去，難向藤陰覓舊蹤。

大安鎮水漲

水天相模糊，四顧失平陸。榜舟直叩門，雞犬俱升屋。層波生木杪，九街緣水曲。俯仰即滄浪，恍然出新沐。

宿七里村

夜投七里村，又行百二里。水邊沙外人，天寒樹如此。

勾漏洞仿孟郊體

星摠與霜鋸，何年化此奇。其稜剸日月，其骨堆琉璃。入門驚晝晦，呵壁覺天欹。初如探耳漏[13]，旋似植斷菑[14]。漏地不漏天，其妙不可知。偶得泉流涎，涓滴不盈巵。積水或成潭，其下喘蛟螭。丹砂非可求，碧蘚一何滋。昔人興峽哀，我今為洞悲。凝幽少人來，鑿空至今疑。鉤我零落腸，起我深長思。俯仰一線天，咨嗟百丈梯。捫崖自快意，不必羨門期。

桃源洞

勢接九疑山，遠甚蒼梧野。漫招帝子魂，悲風木葉下。淺津莫問源，密花可藏客。問天天不知，研丹擘危石。

13《淮南・修務訓》：「禹耳之漏。」

14《荀子・成相》：「周公之狀鼻如斷菑。」注：「其形曲折，不能植立。」

鬼門關

此關何曾遠，到處好江山。風威寒日瘦，籬菊尚嬌顏。

山谷《竹枝詞》：「鬼門關外莫言遠。」又言：「日瘦鬼門關外天。」

九月三日

舉盃同祝中興日，甲午而來恨始平。一事令人堪莞爾，樓船兼作受降城。

題北流江亭用李文饒韻

臨水誰相送，望鄉可當還。憑高還自笑，未到鬼門關[15]。

訪東坡繫舟處，即用其至梧示子由韻。

西江東去接湖湘，北流此水到何方。欲尋坡老繫筏處，寒波無語煙微茫。幽人一往悲寂寞，至今猶為索行藏。獨嫌好事添古蹟，俯仰江天路短長。我來後公蓋千載，江邊舉頸遙相望。感公學道在知國，不教四海嘆其亡。便敢因公訴箕子，遼鶴歸來視八荒。山川無復分南北，澹然水國均吾鄉。

15 此關距城二十里。

寄題牛矢山房課子圖為簡又文

亂峰合沓號六排，祅氛未豁此低回。千里連山利禦寇，一村斷髮闢蒿萊。虎尾何堪青草瘴，牛矢竟似黃金臺。未能滋蘭啟九畹，直須辟穀消百災。野人曝背獻芹子，田夫泥醉臥蒼苔。説與兒曹添至樂，莫因患難妄生哀。破觚聊以供占畢，長歌還要起頹隤。冥冥寂觀盡寥廓，區區藜藿足生涯。野曠春寒扉晝閉，山深夏木手親栽。厚地高天存正氣，百沴千劫思人才。曾聞牛驥同一皂，卻看身世真齊諧。同君避地甘荼慣，為君題句心顏開。寄詩喜見晴雲霽，相思獨臥空山隈。圖成示我不辭遠，會當一飲三百杯。

登磐石山同巨贊上人

亭亭磐石山，媧皇昔所捐。其下臨清流，獨立得天全。斬新日月明，特地出乾坤。壯哉南方強，曾經百鍊堅。仰攀若頂天，我意欲無前。俯視萬人家，原疇何田田。佳節近重陽，吹帽秋風顛。清談心無義，獨喜僧皎然。二年客桂東，與山久結緣。此石尚玲瓏，山公所心傳。何當江南去，載將入畫船。

以上居北流作

附：張谷雛瑤山詩景圖題記（參見《饒宗頤二十世紀學術文集》第五五三頁）

題畫詩

題畫雜詩

往歲過日本琵琶湖，有句云：「天含神霧水如詩，湖草尋常秪弄姿。猶是荻花楓葉地，夕陽無語雁來時。」近以暇晷，作畫頗多，屢有題句，輒次是韻，共得三十許首，錄為一卷，以備忘云。

辛亥秋杪，選堂時在星洲

坐對蒼茫始詠詩，落花逝水夢生姿。臨風自拂鵝溪絹，添箇蜻蜓立片時。

耶溪小艇欲追詩，荷葉荷花十里姿。若見宓妃憑問訊，碧梧可有鳳栖時。

去水漣漪合入詩，波瀾紙上動風姿。湖光四面寬如許，商略殘陽欲墜時。

西風捲地忍抛詩，南雁飛來媚遠姿。寫得鴛鴦難嫁與，虧它塗抹費移時。

老圃瓜疇且種詩，苔滋雨足樹凝姿。華胥潑墨渾成黑，春在雲山懵懂時。

一川雨歇暮催詩，鼓吹鳴蛙豹隱姿。畫境人家誰會得，登樓好是去梯時。

虛堂密雨可藏詩，雨洗叢篁見妙姿。又報春江添一尺，觀瀾徙倚夕陽時。

開圖道是無聲詩，投葦鴻飛且駐姿。一路霜林看不盡，雲山萬里葉黃時。

林塘恍似夢中詩，況是春江雨後姿。隱隱青山如舊識，夕陽人在倚樓時。

一嶦天然沒字詩，春回草木換新姿。窗前打稿奇峰在，剪取湖雲拂岸時。

縷縷爐煙處處詩，紫禽柳巷作吟姿。芭蕉猶滴心頭雨，看放春晴幾許時。

天巧施來苦費詩，西山遠處澹無姿。眼前佳景君能説，一抹微雲吐月時。

人間誰道苦於詩，筆底河山宛異姿。欲為連娟題秀句，黃昏汐退月生時。

割愁有劍可裁詩，海畔尖山聳玉姿。坡老應驚秋未改，微波髣髴洞庭時。

揀盡寒枝冷似詩，江深春淺澹含姿。莫嫌詩淚無多滴，猶及紛紅駭綠時。

懶向人前舉好詩，看花如史忽移姿。春光墜地誰收整，莫待湖陰綠滿時。

薔薇無力女郎詩，皓月梢頭想夕姿。暗柳蕭蕭星冉冉，描成天上斷腸時。

少日山齋聽説詩，秋風微月雁沈姿。老來筋力能安處，看取波平似掌時。

四十年間千首詩，支公神駿足雲姿。金丹九轉工裁句，偏愛山程水驛時。

獨好杯中日日詩，茗搜文字更增姿。玉璜天際誰梳洗，奈此夜山片月時。

屏山圍處合鏖詩，瓶裏胡姬絕世姿。寄語玉人休勸酒，柳花不似故園時。

泉聲帶雨欲搜詩，咫尺陰晴已易姿。試向曹溪分一滴，萬山蕭寺聞鐘時。

林栖坐詠偈兼詩，煙鎖橫塘夕變姿。雨過柴扉人跡少，萬花一鳥不鳴時。

雁字寥天那遜詩，白蘋風裏綠楊姿。小船搖曳歸何處，指點頹陽沒水時。

不仗春風與補詩，無人賞處有幽姿。姚黃魏紫皆陳調，最念亭亭玉立時。

疏星歷歷最宜詩，澗水無聲瀉悄姿。隔箇窗兒看更澈，四圍秋色未寒時。

長薄清川美似詩，傍崖幽草自成姿。茅茨可有倪高士，秋到灘平水落時。

鯤化為鵬意比詩，莊生漫衍故多姿。山河大地都如許，收拾賦心入定時。

寂寥人外可無詩，手摘星辰布仙姿。肘下諸峰爭起伏，迷離宛溯上皇時。

畫史常將畫喻詩，以詩生畫自添姿。荒城遠驛煙嵐際，下筆心隨雲起時。

畫家或苦不能詩，嫫母西施各異姿。物論何曾齊不得，且看一畫氤氳時。

何當得畫便忘詩，搔首無須更弄姿。惟有祖師彈指頃，神來筆筆華嚴時。

宋元吟韻繼聲十首

亂草如愁不可名，遠山遠水夢牽縈。荒陂落日城頭客，離緒連根剗又生[1]。

林簇樓非凝，水紆草競榮。獨行花外客，幽夢續潮生[2]。

人許侶魚蝦，蒹葭即是家。隔鄰秋水至，僧舍拾殘花[3]。

瘦馬兀予懷，睠顧踏殘月。依草有落花，拂著滿身雪[4]。

筆洗數峰和雨濕，眼明返照染江紅。高丘獨立誰同夢，叢竹蕭蕭暮靄中[5]。

九載居然此面壁，一峰天半削成石。此翁活計怪可憐，歪屋數間無人跡[6]。

秋山一片雲，擲向江流去。憑檻爾何心，疏枝勸少住[7]。

目極青山繞郭，心隨湖水平田。路轉兩三松外，奇峰欲蹴吳天[8]。

---

1 和宋劉敞《春草》。
2 和宋真德秀《草》。
3 和宋郭祥正《西村》。
4 和宋孔文仲《早行》。
5 和宋林逋《水亭秋日偶成》。
6 和宋郭祥正《訪隱者》。
7 和宋徐直方《觀水》。
8 和宋陳普《野步》。

白葦黃茅已際空，浮生纔解信飛蓬。誰憐大地魚蝦盡，羨煞煙波一釣翁[9]。

雨歇葉紛紛，雙松路半分。行人空往返，橋外禮孤雲[10]。

石濤上人宋元吟韻跋

石濤宋元吟韻十二紙[11]曩曾由神州國光社泰山藏石樓印行成冊。日本《南畫大成續集》（一）明清十一家山水集錦影印只十幅，而缺其二。

上人所繪題劉攽《春草》一首，檢攽著《彭城集》無之，實為劉敞所作。武英殿聚珍版叢書本《公是集》卷二十八有此首，云：「春草綿綿不可名，水邊原上亂抽榮。似嫌車馬繁華處，才入城門不見生[12]。」石濤錄此作「水邊上亂抽縈」。水邊句「上」字奪去一字，應據補作「原上」，又榮字作縈。首句「不可名」作「未有名」。末句「不見生」作「便不生」。第三句作「繁華地」，均異。清乾隆時江寧嚴長明用晦選《千首宋人絕句》，卷二亦收劉敞此首，作「纔入城門便不生」，與石濤同。但第二句縈字作莖，知此句竟有榮、縈、莖三者之歧，不知石濤所據為何本，但誤其作者劉敞為劉攽，以兄為弟，殆憑記憶信手錄出，偶疏忽耳。

---

9 和元黃庚林《水雲居》。

10 和元王行《松雲二士》。

11 據《早行》題識云：「取宋元諸公吟韻，圖成一十二。」應稱「吟韻」為是。

12 《叢書集成》本同。

去歲聞均量以鉅金購入此冊，海外未獲快睹，一時興之所至，取《南畫大成》十幀，以竟夕之力，撫其大意，和以俚句，非敢附驥，但表心慕而已。及見原跡，始悟石濤用色之工，濡染淋漓，良不可及。余畫一文不值，百世後不知如何？書此聊自解嘲。癸亥選堂。

題畫絕句

流水人家曳柳條，秋風曾繫木蘭橈。閶門暫慰它年夢，暮雨疏煙憶六朝。

路入深林不計層，好雲表秀復藏稜。諸峰清苦巨然筆，商略山居學老僧。

石洞玲瓏地勢殊，丹林黃葉隱仙癯。扁舟載得浮萍去，浩蕩無心到具區[13]。

畫裏磵阿可卜居，一丘一壑足三餘。臨流獨欲思濠濮，林水雲山勝道書[14]。

蕭寥涼樹雜尖風，懶瓚心情或許同。殘墨自磨還自試，亂雲飛下不成峰。

風吹雨洗勝于藍，一葉搖秋百不堪。自有客懷清絕處，斷霞疏柳似江南。

獨往深情孰與俱，山如飛白樹如蕪。亂峰和夢渾難辨，入座春風筆不枯。

13 《紺宇秋林圖》。

14 寫《幽磵寒松》和董思翁韻。

盤渦浴燕懵忘歸，漫倩遊絲挂落暉。領略黃昏情味好，春風搖曳水深圍。

河湟入夢若懸旌，鐵馬堅冰紙上鳴。石窟春風香柳綠，他生願作寫經生[15]。

東風力可護花殘，似夏長年忽歲闌。且折一枝聊寄與，教人知道有春寒[16]。

群山遠勢與湖平，老屋疏林倚晚晴。欲為米家袪懵懂，楚天雲霧一江清。

垂柳疏疏綠又新，經霜了不染微塵。索居難出淩霄塔，願作榆城一畫人[17]。

遠浦低昂日欲斜，寒鴉數點即天涯。孤舟一繫心千里，且傍蘆花處處家。

婀娜柔條可待秋，孤亭寒水去悠悠。廿年我亦天南客，不為看山始白頭。

排闥兩山入眼青，疏林長坂舊曾經。回頭三十年前事，猶有泉聲護草亭[18]。

派衍隔山出愈奇，平沙折葦雁來時。筆端芍藥偏含雨，肘外寒蟬獨挂枝[19]。

忍寒艸樹更含滋，岸赭山青又一奇。隔磵苔深巖骨峭，冷泉流夢忽移時[20]。

---

15 自題《莫高窟圖》，為蘇瑩輝作。

16 題梅。

17 時在新港耶魯大學。

18 碧寒移居薄梟林，面海背厓。屋後流水潺湲，誠幽栖佳地。頃出示《壬午臨石田長卷》，畫中景物，髣髴眼前，因為題句，以志勝緣。

19 題少昂愜心之作。

20 題龔明冊頁。

屋外平添湖水深，湖風吹雨綠成蔭。也知鶴唳渾如昔，愁聽昏鴉更滿林[21]。
搖落江山萬里遙，何人此處泛蘭橈。斷崖空自懸千尺，隔水林風我欲招[22]。

心畬摹寫李公麟麗人行圖卷，工麗絕倫。伯時原物尚存故宮，可以覆按，而王孫題句作明妃出塞，蓋出一時誤記也。之初得此出眎，漫題二絕。

請看近前丞相嗔，長安杜曲屢揚塵。銀鉤妙筆工描繪，聊匹春蠶更可人。
馳驅正是出宮門，秋草何曾塞日昏。老眼誤題堪絕倒，雲旗雪幰待重論。

題畫次倪迂贈徐立度韻

紫禽相對故依依，十月驕陽尚叩扉。眾綠陰中容一我，薄紅紗外夢成歸。美人煙水秋同遠，短鬢宵燈影自稀。漫寫羊裙呼雁去，松脂筍脯惜相違。

---

21 題徐邦達畫《張氏靜園圖》。
22 題一鵬山水。

白山圖冊題句

白山縈夢入模糊，黑嶺穿林若有無。踏雪看人迷遠近，朔風何計慰羈孤。
山水聊心存，北風隔千里。何以折贈君，數枝斜陽裏。
積嶺如濤帶雨來，髡枝萬簇雪成堆。野雲分暝黃昏近，試問微陽回不回[23]。
群山勢走蛇，其來不可已。屋小如牽舟，紅浸夕陽裏。飛雪拂空林，朔風振枯葦。去靄密成陰，浮生薄如紙。莽莽萬重山，微絳染千里。山窮僕休悲，馬後峰頭起[24]。

辛亥歲暮，戴密微丈寄貽瑞士圖冊，回憶曩年白山黑湖之遊，挑燈寫此，率成數紙，時除夕紞如三鼓矣。選堂記於星洲。

自題五松圖和李復堂

復堂健筆畫五松。虬枝枯榦無一同。不費鬼斧與神工。飄然挾仙歌咸雍。盤桓獨撫輕萬鍾。風生安暇較雌雄。詼諧曼倩取自容。呼嘯孫登久化龍。揮毫況如虎追風。鞭笞雷電楮墨中。孤飛白雲凌清空。廬山高處五老翁。巖栖許我槖筆從。真意戲呼誰彌縫。淳風正好躡玄蹤。避秦大夫隔世逢。試翻滄海盪心胸。回望林

23 和東坡晚景。
24 和東坡寒食詩韻。

幽復谷穹。不將雙耳聽鳴蟲。點頭頑石勞生公。疏狂且欲陟華嵩。匠石懶顧臥牆東。人間尚待闢蠶叢。

題南田畫次其東園原詩三首韻

雲過水邊興自閒，不須辛苦作荊關。高風黃葉添蕭瑟，遷想神遊海上山[25]。

畫到無工倍見工，欲將妙理續崆峒。春光呈媚知何處，盡在先生尺楮中。

心通造化叩幽扃，筆挾河山袖裏青。不用撫琴山已響，松風謖謖正堪聽[26]。

自題山水

登高誰解說山川，老樹魁梧已百年。商略雲端今四皓，人間回首幾桑田。

古苔和墨翠如篸，亂石橫空鎖碧潭。入夢大風吹垢去，樹猶如此人何堪。

是圖成，或云近張大風。因憶帝王世紀，黃帝夢大風吹天下塵垢皆去。帝寤而歎曰：風為號令，遂得風后于海隅。張風取此為字，有微意存焉。因書大風之祥，一發軒轅之夢。丙辰冬至前十日，選堂又題。

25　惲句云：「風高黃葉草堂閒。」

26　原句云：「無絃琴作山河響，莫使人從指上聽。」

題于右公草書出師表為南大文物館，次東坡觀堂老人草書詩韻。

以翰抵壁神乃舒。下筆振迅成斯須。神連筆斷意若無。高閒藏真態各殊。髯翁跡在人云徂。堂堂標準立真吾。人書兼老力未枯。諸葛忠志聲名俱。浩然集義氣充軀。議兵筆陣寧自娛。平生磨墨非墨奴。萬箋浩瀚傾松腴。落紙點漆雪肌膚。勢欲震撼觀者呼。豈同俗書較姸姝。

附：潘受和作（參見《饒宗頤二十世紀學術文集》第五六四頁）

題劉海翁狂草卷，兼謝其遠頒紅梅畫幅。用東坡黃樓險韻

奔蛇走虺誰能説，煙墨澶漫看波發。氣盛空闊欲無前。古勁真堪藥流滑。羨公鋒抵屋漏痕。慙我浪學翻著襪。冷豔遠頒來千里，溫煦何當獻一呷。範水模山事已勤，去鑿藏舟且負鍤。綠衣鳥挂朝暾回，紅蕚香銷秋肅殺。柳侯歸來親傳語，喜揖高軒如古剎。相望情比潭水深，晤言何及思軋軋。清光北斗月照人，仙雲南海風低壓。筆肆人與花俱老，枝斜勢共山爭巀。向來姿媚僅換鵝，茂賞畫圖出雙鴨[27]。乞公還寫江南春，預賦新詩詠苕霅。

27 指畫贈伉烈《荷塘鴛鴦圖》。

題清人詩卷為忼烈

遠來隱出萃斯文，聲教清揚故不群。往日昇平堪嚮往，陳篇雄傑待重論。才力今難逮數公，莫將周頌比唐風。雨絲灑日無人賦，同是乾坤事豈同[28]。

28 杜荀鶴事。

跋

固庵先生，幼承家學，早負神童之譽。十六歲詠優曇花，一時驚諸老宿，競與唱和[1]。聰穎神悟，術者至疑其不壽。二十以後，肆力於學，浸淫百氏，不復尋章摘句，少壯所作，斥棄殆盡，存者僅流寓粵西之作，陳顒園稱為「憂患詩心杜少陵」者也。先生詩雖為學所掩，然寖饋既深，兼涉眾體，同人輩管闚所及，蓋有數善，可得而言。先生中歲歷遊四方，舟車所至，輒記之以詩，時為自注，同淮海之亂離，如謝客之山志，片言隻字，究極玄奧，足為考地徵文之助；詩中有史，其善一也。先生自言遊蹤所至，偶挾某家詩集自隨，未檢韻書，喜以前人之韻為韻。夫和韻之作人咸苦其難，先生則遊刃有餘，一如自出諸脣吻，於天竺則如蘇，於白山則和大謝，於長洲則和阮，於西班牙則和韓，但取韻律，而遺其形貌；用韓、孟聯句險韻，而文從字順過之，其善二也。先生每言當代事物，無不可以入詩，瓶則為舊，而酒乃惟新。近人主新詩者，每剽外國

1 此詩刊入《中山大學文學雜誌》，海外無從覓得。

以炫奇；主舊詩者，率自封而墨守故步，其失惟均。先生言詩有工拙高下之別，而無新舊中外之爭，其識卓矣。故集中寫事物以異國為多；言人之所未嘗言，有突過人境廬者，其善三也。先生論湘綺老人能化實為虛，故駢文絕句皆高敻。夫學人多不能詩，若阮芸臺、翁覃溪均有病諸，過於求實，反乏空靈之致。先生古體盤空硬語，而絕句則虛靈搖曳，神理自足。其詩注引支遁句：「窮理增靈新，昭昭神火傳。」無異夫子自道，信乎於靈薪神火，綽有妙契，其善四也。綜茲四長，鬱為巨擘，故和南山、石鼓諸作，力能扛鼎，識者無不拱手嘆為不可及。先生以學人而為才人之詩，其神駿處豈淺學所能喻；惟同人於詩好之篤，尤喜讀先生之詩，值諸集校梓既竣，謹摭先生平日論詩之語，附於篇末，以諗後之讀先生詩者。

丁巳歲暮，選堂教授詩文編校委員會同人謹跋

附：新詩一首

——安哥窟哀歌

一隻喝醉的船
正朝向著帝門島駛去，
那裏據說是巴比倫洪水時代
沈淪不去所剩下來的陸地。
好像蜻蜓圍聚在舢板上，
流浪者在偷生的罅隙裏
找到瞬息的恬靜。
帶著苦笑地各個人拿起筷子
去度量他們剛嘗過的辛酸。

他們喘息才定。
面對著蒼白的旻天，
不敢向司羅盤的舵手
叩問他未來不可思議的命運。
月影沈沒在昏瞶無明的大海，
烏雲吹來片片黑暗，
在做他「尚寐無吪」的噩夢。
周遭像差點把人煮熟了的蒸籠，
拖著一條渺無際涯的如火長流，
一躺下便入睡了。

在無限與有限之間，
在羯磨與達摩之間，
在呼籲與緘默之間，
在騷動與寧靜之間，

在頌讚與詛咒之間，
生命只是一團
焚燒而無止境的焦炭，
軀體只是一襲
破舊有待於拋棄的爛衣。
拖著辮子的藤蔓代表神像
托著不計年月的鬍子。
正擁抱古廟的門扉死纏不放，

為無情的歲月
注射了一點「歷史心靈」的慰藉，
門外的翁仲殘骸在樹陰下
尚鏤刻著古代戰爭的恐怖，
掛在荊棘上未乾的露珠，
誰人能夠證明，

它是前朝宮女的淚痕。

離枯旱愈近的灌溉愈難，
對爭鬥愈強的塵劫愈甚；
去現代愈接近的，
其摧毀愈易，
執權柄愈堅牢的，
其崩潰愈快。
天已被割裂而織成
九宮格式的網羅，
心已不能更吐出
「乾糞橛」式的話句。
溼婆的監視下無法阻止
甃壁上細菌的蔓延。
可憐的朝聖者，

捧著理想的骷髏，
活像被牽著鼻子的駱駝，
他們以億兆人的血肉，
換得一句阿門（amen），
一堆泥土。

平生不寫新詩，行篋只有這一首。林真曾為錄出刊布。茲附於卷末，聊備一格云。

樂府

固庵詞

詞異乎詩，非曲折無以致其幽，非高渾無以極其夐。幽夐之境，心嚮往之；而詞心醞釀，情非得已。其觸發也，有類機鋒，美成云：許多煩惱，只為當時一晌留情：煩惱日深，則情留焉；一晌抖擻，則機發焉。警策所至，才分攸關，則又無可如何者也。少日嗜倚聲，自逋播西南，藐是流離，未廢興怨，而隨手捐棄。來港近廿年，偶復為之。蕭晨暮夜，生滅紛如，畫趣禪心，觸緒間作，江山風雨，助我感愴，刪汰之餘，都為一卷。寧謂無益之務，且遣有情之生。語愛清空，意出言表，懷新道迥，用慰征魂。秉燭春深，如溫前夢。

戊申清和，饒宗頤時客香港之薄鳧林

浣溪沙

春晚

極意春陰護短紅。東來細雨復濛濛，須臾海市見垂虹。　斷碧波分鴉背外，踏青影落馬蹄中。故山風物將毋同。

何處韶光與日新。斷無間氣付荊榛。風風雨雨又殘春。　蔓草已成孤往地，落花猶戀未歸人。廢畦芳徑往來頻。

小重山

江梅

梅蕊猶含隔歲春。東風鉤夢起，了無痕。替人呵護有春雲。淒絕處、野水照黃昏。　休更說寒溫。池萍經雨碎，易消魂。碧桃已是嫁東君。無人管、燈火掩閒門。

蝶戀花

以紙花清供戲賦

人間無復埋花處。為怕花殘、莫買真花去。靜對瓊枝相爾汝。膽瓶覷面成賓主。　詞客生生花裏住。裁剪冰綃、留寫傷春句。紫蝶黃蜂渾不與。任他日日閒風雨。

西江月

璞翁句云：祇憐九十好春光，換得些兒惆悵。依均和之。

瘴草池邊共發，蠻春安穩誰傷。客愁孰與柳絲長。自笑低垂絳帳。　密雨藏山坐久，窺人宿鳥時忙。夕陽似繫好年光。祇惜難逢惆悵。

鳳凰臺上憶吹簫

杜鵑謝後有寄

雨急還收，雲開仍閉，春陰只在高樓。望星星鴻沒，夢渺神州。休譜湘南怨曲，怕風起落葉成秋。清明近、夕陽芳草，一樣風流。　江頭。新蒲細柳，傍水面殘花，淚點難收。況杜鵑血泫，紅上簾鉤。波外美人何處，黯關山、千里凝眸。清鐘動、層濤孤嶠，落雁遙舟。

春從天上來

贈畫師唐雲。時新自吳門來居鑽石山下，次吳彥高韻。

白社凋零。認劫後河山，草上微螢。溪漾流月，影墜羅屏。心逐去雁冥冥。任無風花嚲，問知己、剩有山靈。短長聲。更啼紅杜宇，啄翠清泠。　當前雲煙畫本，伴隱几噓天，冷落晨星。縱目關河，鑄愁今古，鄉夢祇挂門庭。便琴書抛了，人憔悴、未負丹青。醉還醒。只暗蛩寒蚓，來共青熒。

八聲甘州

攜琴海畔，秋深夜闌，萬籟俱寂，泠然清響，不知人間何世也。

共水天入定，渺蒼煙、山色有無中。忽泠泠霜響，濺濺石瀨，遙答鳴蟲。不耐琴心挑引，冷月尚惺忪。但聽商聲起，處處秋風。　猶有徵招遺韻，似孤飛野鶴，去住無蹤。望愁漪千頃，隔海意難通。寫吳絲、凝雲流水，恐馮夷、深夜出幽宮。沈吟久、成連何在，海氣濛濛。

疏影

題梅為李鳳坡

縞衣解佩。問薄寒翠袖，天遠歸未。欲切春雲，重補香瘢，孤山漫負深意。便攀入小窗橫幅，終莫信、扶春不起。嘆路遙、竹際溪邊，冷落買栽無地。　暗憶黃昏省識，只瀟灑一枝，斜照荒水。危涕春風，瘦損何郎，東閣早無清致。翻勞白石工傳恨，更樹壓、寒湖波碎。等絮飛、不到江南，誰伴濃斟淺醉。

瑣窗寒

海澨花市次夢窗玉蘭韻

望極洇湄，香深霧煐。好春誰見。年年海國，慣共客懷悲惋。看蛟宮、褭裳曳裾，量紅料紫東風展。伴氾人憔悴，相思無地，託根蘭畹。　莫盼。韶光換。衹頃刻殘英，墜茵荒苑。小山叢桂，招隱漫傷淹晚。奈天寒、綠浸愁漪，江關費淚思鄉遠。折筠枝、欲賦招魂，試譜湘中怨。

法曲獻仙音

嵐山去京都二十里，楓林彌望。十月則霜寒澗碧，紅葉滿山。惜余行色匆匆，未過秋風便成歸計也。晚泛歸來，譜此依白石韻。

雙槳萍分，一泓欲暮，忘卻此身歸處。平楚蒼然，暝鴉無恙，停舟暫共尊俎。望隔岸叢祠遠，疏鐘喚愁去。　漫相顧。算文園儘多歡意，終恨我、未見冷楓紅舞。十里捲珠簾，有娉婷歌吹如許。忍說將離，且投君緘淚綺句。待他時重到，莫負溪山嵐雨。

浣溪沙

為雲山題夢景庵圖

一夢從誰論古今。覺來渾不辨晴陰。薄雲小院自深深。　園柳慣隨芳草綠，江風只送夕陽沈。幾時待得變鳴禽。

虞美人

乙未中秋不見月

年年呵凍荒池水。滴滴成新淚。今宵忽見月華明，咫尺鄉關，竟是百年程。　叢篁山鬼休相怪。窈窕人安在。不知秋色在誰家。露腳斜飛，又被碧雲遮。

點絳唇

自題楚辭書錄

一片騷心，雨昏閶闔天長閉。故鄉臨睨。城郭非耶是。　鶗鴂聲聲，目極心千里。南枝倚。滿江蘭芷。待得春風起。

清平樂

偶見詹无庵彙作小詞，驚采絕豔，次韻二首。

看天不語。底事秋同住。陌上秋花秋淚古。禁得幾番秋雨。　秋心聊託瑤琴。殊方冷落宵襟。相見白頭無分，芭蕉雨打秋心。

無愁可解。愁到春山外。臣甫杜鵑曾百拜。淚墜朝霞沈采。　湘中有怨難描。廿年心力輕拋。盼到花開春去，花開還索春饒。

減蘭

連日陰晴無定，應梅折簡招遊沙田。九月五日，與清水茂驅車同往，循竹徑陟晦思園，應梅先有詞，余因和作。

無晴無雨。小鳥分明籬上語。杯渡良難。賴有秋風送汝還。　陂塘自遠。水花日炙紅生眼。鵝鴨休譁。綠橘黃槐又一家。

排空插漢。過雨涼添叢竹健。信步還休。丹殿朱幡在上頭。　江雲似火。染出幾枝花可可。吟袖飛香。秀句新傳到十方。

點絳唇

刻翠裁紅，殘秋未忍拋人去。蒼然平楚。只欠宣城句。　撲面西風，肯向鬢邊覷。傷遲暮。麗波妍潊。竚唱黃金縷。

西子妝慢

盛暑與諸生浮槎水國，有渺然江海之思。率填此闋，聊以解慍。

淺水挼藍，遙天繚白，海畔火雲千里。飛飛去鳥不知名，渺愁予、碧波無際。林嵐乍霽。暫消受、江湖爽氣。泛中流、發棹歌吳榜，不知何世。

菰蒲裏。水佩風裳，輸與魚龍戲。此身忘卻在天涯，蕩歸心、夕陽船尾。餘霞散綺。好商略、黃昏滋味。但淒迷藻國，羈懷莫寄。

角招

輕舸容與，放乎中流。蒼然暮色，自遠而至，悵焉余懷。依白石韻。

晚煙瘦。依稀綠繡陂塘，只欠垂柳。飛來川上岫。無數海鷗，時與招手。滄江臥久。早變了、桑田連畝。隔岸雲深樹緲。不堪一片蒼茫，路歧空搔首。

縱有。螺鬟茜袖。亂波孤嶼，漠漠江涵秀。盛年驚急溜。無奈殘陽，際臨分候。懷鄉感舊。對半壁蒼山銜酒。伴我哀絲漫奏。恐新月、喚愁生，歸來後。

賀新郎

淨苑琴會，和文鏡。次稼軒韻。

張樂洞庭野。送孤飛、冷雲倦鳥，無言西下。雨腳枝頭春易老，休說東風解嫁。算不負、江山如畫。裙屐天涯應見慣，更一時、爛醉山公馬。愁似海，待誰寫。

琴絲譜入漁樵社。問先生、佛龕呵壁，恁悽涼也[1]。風雨憂愁分一半，付與水鄉鷗榭。但記取、哀絃遙夜。叵奈曲終人散後，望數峰、江上懷歸者。芳草歇，又清夏。

菩薩蠻

蜑女清歌，倡予和汝，髣髴竹枝之遺風。

斜陽總怕黃昏近。鯉魚風起波生暈。惆悵未相妨。桃花逐水狂。　絲絲簾外雨。滴下儂心苦。羅帕欲留題。此情誰得知。

霓裳中序第一

赤柱綠波別墅，臨流植援，曠地築臺，天風入座，令人神觀飛越。余與文鏡徐翁，德允女史，鼓琴其間。數峰江上，足移我情。

離魂黯去國。舊譜淒涼人未識。水闊吹香乏力。看榆火梨花，催過寒食，鵑紅糝碧。絞宮商、聲入清激。腸易斷、凝雲醞淚，古怨那拋得。　悽惻。密雲西北。奈一向江湖浪跡。琴絲聊共破寂。往事如煙，換得

1 余操《搔首問天》一曲。

頭白。綠波猶戀客。盪海氣、冥冥趁夕。相尋處、無端哀樂，冰炭鎮橫臆。

迎春樂

向誦淮海此調，人海看春，襟別有會，遂繼聲焉。

飛花無數愁多少。盪楚水、胸中繞。斷霞千里紅難了。煙一點，齊州小。　只說道東風夜暴。更啼鳥聲聲催老。便算芳菲還鬧。未是春懷抱。

點絳唇

題張二喬畫蘭卷

枉託微波，此情衹許騷人道。倦紅頹草。眇眇傷孤抱。　御苑香薰，欲畫難成稿。秋風早。天荒地老。但說搴蘭好。

蝶戀花

題竹

映碧琅玕栽幾樹。个个干霄，那肯隨風舞。消受人間煙共雨。一竿漫逐鴟夷去。　砌下龍孫苔上露。

漏洩春光，似有黃鸝語。乞寫篔簹容我住。圖中隱隱揚州路。

青玉案

晨興題大千所繪梅竹，新梢出牆，風窗作響，不知羈思之無涯也。

翠禽小小苔枝宿。誰共倚、黃昏竹。遺世佳人剛出谷。蕭蕭風動，娟娟香細，中有年時綠。　高樓千里傷春目。盡日畫欄看不足。剪取數竿歸尺幅。吹花如許，游絲無那，伴箇人幽獨。

點絳脣

谷雛為作瑤山行役圖，因題其上。

刺眼奇峰，當年曾是經行處。朔風如虎。山上斜陽舞。　又向天涯，蓬轉驚如故。心無住。漫勞縑素。覓取歸時路。

虞美人

己亥除夕花市

雨絲又帶東風起。更惹燈花喜。薄寒似戀小桃唇。為問明朝多少惜花人。　尚憐花事今宵盡。休負尋花訊。花花葉葉總關情。可憶去年花底伴君行。

浣溪沙

久不得珍重閣書卻寄

往事摩挲若有稜。遠書珍重到何曾。一春花雨正相乘。物自多情天自老，心如寒水屋如僧。更誰同對照愁燈。

浣溪沙

沙田晦思園，頻年不到，重來衹剩殘梅數株，因圖其一以歸，媵以短句。

信宿昏禽語寂寥。護林心事莫辭遙。一枝聊與盡春韶。別夢還依雲采采，愁心直寄水迢迢。泠香從不折纖腰。

浣溪沙

癸卯歲盡日作畫偶題

一往凋年不可尋。蕭齋清供對遙岑。安排筆硯貌文禽。晴壑無聲春悄悄，溼雲如夢晝愔愔。異鄉久復怯登臨。

采桑子

故山園丁以所植水仙餉予。

池臺亂後知何許，叢石餘青。滿眼新亭。看盡芳菲逐蔕零。　舊山皋澤還佳否。斜日葦汀。葉澹風欞。留取冰肌照獨醒。

木蘭花慢

自天竺歸，聞董彥堂先生之喪。偶檢其遺札，追思曩遊，竟同隔世。爰依彊村哀半塘翁韻，以志余悲。杜老追酬高蜀州詩，嘆為愛而不見，情見乎詞也。

支床誰復問，但絃撥、夜泠泠。算排遣居諸，消磨豹鼠，蠹簡猶青。飄零。白頭去國，泣蒼山、落日故人情。見説歸神太素，湖江遽失鱣鯨。　望京。草色上荒亭。滄海倘揚靈。甚凋殘詩雅，難傳巧曆，徒附中經。沈冥。山河邈若，愴知音、躑躅更吞聲。蟲篆如今莫繼，塵牋空想平生。

菩薩蠻

人生到處如敷采。茗華謝去春仍在。流水自朝朝。關心上下潮。　清愁和淚煮。欲共蘭成語。午夢試重溫。黃鸝又叩門。

菩薩蠻

題側帽詞。王觀堂引尼采語：文學須以血(Blut)書者始見其真且工。余于性德詞亦云然。

人間冰雪為誰熱。新詞恰似鵑啼血。血也不成書。眼枯淚欲無。　風鬟連雨鬢。偏是來無準。吹夢到如今。有情海樣深。

浣溪沙

緬甸孟德拉觀舞

客路清愁比水長。行歌欲譜醉吟商。湖江情味似吾鄉。　聽鼓驚秋先在耳，引盃供淚與迴腸。人間哀樂豈尋常。

浣溪沙

甲辰春日

春到鄉心似茁芽。飛來燕子尚無家。正須濁酒送生涯。　叢菊自消他日淚，寒梅偏放去年花。東風送暖上窗紗。

木蘭花慢

聞趙叔雍下世。翁月前方與余商榷明詞，遽爾長逝，青簡尚新，緒論已絕。賦此寄哀，哀可知矣。

咽風鄰笛起，驀回首、變淒清。嘆隙駟難留，塵箋宛在，休話朱明。花塍。勝流莫繼，算嘔心、千載有餘情[2]。牢落關河隔世，故山猿鶴堪驚。　飄零。江國正冥冥。荒服戴盆行。剩紫霞悽抱，獨攄孤憤，強忍伶俜。滄溟。短窗破夢，聽寥天、哀雁不成聲。望斷南雲萬里，一盃還薦芳馨。

蘭陵王

水原渭江自大阪送余至江户。凌晨，應安倍樂長邀，至皇居宮内廳，聆奏左右雅樂。同鈞天七日之終，失聞韶三月之味。繚繞餘韻，杼軸予懷。依周美成韻，譜此解卻寄。

御溝直。漠漠寒山亂碧。浮雲外、初日帝居，幾見青松鬱葱色。層城表海國。誰識。文園遠客。難忘處、殘月曉風，相送情深抵千尺。　蓬飄憶行跡。似水泛萍根，花墜茵席。沈沈鐘鼓催朝食。聽換疊褌脱，遏雲鶯囀，回頭簫吹滿鳳驛。曲高混南北。　哀惻。旅懷積。忽入破悲秋，林際歌寂。凝思往事情何極。念玉塵清話，紫城聞笛。夜闌燒燭，替淚眼，帶恨滴[3]。

2　翁刊惜陰堂明詞未竟其業。

3　日本雅樂分左右，左為唐樂，右為狛（高麗）樂。劍氣褌脱春鶯囀及感秋樂皆曲名也。

淒涼犯

周密《浩然齋視聽鈔》載北方名琴條，有金城郭天錫祐之萬壑松一器。鮮于樞《困學齋雜錄》京師名琴下，亦記郭北山新制萬壑松。此物現歸于余。余得自顧氏，蓋鄰靜泉自北攜至粵中者。每於霜晨彈《秋塞吟》，不勝離索淒黯之感，爰繼聲白石道人，為瑞鶴仙影云。

冰絃漫譜衡陽雁[4]。西風野日蕭索。草衰塞外，霜飛隴上，兩三邊角[5]。江波又惡。況憔悴征衫漸薄。似聲聲、黃雲莽莽，嘶馬度沙漠。　遙想京城裏，裂帛當歌，索鈴行樂[6]。雲煙過眼，算而今、軫摧髹落。漫有知音，隔千載、重為護著。寄悲哀、萬壑競響許夢約[7]。

蝶戀花

為余少帆題秦淮八美圖

羅襪塵生芳意動。幾幅鮫綃，織就愁無縫。吹蝶空枝餘一夢。人間恩怨曾千種。　欲譜新聲紓舊痛。苑柳宮槐，殘月生西弄。葉葉花箋勞遠送。羈情那比春情重。

---

4 琴曲有《雁渡衡陽》。
5 香山詩：邊角兩三枝，霜天隴上兒。
6 索鈴為彈琴指法。
7 依原句七字皆仄，姜氏旁譜，「綠楊巷陌」句及「將軍部曲」句，「陌」與「曲」字均非叶韻，茲不依詞律。

蝶戀花

和小山

禿柳殘雲秋又盡。回雁驚寒，遠浦飛成陣。酒病還欺歌力困。長條鎮是牽離恨。　故國重歸難細問。借海量愁，望斷南來信。燭淚啼紅添寸寸。晚花分付佳期近。

霜天曉角

自題雪江圖，次蕭小山梅韻。

萬山積雪。掩映篔簹折。崩石誰憐瘦硬，冰斲就、玉瑩澈。　悽絕。況傷別。孤舟獨載月。且看征鴻過盡，只宜共、北風說。

高陽臺

高羅佩丁未清和來港，琴酒遲留，信宿東返。遽聞埋雲，不勝悲慟，候蛩暗葦，秋聲自碎，次玉田和草窗寄越中諸友韻，邀海隅琴友同賦。

小別經年，暫遊千里，離披碧水蒼葭。折柳江頭，吟商怯賦無家。年時相見終疑夢，寄相思、一霎雲遮。

祇斷腸、勞燕東飛，寒日西斜。　記曾載酒尊明閣[8]，有香留帶草，韻墜平沙。古怨今愁，多君攄盡才華。滔滔流水空嘆逝，更何堪、絃索天涯。忍消他、三疊陽關，三弄梅花。

四園竹

題所繪叢篠次清真韻

五湖在眼，萬玉動林扉。碧黏落蕊，紅溼淺空，秋上羅幃。寒袖寬，昔夢遠，墨花影裏。一襟幽事誰知。　驀淒其。湘妃墜淚凝斑，依依恨染春期。欲約窗前絡緯，唱徹家山，織就新辭。風滿紙，客路渺、星河雁又稀。

浣溪沙

和一鶴

漠漠浮煙孰解酲。西樓殘照換初晴。苔茵人外認行程。　別意隨雲吹不散，羈情似草剗還生。此時爭奈畫難成。

8 君藏書處。

制淚他鄉久不禁。心中紅豆漫相尋。好春長是結重陰。　吹暖柳絲連夢淺，怯寒山影墜愁深。來鴻去燕總沈沈。

怨春閨

敦煌曲子《雲謠集》最為膾炙人口。余於法京，別見一卷古文尚書背，寫《思越人》二首，又《怨春閨》。其詞云：好天良夜月，碧霄高挂。羞對文鸞，淚濕紅羅帊，時斂愁眉，恨君顛罔，夜夜歸來，紅燭長流雲榭。夜久更深，羅帳虛薰蘭麝。頻頻出户，迎取嘶嘶馬。含笑闔，輕輕罵。把衣撏撦。叵耐金枝，扶入水晶簾下。此首向未經人著錄，以示戴密微教授，喜其翻成法語，香徑春風，真同越豔，抽文麗錦，媲美花間。試和短章，用表絕唱。

江山經雨洗，疏桐蟾挂。誰與蘭香，借取秋雲帊。垂蕊銀燈，休驚夢短，斜墜芳鈿，彈淚彩箋虛榭。　悄悄人歸，苒苒流蘇沈麝。千金片刻，換足五花馬。含笑指，春禽罵。好風輕撦。珍護紅心，步入碧桃花下。

湘春夜月

琴曲瀟湘，余喜彈之，輒憶白石「蕩湘雲楚水，目極傷心」句，不覺其情之掩抑也。用為此解，次雪舟韻。

漾空明，柳風偏攬離魂。可奈別館愔愔，千念集晨昏。試欲折花歸去，恐簪花人老，不當芳春。但野煙恨水，清泠萬里，情往思存。　滄桑一角，悲生極浦，垂涕雍門。獨撫危絃，還髣髴、滿湖青草，寒浸湘雲。江南夢遠，怕此時、都種愁恨。剩伴我、有飛鳶點點，蘆邊雁影，天上星痕。

漢宮春

芳洲社課立春和稼軒

纔報春回，衹尋常風物，不見金幡。做愁花外嫩草，怎敵嚴寒。濃陰似許，縱無人、自發東園。頻欲問、春回甚處，劇憐齏菜堆盤。　便遣東風無計，但幽單萬感，消受蕭閒。望中楚山越水，洗盡霜顏。鳴禽乍變，燕歸來、已上釵環。憑記取、黃柑青韭，年年逐夢飛還。

鵲踏枝

蒙夫以四印齋製石墨匜見貺，倚此報之。

漫道家山春夢裏。楚些歌殘，埋恨深深地。舊時月色今憔悴。冷風吹夢翻成淚。　空有鳴蜩知此意。墨袖塵殘，寂寞千秋事。綺語空中傳雁字。碧天愁影魂歸未[9]。

9 鶩翁有《蜩知集》、《袖墨集》，「家山春夢裏」乃其枕上所得句。

掃花遊

和夏叔美

遠松遞碧，曳暗浦春深，斲陰庭午。熨魂薄雨。任鷓鴣喚客，岸花自語。沽酒年光，寫向琴絲味苦。斷腸處、共冷日倚欄，千柳遲佇。

飄蕊依燕舞。更墜夢颸流，砌愁成路。檥舟枉渚。對斜風亂葦，暮江橫素。去國情懷，綏卻宮腰練組。渺煙縷。帶殘陽、倦鴉傷緒。

滿庭芳

吳歌窟憶舊和淮海

磵裏縈沙，谿邊聚葉，古洞時變陰晴。蕭條林際，廢殿枕寒英。湖水平分曠渚，朱欄外、綠共波平。人家遠、空山切響，澌急瀉銀箏。

芳情。鷗戲岸、馬嘶峻路，花泛蘭纓。漸雲滋岫複，樹老滄瀛。坐覺愁生白露，更飢鼠、啼夜堪驚。野風急、芸黃腓草，瘦日下荒城。

臺城路

偶作仙山樓閣圖，憶往歲遊師子國，流連聖城（Anuradhapura），阿育王始所締構者也。殘塔荒甃，敗荷頹柳，禪草未剗，慧燈猶續，令人神飛生死之表。今茲奮管和姜，馳心蘭跡，雲機月杼，倘亦世間兒女頓悟之資乎。

沈郎早作歸魂賦。荒村不聞人語。怯柳彌天，愁荷委地，曾是梵宮深處。寒蛩莫訴。正洞府高秋，自鳴仙杼。似到青穹，夷猶鎮日甚情緒。　靈風盡吹夢雨。又疏鐘斷續，添幾殘杵。雨去何方，風來甚色，樓閣門開無數。雲根獨與。便玉樹琅玕，謾傷無女。露泣冰盤，水澄圓月苦[10]。

鶯啼序

往歲過加拿大路易士湖，得句云：殘陽欲下愁何往，秋水方生我獨西。頃又將有遠役，念昔遊既非，羈情離緒，其何以堪，追寫成圖，并繫此解，次夢窗韻。

危亭正擎恨影，對闌陰掩戶。報秋曉、林葉初黃，分付鴉柳催暮。乍離合、沈沈散靄，微波嫋嫋斜陽樹。又依稀、雪裏殘雲，錯認飛絮。　門外天涯，換苔亂綠，半銷沈嶠霧。遡千里、人去霜深，漢皐珮結心素。看叢梢、晴飄颭籜，出高岫、紅生霞縷。勸行人、且莫悲秋，但盟鷗鷺。　時光夢渺，黯極關河，吟思尚客旅。念去日、鞔衫塵滿，歲晏天末，野水添盃，聽風愁雨。寒泓落木，零花垂泫，長條攀盡荒山遠，唯冷香、共我臨津渡。生綃一幅，儘教畫筆淒迷，信美總異吾土。　俊遊巷陌，往事低徊，早鬢侵幾苧。試點檢、吟牋詞句，褪粉梅梢，揾淚傷春，斷腸呼舞。芳菲一晌，空隨流水，西風猶是吹碧瘦，送黃昏、清角移哀柱。

10 用萬松頌古從容錄偈。

依依舊夢分明，岸草湖煙，問秋老否。

謁金門

張大風畫卷，縱逸如草聖，自穗流出，久經摩挲，清氣滿紙，譬拾片腦，而裹冰綃，既歸均量，可謂得所。爰題謁金門一首，用厲樊榭韻。

山作檻。人比秋雲還澹。水木清華香冉冉。落紅三數點。　沙際琴音初泛。千里澄波如鑑。腴墨中含無限豔。黃花應色減。

攤破浣溪沙

題楊龍友九峰三泖圖

湖水無聲事已闌。餘酸猶染筆毫間。九峰三泖重重恨，不堪看。　容易好天隨夢遠，儘多宿草泣秋殘。回首夕陽煙柳外，有欄干[11]。

附錄：儀端館詞序、詞樂叢刊序、芳洲詞社啓（參見《饒宗頤二十世紀學術文集》第五九一—五九二頁）

---

11 文驄自吉州作此卷與沈士充，在崇禎十三年庚辰，時年四十四，越五載殉國。士充題句有云：「幾疊遠山無限意，卻教展卷對斜陽。」此卷李竹朋《書畫鑑影》，李恩慶《愛吾廬畫記》并著錄，現在劉氏虛白齋。

榆城樂章

來榆一月，頓爾多詞。自作寫官，未遑手定。意內言外，但遣有涯。江水淺深，難傳欵曲。

選堂并識

八聲甘州

充和以寒泉名琴見假，復賸以詞，因和。

感深情，秋日借寒泉，寶瑟結清遊。任急絃飛聽，昔心長繫，夕飲未休。漫譜家山何處，天地入孤舟。猶似荊南客，倦賦登樓。　又聞笛聲哀怨，叫中天明月，鄉夢悠悠。自清商寖響，唱起海西頭。憶行窩、梅為誰好，怕芸黃、驚葉點波浮。待描入小窗短幅，與畔牢愁。

鶯啼序

滿山紅葉，玉露凋傷，和夢窗。

丹林門香萬里，漸飛霜掩戶。散繁囿、矚目川原，看足霞綵朝暮。野煙起、晴霏悄悄，孤村流水天邊樹。問題紅心事，沾泥早似飄絮。　異國蕭條，乍冷欲雪，浥輕塵暗霧。碧波迥、江闊人稀，繞空鴻寫幽愫。挂星岑、黃昏吐蒨，出林際、紺雲堆縷。挽西風，同入柔柯，再盟鷗鷺。　碎蟲休訴，白露驚紈，雲端復寄旅。正繾綣、夕陽花塢，氣霽天末，葉可藏鴉，蔓能穿雨。曾阿景仄，荒涼古道，卷蓬無數天涯老，更啼烏、月冷楓橋渡。千山落木，不堪客路邅迴，對此那不懷土。　芳洲采采，搖蕩蕙華，轉眼餘幾苧。但可惜、招來春妒，旋作秋聲，塞馬齊嘶，井梧邀舞。鮫綃傳恨，練單誰共，衰顏借汝朱一霎，拚哀音、彈入秦箏柱。依依萬點新愁，夢渺宮溝，舊歡在否。

浣溪沙

秋興和忼烈八首

暝宿篝燈卻念誰。忍寒清影更何依。秋深難遣獨醒時。　寄遠鳳箋堪贖夢，起衰鸞鏡可添姿。平明風葉滿林飛。

畫扇它鄉久見捐。遙山一抹倩誰憐。無多楓樹著紅嫣。　手斲井冰成片玉，心存蕙畝憶遺鈿。芳菲猶似燕歸前。

檻外繽紛日色妍。病榆凋盡不成錢。空憐瘁葉落山泉。　湧地塔高天尺五，辭家心憚路三千。剩從駒隙覓徂年。

牢落關河賦遠遊。馬嘶葉脱已驚秋。八聲誰共唱甘州。
休怨霜風幫擫笛，生憎殘照苦當樓。眼中舊壘起新愁。

不飲深教負酒巵。愁墉孤弄忽移時。宵昏爐暖尚單衣。
隔漢珠星勞悵望，鏤寒冰豆足相思。清輝射枕月鉤垂。

芳願重違薦苦心。移紅停倩護疎林。緒風猶道是春深。
萬古舊歡奔似矢，一時新怨怯成吟。酒闌悲壯有鳴琴。

閉置行廚懶出門。一樓遠遠見高垣。諸峰俯瞰似兒孫。
未覺輕陰愁日暮，每看返照入江翻。陂陀回首浸湖淪。

月上藤蘿見紫莖。枝枝葉葉復鬅鬙。一宵如水寂如僧。
曙色暫銷無歇緒，衣香深恐有時憎。黃花白露認秋棱。

浣溪沙

二疊前韻

香遠冥冥欲語誰。辭枝危葉尚依依。斷腸無奈峭寒時。
漫翦縷雲移倩影，待呼落絮伴幽姿。夕陽紅

盡亂鴉飛。

黃葉聲多未忍捐。歲寒共保漫相憐。檀欒深徑有霜嫣。
艸愛護紅甘化土，枝能障綠任飛鈿。聽風聽雨眷春前。

曾是瓊枝比日妍。東風吹盡沈郎錢。消磨豔冶付奔泉。
絆淚柳絲吹縷萬，閱人亭樹挂帆千。行鴻征雁不知年。

暝入華胥念昔遊。蕭蕭暗柳已知秋。浮雲西北是神州。
萬里河山悲極目，八方風雨怕登樓。有情芳草足供愁。

難以深憂納淺卮。無憑嫩約憶年時。倩誰為唱惜紅衣。
北郭楊低空解舞，西風蟬老説相思。數行征雁與雲垂。

落筆從知有戒心[1]。吳霜借我染高林。淺苔草閣貌江深。
秋到無聲堪入畫，春隨昨夢付沈吟。靜聞驚葉打瑤琴。

數筆橫塘綠到門。蕭寥秋意在柴垣。籬根賈葉竹生孫。
空翠溼衣憐日冷，疏枝迎面逐風翻。萬人如海且沈淪。

1 錢杜云：「作山水，初落筆便有戒心。」

莫恨霜威未庇莖。滿林掃盡見鬅鬙。天寬著我似行僧。別後書詞空記省，眼前風物失疑憎。西山霧掩已無稜。

浣溪沙

三疊前韻

心倦和雲更訴誰。中宵銀燭鎮相依。平林風起乍寒時。一様重樓波弄影，十分淡月霧凝姿。衣寬人瘦看禽飛。

斷送此生百緒捐。惺忪宿鳥惹人憐。愛他樓角出紅嫣。怨去吹簫聲轉淚，老來簪髮恨生鈿。銷魂總在夕陽前。

綺語自知格外妍。斜陽無價不須錢。咽蟬啼碎亂山泉。斷碧清江分影獨，臥紅芳陌落秋千。關山笛裏送華年。

落月相望慰遠遊。誰溫誰冷自禁秋。蘭橈深處隔遙州。長是飛花仍念亂，即看殘夜欲明樓。闌干遍倚恁離愁。

送遠寒花落酒卮。愁腸無味已多時。江楓幾點拂征衣。夢怯它鄉成獨往，調悲啼鳥學相思。斜街日靜畫簾垂。

猶是桃花不死心。春風吹夢到青林。此情天與海同深。　白髮緣愁空作縷，黃金鑄淚漫成吟。綠嚬紅笑伴霜琴。

愁水愁風獨閉門。夕陽忽下見苔垣。錦裳我欲叩天孫。　地隔中原先葉落，江連巨海任波翻。心源靜處有漪淪。

積草空庭欲掩莖。眉山顰損髮鬅鬙。一龕如畫臥枯僧。　燈蕊夢中開自喜，雨聲心上滴常憎。離魂自撫漸生稜。

附：浣溪沙／張充和（參見《饒宗頤二十世紀學術文集》第五九七—五九八頁）

翠樓吟

和忼烈九日韻

遠水涵青，平原繡赭，落霞猶挂霜樹。急飆催未歇，索餘絢、留分裙屐、御溝曾賦。看葉逐瀾翻，枝隨鬢舞。臨津渡。歲寒方早，蘅皋歸暮。　試數百卉俱腓，寄相思一字，靈犀休負。長風吹雁北，楚天遠、因循還誤。咽泉傾愫。詎淚減當春，紅流觴俎。鴉啼去。漫山殘照，滿樓飛雨。

摸魚兒

西麓霜林坐晚和稼軒

更無端、葉飛如雨，客中重九催去。悲秋常怕秋風早，恨草啼花無數。君且住。休悵望、千山黃葉無歸路，蒼山不語。漸冷落林坰，夕陽霜樹，愁比滿天絮。　承平事，料理相逢又誤。殘紅曾惹春妒，玉田漫有淒涼賦，密意砌蛩堪訴。風莫舞。便化作斷霞、終復歸塵土。行雲正苦。問翠袖天寒，荒溝誰在，難覓解鞍處。

瑣窗寒

少帆輯粵詞蒐佚，多半故人蕭落之作，倚此寄題，依玉田玉笥山韻。

作繭悲絲，鐫懷聘月，意多言外。情非夢殢，咽斷寒蟬聲裏。伴清宵、風淒露重，餘音已攬銀河碎。自海綃去後，詞壇冷落，空想高致。　還是。飄零意，縱豆蔻青樓，迷離煙水，京華憔悴。算幾輩、又成新鬼。更何堪、落日玄猿，哀箏彈出滄桑淚。莫重吟。草長江南，愁根生亂葦。

木蘭花

得立聲太平湖書

行人已共青山遠。莫道山深天不管。湖荒樹古暮猿啼，淚落三聲聞已徧。　寄書苦候南飛雁。雁去水昏山更斷。平明葉落風滿樓，盼得書回剛月半。

渡江雲

子健句云：詩書分中事、梅花格外鮮。甚喜誦之，適有來翰，譜此代柬，次玉田韻。

詩書分內事，殷勤片葉，遠寄暮寒初。看紅甆候火，世短意多，筆硯費春鋤。東風如酒，轉平蕪、可似西湖。想昔日、依依漢上，新柳已成株。　愁余。征帆萬里，室邇人遐，更棲遲何處，漫贏得、書隨客老，晝共燈孤。蓴鱸亦有他鄉好，縱雁少、先見來書。憑問訊、梅花入夢中無。

浣溪沙

題張恂壺山山水冊。壺山，涇陽人，流寓廣陵，與何義門孫枝蔚同時。

幽徑真堪殿六朝。拂衣惟見艸蕭蕭。塵箋細撫已魂銷。　林靜風煙千嶂遠，樓高涕淚一身遙。廣陵心事託寒潮。

摸魚兒

兆楹遠假墨研一方、戲書謝之、再次稼軒韻。

算閒他、管城老子，攜來卻又拋去。硯池剩有宮溝水，飄盡殘紅無數。人欲住。甚底事、征鴻奔走東西路。報君一語。只肥了愁根、瘦損腰圍，分與天邊絮。　古今事、俯仰群書多誤。秋來還讓春妒。船山頻和江南賦[2]。徒託寒蛩深訴。且慢舞。便澆酒買絲，繡作平原土。嘔心未苦。候他日籠鵝，黃庭寫就，謝汝安錐處。

蝶戀花

和葉迦陵

世味真同紗霧薄。儘有中邊，如蜜都嘗卻。從古多情傷哀樂。星移事改空斟酌。　燕語鶯啼閒院落。萬戶千門，何苦間關約。漸覺老懷輸少作，畫欄盡日思量著。

六么令

充和幼子捕得小動物，充和為作繭衣，噓呴者至，而彼蟲尚寐無吪，若無意於人世者。嗟爾微物，其將自絕於溫情乎。諷之以詞，用波外樂章均。

咽風嚙葉，姑射餐冰雪。捉來呼燈兒女，花外無家別。襲以雲衣細護，驀度清秋節。翠鈿輕鑷。吳蠶睡

2 董齋兩和此詞。

老，惆悵後期先凋髮。　生世何堪作繭，未死絲難絕。吹動六管飛灰，恨入哀絃撥。莫道人間少暖，除是滄桑竭。西風綠減，東波紅泛，蠟淚泣秋早成疊。

浣溪沙

充和觀余作畫，贈詩並貺胭脂以點霜林，賦此奉報。

搖落方知宋玉悲。秋風墜葉滿林扉。胭脂合與點斜暉。　流夢淥波聲細細，牽衣紅樹話依依。教人翻信是春歸。

向夕群山袖上雲。蕭疏亭樹映湖濱。倪家筆法與誰論。　落雁遙沙如舊識，倚樓長笛最先聞。蒹葭寒水且逡巡。

無悶

和中仙雪意

欲旦延陰，先暝未昏，殘日高樓倦倚。怕成朔淒風，氣清如此。已過傷秋冷落，睠遠路、滄波彌雲水。早殘蕙艸，瘞花綴玉，如綿初墜。　荒致。更誰似。看倒影椒塗，頓生春意。悵水闊山孤，漫勞遐睇。擬把瓊枝畫好，蹔換取、芳菲生塵世。只剩得、無限癡寒，化作梨花鋪地。

聲聲慢

冒雪至充和家中作畫，和中仙催雪均，并邀同作。

悽陰促影，寒意停芬，溯遊訪戴休疑。袖裏朔風，攜來正好催詩。紅爐又添綠螘，寫疏林、猶抹胭脂。問斗室、有秋聲如許，此夕何時。　窗外梅尋鄉思，眷敂絃逸曲，淚結冰枝。遲萼東風，新詞待譜奴兒。剪燈夜闌花碎，拂鮫綃、夢冷誰知。最可念、深雪前村，絕似剡溪。

居新港 (New Haven) 九閱月，授課之餘，遍和清真。復得詞將四十首，都為一集。遊子懷鄉，偏多感喟，西詩所謂 Nostalgia 者也。新港舊植榆樹 (elm)，有榆城之稱。閒居既愛其名，因號詞曰《榆城樂章》，記其地云。選堂又識。

睎周集

庚戌九月，饒子選堂暫移壇於北美，教授耶魯大學研究院。羈旅榆城之中，棲遲舊堡之上。是時也，岸柳褪青，江楓耀火，川原泬寥，秋氣憯悽。空城曉角，侶碎蛩以吟愁，古屋深燈，擬枯僧之禪定。未免有情，誰能理遣！於是騁才小道，放筆倚聲。既和余令慢二十餘闋，一月之中，又步清真韻五十一首，擷片玉花犯起調，曰粉牆詞。遠道相寄，歎賞無斁。余寓書云，方楊和周，殫精竭慮，裁九十篇，聲音不誤，神貌全非，徒僭三英，曾無一是。吾子才大擬於坡仙，格高無媿白石，彼畢生之所為，子咄嗟而立就，曷假其餘興，依陳注本而徧之。既攄所懷，亦開來學。未及朞月，又得七十六闋，合前凡百二十七章。字字幽窈，句句灑脫，瘦蛟吟壑，冷翠弄春，換徵移宮，尋聲協律，至於名媛綴譜[1]，異域傳歌，徵之詞壇，蓋未嘗有。昔西麓繼周，其數相埒，大過方楊，類多好語，而苦尠完篇，比於饒子，尚隔一塵；因名之曰睎周集。客或謂余，詞貴新

1 張充和女士為譜《六醜》，以笛倚之，其聲諧美。

造，韻當自我，畫地為牢，屨校滅趾。余謂客曰，才難而已。陸平原所謂躑躅燥吻，寄辭瘁音者，信大難耳；至若虎變獸擾，龍見鳥瀾之士，籠天地於形內，挫萬物於筆端，大豪末而小泰山，以無厚而入有間，則何難之有乎？子瞻之和楊花，幼安之次南澗，別裁清思，迥邁原製。是知積厚之水，堪負大舟，追電之駒，無視銜轡。形雖撫古，實則維新，今觀饒子之什，益信然矣。借他人之杯酒，澆胸中之壘塊，言必己出，意皆獨造，從容繩墨，要眇宜修，律按清真，神契白石[2]，不標次韻，誰復知之？或疑固庵一集，早著詞林，縱目遙天，奚待踵武。豈知言哉！故特辯而序之。

辛亥夏初，羅慷烈敍于香港兩小山齋

晞周集卷上

瑞龍吟

青山憶舊遊

屯門路。猶記傑閣低天，颭波搖樹。依依竹裏人家，遠帆欲渡，神栖甚處。　悄凝竚。夢挂六朝絲柳，綢簷朱戶。叢松箭徑蕭條，青山一抹，昏鴉亂語。　前度長亭攜手，薄雲飄蕩，飛花閒舞。可奈歲時推遷，

2 饒子《固庵詞》中和白石者幾四分之一。

人異今故。題扉壞壁，難覓昌黎句。休回首、呑舟巨浪，艱難天步。節冷羈人去。憑誰為理，相思萬緒。辜負腸千縷。吟望久、沈沈雞鳴風雨。竟宵霣雪，滿頭堆絮。

瑣窗寒

走馬蘭臺，蒼苔印屐，冷梅窺戶。江山信美，贏得寥天零雨。換東風、一陽漸生，碧紗枕外輕雷語。惜夜燈怯翦，春衫慵試，異鄉羈旅。　朝暮。移情處。待寫入琴絲，緊絃二五。聲聲未苦，尚有成連音侶。怕重斟、翻淚急觴、斷魂此際知返否。倚危欄、但有斜暉，絆客留尊俎。

風流子

飛雪下寒塘。朔風緊、帶雨洗殘陽。正天倒玉壺，浪生銀野，地連翠樹，煙潤宮牆。困惱是、悽悽還戚戚，冷意逼絲簧。十里霧濃，五更霜重，儘多清涕、催落離觴。　荼靡濛濛裏，人何許、和月久佇西廂。自剔燭花，平分蠟淚成行。看簾底熏爐，才溫又冷，池邊藤影，入夢搖香。分付柔腸，讓他縈結何妨。

渡江雲

羈途無好夢，繽紛密雪，萬里走風沙。便驚寒到骨，律谷誰吹，布暖遍人家。玉龍下界，任削柱、爭斲紛華。簷溜間、白頭相映，舞凍雪中鴉。　空嗟。粉窗凝綈，大靄屯空，似黃雲塞下。春欲來，美人何故，先著縞紗。高寒一洗離人眼，待試作、水墨蒹葭。淒斷處、朝暾正墜瓊花。

應天長

枯條撼雪，零露墮冰，偎人月帶愁色。做就一天飛絮，廉纖似寒食。風彌厲、欺病客。唱折柳、助增淒寂。又驚見、吹盡蘆花，鬢共狼藉。　收拾付陽春，待到鶯啼，桃李滿東壁。一夜冶容全改，僵眠掩閒宅。萋萋艸、生舊陌。擬稅駕、奈迷蹤跡。水葓老、算有梅枝，孰問相識。

荔枝香近

拂雪蕭晨風亂。飛蝶去。莫道片片如花，輕翦寒中霧。看看坐失林巒，喜極朝來雨。如沐，洗澈新茶正和乳。　空竚立，苦憶送君南浦。落照歸風，無恙片帆高舉。未報遷鶯，鎮日清言賴鸚鵡。共對依依蠟炬。

還京樂

撫絃擺，細數華年，悵惋終倦理。買麻姑滄海，一杯露冷，千金能費。望夕霏林際，黃雲過盡隨花委。照客枕、樓角缺月，東風彈淚。　問笙歌底，可還諳悲喜，更闌酒醒，中宵孤睡況味。堪嗟久客天涯，幾曾栽密蹊桃李。試望京、猶隔百年程，情牽萬水。欲把歸期卜，尊前人未憔悴。

掃花遊

黯然去國，但目極傷心，逾湘懷楚。鬢絲結縷。過丹楓豔錦，葉凋雪舞。滴到天明，聽慣疏窗暗雨。雁飛去。祇客尚滯留，檐屋欹處。　前約嗟浪許。又換歲春歸，遲迴中路。異鄉別俎。便高歌送日，莫銷襟素。恨入朱絃，未覺燈昏意苦。更延佇。滿雲端、夕陽簫鼓。

解連環

偶擷白石夢窗句，檃括成章。

素絃堪託。摹瀟湘指上，水清山邈。看岸柳，衰不堪攀，更平野亂煙，冷多光薄。惻惻霜風，儘消受、客中離索。自征鴻去後，懶問舊栽，檻外紅藥。　魂銷楚皋芷若。惹相思萬種，春燈眉角。空記省、香遠裙歸，奈燕雁無心，寶箏拋卻。俊賞西園，正待放、筠枝梅萼。認依稀、女牆月出，欲攀又落。

丹鳳吟

竹外苔枝禽宿，莫似揚州，官梅東閣。雲中青鳥，傳語蹔投深幕。春雲可剪，夕陽如夢，裁作羅衣，猶過蟬薄。只惜伊人此際，一水家山，嬌霧遮斷樓角。　可念陌頭細柳，朔風二月吹更惡。無數青青草，被繁霜濃染，能不凋鑠。秋千閒挂，觸蕊逐風先落。雙淚傷春，牽緒亂、似絲絲盈握。化斑點點，生怕人認著。

瑞鶴仙

望青山北郭。征雁渺，霧隱平林漠漠。谿寒促花落。命巾車、遙指孤城天角。柳條未弱。有雅禽、柯底密約。更荒江坐晚，久別故鄉，怯引樽酌。　落寞。丹霞乍起，霧已移陰，雨先沈閣。危飆入幕。經幽澗，覓紅藥。歎名山待賦，躊躇今古，登高懷抱未惡。看浮雲過卻。暫遣中年佚樂。

西平樂慢

車柱環餽高麗髮箋，作畫謝之。

巢燕東西，泛萍南北，天遠故國春賒。黯黯年涯，蕭蕭玄鬢，繁陰鎮被愁遮。謝貺我，藤箋百幅，猶記觀書冊府，鴻泥在眼，時催風急，氣變驚沙。生世難逢易別，思往事，墜夢付傷嗟。　綺寮秋飲，漢南[3]柳色，明月樓頭，今為誰斜。何日許、蓬蒿仲蔚，親界烏絲，漫管斜川地遠，寒竹荒蹊，共賞清秋眼未花。

3 指漢城。

應喚隔江，湘靈鼓瑟，鴻陣哀絃，料理幽憂，不為鱸魚，張翰也自思家。

綺寮怨

楊禹丞書云，每讀余詞，覺純文學感人之深，報以此解。

玉笛猶纏窮思，壓愁醺未醒。看過眼、士馬衣冠，憑誰主、畫壁旗亭。十年題襟異國，菁莪地、帶草仍暈青。只去來、歲序侵尋，飄零客、鬢變悲易盈。　此去驛煙幾程。驚塵滿目，況當萬里飛瓊。寶瑟宵清。掩叢卷、忍重聽。堪歎惜陰人去，珍重閣、最傷情。歌翻渭城[4]。相從恨歲晚，空涕零。

西河

憶瑞士曇夢湖寄戴密微丈山村

形勝地。前遊嘉遯堪記。長源含雪決飛泉，激波暗起。繞湖斷岸屢崩奔，悲禽時出林際。石緣綠，猶悄倚。孤舟鎮日長繫。滔滔極望渺津涯，霧迷舊壘。回看路邈更緬歸，合流別有山水。　村蟠水曲自遠市。指高人巖麓居里。也擬暫抛塵世。看成章奏理。何時相對。依谷懷秋浮雲裏[5]。

4　曩與叔雍研詞樂，討論明譜《陽關曲》。

5　謝客《山居賦》云：「懷秋成章、含笑奏裏。」翁近有論謝詩長文。

側犯

縞枝雨過，露扉亂葉浮光靚。波定。有竹外餘香泛清鏡。黃昏信味好，粉雪休糝徑。天靜，梅照水，斜欹認疏影。　雕闌獨倚，月射鮫綃瑩。重記省。甚尊前、風味老荀令。怕理鸞箏，畫堂宵迥。吟罷曉角，夢移金井。

一落索

題畫

春與柔條披秀。苦教眉皺。暗黃千縷斷人腸，莫更坐、為詩瘦。　如此江山閒久。故人還有。若論描得幾多愁，待再寫、湖湑柳。

又

落日啼鵑聲苦。況催歸去。畫中山郭酒旗風，換一霎、江南雨。　夢繞嵩雲秦樹。雁傳書素。斷橋春水片帆歸，是往日、經行處。

訴衷情

紅葉

香燒心字繞千盤。客久夢常酸。落照不辭風力，抵死染林丹。　征雁去、暮雲閒。葉爛斑。淚和雨滴，不信悲秋、又到人間。

華胥引

題士女

無窮春事，空染相思，翦花裁葉。化作浮萍，牽愁水面魚子唼。別意疏柳依依，伴紫簫嗚軋。看到飛蓬，瓊梳雙鬢猶怯。　羞畫宮眉，莫負了、翠鈿輕鑷。去鴻難訊，陰晴盈虧坐閱。客裏光陰誰買，剩淚珠盈篋。沈醉醒來，絮雲和夢千疊。

蘭陵王

初至榆城，聽充和擫笛

路修直。流目寒山轉碧。林風起、雙鳥渺煙，落盡繁英儼秋色。攜秋適遠國。長託孤雲庇客。陂塘晚、垂柳幾枝，拂水柔情信千尺。　名都問蹤跡。有暖接華茵，香展塵席。離居還作京華食。看眾渚綿邈，尺梯慳步，人間何處異路驛。倦遊海東北。　幽惻。旅懷積。謾破夢分憂，鋪恨成寂。斜陽徙倚思何極。但勸影高燭。訴心哀笛。清歌遙夜，繫去晷、借淚滴。

浪濤沙慢

與均量同適美，余滯彼歸，秋去冬來，寫此奉懷。

又秋深、蘆花岸草，野水空堞。鸞翼催人迅發。陽關客舍唱闋。祇事往追思腸百結。長條在、自怯攀折。念去去煙波，帶暮靄、音塵成間絕。　清切。望中日近江闊。更地白霜淒，無人處、已斷寒雁咽。嘆世短情多，唯是傷別。逝川不竭。閱無端聚散，天邊孤月。愁水愁風山重疊。文章事、時流漸歇。短歌起、嗚嗚敲缶缺。最惆悵、能幾清明，怕看取、梨花落盡東欄雪。

隔浦蓮

涼飈乍動翠葆。零露滋林窈。別夢無拘檢，眠初醒，聞啼鳥。青青池畔草。殘陽鬧。紅濕蛙鳴沼。　嫩枝小。新詩忒瘦，如東陽愁絕倒。林風庭樹，片片墜茵催曉。星澹繩低有鵲到。愁覺。寸心花際誰表。

塞翁吟

六出飛寒蕊，風定戛玉瓏璁。閱逝水、鎮長東。看凍了芙蓉。孤蓬自振驚砂起、冷夢燭影搖空。楚女嘆、幾時重。蠟殘照釭紅。　忡忡。傷遲暮、徒工作賦、拋涕淚銷斜照中。且覓句、聊傳往恨，路修阻、咫尺難通。況乃塵封。花飛絮委、怨鴂先鳴、分付東風。

繞佛閣

浮煙靜斂。驚破候雨、禽叫珠館。清晝常短。夕陽繾綣、時時叩書幔。一年又滿。鄉路浩蕩、春至非遠。花氣何婉。望中碧海，連天沒崖岸。　斗柄正迴轉。九折柔腸穿錦線。還繞江流，愁漪生水面。數別日春衣、別後更箭。夢魂相見。恨不語蒼山、吟思零亂。寄梅花、等誰重展。

霜葉飛

柳

寒雲腐草。隋堤路，驚飛心繫江表。即看燐火向人青，伴黃昏清悄。又颯颯絲絲颸曉。關河途遠波聲小。最殢人、無奈是漸入蒼茫，野戍萬里殘照。　遙望九點齊煙，蓬飄波蕩，脈脈杯瀉難到。吳刀好剪尺天長，寫楚中幽抱。似走馬、千年換了。幺絃無此淒涼調。看舊徑、吹綿處，驚問桓溫，綠攀多少。

滿江紅

讀昌谷詩

日上三竿，休報道先生睡足。偶墜向、文章刼裏，碧緗盈束。年少空教簫化淚，蹉跎早是髀生肉。但徘徊、眸子射酸風，看新局。　蘭欲笑，雞可卜。琴已瘦，腸仍曲。遍人間、坐閱山丘華屋、喝月曾驚群綠走，飛香羞入叢紅宿。少待有、紫帳熱春雲，楊花撲。

大酺

新春早起

望朔雲昏東皋暗，飛雪斜敲林屋。遠峰初日起，挂銅鉦，時與小星相觸。殘月辭人，孤燈障夢，閒倚高樓深竹。流年剛過了，聽雨聲未斷，黍炊初熟。正湖海瘴生，畫闌煙悄，伴人清獨。　窮冬歸又速。尚堪送、清景勞飛轂。算只有、江雲愁嶺，霞碎箋天，説離居、自煩心目。何況歸帆少，空目斷、畫屏千曲。驀回首、江南國。迎歲鶯語，多少簾櫳桃萩。驛梅正宜對燭。

三部樂

操弄

歸雁寥天，漸按欲斷弦，吐音淒絕。玉清冰潔，掩抑偏隨寒月。又征馬、嘶斷殘秋，悵紫簫未咽，畫角催發。砌蛩不語，露井猶飄梧葉。　知音自難再覓。但斂悲自訴，待何人説。漫嗟水流急景，繁霜凋髮。看銅盤淚珠泫睫。休更學，啼鵑叫切。只有衰柳，猶解替、愁紉千結。

解蹀躞

別意

別味無端先識，悴葉辭風舞。入懷涼月，聊堪慰行旅。誰釀一段相思，乍醒酒面餘紅，暫銷離苦。　惹千緒。一任迴風愁步。危亭舊曾遇。墜歡重拾，淒淒灞橋雨。此際芳草天涯，待他雙燕差池，夢隨秋去。

六醜

睡

濟慈云：祛睡使其不來，思之又思之，以養我慧焰[6]。夫詩人瑋篇，每成於無眠之際，人類文明，消耗於美睡者，殆居其半；而心心不易相印，亦因睡有以間隔之；惟詩人補其缺而通其意焉。

漸宵深夢穩，恨過隙、年光拋擲。夢難再留，春風迴燕翼，往返無跡。依樣心頭占，闌珊情緒，似絮飄燕國。蘭襟沁處餘香澤。繫馬金狨，停車綺陌，玲瓏更誰堪惜。但鵑啼意亂，方寸仍隔。　閒庭人寂。接天芳草碧。燈火綢繆際，如瞬息。都門冷落詞客。漫芳菲獨賞，覓歡何極。思重整、霧巾煙幘。凝望裏、自製離愁宛轉，酒邊花側。琴心悄、付與流汐。只睡鄉兩地懸心遠，如何換得。

6 見 *Sleep and Poetry*。

蕙蘭芳引

影

尼采論避紛之義，謂此際人正如影，日西下，則其影愈大，惟其謙下如日之食，而能守黑，蓋懼光之擾之也。[7]與莊子葆光之説略近，茲演其意。

清吹峭煙，拂明鏡、恥隨雞鶩。看夕照西斜，林隙照人更綠。水平雁散，又鎮日相隨金屋。自憩陰別後，悄倚無言修竹。　火日相屯，陰宵互代[8]，可異涼燠。況露電飛花，難寫暫乖欸曲。江山寥落，白雲滿目。但永秋遙夜，伴余幽獨。

玉燭新

神

陶公神釋之作，暫遣悲悅，但涉眼前，斗酒消憂，行權而已。夫能量永存，塞乎天地，腐草為螢，事僅暫化。故神之去形，將復有託，非猶光之在燭，燭盡而光窮也；光離此燭，復燃彼燭。[9]神為形帥，而與物相刃相劘于無窮，如是行盡如馳，而人莫之能悟，不亦哀乎！以詞喻之。

7 *The Genealogy of Morals VIII.*

8 莊子寓言。

9 《北齊書》杜弼語。

中宵人醒後。似幾點梅花，嫩苞新就。一時悟徹，靈明處、渾把春心催漏。紅蔫尚佇。有浩蕩光風相候。紺縷在、香送閬風，餘芬滿攜羅袖。

從知大塊無私，儘幻化同歸，惟神知否。好花似舊。應只惜、玉蕊未諳人瘦。瓊枝乍秀。又轉眼、飛蓬盈首。信理亂難道無憑，春籥又奏。

塞垣春

觀充和離騷書卷，並謝其為余手錄和周詞

雪意昏垂野。插綠昊、梅枝卸。澄心舊紙，隃麋新墨，書復如畫。又冷香點破東風也。恁寂寞、供揮灑。更毫端驅風雨，細挑殘燭摹寫。

新和瑞龍吟，師秦七、難比淵雅、檢幾卷離騷，怕啼鴂鳴夜。數銀鉤、十三行在，摩挲久、沈吟青燈下。月色試呵手，淚凝珠滿把。

丁香結

方宇家觀八大畫

拖濕為乾，轉圓成智，橫掃萬絲如隕。嘆雷驚波走，甚透脱、亙古無茲清潤。亂山層障外，藏鋒意、萬折百忍。偷來神趣，霧雨指掌，迷離不盡。

指引。看變化無方，尺幅魚兒陣陣。小鳥芙蓉，青藤妙理，墨花初暈。應念心愴故國，草木縈方寸。唯藏山呵護，莫便塵箋蠹損。

黃鸝繞碧樹

春鵲喧華屋。寒威未減，雪霏染暮。鎮日逡巡，對蒼煙碎亂，隔溪妝素。翠尊易泣，又山斷波連羈緒。堪愛是薄薄斜陽，暖上重衣生煦。　陌草紅心已吐。淚花飛、頓多閒慮。信無主。怕東風聚恨，濃汙塵土。儘有鬢絲萬縷。不繫得、韶華住。何人上苑移根，獨偎芳樹。

氐洲第一

大千贈畫經年，記憶中淋漓障猶濕，譜此謝之

催瘴思岷，衝雪度隴，輕綃地闊天小。雜樹花飛，曾波雁去，和日雲霏縹緲。高闕長橋，又髣髴、西風殘照。拂澹猶新，麻皮異昔，董源非老。　勝賞神遊人漸少。渺鄉國、迴腸空繞。急浪夔州，驚沙佛窟，萬里添愁抱。飽遐觀、輕五岳、收身早。洪厓一笑，過眼煙鬟，夢湖山、鐘殘畫曉。

拜星月

候春

暖霧驅雲，光風流蕙，路轉花濃復暗。玉笛飛聲，落誰家深院。凍痕巧、印入梅梢柳眼。蜜炬圍紅星爛。問訊番風，甚他鄉遲見。　熨餘寒、隱約東風面。春何許、萬一雕欄畔。尚是倦枕懨懨，怨浮萍流散。更

何堪、雨濕黄昏館。佳期近、夢短林鶯嘆。乍攪亂、一段離魂，隔郵亭影斷。

玲瓏四犯

題畫

稊柳搴簾，有繡幕叢花，圍住春豔。欲倩東君，貌出鏡匳妝臉。還恐岸曲蘋風，又忍把、嫩條吹亂。更釀愁霧斂星換。前事幾回曾見。　畫塘誰把鴛鴦薦。望疏窗、蕙葱蘭蒨。長繩試繫西趖日，佳氣舒心眼。才見打槳燕歸，翦浪蕊、寒波萬點。正拂雲欲墜，風捲葉、頻驚散。

法曲獻仙音

黄入東風，白飄南苑，逝晷流澌催度。袖窄春寬，物移星改，沈沈漏聲侵戶。最不耐、銷魂處，時聽瀓宵雨。　翦燈語。望遙京、斷鴻煙水，空睠念、咫尺奈成間阻。縱亂舞瓊琚，猶依稀、眉黛春嫵。凍鳥聲聲，更無人傳語幽素。料芳心太苦。莫肯帶愁歸去。

齊天樂

別情依黯蘅皋路，衰楊幾枝搖晚。照影傷癯，涵煙恨淺，多謝東風裁翦。愁車晝掩。漫乞取春雲，欲籠文篁。露已霑衣，斷煙和影尚舒卷。 冰澌池沼未泮。嫩苔生綠處，春意何限。鑄水瓶花，調風院葉，來日陰晴乍轉。江關夢遠。暫一縷相思，有誰堪薦。片雪飛來，滿山殘照斂。

宴清都

寄暹中故友

地僻生鼙鼓。哀時意、冷鷗寒兔宵度。亂離瘼矣，涼蟾何事，覷人庭戶。雲羅萬里長空，算尚有、賓鴻作侶。漫記省、塞路崩榛，蕪城鮑照曾賦[10]。 誰容倦客逃虛，幽蘭未譜，寒雁先苦。羈愁萬斛，枯禪寸抱，十年來去。高僧指點殘塔，入夢裏、神遊舊處。問昔時、拚醉春風，柔條在否。

慶春宮

晉嘉書言差耶昔遊，不勝悵觸。

孤塔荒煙，斜陽頹寺，密林悄水邊城。禾黍如油，瓜蒲盈野，漫山不聞秋聲。勝遊纏夢，十年事、駸駸鬢星。停車油壁，當日驚逢，心復牽縈。 來鴻去燕將迎。人笑憔悴。花訴飄零。煙雨沙邊，平生幽恨，

10 曩經吳哥窟有詩記之。

彩箋吟句霜清。故都喬木，遠暢望。欲畫未成。有并刀在，碎翦東風，一散離情。

尉遲杯

新澤西州道中

天涯路。盡葉脱、密雪凋芳樹。蕭蕭巷陌人家，更欲停車何處。綿綿遠溆，偏澹寫、奇峰沒荒浦。看朝來、浣斷征塵，朔風吹雨飛去。　回首杜若芳洲，呼殘夢冥搜，落照鴉聚。不是鵝黃曾相識，猶誤認楊花醉舞。瞻前路、霜汉曠野，聽鳴笛、邀雲欲共語。渺空山、罷按瑤琴，怨蘭聊覓鷗侶。

憶舊遊

訊港中歲晏花事

漸愁滋露溉，草細風梳，人倦春宵。暗裏年華逝，任雲旗遠隔，夢雨飄瀟。畫樓酒醒何處，籠壁短燈搖。鼓瑟無憑，揚舲有意，總是魂銷。　迢迢。漫遊處、只雪擁平皋，塵滿行鑣。想故人天末，早慵忺傾醽，山澤頻招。黏天海氣花木，燈火赤闌橋。更綠柳新梯，春來散囿多絳桃[11]。

11　謝靈運詩：「墟囿散紅桃」。

過秦樓

夢切江雲，恨抽芳草，霧澀剪秋難斷。斜陽屋底，猶挾餘寒，世上久拋紈扇。惆悵老去填詞，偏愛良宵，怕催銀箭。看屏山曲曲，孤燈無語，水涯人遠。　誰問訊、酒面紅生，酬春無力，暖入碧波濃染。冰澌老巷，風掩重門，一夜鬢霜先變。冷句飛香，重怪他、清露時搓，浮萍難倩。想天孫此際無睡，星如淚點。

滿庭芳

登西麓，望小湖，看去鳥蒼煙，悵然久之。

岸曲霜黃，渚清陂白，雪中晴日偏圓。海吞山沒，朝夕起寒煙。彌望平原萬里。綠楊外、潭水濺濺。銷凝處、新凋片葉，波似洞庭船。　經年。送雁陣、青楓碧蓼，飛過荒椽。念去程剛轉，料近春前。漫倩神僧咒缽，止流水、低拂哀弦。津亭畔，啼鴉廢壘，容許白頭眠。

解語花

雪夜和周詞不寐

寒蟬切響，朔雁流哀，霞佩精光射。萬家鴛瓦。回腸處、唱遍水邊月下。陳詞縱雅。算賺得，鮫珠一把。殘雪飄、如我天涯，濕雨薰蘭麝。　人墮他州暮夜。望昏昏寒月，誰共遊冶。歌紈羅帕。烏絲裏、自覓寶車行馬。燒燈近也。禁幾炬、蠟膏銷謝。休遡紅、花外鵑啼，剛素箋題罷。

滿路花

詠紅茶

星依北渚雲，春在東欄雪。空園凋蕙草，音書絕。嬌香絳質。此際愁親折。水深波浪闊。分付啼鶯，好迎錦纈芳節。　胭脂添淚，一向先成血。瑤花融玉茗，神能接。紗廚乍醒，腋下清風切。幽意憑誰說。恨墨封題，茜裙違夢傷別。

一寸金

充和家合肥，工度曲，向嗜白石詞，手錄成卷，檢視半為鼠嚙。偶誦淒涼犯，不勝依黯。近為余譜六醜睡詞，以玉笛吹之，聲音諧婉，極縹緲之思。因摭姜句，和此解志其事。臨睨故鄉，寸寸山河，彌感離索矣。

胡馬窺江，可復垂楊滿城郭。看戍樓斷角，黃昏巷陌，寒鴉平野，車塵江腳。波蕩蘋花作。人歸處、愁紅正落。何堪又、牧馬頻嘶，去雁聲聲動寥廓。　異國經年，秋風何事，驅人鎮飄泊。奈蠹箋傷鼠，秋詞盈篋，羊裙繫舸，春禽時約。投老行吟地，情懷似、暮煙澹薄。空心賞，玉笛哀音，伴晚花自樂。

夜飛鵲

本意

亭皋繞寒鵲，風雪淒其。金屋短日藏輝。胡床坐久苦無夢，回頭殘燭沾衣。愁中換時節，盼飛花芝蓋，岸柳青旗。荒雞夜起，便挑燈、亦惜春遲。　川樹寂寥清曉，留影到黃昏，時伴鴉歸。孤驛橫看水際，迢迢故國，芳草萋迷。遙山寸黛，壓闌干、尚與眉齊。仗清尊沈恨，波心漲淚，送月平西。

花犯

山中無梅，夢想一枝，翦雪為之，綴句為蕊。和詞止於此。且借此調起句粉牆低為集名。

渺梅枝、揉春作雪，和愁甚滋味。絳綃曾綴。誰背立東風，相伴姝麗。琅玕十里堪扶倚。紺藏悲又喜。自不與杏花同夢，餘芬生翠被。　春魂未慳，做繁英玲瓏，緩飲影、依人憔悴。思琢句、苔枝上、任風飄墜。猶堪賞、冷熏泛蕊。攜璧月、清吟寒浪裏。且認取、粉牆微暈，黃昏香動水。

右詞五十一首，自秋末徂春之作。以寫雪為多，故題曰《粉牆詞》。視清真平分四時，古今情景，迴不侔矣。自旅榆城，寓耶大研究院古塔第十一層之上。無流潦以妨車，鎮風雨之如晦，獨居深念，倚聲寫懷，清真中長調，和之殆遍。而睡、影、神三闋，則鄰於形上之製[12]，又稍與陶公異趣者也。曾謂詞之為物，髣

12 可謂 Metaphysical Tz'u。

鬋今之抽象畫，八音繁會，五色相宣，融情於景，而出於迷離惝恍，要以格律為歸。舍聲律無以為詞，詞律莫細于清真，君特甲卷，依體步趨，方楊陳三家和韻，幾不紊其宮商，雖嚴於四聲，而通篇吻合者蓋寡[13]。故今但和韻，而聲則大體依平仄，非能盡守規範，但期不失其鏗鏘。王湘綺曾謂宋人和韻，皆窘迫之極思。夫非窘迫之極，又安能致思之微，而盡辭之精也耶？惟縛之以律，庶得大解脫，詞雖小道，固亦如是也。是篇又命曰《晞周集》，取《法言》語正考父曾晞尹吉甫矣，示師清真而已，非敢效西麓之自稱繼周也。

選堂并識　一九七一年一月，時在耶魯大學研究院

晞周集卷下

浣溪紗

新柳吐秀，初日相映，作黃金色，夾路依依可憐。

目倦斜陽傍幕垂。小枝隨漲出清池。鏤冰黃竹少篙兒。

鴛帳曾沾茸半縷，鶯期鎮惱夢成悲。金塘風暖漾紅衣。

13 冒鶴亭翁《四聲勾沈》已發之。

雪霽禽醒夢欲飛。春回樹樹待晴暉。彩雲花底竊愁歸。別淚臉邊懸露重，離魂山外入霏微。可忘移植漢南時。

儘向畫橋踠地垂。樓前相望抵天涯。春風轉綠上丹梯。高馬香車波似錦，平沙細履路如泥。莫教薄雨有鵑啼。

低蘸平波殢蕊香。未經攀折已悲涼。軟黃幾縷裊金光。非霧非煙愁作暝，飛花飛絮憶迴塘。差差流水費思量。

一望平蕪秖目成。繫人舊感索杯傾。分攜淚濕短長亭。煙水層層將恨隔，關河寸寸奈心驚。征衫浣罷雪新晴。

深院無人月墜空。絲絲遮麝繡芙蓉。曉風柳岸伴惺忪。暗憶餘香猶在腕，分明新夢乍生胸。海棠枝上淚痕紅。

初放辛夷似淺繒。移紅刻綠上枯藤。特留殘照泮層冰。水面哀絃調燕語，天邊寶瑟失秋聲。嫩條無力正堪凭。

喚得春歸客意平。澆憂端仗海同傾。車行忘過二三程。舊茁愁根敧復整，新栽露葉亂無名。鵑兒腸斷綠楊城。

豈似游絲解駐車。休同茵溷只沾襦。娉婷正似十三餘。月地有聲鶯語碎，花陰無影玉人扶。幾曾相見在華胥。

感激東風逐積寒。暫攜午夢去長安。冶條嬌小露初乾。　雪減一分晴更好，鵶藏千縷地常寬。赤欄橋畔繫征鞍。

蝶戀花

柳　清真原製、自和共四闋。

洛浦綢繆深誓後。莫待飄綿。惆悵生重牖。脈脈芳心如中酒。碧波縹緲方招手。　落日深閨涼乍透。便染仙衣，懶與人爭秀。長使鵝黃憐白首。惜春情緒終依舊。

待到酴醿開謝後。睍睆黃鶯，勸客頻窺牖。帳飲危亭傾別酒。攀條莫負纖纖手。　林挂餘暉紅已透。玉勒珠鞭，駐處花穠秀。似此流光堪回首。東風和夢心仍舊。

宛轉游絲牽別後。莫誤韋郎，相見期朱牖。説是傷春兼病酒。和煙約絮同拈手。　如海殘春寒早透。滿徑飛花，擲向鈿車秀。苦為相思縈馬首。惱人天氣昏如舊。

短夢初回新睡後。浥露輕盈，幾縷翻風牖。有意低垂還拂酒。掐花偏是柔荑手。　海燕窺簾飛未透。過眼行雲，隱約迴峰秀。和盡瑤章知幾首。地遙人遠空思舊。

蝶戀花

塵沁飄衣風乍定。猶是嚴寒，煮夢溫金井。蘸淚深燈宵更炯。水沈可奈爐灰冷。　月過長河光掠影。雁字成繩，憶是愁中聽。敧枕憑誰迴斗柄。路遙簫咽清商應。

點絳脣

池面春回，短衫猶濕新寒雨。落霞飆舉。殘雪真成絮。　瘦損眉峰，認取斷腸處。愁凝佇。偈音清苦。伴戒鐘悲鼓[14]。

指點征途，雲旗正向風中舉。雪迷前浦。煙柳斜陽路。　朔吹蕭條，葉走中原去。空回顧。練波橫素。鶻沒知何處。

敲日玻璃，楚山入夢吳山潤。草間春近。霧報番風信。　楊柳樓頭，飛雪還成陣。絲牽悶。燕趨鶯趁。織作江南恨。

誰撥輕雲，繁英狼藉消魂地。寸心莫寄。芳草萋千里。　懸夢關河，欲覓難通意。煙無際。露風盈袂。猶有滄洲淚。

14 時方溫敦煌佛曲。

玉樓春

浣腸昨夕剛拋淚。化作鮫珠誰解意。平明雪虐又風顛，逆旅重嘗寒況味。寄書魚浪空千里。九陌緇塵遮未已。好春擔閣鎮愁人，惆悵斷魂盈尺地。

重門煙鎖臨官道。月睡星稀人倦了。去時空盼雁先回，來處莫驚春未到。別腸從古如芳草。剗盡還生搖嫩葆。帳前綠意冷於人，爐裏紅情溫易老。

啼烏又下西樓了。落月游絲空自裊。便能贈夢許酬誰，卻欲寄愁何處好。纖雲弄雨施天巧。繡得新詞如側帽。買絲不必嘆無人，自有春風傳玉貌。

枉教望斷橫波目。點點東風芳意足。雪飛愁黛聚成陰，風過怨紅流幾曲。墜釵顫處人如玉。畫舸螺鬟新漲綠。問渠能載幾多愁，恰似明珠三百斛。

浮生未合江南住。桃梗任飄留夢處。回頭十載霎時情，合眼一天芳草路。煙櫺撼雪飛無數。簾葦漾風搖翠暮。有愁此際轉無愁。獨臥珠帷聽墜絮。

木蘭花

池塘星夜春生秀。紅萼無言香在袖。柳條萬縷壓平波，鷓鴣一聲思勸酒。莫道沈吟詩骨瘦。門對寒流波定後。情如塞上乍歸鴻，人是霜前初白首。

虞美人

纖荑一握春生暖。燭比春還短。替人傷別總魂消。可念尊前曾唱內家嬌。　殘紅明日驚糝徑。珍重梨花影。尺書翦燭夜親封。臨老江關何處送歸鴻。

盈盈獨倚欄干徧。酒薄香生面。鴨頭春水綠盈門。一到言愁天亦欲黃昏。　牽情恁地勞飛絮。寄淚憑誰語。謝橋波盪月如雲。自踏楊花來覓倚樓人。

湘簾春閉重堪戀。人近東風遠。杏衫淺暈上桃腮。撲面朝霞宛似日邊來。　倚闌纏令閒低按。留與歸鴻看。博山此夕不須煤。莫任相思一寸化成灰。

詞嬌恰似人癡小。濡夢描清曉。儘銷羈旅酒巵中。長是好風吹客作飛蓬。　路旁惆悵曾題堠。有淚浮於酒。更深缺月落寒塘。正照孤衾和影自成雙。

玉釵落處無聲悄。柳變春光曉。負春無力是楊花。尚解因人飄盪到天涯。　霰如墜葉填階滿。四壁蟲吟斷。蛾兒猶自撲殘燈。剩伴十分蟾色冷銀屏。

月中行

題畫

雲廊水院日初紅。餘雪昨宵融。一春收拾入簾櫳。會意有飛蟲。　愁濃如簇山千點，心長挂、冷雨疏鐘。江潭夢斷酒旗風。煙浦晝橋中。

夜遊宮

列寧格勒藏有長安詞，缺其後半。曩於英倫，曾見蝴蝶裝小冊，泥污日久，黏緊上下葉，內書此詞，僅白馬馱經數字可辨。頃魏智小姐書來，稱已洗滌掀開，錄示其文，足為延津之合。就中以「雨下占（沾）衣不覺斑」句為佳，喜極題此。記長吉詩云「長翻蜀紙卷明君」。錢飲光解為展玩明妃圖，今敦煌有明妃變文，卷末記云「云鋪畢」，可證也。

雨下沾衣蘸水。驀回首、家山千里。昔日長安宦遊子。譜新詞、度關山、歌地市。　蠹簡驚砂底。檢數葉、污泥飄墜。曾為篝燈夜分起。記年時、卷明君、翻蜀紙。

夜遊宮

客中立春

風定桂旗稍斂。雪花彈、深疑星點。隔箇晶屏阻一見。省回眸、動春旛、催漏箭。　碧落游絲轉。夜初靜、夢迷心亂。山瘦如人愛荒遠。對桃枝、借餘紅、映人面。

驀山溪

題漸江東湖圖卷

東湖無際。荇藻流溪尾。拖一片澄煙，動西風、文禽爭避。鏡奩堪掬，俯首禮閒雲，須杖倚。香浮起。薄醉江鄉裏。　連朝液雨，三尺添秋水。散髮盪扁舟，問季鷹、歸心怎已。畫中神理。待一叩滄溟，因甚似、南磵底。豈獨淪漪美。

迎春樂

題漢墓磚人物彩繪，波士頓美術館藏。

誰家燕子辭華屋。銜泥去、度簾熟。念古悲有限駒光速。苔土蝕、城狐宿。　人物斑爛磚一束。舊曾是瘗紅銷綠。見說北風圖，思蜀繪、悲寒玉15。

又

曼殊上人畫冊

15 顧愷之《論畫》，謂北風詩圖衛協手，未離東漢益州劉褒之作。

神僧棄槀疏狂跡。櫻花下、蹇驢客。又西風匹馬銅駝陌。紅袖倚、酒壚側。　尺八簫悲頭早白。況春雨、墜紅沈息。寥落過閶門，何必問、城南北。

荔枝香近 第二體

好枝樓頭雨歇，露猶泫。望裏鄉關，青壓虛欄，都冷冷清清，剩把欄曲巡遍。回首只恨吳天去人遠。　驛橋斷溪，夢聚醒又散。試看紅蕖，開縱早、離披晏。儘多絳淚，滴向烏紗與誰翦。烏啼花謝難遣。

訴衷情

闌心秋水閱繁霜。吹雁不成行。西風只掃黃葉，山色澹吳裝。　憐燭短、引杯長。黯情傷。天涯已慣，明日寒花，莫問誰鄉。

傷情怨

樓高翻覺地小。看萬山眠了。一片茫茫，白雲籠夕照。　穿林鴉去已渺。望故山何日重到。只是荒雞，催人宵起早。

蘇幕遮

波生寒、風卻暑。細數花鬚，差箇人兒語。多少桃枝剛著雨，莫問玄都，燕麥風中舉。　塞鴻歸、樓燕去。如海閒愁，坐困長羈旅。似我朱顏非故否。俊眼相看，憶送君南浦。

紅羅襖

魯拜集名句云：「來！滿杯，春火之中，拋汝悔懊之冬服乎。得時之禽，雖迴翔無地，仍鼓翼也。」意悲而遠，以詞易之，遠未逮也。

棄擲羅衣去，迴翅載春歸。只懊惱宮牆，蕭條門巷，霎時廝見，惟有天知。　莫嗟惜、相見時稀。東風默許佳期。苜蓿更江蘺。料楚客、不必賦春悲。

芳草渡

紀夢

甚一霎、便再覓華胥，不逢鸞侶。更紫艵千種愁心，欲付行雨。休道吟愫苦。同蛩吟低訴。海氣近、換盡朝昏，暮靄來去。　空覩。燕梁藻井，縱返銜泥難覓路。問可有、驚烏屋角，窺人舊庭戶。翠裙百幅，浣不盡涉江情緒。怕瘦柳、月出參差又舞。

秋蕊香

波士頓楊蓮生教授飲席

雪意猶嘘客暖。情重況如初面。暫遊萬里豁心眼。莫道春杯尚淺。　繡絨密縷須金線。勞雙燕。題襟只惜楚天遠。清話難忘夕院。

漁家傲

素月流空成白晝。衰蘭不復愁春秀。舞蝶輕風閒處鬥。人歸後，腰身怯比亭前柳。　暗水涓涓青始溜。雲煙變滅攜盈袖。自倦風埃非病酒。凭欄久。傷春莫負今時候。

趁暖單衣猶惻惻。抬頭萬里寒雲積。愴念平生懷遠國。行不得。新條嫩綠曾相識。　湖海年年長作客。關心露飲西園側。江草江花供枕席。人何適。明朝疏雨成行滴。

少年遊

清廚香積，敲冰作筍，呵凍試金橙。惆悵尊前，有誰顧曲，銀字不成笙。　風窺牖更搴帷問，少坐到三更。不是陽關，浥塵飛雨，雪滑只愁行。

又

長煙漠漠氣沈山。冰泮暮生寒。小雨飛雲，蘭苕未老，琢句自家看。　清遊霎是成追憶，殘雪灑征鞍。遠靄浮空，亂峰無際，何處是長安。

又

風吹蠹柳又成絲。池草媚幽姿。曠館人歸，黯簷冰結，花外夕陽遲。　載春行馬歸應早，朱戶換桃枝。喜鵲猶眠，細漣無語，芳意惟天知。

又 另一體

誰家橫笛倚江樓。帶醉看吳鉤。漬墨新題，白蘋風起，鷗夢落滄洲。　問天也懶空搔首，秉燭且宵遊。江上煙波，子規呼雨，萬古魚龍愁。

垂絲釣

印度有小詩云：「汝之他往兮，一日如年；汝之在茲兮，年如一日。」繾綣掩抑，試廣其意。

不年不日，明瑺低想眉嫵。記取惜分，熨水黏絮。人暗許。動寶箏玉柱。　空朝暮。隔門前遠路。愁君一去，茫茫江海難遇。霎時俊侶。徒念相逢處。紅濕胭脂雨。桃欲語。問舊遊記否。

望江南

憶南中風物

椰似傘、布綠護長隄。新築横塘滄海北，舊栽細柳碧城西。雨過不成泥。　園信美、相候入桃蹊。有約鷓鴣隨處囀，無情猿狖向人啼。旅夢自悽悽。

雲髻好、且莫誤横波。薄薄紗籠黃勝靨，迢迢帶水綠於羅。兒女絳脣多。　仙路遠、佳節簇青蛾。社集銀笙時趕棒，賽神簫鼓更聞歌。柳下且婆娑。

定風波

濩落深杯略展眉。絮心除卻落花知。靜繞珍叢沙霧底。誰理。一春勞燕去來時。　儘有垂楊能解舞，無心更逐雁同飛。曩日深盟曾齧臂。拚醉。秋風白浪自禁持。

南鄉子

山翠近高樓。冷浸寒潭夕照收。錯放疏簾風絮入，颼颼。狼藉還教逐水流。　往事上眉頭。蝶懶人稀客少休。睡起碧天雲影暗。飛眸。雙燕歸來趁暮愁。

風流子　又一體

有寄

江山悲獨往，違離久、萬里不成歸。望越臺百尺，蜀舲千里，峽風蕭瑟，林影參差。燕去後、落花吹滿徑，飛絮盡沾泥。滄海起波，似嗚孤憤，暮雲離岫，空惹長悲。　蒼茫題詩處，拋別淚、沾滿鳳縷羅衣。無奈事非人老，相見何期。但曉日神州，重陰纔改，斷鴻江國，雪意潛垂。只恐隱憂攢恨，沒個人知。

如夢令

春至草鋪成繡。池水綠添微皺。水遠夢搖波，忙煞陌頭新柳。消晝。消晝。絳臉夕陽如酒。　絲雨猶篩長路。煙染幾株縞素。蘭笑候風薰，驚散紫禽飛去。縈緒。縈緒。細柳垂條淚筯。

滿路花

自我

《奧義書》云：「心每失於自我光明之中。」「惟智者求之自我。」葉芝本以論詩中貴有我。然謝客賦稱：「幸多暇日，自求諸己。」仍此意也。於詞何獨不然乎？

聲隨雀噪乾，句壓櫻脣破。香篝涼似水，初添火。秋雲羅帕，鎮把愁紅裹。更萬千珍重，一樹桃花，笑人還要高臥。　迷離綺語，作計何曾左。衰楊鴉蹴雪，侯門鎖。相思路上，怕誤鈿車過。儘詩中有我。自作纏綿，但預防祖師呵。

四園竹

燈

寒宵遞夢，密意叩重扉。瑣窗綠細，低閣粉嬌，紅透羅幃。深雨昏、迴驛遠，春藏袖裏，杏花消息誰知。　鎮淒其。消魂尚有梅根，穠香莫負佳期。玉笛東風淚濕，人繞芳皋。冷月初辭。敷寸紙。寄萬里，筠枝綠未稀。

醉桃源

新條舊黛已齊青。箋天雲作綾。幾人玉筋冷成冰。應嗟無淚零。　風料峭、意飛騰。毫乾如凍蠅。隔牆霜重少人行。亂蕪迷去程。

天長不見雁平沙。寒原三兩家。暮雲遠路去如蛇。春風催鬢華。　非楚舞、憶吳娃。半空赬片霞。水迴山繞驛煙斜。黃昏栖悄鴉。

迎春樂

飄香拂水堂前柳。寶箏動、勞纖手。對山青渚白圖新就。送客去、唇沾酒。　萬里郊原鋪錦繡。春乍返、玉簫催透。餞歲在天涯，鴻未賓、冰融後。

紅林檎近

題畫梅二首，擬白石。

天遠春初返，路遙花更香。暮雪洗修竹，人語落寒塘。乍逢黃昏頃刻，已入小幅橫窗。又似解佩濃妝。哀曲理絲簧。　弄笛花外客，攜手水濱鄉。休教片片，吹殘方宿雕梁。信難憑雙燕，何曾解語，別腸暗綰空舉觴。

攀摘休嫌早，冷香生晚寒。月色澹如水，纖衣映琅玕。低壓平湖斷碧，照影蜜苣燒殘。且看翡翠輕翻。疏花綠浮瀾。　寂寞難寄與，僻遠只追歡。春風賦筆，孤山紅上冰盤。儘江南江北，時來入夢，嫩枝偏合籬角看。

六么令

春老雪晞，冰塘岸畔，猶有蘆花數枝，盪搖夕照中，驅車臨視，漫拈此解。

儘飄殘久，風煦催涼燠。回塘夕陽紅好，映鬢如膏沐。偏聚斷腸一角，又煮愁初熟。鈿車輕逐。搖風耐冷，誰道輸他野籬菊。　新篁池側正綠。草長驚春目。空慣飲雪敲冰，戛戛鳴寒玉。泥濺禪心莫惱，冷暖情千曲。蛛絲堪卜。吳蠶惆悵，恨網從頭細叮囑。

歸去難（即滿路花）

詠蘆雁。俄詩人秋趣 (Fedor Tyutchev) 句云：「海之合奏聲中，魂何離其音而去乎？有情蘆葦，何事又訴怨乎？」誦之生感，因繼聲。

碧海情爾深，季候程常變。水際遙山冷，黛眉淺。淩波轉眄，已隔斷雲遠。合訴湘上怨。聚影澄潭，愁他一霎分散。　月落潮生，不說先腸斷。又況迷離水，長堪念。春前路轉。抵死須重見。天末多磨難，冷雨西風，簾幕乍媚心眼。

菩薩蠻

帶愁眉萼闌干曲。春風吹上裙腰綠。去水木蘭舟。分愁壓翠樓。　黃衫催馬發。樓下花如雪。花雪莫分看。昨宵風雨寒。

品令

晚風簾靜。又分占樓臺花影。誰信孅娜春光近。碧欄鋪處，晴昊枝成陣。　殘蕊算藏多少恨。舊情難深問。去年沙嘴嬌痕印。雪泥無定。愁送征鴻盡。

鳳來朝

乍識東風面。暮溪愁入流更遍。想凄煙妒月春燈亂。影乍顫。更誰見。　凍靄蒼山寒斂。委行雲、夢飄不斷。酒醒後、何能拚。竹潤畫屏暖。

感皇恩

抖擻雪精神，怎生言語。盼到春深夢迷處。有情溝水，讓片葉重分付。又江南草長鶯啼苦。　絮狂蝶亂，偏遮行路。燕子匆忙問心素。杏梁喃語未歇，東風催去。只落花解道愁無數。

倒犯

春陰

煙嫵，對荒燈夜寒，臥龕慵掃。穿林散縞。婆娑處、路長天窈。愔愔巷陌，殘雪高低征帆悄。八極正同昏，隱魄栖林表。看停雲、換清醥。　堆屋亂愁，似草芊芊，和塵牽霧蔫。帶一水遠注，驀回首、孤城小。算十二闌干好。怕凭高、迢迢遊子道。更舞燕搴簾，衹黯然斜照。倦遊春又老。

醜奴兒

題花卉

冷魂一段真多態，帶暝迎霜。結素絁黃。雪甃冰簷認淡妝。　半攲渾似頭間顫，翠幌生香。寒水林塘。分得幾枝亂夕陽。

意難忘

汀柳舒黃，憶簪花駐馬，修禊浮觴。移春天作美，微步海生香。煙吐媚、襪生涼。看水皺滄浪。甚引卿、愁邊中酒，與說端相。　凌波玉翦猶雙。只桃花淺笑，不見劉郎。雲涯思楚澤，煙粉惜吳妝。牽別意、掛愁腸。廝見亦何妨。傍柳陰、斜陽小立，櫻笋時光。

水龍吟

五湖之志久矣，江空人靜，悄焉余懷。

夢回天際歸舟，夕陽正戀登臨地。寒鴉墜影，征帆催暝，行人斂避。甌脱浮家，廣居彈指，重樓煙閉。便呼春百鳥，伴人一霎，剛經雨、孤花淚。　黃帽何時霧底。聽鳴蛙、夜涼歌吹。衣襟浥翠，沙洲雁落，四山雲起。強琢春詞，愁滋凍草，暗生幽意。怕春風拂瘦，簾鉤獨冷，剩梅花比。

早梅芳二首

自寫粉牆填詞圖并題

雨屋深、雲屏好。夢遠心先到。墨花淒悄，絮語燈昏雪相照。怨多春意重，筆冷簷聲小。自清宵鑄淚，窗外鳥啼曉。　殢春殘、恨未了。瘦馬西風道。經年斷闋，懶卸征鞍念江表。八方愁悵望，寸草傷羈抱。最銷凝、極天鴻信杳[16]。

研箋長、羅帶繞。密意生蘭沼。青山輕棹，料理秋風作西笑。帳深寒夢窄，句峭瓊裾小。但留情一晌，未盡心中妙。　曲終時、意倦了。腸斷江南道。芊眠花下，又被霜天角催曉。綺詞消日月，古意悲臨眺。只離心、亂似塘上草。

16 在南二載，不填一詞。

晞周集後記

清真《片玉集》十卷，都二百二十七首。余前作粉牆和詞，原僅五十一首，其小令與習見詞調，及同調之又一體者皆未和。慷烈來書，促余畢和之。時自波士頓歸，因竭浹旬之力為之，共七十六首。其小令之同調者，復彙和之若聯章，本集下帙《浣溪沙》各首是也。方楊二家和作，僅致力於前八卷，西麓則兼和卷九卷十雜賦。惟單題部分，三家有不和者[17]，有方楊和而西麓不和者[18]，是三家仍未若余之遍和全集也。《詞律》及《四庫提要》謂方千里所和，四聲不爽一字，然細究之，尚非事實[19]。夢窗甲稿於美成自創之調，規隨備至，而四聲亦不盡協[20]。即清真自作，同調如《紅林檎近》二首，四聲亦復多歧，知清真但依平仄而已。余所以不從況（蕙風）邵（瑞彰）之說，必字字依其四聲，職是故也。方陳所和，句法又不盡依周，於用韻處，更多忽略[21]，茲則嚴守之。和詞忌滯於詞句字面，宜以氣行，騰挪流轉，可望臻渾成之境。此則尤所嚮往，而未敢必其能至。間取材於西方詩句，但借以起興。計前後和章，祇三月有餘，未遑細辨毫芒，其不中隳括，

17 如《黃鸝繞碧樹》。
18 如《玉燭新》、《三部樂》。
19 如方和《塞翁吟》不合者十七字，《玉燭新》不合者二十字。
20 如《宴清都》有一首四聲不合者至十四字，此據近人王琴希統計，見《文史》第二輯。
21 如《綺寮怨》「何須渭城」，西麓作「春深小樓」，樓字不叶。

宜也。或疑和詞非創作之方，余謂四王作畫，每題曰師倪黃某卷，橅其格局，而筆筆皆自己出，何嘗是倪黃耶？和韻之道，何以異是。蓋創新在意在筆，而不在乎形式；無一筆是自家，縱云能出新型，不免英雄欺人語耳。

一九七一年三月杪，選堂又識，時在榆城

栟櫚詞

蝶戀花

庚戌在美，三月之間，遍和《清真集》一百二十餘首、南歸迄無一詞，只補《漁家傲》漏句七字而已。充和女士近為余重錄《晞周集》全帙，既竣，以書抵予，謂一年來算是迫出一句，何文思遲速如是耶？報以此解，和竹垞。

流夢應教山海接。撇卻詩書，歸路雲千疊。吟遍聲聲難妥貼。柘絲彈出莊生蝶。[1]　感月吟風思去楫。
湖水青青，又見飄蘆葉。久悔終年拋語業，思量總負羊裙褶。

附：和作／張充和（參見《饒宗頤二十世紀學術文集》第六四五頁）

1 琴絃以柘絲為上，見《風宣玄品》。

清平樂

之初藏齊白石《三餘圖》，題記云：「詩者、睡之餘；畫者、工之餘；壽者、劫之餘，此白石之三餘也。」余則以長短句為夢之餘，琴絲為悲之餘，考證為唾之餘，此選堂之三餘也，聊賦自嘲。

算歸來者。綺夢無人惹。白眼朱絃權結社，何必似雍門也。　著書密密行行，三餘自饋貧糧。咳唾頻拋可惜，新來視且茫茫。

風中柳

所居旁有竹三四竿，高出簷際，搖曳春風中，戲和竹坨。

只辦幾竿，何礙歲時餐肉。政不須。曳蘿牽木。籬風犯竹、宵雨瀉竹。拍花腔、響鳴瓏玉。　下弦月起，半壁疏窗成幅。伴清居、片岑補屋。新篁筍束。舊槐蟻伏。問浮屠、肯來三宿。

瑤花慢

鎮日昏昏思睡，偶披靜志居詞，和其午夢一闋。

攢天遠樹，黏地殘英，是釀陰情緒。連娟缺月時伴我、寂寞晨昏庭戶。藤床小閣，漫報道、先生囈語。倩輕風、稍逗微涼，繫悶偏勞絲雨。　聯緜海上諸峰，幾泛宅浮家，酒醒何處。華胥夢美，可嘗是、坡老前身同住。薔薇花下，但聽得、啼鶯喚苦。又萋萋、芳草迷人，樓上望春歸去。

水龍吟

三寶壠弔鄭和廟。自公去後，中國遂無海軍，以至今日，為之慨嘆。用竹垞謁張子房祠韻。

當年巡海舟師，威稜直擬秦皇帝。旌旗所至，鄰邦臣服，乘風良易。八表涵春，七洲戴日，全無冬季。使艨艟針路，都綱尚在，誰敢有、窺牆意。　自斷長城萬里。任西來、寇氛橫地。衣冠舊典，祠堂喬木，神鴉流水。襟帶江山，海權永失，關門難閉。算鞭長、只付沙鷗出沒，向驚濤裏。

念奴嬌

覆舟山、印尼最高火山也。用半塘韻。

危欄百轉、對蒼崖萬丈，風滿羅袖。試撫當年盤古頂，真見燭龍噓阜。薄海滄桑，漫山煙雨，折戟沈沙久。巖漿噴處，巨靈時作獅吼。　只見古木蕭條，斷杈橫地，遮遏行人走。蒼狗寒雲多幻化，長共夕陽廝守。野霧蒼茫，陣鴉亂舞，衣薄還須酒。世間猶熱，火雲燒出高岫。

百字令

讀緬甸蒲甘 (Pagan) 圖誌，頓憶曩日遊 Mingalazedi 塔，婆娑其下，次竹垞居庸關韻。

塵沙浩劫，矗五千窣堵，隙駒如溜。秋草嘗尋人去後，猶似火雲燒候。百殿都蕪，萬林斫盡，濯濯牛山柳。瓣香一炷，黃衣膜拜今又。　誰向殘甃摩挲，氣吞牛斗，石上空誇口。落日荒荒分曠野，忽下東南離獸。飄蕩浮生，何如水艸，語痛津旁堠。涅槃信否，白雲還逐蒼狗。

蒲甘國因建塔五千，砍盡林木，至今酷熱。**Narathihapate** 王於此勒銘云：「日吞咖哩三百碟，以達涅槃。」其相 **Yazathinkya** 於途中津堠，有吾生不如水艸之嘆。

賣花聲

蒲甘 **Kyanzittha Umin** 甃屋內有壁畫，繪蒙古兵士，至今猶存。次竹垞雨花臺韻。

溝水不成灣。壁上兵還。野藤拖影壓欄干。鳥自驚心花自笑，久偃旗竿。　侵夕暮雲寒。苔蝕荒壇。風砂坐起到更闌。大樹飄零諸象散，淚灑空山。

Ngasaunggyan 之戰，緬人驅象二千頭上陣，終為元兵所敗，見《馬可波羅遊記》。

笛家

紐約王己千家中，見趙子固水仙墨本凌波圖，卷尾題句有周草窗夷則商國香慢，曹君直舊物也。久久不能忘懷，偶諷竹垞此製，因繼聲。

裁剪春纖，氾人應記，芳根移植，舊萿嘗綠湘江岸。遺瑺汎瑟，淩波微步，國香播恨。鉛華濃染。誰解通辭，嬋娟何許，日暮中流半。剩孤枝、紉蘭佩、自託蘅汀蕙畹。　零亂。雪深江悄、冰鋪波譎，夷則歌殘，玉笛人非，無窮幽惋。冷豔端仗王孫勻布，水墨生綃如見。且約騷人，歲寒相守，觸目風埃滿。算歷換、幾滄桑，黦了塵牋難浣。

鵲踏枝

題酌霞遺作

梅子酸時甘愈覺。變盡晴陰，池隙花光弱。柳眼向人青似昨。休將律細勞僧縛。　泉路詩心應有託。漠漠長川，霧比黃衫薄。爛了中央兼四角。山河邈若棋誰著。

鷓鴣天

和忼烈

筋力猶堪陟上層。虛堂一雨得秋清。天邊千激綿綿白，檻外群峰歷歷青。　螻蟻飽，草蟲鳴。山居晝裏且逃名。西風嫁晚開何益，冷蕊殷勤為葺楹。

浣溪沙

儘道相違夢苦頻。天迴地動正逢辰。夕陽流水漫沾布。　可有殘紅猶在臂，休教亂綠更迷津。南來誰訊武陵人。

鵲踏枝

和天中

妝點浮生春似舊。繞屋棕櫚，替了先生柳。未覺沈腰隨月瘦。茶煙活水涼風透。　一覎古今何所就。汗漫雲山，歸計啼鵑妬。日月代明天末又。他鄉把盞雞鳴後。

鷓鴣天

九日和忼烈

造物何心計精粗。莛楹施厲總殊途。愁邊真個成歸計，夜半誰教負以趨[2]。　覷水鏡，笑頭顱。牛山有淚豈非愚。重陽覓約登高近，野韭寒菘迓客無。

2 行幐書二百箱。

鵲踏枝

屋外修竹數竿，五年來已高出雲表，迎風披拂，誠不可一日無此君，因賦是解，次舊字均。

嫩籜高篁新間舊。遮莫數竿，勝抵千株柳。畫筆秋來添古瘦。疏窗影墜寒光透。　作計天涯輕去就。涼月光風，那管嬋娟妬。屋角鳴鳩呼雨又。蕭蕭況是黃昏後。

金縷曲

法京之會，戴老屢邀先為瑞士之遊，阻事未赴。頃瑩輝轉來吳其昱兄影示楊蓮生教授訪戴遊山楊柳記，喜為賦此，兼呈群公代柬。

夢繞洛桑路。算山陰、同來訪戴，湖邊奇遇。一望桑田三千頃，全仗西風管顧。只有我、將馳還住。薄切風乾羊腸美，更傳來、萬里驚人句。心欲往、託飛絮。　華原畫筆人爭慕。感精潰、水木清華，共懷心素。楊柳新聲堪娛老，微惜歸期稍遽。看吐納、嵐光如故。且挾閒雲凌峰頂，望煙波、遙指長安樹。芳草碧，接天去。

浣溪沙

中秋前一夕雨後候月

沙嘴江心月色殊。宵來雨腳卻模糊。誰邀倩影入吾廬。　列宿爭光紛赴海，群山負夢悄籠湖。重林漠漠晚愁予。

漁家傲

雁怪書多翻是累。長空不肯排人字。卻羡渡江憑一葦[3]。風浪裏。鄉心不與斜陽繫。　咫尺關山非萬里。秋風助我成歸計。諳盡鹹酸詩外味。宵不寐。燭花何必虛垂淚。

憶秦娥

癸丑中秋，留別星馬知交，次王叔明韻。王詞見其林泉讀書圖云：「花如雪。東風夜掃蘇堤月。蘇堤月。香銷南國，幾迴圓缺。錢塘江上潮聲歇。江邊楊柳誰攀折。誰攀折。西陵渡口，古今離別。」

花疑雪。開門且納中庭月。中庭月。雲衣低護，有圓無缺。　南溟道是清遊歇。湛湛江水徒心折。徒心折。蒼山難老，謾勞傷別。

3　打疊書箱，方悟不立文字之妙。

憶秦娥

戴老自黑湖 (Lac Noir) 遙寄短簡，極繾綣之思，報以此闋，疊前均。

山堆雪。秋風長護黑湖月。黑湖月。相望千里，寧分圓缺。　洪河浩蕩何時歇。曹溪一勺曾三折。曾三折[4]。渾無人我，何傷離別。

西江月

連宵雨不止，誦毛西河「江潮能苦雨能甜」句，悄然成詠。

身羨渡江一葦，心縈落日千帆。山風掃葉雨鳴檐。客意隨雲依黯。　沙際退潮能苦，檐頭宿雨猶甜。酸風著水味如鹽。凭盡天涯闌檻。

西江月

為柱環作移居圖，次坡老均。

綠曳藤花繞屋，紅酣海日生涼。水蘋風起葉鳴廊。遙想逸情雲上。　卜宅稚川堪畫，忘機坡老何妨。著書炳燭夜生光。遠水菰蒲彌望。

---

4 戴老精禪學，近日譯注《臨濟錄》。

漁家傲

孟蘭會世已絕跡，南中猶盛行，誦經以度拓荒叔伯之魂魄，感而賦之，用范希文韻。

入眼凡花安足異。呼春鳥略窺人意。偏是紙灰吹不起。棕樹裏。暖煙斜日門深閉。　一落炎洲身萬里。雨風櫛沐寧非計。剩與老僧溫十地。醒且寐。黃金鑄出滄桑淚。

賀新郎

和稼軒有寄

久客思歸矣。鼓瀟湘，天風海雨，賞音能幾。彈到更深花睡去，自笑干卿底事。看人世鎮雜悲喜。不怪江山供嫵媚。問江山筆底非耶是。峰懵懂，水疑似。　白鷗欲下眠沙裏。任光陰、客中拋擲，釀愁滋味。念念恆流隨瀑轉，會勘虛空妙理。回首又、西山雲起。總是閒雲長蔽日，秖長安不見愁人耳。從我者，更誰子。

水調歌頭

東歸在即，書物盡打包，隨身衹「萬壑松」一琴而已。中夜不寐，起操《搔首問天》一曲。自乘桴南海，廿載栖栖，明月入懷，俯仰今昔，爰賦此解，依坡老韻。

此曲幾人解，搔首叩旻天。女媧何故多變，摶土自何年。不學敲鐘鳴鼓，但以冰絃攏拂，指上弄清寒。嫋嫋繞梁去，餘響落花間。　起山鬼，隱霧豹，警愁眠。別無長物，窺戶剛見月纔圓。欲起湘靈鼓瑟[5]，休作商聲變徵，意愜理能全。待乘埃風去，換骨託嬋娟。

水調歌頭

將去星洲留別龔道運諸子

百年只一霎，珍重在須臾。至人用兩致一，寸寸即工夫。嘗踏重關萬里，又繞離亭千樹，飛隼擊平蕪。蒼山渺無際，平地總長途。　古今事，爭旦夕。費躊躇。藏天下于天下，莫笑愚公愚。定久便知慧出，霜重自然冰至，辛苦待春鋤。欄外春如舊，一任子規呼。

齊天樂

槃庵以栗峰師友緘札詞翰屬題

藹箋幾滴滄桑淚，天涯歲華彈指。暗雨疏桐，迴風敗葉，啼鴂先悲鳴耳。沈薶故紙。有鄰笛招魂，蜀州

---

5 余與陳蕾士嘗試為琴瑟合奏。

殘字。散帙幽吟，東西南北賸孤寄。　頑山冬景此際，又荒寒筆底，蒿目還是。念亂傷離，追亡慮往，愴絕蘭成心事。啼烏未已。便俯仰山靈，漫驚知己。且寶陳篇，綠窗閒料理。

蝶戀花

題紅樓譯書圖為霍克思作

身世落花春苦護。雨點風痕，紙墨斕斑處。夢裏杜鵑君解語。不辭百計留春住。　異代知音宜細訴。樓外飛花，鎮是春歸路。筆縱生花誰惜取。隨他夢逐天涯去。

浣溪沙

乙卯中秋，盧白齋迎月，觀吳寬書卷，次東坡韻二首。

月到中秋例屬蘇。隨風咳唾落雲車。還當有裏更尋無。　桂樹摘來書勝錦，吳剛斫下字如珠。玉延亭畔想撚須。

中聖迷花夢未蘇。酒醒尚不吐茵車。盪胸虛白入空無。　雨腳風飄休濕兔[6]，赫蹄書老愛纍珠。眾賓

6 剛卸三號風球。

弄影捋吟須。

水龍吟

丙辰初夏陟Puy Mary絕頂，適忼烈寄示劉海翁紅梅之作，屬題其畫、因次韻。

異鄉不見冰梅，乍驚絕嶠韶華換。畫中縈夢，雲端結想，玉峰浮暖。噉日飛丹，壞霞成赭、世間春轉。似惚恍初開，回旋萬象，籠真氣，集雙腕。　直上霜巖高處，渺空山，頓開平坦。惠風遙拂，蔭松落落，靈溪思泛。去水蒼茫，大荒寥朗，眾枝珠粲。佇彈毫落紙，遠頒橫幅，亦區區願。

編者按：選堂詩詞續集等（參見《饒宗頤二十世紀學術文集》第六五八—七六五頁）

序跋

韓文譯本《殷代貞卜人物通考》序[1]

韓國孫叡徹先生自一九八七年起，受大宇財團之託，著手翻譯拙著《殷代貞卜人物通考》。此書共一千三百頁，編錄洹水甲骨刻辭原文，多古文奇字，故先生用力將近十稔。至於排印，因刻字困難，前後鑄版亦歷三年之久，全書三巨冊，近時已殺青，行即問世，誠盛事也。來書索序其端。先生出身台灣大學，嘗及友人金祥恒教授之門，專攻殷契之學，潛研日久，其騎譯功深，自不待論。

拙書刊行於一九五九年，當日剞劂幾費兩載之力，艱苦與君相同。耗資之巨，賴哈佛燕京社相助，卒底於成。在三十年前契學資料未如今日之初步結集，欲綴緝以成書，其難倍蓰。況《小屯》甲乙刊行伊始，釋文未具，創通考釋，譬鑿混沌，復乏實物，可資勘校，襤褸之勞，勉力以赴，宜其匆精。以貞人臚列，事屬草創，全面著錄，引端竟委。雖搜羅力求其備，而周浹自所未遑。而論者比之馬驌，視為殷代《繹史》，則

1 韓文《殷代貞卜人物通考》，孫叡徹譯，一九九六年。

非所敢當也。

先生以拙作會通經義，考索禮制，情有獨鍾，揚扢著論。而類族辨物，窮流極遠。從容講肆，多士響臻。既勉十舍之勞，不薄芻蕘之陋，成此偉構，以貽後賢，斯誠起我顓蒙，曠代相感者矣。

余自退休而後，稍涉獵近東語文歷史，乃知楔形文天地之廣大，尋繹之深，進展之速，契學非其比倫。自一二大師凋謝，繼起者多趨鶩乎簡帛璽幣新史料，視龜、骨如雞肋，問津日寡。今先生崛起鄰邦，肯拋十年心力，為此「不討好」之業。想箕子之艱貞，發潛幽於白日。王符有言，浮侈之極，「一棺之重，非大車不能輓，東至樂浪，西至燉煌，萬里之中，相競用之。」曩日厚葬之物，即今時出土之資。地不愛寶，知也無涯。攜手洹濱，還俟君子。丙子春日饒宗頤序。

吐蕃時期占卜研究序

古代阿爾泰族人考察炙羊肩胛骨時，由所見經火灼成之坼裂兆紋而舉行占卜，彼等稱兆曰：irq，從語源學論之，作為動詞 ir/yin- 之派生詞，原意正指裂痕[1]，一如漢語之𠧞[2]。沙州古突厥文占書名為 irq bitig，意義即是兆書。晉楊方《五經鉤沈》云：「東夷之人，以牛骨占事呈示吉凶。」殷墟所出大量牛肩胛骨灼卜之刻辭，可驗其說。

漠北畜牧以羊為主，故用羊骨。所用動物雖異，而視兆之縱橫施之占卜，其義一也。徐霆《黑韃事略》稱「其占筮灼羊之枚子骨……謂之燒琵琶。」遼與蒙古俗皆用之，謂為勃焦[3]。西番占法亦用羊骨，上承突厥、

1 James Hamilton 著《沙州古突厥文占卜書 irq bitig 後記》，吳其昱譯，見《敦煌學》第一輯，頁九六—一零六。

2 𠧞，《說文》云：「灼龜坼也。從卜，兆象形；兆古文𠧞省。」

3 《遼史》卷五四西夏條：「卜有四，一曰勃焦，以艾灼羊胛骨。」《宋史．西夏傳》胛作髀，非。《契丹國志》卷二七：「用艾和馬糞於白羊琵琶骨上炙。」余維慶《維西聞見錄》稱：「蒙古炙羊骨卜曰跋焦。」又云：「維西夷人卜法習自番僧，而同於契丹、蒙古。」

契丹之制，下至麼些族至今猶行羊骨卜[4]，均是同一系統之遺俗。

吐蕃初行苯教，有《苯經》以視占驗；祀灶神、地母及龍神以作祈禳，又重視本命神，久已雜染於漢俗；若其鳥卜，實出於漢人古代之鳥情占。《殷卜辭》云：「非鳴，其用四卜。」（綴合編一零二）又記「某日夕有鳴鳥」。知其淵源甚遠。《太平御覽》七百二十六方術部七有「鳥卜」一項，引《隋書．女國傳》文[5]。《隋書．經籍志》，「和菟有鳥鳴書」。唐初李淳風著《乙巳占》，卷十有「六情風鳥所起加時占」，如云：「己酉為寬大之日，時加己酉，鳥來鳴其上，時加王相，當言為長吏，體廢囚死，當有酒食。」題唐易靜撰之《兵要望江南》，第二十為占飛禽，共七十八首[6]，試舉二首為例：

占飛鳥，何事入軍營；若在德鄉加喜氣，只從刑上是凶聲，百鳥一般聽。

城營內，異鳥入其中；宿處不知人不識，中須血染草頭紅，防備有妨通。

此則依德與刑以定吉凶。又敦煌寫卷伯三九八八，為鳥鳴占吉凶書，乃依其方向論吉凶，茲附於後，以

4 陶雲逵《麼些族之羊骨卜》，見《人類學集刊》一。

5 《隋書》云：「女國在葱嶺之南，其國俗事阿修羅神及樹神……人山祀之。有一鳥如雌雉，來集掌上，破其腹而視之，有粟則年豐，沙石則災，謂之鳥卜。」宋吳處厚《青箱雜記》三亦記東女國鳥卜甚詳。

6 參張璋、黃畬編《全唐五代詞》卷三，頁三零三，「占飛禽」。

供比較研究：

南方	必屈來		東方人來	得祿爵
西南方	去處榮事不成	遊擭攡	自身犯罪	驚吉備
西方	權人某	官使來	吉去處	慎水則吉
西北方	取衣皆得	官使來	家有捉撲事	西方人來
北方	出□得	急去吉	盡皆喜悅	兄弟親友至
東北方	賊發動	書信來	病者差	問喜事
上方	自身千榮	急忙事	得酒食喜事	得弓箭事

劳費（B. Laufer）以為西藏鳥占出於漢人之熏染，是也。

至於骰卜，亦稱色子，則在和闐、尼雅、高昌及印度各地均嘗發現長方形骰子[7]，其四面刻有圓圈，可擲三次以定預兆，其排列方式當有4^3，則六十四種不同之兆。于闐、高昌自公元六七零年前後至八世紀淪於

7　見 A. H. Franeke: "Drei Weitere Blätter des tibetischen Loofuokes von Turfan." A. Von Gabain; "*Das Leben im Uigurischen Königreich von Qoco*." 以上二文俱詳 Hamilton 文中轉引。

吐蕃之手幾達半世紀，西域四鎮之爭奪，文化接觸至為頻數；故藏文文獻若日、月藏經及《牛角山授記》等書，述于闐之歷史特為豐富；于闐久為印度化國家，此則似與天竺不無淵源[8]。

託瑪斯（F. W. Thomas）在其《東北吐蕃之民間文學》（*Ancient Folk-literature from North-Eastern Tibet*）書中述及占卜舉行之際，往往有六句或八句型之民謠，有類世俗籤詩，相當於古時所謂繇辭。藏人占書又有《諸葛出行圖》、《金龜圖》等等，則分明出於漢俗。藏語稱吉兆曰 bzang，當是漢語之「臧」，故知吐蕃占術實與漢人息息相關，其因襲異同之跡，尚有待於抉發也。

一九八五年秋八月，第二屆敦煌吐魯蕃學術討論會在新疆烏魯木齊舉行，北京中央民族學院王堯、陳踐兩君提出論文為《吐蕃時期的占卜研究——敦煌藏文寫卷譯釋》，乃取法京伯希和取去之藏文卷子P．T．一零四七、一零五五號二例，加以疏說。余得聆其高論，極感興趣，因請二君將藏語原文以國際通用之拉丁化符號譯出，以便讀者。欣承慨諾，因為紹介列為中文大學中國文化研究所學術專刊，頃排版竣事，主編囑綴數言，因記其顛末如此。

一九八七年一月饒宗頤謹識

---

8 據《唱讚奧義書》（Chāndogya Upanisad）四，一，四，天竺骰子四點名 **Krtá**，三點名 **tretā**，二點名 **duāpará**，一點名 **kali**。

後記

鳥占起源於西亞，Samsu-iluna 王朝（公元前一七四九—一七一二）曾以六鳥為 Ibbi-sin 所使而作占。印度梨俱吠陀亦有鳥占之記錄。梵稱為 sakuna（其義即鳥），在《阿闥婆吠陀》十、三六可以見之。

敦煌舞譜研究序

敦煌舞譜向者僅知有巴黎所藏殘卷之六譜，劉復及神田喜一郎為之流布，嗣余在倫敦，獲見新譜，初為刊於《琵琶譜讀記》，故友趙尊嶽先生見而悅之，奮筆撰〈殘帙探微〉，以鼓點節拍，推論唐舞；凡所診發，大小可六十事，可謂詳矣。

扶桑雅樂，其儀態舉止，尚有可考；宮廷樂師，矩範猶在。林謙三先生嘗略發其端緒，余亦取《掌中要錄》所記舞姿，以相比方；於譜字粗為斠釋，學非專門，所得至淺。水原渭江教授承樂家之傳，工吹篳篥，素暱於余，年前於港大，余亦忝為考官；獨留心於舞譜，疊有解讀之作，鍥而不舍，易稿至再至三。邇者相見香江告余全書累若干萬言，即將問世；騎譯爭先，行見不脛而走，屬為序其端。憶六四年之秋在京都初識渭江尊人琴窗先生，剪燭談詞於燃林房；復以君得見謙三先生，相與上下其論，有詩投贈。君方盛年，意氣酣嬉，導余至江戶皇居宮內廳，應安倍樂長之約，聆奏左右雅樂，余譜蘭陵王以貽君。歲月不居，忽忽二十年，君已鬢髮蒼蒼，好古不輟，而琴窗、謙三先後下世，余亦年將七十矣，眷念疇日，能不愴恨！而故人叔雍，墓有宿草，不能見君書之有成，為之揚搉得失。昔歐陽子慨嘆勤一世以盡心於文字間者為可悲，然為之矻矻，又安知其不為樂也。余既嘉君文思之日進，如水湧而山出，於其東歸，喜而為之序。

一九八四年舊曆冬至饒宗頤

賦話六種序

賦學之衰，無如近代；文學史家直以塚中枯骨目之，非持平之論也。古之為賦者，在德音九能之列。傳曰：「升高能賦，可以為大夫。」言堂廡之上，揖讓之間，以微言相感，自有其實用之價值也。

劉彥和云：「登高之旨，覩物興情。」宋龔鼎臣《東原錄》云：「賦者，緣物以成文，必辭理稱則彬彬可觀。」夫緣物有作，荀況〈蠶〉、〈雲〉之類也，往往折衷於理，故文有其質。若乃興情之製，則猶詩之緣情，而日趨綺靡，六朝儷賦，斯其極摯，〈蕪城〉、〈小園〉，靡亦甚焉。降而下之，以賦為科舉之習作，間且成散體之尾閭，《文苑英華》所收，讀之殊難終卷，膚受不精，寖失舊觀。現存論賦較早之書，有日本流傳失名之《賦譜》，作于太和以後，分述句式之壯、緊、長、隔、漫、發、送等法門，唐人律賦作法，可窺一斑。五代賦集多至二百卷。見唐圭璋《南唐藝文志》[1]，《永樂大典》賦字，只存二卷[2]徵引《大全賦

1 江文蔚「《唐吳英秀賦》七十二卷」，見宋志；徐鍇編《賦苑》二百卷，見《崇文總目》。

2 即卷一四八三七及一四八三八。

會》，多為有明考試有關性理之作，亦賦之別格[3]也。然明人擬古，鴻篇屢出，于以制割大理，羽翼風騷，亦甚有可觀者，而世多忽視之[4]。其時小學雖亡，賦仍間作，豈至皋文修補黃山，始成絕業也哉[5]！何君沛雄，向從余問，特致力于賦。既有志乎《全漢賦》之輯，復裒集諸家賦論，都為一帙，以便來學，而徵及下走。余愧無詮次，偶有著筆，秪同目論，稽考史事，輒及賦篇，拉雜言之，饋貧而已；若云欲師斲輪，言其甘苦，則吾豈敢。

乙卯仲春饒宗頤敘

---

3 如盱江鄒子益之《聖人擬天地參諸身賦》。

4 明陳山毓有《賦略》一書。

5 此反章太炎《辨詩説》。

琴府序

唐生健垣始問奇字於余，以余嗜琴，亦篤好之；苦無琴，余假之以琴。其婦賴詠潔，初識余於蔡德允女士座上，見余操縵，而心悅之，時尚未學琴也。歲己酉夏，余自港言旋星洲，唐生由臺來謁，時余已裝整就道，生趕來，於機場牽衣話別，語琴絮絮不休，人莫不以病癡子目之。

去夏六月，余以討論古畫至臺，造其廬，琴書外無長物，與婦朝夕至圖書館摹錄琴譜，逾午不得食，懷餅以進，其忍饑劬學如此。且云將有琴書之彙刻，叩余以書名，余為命曰《琴府》，既屢貽書為琴人錄，徵及於余，余懼蹈標榜之習，終未有以應也。今春余在北美，生來書言《琴府》已將刊成，促為之序。審其所采，自《碣石調幽蘭》至《琴學叢書》、《今虞琴刊》十數種，琴之要籍皆在焉。《幽蘭譜》自楊守敬於扶桑傳入，近日琴家試彈，於指法討論至繁，亦曾彙為專帙，視楊時百所譜者邁進多矣。原卷現在京都，神田喜一郎面語余，將另精印考證問世；《龍湖琴譜》海內惟中央圖書館所藏為孤本，世所罕覯，今得君影鈔，廣其流傳，此《琴府》最大之貢獻也。余惟琴之為言禁也，能琴者以德相尚，舒之曰暢，而持之曰操，琴之訓禁，亦猶梵之瑜伽，意取控制吾心[1]。操縵必莊，歐陽子以為可釋幽憂之疾。古者以琴治心，非以悅眾，故戴安道不為王門鼓琴。後世異族好琴無如耶律楚材，能彈者五十操，拂冰絃於大漠之上，意豁如也。明代琴術頗流行，遍及皇府藩國，而宦官且以琴進幸，故琴書特夥。清世稍衰矣，琴道幾絕而比歲復盛。記十餘年前，在香港，言琴事者只五六人，黑龍江容心言、西蜀吳純白最為耆宿。容丈年八十[2]，自幼操弄，垂七十載，蓬戶甕牖，世無知者。余走荒山中，從問琴，得手授《搔首》、《塞鴻》、《水仙》、《瀟湘》諸操，乃悟琴莫重于左手之吟揉，按欲入木，而徐青山之澹，造境尤不易，宜其不入世人之耳。容吳二叟久已下世，曩日窮病山阿，無人從學，學者又往往中道而廢。蓋老輩言琴，但自適其適，而不求為人知，遑論著書；故其道不廣，為可慨也。生初得蔡女士授指法，冥索孤往，朞年而所詣深博如是。此書之刊，學者將不苦於琴譜之難得，行見不脛而走。余志在琴史，曾集琴書舊譜三數十種，而彈琴愧未能工，有負生之下問。以生夫婦好琴之篤，鍥而不舍，他日海外琴學大行，當拜生琴籍流傳之賜，而生之所造，亦寖寖焉追蹤楊時百而上之，余將拭目以俟之矣。

辛亥三月饒宗頤序於耶魯大學研究院

1 瑜伽梵言**yoga**，語根同英語之**yoke**，本義為牛軛，以喻控制心靈。
2 即著《琴瑟合譜》慶瑞之孫，其家四代操縵。

茶經注序

夫寄遐尚於本味者，聊悦志而益思，標性於苦荈者，或輕身而換骨。是以託生陵谷，爰錫嘉名；[1]麗矚煙霞，宜招隱士。況復吮毫齎素，結自得之娛；虯篆琅書，表獨往之願。尋行作注，何須絕代之詁言；酌水能甘，且辨胸中之涇渭。此猶無言可以彈秋，緣源儘堪稅駕。會心非遠，存乎其人而已。

吾友何君蒙夫，工品茶、蓄名具，為熱為冷，問飲庶幾于任瞻；曰檟曰茶，辨名差同于陸羽。既為《茶經》作注，屬圖其事，復乞為序。余與蒙夫，論交日久，神栖桂嶺，誼狎鷗盟，樂彼崢泓，共耽苦澀，助此蕭爽，鬱為文章。西山坐揖，任虞仲之放言；北海盍簪，看王粲之倒屣。一彈指頃，遂三十年；塵事波馳，鬢絲雪似。著書人外，肯託于繁音；瀹茗花間，無矜乎別調。壑源包貢，嘗圖供春之壺；緗奩碾香，亦襲石楳之椀。欲問渠之何識，譬以暗而投人；日昭昭乎易馳，思惘惘其何適。枯腸作響，搜攬十載之燈檠；杞菊未荒，綴葺一卷之文字。但資撫掌，不必移樽，且比看山，還供拄笏。

弟饒宗頤謹序

1 説見《茶陵圖經》。

戴密微教授八十壽序

夫道廣者邁種弘德，識深者妙植睿根。圓神之智，足藏往而知來；環得其倫，庶黃中以通理。故知玄嘿契畫水之隨合，靈府窺鏡月之虛衒。允宜照以慧炬，灌諸文瀾。儲美意以延年，守緣督而為寶。

戴密微先生，以心揖道，因道通禪。早發《大乘起信》之疑[1]，晚證《臨濟語錄》之髓[2]。淵默雷吼，斷取莊嚴。方便通頓漸並育之津[3]，《壇經》究心性直指之奧[4]。出入隱顯，懸判深微。《義林》[5]豈佛爾雅之比，非法雲之可攀；總持自造化窟之中，譬燃燈乎無盡。又復稽拉薩禪法，抉唐蕃宗派之分殊[6]，蒐粟

1 Sur L'authenticité du Ta Tch'eng k'i Sin Louen. 1929.（《大乘起信論之真實性》）
2 Entretiens de Lin-tsi. 1972.（《臨濟語錄》）
3 Le touen et Tsien. 1949.（《頓與漸》）
4 Le sûtra de l'Estrade de Houei-neng. 1944-47.（《慧能之壇經》）
5 Hôbôgirin.（《法寶義林》）
6 Le concile de L'hasa. 1952.（《拉薩僧諍記》）

特殘經7，轉梵輪天北而不殆。雖康居之篆，有異六爻，贊普之書，全乖八體，而乃靈犀夕朗，柔翰晨鈔，蔚為吉光，拾茲翠羽。中歲橐筆華夏，拏舟刺桐，雙塔甫登，伽藍有記8。酌南裔之菁華，留東雲之鱗爪。艸木之感，挹風露而芳香；氣類相從，同鼓鐘之應響9。仍歲教肆旁施，生徒畢集。莫高委笈，比積玉于崑山；宗海導涓，方潤珠于隋水。摩詰講經之變，梵志證道之歌，臥輪看心，南陽問答，皈依三寶，轉唱五更，齖齣新婦之書，入山辭娘之贊10，所以防攝百行，贊明四諦，罔不樂為詮釋，正其乖舛。通解神悟，如盪雲夢于澄心；耽讀甕磨，幾絕韋編于涼燠。自像教西被，文思東洽，布護之勤，提喚之力，未有如公之卓絕者也。格義非遙，玄奧是尚。漆園之卮言日出，時亦和之以天倪；壺子之杜吾德機，鄉且示之以地理。涵泳止水之審，息心九淀之淵11，企石以挹飛泉，攀林而摘卷葉，虛泛徑千載之上，崢嶸非一朝之期，覽溟漲之無涯，悟虛舟之有託12。遂知山水共文藻齊輝，神理與名教競爽13。晚歲傾心康樂，恨足跡之未及永嘉；哭友

---

7 Textes sogdiens édités, traduits et commentés: Lankāvatārasūtra; Angulimal [y] asūtra. 1940.（《粟特文愣伽經注》）

8 The two pagodas of Zayton, 1935.（《刺桐雙塔記》）

9 指整理師友遺書。

10 Textes de littérature vulgaire de Touen-houang，如《王梵志詩研究》以及敦煌俗文學各種注，在 Collège de France 之講授記錄。

11 Le Commentaire du Tcehouang-tzu par Kouo-Siang 及其他莊子之講述。（《郭象莊子注》）

12 La vie et L'oeuvre de Sie Ling-yun, 1963, 64 présent ation d'un poéts (Sie Ling-yun). 1970（《謝靈運之生平與作品》）

13 La montague dans L'art littérature chinoise, 1965.

廬陵[14]，詠昭提似聞諸鄰笛。感人深矣，能事盡矣。側聞古之善為學者，如大禹治水，百川會同；工為文者，猶常山之蛇，救首救尾。老子有言，以正治國，以奇用兵，以無事取天下。而學人者，以正存思，以奇振采，以無誤信天下。管籥所在，中外一揆，於先生見之。頤謬託賞音，早荷褒采。蓬門瞀記，藉高軒之一言；石窟聲詩，賴傳譯於四海[15]。疇昔黑湖遊旅，屢接履綦。途次嘗告頤曰：向耽釋典，深憾燃藜之苦多；晚涉文囿，方痦玳鱗之斯在。以公道術之深，而撝謙若是。固知孫武韜內，不獨九天；張華腹中，何止萬戶。斯所枚舉，事同蠡測。譬諸爝火宵出，奚足擬東井之光；學鳩投枋，又安識南溟之廣。古之大椿，以八千歲為春，八千歲為秋。公期頤在望，大業日新，凡茲雅尚，彌表耆德。信彭祖以久特聞，想山棲[16]之喜無量。縱丹青畫矣，久而彌鮮，使繫辭命之，言而不盡云爾。

太歲在閼逢攝提格孟陬之月饒宗頤盥手拜序

14 À la mémoire d'un ami. (un poème de Sie Ling-yun) 1965.
15 *Airs de Touen-houang*（《敦煌曲》），教授嘗為拙作《詞籍考》撰序，又譯余之《黑湖集》。
16 教授注釋謝靈運《山居賦》。

元至正本文心雕龍跋

復旦大學舉行中日文心雕龍討論會，王元化教授取上海圖書館所藏元至正本影印以分饋同好，余得受而讀之。是本前有至正十五年乙未曲江錢惟善序。惟善字思復，號曲江居士，錢塘人，所著《江月松風集》，現有鈔本[1]。

錢序云：「嘉興郡（守）劉侯貞家多藏書，其書皆先御史節齋先生手錄。侯欲廣其傳……刊□郡庠，令余敍其首。」貞，字廷榦，號晦叟，山東益都人。至正中，為嘉興路總管，擢授海道都漕運使、除浙江參政南臺侍御史，（至正）戊戌辭官，號知止翁，隱居武夷山中。事跡詳貢師泰撰壙銘[2]。王逢《梧溪集》有挽詩，云：「敭歷四十年，進退符易象」，即其人也。貞卒于至正辛丑（二十一年，公元一三六一）六月，年七十三；《文心》此書刊于至正十五年，時六十七歲。劉貞于至正十五年又有《韓詩外傳》之刻，亦錢惟善

1 楊維楨有送其歸曲江草堂序，見《東維子集》九。
2 見《玩齋集》，《四庫全書》影本。

撰序，稱其「先君子節齋先生手鈔所藏諸書，悉刊置郡庠」。與《文心》此書同時刊行。貞父克誠，字居敬，號節軒先生，累官南臺監察御史，嗜校古書，貞承其學，所刻諸書皆出父手錄。

元本《文心》錢序之後有小字「霅川楊清之刊」一行，霅川即吳興。又其書魚尾之下刻工有楊青、謝茂（或僅刻「謝」字）姓名等。門人劉健威近時購得元至正嘉興路本《呂氏春秋》，為朱希祖舊藏，頃攜來邀余鑒定，書前鄭元祐序，後題「嘉興路儒學教諭陳泰至正二」（下缺）一行。陳泰字志同，號所安，茶陵人，延祐進士。細審其書有「吳興謝盛之刊」六字，又魚尾有「青」及「謝」姓名。《呂覽》，亦為劉貞在至正同時所刻，疑謝盛之即謝茂，楊清之即楊青，兩人皆吳興人也，兩書鐫刻均同出謝、楊之手。

劉貞至正本《文心雕龍》，日前于上海圖書館欣獲快睹，今又得見其同時刊刻之《呂氏春秋》，同一月中，兩元本均得寓目，可謂翰墨因緣，無巧不遇，因喜而書之，誌吾眼福。

偶檢王國維《兩浙古刊本考》卷下嘉興府刻板條，已載入元本《文心雕龍》，惟未加細考。又列舉劉貞刊《大戴禮》、《呂氏春秋》二書，均系于至元三十一年，二書皆鄭元祐序。今查元本《呂覽》，卷前鄭序，並無「至元三十一年」之文。蔣維喬、楊寬等撰《呂氏春秋匯校》，卷首板本書錄，引證各家說甚詳，皆稱至正，不云至元。又「陳泰至正」一行，至正之下其字為十為六，殊難臆決。至《大戴禮》實為至正十四年甲午刊于嘉興路學宮，為有注本，清季貴池劉氏玉海堂據以影刻者也。考（清許瑤光修）《嘉興府志》卷四十二「名宦」，有《劉貞傳》，稱其「至正中，為嘉興路總管」。又同書卷三十六「官師一」云：「劉貞，海岱人，總管。十四年任。」《文心雕龍》刊于至正十五年乙未，正在其蒞官之翌年。《呂氏春秋》亦至正時刻，王氏云「至元三十一年」，必出于誤記。至正十四年為甲午（公元一三五四），至元三十一年亦為甲午（公元一二九四），相差甲子一周，豈靜安先生誤推，故有此差失歟？

《澄心隨筆》小引

胡曉明教授為滬上文藝出版社主編之《隨筆系列》，從余雜著中，錄余舊日之癖談囈語，綴為一編，厥意殊可感也，來信商略書之命名，漫戲答之曰：「澄心」，以余近時喜討論秦漢簡牘。李善云：「崇山墜簡，未議澄心」[1]余之心苦未能澄，而議論浪起，拘攣補衲，終如鍾嶸所譏，非由「直尋」，每自哂也。

惟心澄乃能見獨，見獨乃能抉是非，定去取；余非有莊言可以發聵也，又非有危言可以驚座也，更非有巵言可以漫衍娛心也；言之，但求心之所安，肆吾意之所適而已。

若乃平居兀坐，欲罄澄心，如陸機所言[2]，則百慮棼如，不易殫理。及其廢然以止，山海羅列我前，誦陳簡齋佳句：「坐以一氣吞」，沆瀣供養，流連景光，脱略形骸，不知老之已至。是用借茲片言，遠酬高誼，感風雅之推激，欣清趣之在茲。倘因病而成妍，起妙想乎偶得，言雖無物，或亦不無少補也乎！

1 《上文選注表》。
2 〈文賦〉：「罄澄心以凝思」。

神田喜一郎全集推薦辭

近代學術，務求精深，人人各以專家鳴高；其極也，有點、線之學，而乏全體大用之效。至於今日，式微已甚，是以文、史分歧，道、藝隔闕，其間幾如枘鑿方圓之不相入；能一以貫之，明其義且實踐之者，殊不多見。

神田先生，通和漢之匯，極文藝之奧，工書及詩，治古今目錄校讐之學比顧千里，擅精藝事類董香光，非姝暖於一家一門之學，盡淹貫之能事，蓋最能發揮「東洋學」之精神。兼之聰明壽考如姚姬傳，故成就特高，在扶桑享有「東洋學第一人」之譽，豈偶然哉！今者，先生全集即將問世，讀者得窺先生治學之全面，循此將以打破 Philology 與 Fine Art 二者之隔礙，使人了然於 Belles-Lettres 為何物；在方法論上足為當代學界一棒喝，在著作上是藝壇一劑特健藥，同朋舍來書囑為先生全集撰文推介，謹就平日對先生所了解者，為天下學人告，非敢為阿諛之辭也。

書信

與謝和耐教授書

謝和耐教授左右：頃奉手教，至慰遠企，獻歲發春，遙祝起居康勝。詢及楊王孫裸葬事，公認為一般謂其出於道家，恐有問題。愚見王孫本傳稱其「學黃老之術」，又其說謂「精神離形各歸其真」，此分明與《莊子》、《淮南》[1]思想甚為接近。又其言「贏葬將以矯世」，則用《墨子・節葬》之義。《墨子・節葬》之篇，今僅存下[2]。楊王孫可說是道而兼墨者，盧植則儒而兼墨。墨家行夏之道，漢時其學尚未亡也。又裸之一義，先秦之世，頗有行之者。屈原《涉江》：「接輿髡首兮，桑扈裸行。」王逸注：「桑扈，隱士也。」其人見於《莊子・大宗師》云：「子桑戶、孟子反、子琴張三人相與友，子桑戶死，未葬。（二人）臨屍相和而歌曰：嗟來！桑戶乎？桑戶乎？而已反其真，而我猶為人猗！」故孔子稱其為遊方之外者。彼其以死為反其真，與楊王孫之言各歸其真正合，故知楊王孫即桑扈裸行之繼承者。桑扈即桑戶，古之狂者，頗近印度之耆那教

1 《精神訓》。
2 第二十五。

徒矣。

莊季裕《雞肋篇》上「事魔食菜」條，陳垣在《摩尼教入中國考》第十六章已加引述，莊氏為福建人，故於摩尼教能十分熟悉，說見陳文。

去年春，漫遊浙東，至天台雁蕩，途中有詩懷念戴老，用謝靈運〈廬陵王墓下作〉原韻。茲寄上拙作二份，其一請轉與 J. P. Dieny 兄。彼編整戴老遺著《僧侶臨終詩》，經已收到，至謝。

一九八五年一月二十六日饒宗頤啓

與劉述先論「暗裏闇」書

述先教授吾兄道鑒：頃於《明報月刊》得讀大作本年哲學會剪影，知此次開會盛況，可賀可賀！偶然憶起去年美術史專家汪世清教授自北京來書，抄示八大山人友契釋機質[1]《贈八大詩偈》一首云[2]：

梵音撇在千峰外，拍手拊掌會捏怪；識破乾坤闇裏闇，光明永鎮通三界。

汪君謂「此首極費解，盼能指迷」。余覆書妄為解說云：

梵音撇開在千山之外，則不必藉梵音而能直指心源，識破天地之秘。惟大畫家能捏怪、振奇者，可造此

1 字季彬，江西南昌人，著有《廣陵三山草》。

2 此詩從未發表，汪君從朱觀所輯《國朝詩正》卷六鈔出。

境界，故拍手、拊掌[3]以稱讚之。

「乾坤闇裏闇」數字極緊要。闇者，《說文．言部》：「和說（悅）而諍也」。最為碻詁。「洙泗之間，誾誾如也」，《論語．鄉黨》：「與上大夫言，誾誾如也。」孔訓：「誾誾，中正貌。」誾以今語解釋之，即在爭論中取得和悅、和諧。天地間之奧妙處，即在暗裏的「誾」[4]如何悟得。以佛理言，從無明得到真如。以畫理言，從一堆黑漆漆的墨團中，可開拓新意境，則永得光明，而常操勝算矣。此即八大山人之成就也。

汪君頗以為然。今次哲學會以和諧與爭鬥為主題，從爭論取得和諧，大家正在追求「暗裏誾」，與會者相信都是能「識破乾坤暗裏誾」的人。此一詩偈，寥寥數言，已為點破。藝與道，固相通也。討論的語言可以撇開，此詩偈本身，亦是禪家「捏怪」之一例，故不避累贅，再為錄出，以供識者的拍手拊掌，兄可一笑置之。

宗頤（選堂）合十

一九八五年五月十五日

---

3 《哀江南賦》序：「陸士衡聞而撫掌，是所甘心。」拊即撫也。

4 似可借用「辨證的統一」。

與彭襲明論畫書

襲翁道席：惠翰敬悉，俚句荷欣賞甚喜。以詩養畫，此不能畫者之遁詞，亦猶畫者之不能詩，而目題句為蛇足，同一可笑。畫中無境之境，直同帝之懸解，「若有真宰，而特不得其朕。」無朕之美，可謂敻絕，然豈俗士所能了然！

弟於意可悟到，而力不從心，終不敢躐等也。唐以前高繪，若顧虎頭《女史箴圖》中之峻嶺，只有輪廓，而堅峭如銀鉤鐵畫，信軼群絕倫。曩在英京，此卷摩挲再四。在美得見敦煌石窟照片五千張，北魏狩獵一段，最為驚心動魄；黑白交錯，設色之美，可闚唐以前金碧山水之規模。八大山水，自董入手，去繁就簡，是真能變者，若滲以漢唐，便成自家面目，然陶鑄鑪錘，剛柔兼濟，聖域固可希，惟待金丹九轉，始奏膚功，談何容易。媚俗之念，切宜捐棄，一藝之成，求之在我；我有所立，人必趨之。畢加索即能把握此點，往往杜門數月，敢蹈洪荒蠶叢之奇境，遂盡創闢嶄新之能事。作品一出，而天下震駭。畫道變化無方，良由才大足以振奇而不顧流俗，永不求悅於人，而敢以己折人，此其所以獨絕也。王微短命，畫為文掩，往年曾考索其

生平甚悉，載在拙作《六朝文論摭佚》中。六朝人畫，賴張愛賓記載一二，皆淪劫灰，可為浩歎。書覆，敬

問起居不具。

其他文類

吳子壽傳

君諱觀葆，字子壽，潮陽華陽鄉人。考燮堯，漳州知府，卒于任。君三歲從太夫人程氏由閩歸，涵育母教，自幼艿穎，以能文稱。深惎異族，憤清制敗壞，恥以科舉進。光緒末，入同盟會，創畫報汕島，以攘夷倡。辛亥八月，聚鄉俊彥於八邑會館，組革命政府。時葉楚傖方司大中華報事，群遂推葉氏及君主文書，以策動焉。

不逾月，而武昌舉義，潮汕光復，君出任同盟會潮汕交通部部長。袁氏竊柄，惡君黨革命，名捕君，事急，持家走濠鏡，復旁逑同志，密謀攫惠州。覺，粵督龍濟光命邏之港搜捕，諸同志多被繫，君幸未及難，奔走營救，卒用減其戹。袁氏平，君遂東歸。先後出長嶺東自治會、汕頭市議會。淡泊寧退，不治防畛，取通當世。主大嶺東報，持論嚴正，姦佞震讋。尋長汕市佛教會，則宏大法，拔災苦。蓋平居論學，兼采儒釋，故行事慈而能勇。方共和再造，君故人子弟多躋顯貴，或禮聘君，君遜讓如慢。抗戰軍興，移居香港赤柱山，有強劫之出，則嚴斥峻拒。已而汕市饑，則徵港地流人高貲者，輂粟賙給，曰：「民胞物與之心，固應爾也。」

其立身不苟，急難與人如此。不治產，視家室如傳舍，孫曾多不謀面。至與塗人不能辨，顧特好客。居濠日，自巨人長德，至游俠屠狗之士，咸出入其門，坦蕩無所忤。不疑人，人亦不之欺。所交無老少賢不肖皆懷之。故歿，港中送葬者千人。君終於民國三十年十一月，年七十二。配梁氏，簉室林氏，子男十一人：元海、師復、雙玉、元英、元傑、元德、元成、元庸、元基、元龍、元慶；女二人：元貞、元慧。元海，聖約翰大學士；雙玉研精聲韻，尤負譽于時。

饒固庵曰：傳稱儒有粥粥若無能，不隕穫於貧賤，慎靜而尚寬，強毅以與人，數者於君蓋有焉。滌除玄覽，能嬰兒乎？又高鳳、戴良之亞，足使脂韋嚅唲者爽然自失。嗚呼！可以風矣。

民國三十六年謹撰

方繼仁先生墓表

先生諱繼仁，潮安縣塘東鄉人。家世服賈，至君恢弘前業，懋遷偏汕廈港暹等地。善覯時變而知物，其誠壹所致，每操奇贏，於紛紜中獨能見幾而作，皆智有以過人也。性豁達，於鄉，分羨以惠貧寠，興學以牖大眾，建亭以蔭行旅，浚渠以益灌溉，為之不遺餘力，鄉人至今頌德弗衰。五十以後，杜門養痾，自以先聖曾荀，知命始學，乃奮發淬礪，泛覽群書；下及歷代諸儒學案，剌取其中嘉言懿語，以類相次，成《勉學粹言》十五篇，印二萬冊，分饋親友。

世衰學敝，有志者十不得一，其能措心人倫日用，曉然於常道之如布帛菽粟不可須臾離者，更非數數遘，求如君者亦可以風矣。君既熱心教育，先是州人有倡設潮州大學之議，君擬斥資購礐石一帶屋宇為助，未及行，而君浮海不歸，每為余嗟歎道之。晚歲創模範英文中學，自為監督。平生行義惟恐後人，而不求人之知。戚鄙待舉火者無算。浮屠營建精舍，有所求，未嘗不諾，其好施予，蓋天性也。君於一九六五年七月十日疾終，積閏七十有七，葬於柴灣佛教墳場，嗣子方齊等請表君墓。君本通儒術，多識前言往行以畜其德，復悲憫為懷，深契捨無量之義。博學孱守，兼綜檀施，用能心虛智寂，行業湛然，倘所謂耆年解脱者歟。故書于墓以為表，以見西方漚和之教，與儒同有適化導達之用，於事理固無相違也。

一九六五年秋同邑饒宗頤拜撰

祭曾酌霞文

車掣馬攻，遽折其輪。烏乎酌霞，罹此千冤。貼鳶墜空，風淒日昏，誠詩讖耶，朋舊愴魂。死生一條，同歸怛化，胡至此極？山號海訝，無情湘水，悠悠長夜。片羽空留，悲歌楚些。崑岡揚燄，沈檀發馨。嗚呼酌霞，山川吐靈，洪濤漲天，不騫不崩。志華白日，心燭蒼冥；歷覽九縣，駕風鞭霆。赫赫高門，篇翰已富；散原是師，清發標舉。不紛于呢，獨衷于古；棒喝時流，或歌或鼓。譬水朝宗，盍簪景附。我始識君，珠海之南，我鑽龜書，不以我憨；稱我于人，謂道可擔。我東曰歸，而君北飄；岸柳攀折，悽惻江潭。適來爐峰，何期聚首；天下滔滔，如孔之藕。待障百川，看君側手；累和長言，貽我瓊玖。墨瀋猶新，孛入于斗；泫涕無從，忍哭死友。我究保章，以道陰陽；許我重譯，播之四方。日月逡巡，我意未央；無復為質，腹痛心傷。我抱我書，吞聲悼逝；交期永絕，昏衢淹滯。傾河注海，天地長閉；酹子一尊，人間何世！

馬矢賦——并序

潮州淪陷之一年，大饑，民至拾馬糞，淪其中脫粟而食者，予聞而悲之，為是賦云。

豈大道之在糞兮，或齊觀夫餱糧。纇異類之不仁兮，驅降民於餓鄉。振草酪既不得兮，掘鳧茈且未央。仰肥馬之驍騰兮，庖充牣乎稻粱。可以人而不如馬兮，鼓枵腹而神傷。將攫奪而無力兮，妄意夫皂櫪之粃糠。意粃糠兮不得，嗟裁屬兮弱息。惟饑炎之方盛兮，苟垂次兮馬矢之餘皀。（《說文》皀或說一粒，方力切。亦見《顏氏家訓》。）拾白粲於污腸兮，延殘喘于今夕。哀鮮民之無知兮，胡蒙恥而戀生。捐盜哺而喀喀兮，獨不見夫貿貿之爰精。（《列子．說符》爰精目事）有嗟來而不食兮，況為味非絜清。孰使異物遒其相迫兮，悲故國之腥羶。繄馬通之屬饜兮，自書傳而有焉。農稷煮汁以漬穜兮，（見《論衡．商蟲篇》）蒔百穀以食我。葛縛銅薦丹砂兮，又熅之以為火。（《抱朴子．黃白篇》）吳誚元遜可啖矢兮，恪謂太子宜食卵。果所出之雷同兮，（《吳書．諸葛恪別傳》：太子嘲恪云：可食馬矢。恪曰：願太子食雞卵。權曰：人令卿食矢，卿令人食卵，何也？恪曰：所出同耳。）寧古是而今不可。覽宇宙之修遼兮，軫人類之幺麼。萃芳鮑乎一室兮，淪康莊于嵬瑣。獨悲心之內激兮，羌誰碎此枷鎖。感鹽屍之載車兮，閔滔天之奇禍。瞻溝壑之悠悠兮，蔽白骨以蓬蒿。苟餓夫而可敦以義兮，吾將訊諸黔敖。

囚城賦

——并序

蠖居蒙山，危城坐困。妖氛未豁，淟涊交雜。丘壑草木，皆狴牢也。感柳子厚有《囚山》之賦，故反其意作是篇。其辭曰：

惟重陰之凝沍兮，豈一陽之已微。饑毛食而寒裸跣兮，民昏墊而安歸。風騰波涌更相駘藉兮，爭臾曳以避虜。憎短狐之伺景兮，益雄虺以齊斧。歲崢嶸而愁暮兮，非終風而曀霾。紛霅霅以淫雨兮，蔽山林之畏隹。集榛棘于堂隍兮，戲麏鼯於闠闠。莽黃埃于四野兮，獸狂顧而人立。天降酷嗟無常兮，無為愊憶而紛紜。羌山濊而海懟兮，何犬戎之足吞。「非豕吾為牢兮，非兕吾為柙」。怪柳侯之讕言兮，會斬蓬蒿而去攙搶。吁嗟乎，日月可以韜晦兮，蒼穹可以頹圮。肝腦可以塗地兮，金鐵可以銷毀。惟天地之勁氣兮，歷鴻蒙而終始。踽踽涼涼兮，孰得而陵夷之。鼓之以雷霆兮，震萬類而齊之。予獨立縹緲兮，願守此以終古。從鄒子於黍谷兮，待吹暖乎荒土。聽鳴笛之憤怒兮，知此志之不可以侮。倘天漏之可補兮，又何幽昧之足懼也！

燭賦

忽忽兮輕飆，撼予室兮翹翹。撫予心兮赤裸裸，覷人世兮百無一可。長夜來襲兮天地失明，燒紅燭以照爛兮扶夢宵征。層雲滃浥兮氣振林薄，若警予以虛誕兮浮生何著。燼高兮人語低，心溼兮蠟淚垂。楚人兮冠纓絕，燕相兮素書疑。吹落殘月，萬籟淒淒。委結予懷，鬱陶我思。飛蛾銜火兮，三四來繞。似彼庸昏兮，毋乃自擾。問何喜兮燈花？倘相憐兮窮鳥。乞腦兮無緣，鏤冰兮費巧。膏以明兮自煎，散餘耀兮徹天；寧幽暗兮無極，待重光兮自然。（在傜山作）

抗戰既起，播遷西南，每登高以望遠，輒援翰而寫心。篋衍所餘，得此六首，國專門人益陽賈輔民所錄存也。棄之可惜，存其少作，檢付梓人。《漢志》辭賦家，雖一二篇，亦為著錄；斯戔戔者，享帚自珍。良以勞者歌事，用遂其情；聊寄慨於一時，俟相知於百世。若以言文，則吾豈敢。戊子春饒宗頤記。

《馬矢賦》一篇，陶秋英女士喜誦之，許為抗戰文學之奇構。陶君治漢賦有聲，諒非阿好之言。惜其於年前殂謝，不能共定吾文，謹誌腹痛之感。戊辰又記。

汨羅弔屈子文

去君之恆幹，以就無垠兮，躡彭咸於激流。格菸葉以清商兮[1]，叩巫咸乎久湫。餘此心之不朽兮，與元氣而為侔。亙千載猶號屈潭兮[2]，莫怨浩蕩之靈修。拜忠潔之廟祀兮[3]，共昭靈為列侯[4]。豈大夫死亦為水神兮，與湖水共悠悠。惟公之魂無不在兮，何必求乎故宇。覓天地之正氣兮，惟夫子之高舉[5]。采白菅以為席兮，薦稌米以為糈。雲藹藹而比飇兮，霰冥冥其兼雨。雖遺蹟之非昔兮，企前賢以踵武。欷騷臺之悲風兮，鎮徘徊而不能去。

1 明桑悅《思玄集》卷三《弔屈原文》注云：「菸，腐爛也。葉將殘聞奏清商之曲則落。」

2 《水經．湘水注》：「汨水又西為屈潭，即汨羅淵也。屈原懷沙自沈於此。故淵潭以屈為名。」

3 宋張孝祥《于湖集》云：「金沙堆廟有曰忠潔侯者，屈大夫也。感之賦詩，其句云：『那知屈大夫，亦作主水神。……已矣無奈何，質之雲中君』。」《于湖集》有金沙堆一賦一辭。

4 唐哀帝《封屈原勑》云：「宜封為昭靈侯。」

5 《遠遊》云：「內惟省以端操兮，求正氣之所由。」

長沙弔賈生文

余來長沙，見馬王堆冢中遺物，軑侯木記屬漢文十二年。考賈生於文之二年，謫此為長沙王傅。（據汪中《述學》）在其前約十稔耳。軑侯國正當長沙王轄境，墓中所出故書雅記，殆生當日所常見者也。三號墓文書視汲冢簡篇尤富，侯國尚爾，王室宜有以過之；因知漢初湘中文教，其瓌瑋璀璨，固不止是。益信生之學術，所席履者深。世盡知生《過秦》，其陳漢興制度，色尚黃而數用五；然《新書．六術》及《道德說》，則用六為數，敷六理、合六法，固嬴秦之舊義也。心有所疑，爰為文以訊之。其辭曰：

後於生二千祀兮，忽逍遙而浮湘。竊慕生之崇德兮，鵩何得而為殃。道若川谷之無止兮，奚繫乎年壽之短長。寶物森其瑋煌兮，雖久歷乎兵革。覽遺策之羅列兮，服食可驗乎《內則》。緊侯國之奢僭兮，美潛夫之至言。一棺重且萬斤兮，覿于此而信然。世多生之《過秦》兮，知攻守之勢異。惟先醒之為難兮，時忳忳猶如醉。參六藝與六律兮，譬音和而成理。嬴名河曰德水兮，德與玉其同體。五行增其一而為六兮，（《新書·道德說》倡言六行）固嬴氏之故智。殷之因于夏禮兮，蓋損益之可知。豈漢易六而為五兮，亦以趁時義之所宜。今觀生之論《易》兮，曰龍變而無常。小不寶而大不窕兮，用能幽而能章。生言秦之亟絕兮，繇設教之不臧。賴保傅之先諭兮，知輔拂之必用賢良。有教則化而易成兮，此至義亘古今而不可易。前車覆而後車戒兮，見險徵者遙去其增翮。細故安足為蔕芥兮，願服之而無忒。

重曰：覽彼德輝，鳳凰下兮；浩浩湘流，逝不舍兮。昌我南音，意惻惻兮，大鈞播物，芳無極兮。

附錄

饒宗頤學藝年表

鄭煒明、鄧偉雄編

一九一七年
- 生於廣東省潮安縣城（今潮州市湘橋區）。

一九二九年
- 從金陵楊栻習書畫，攻山水及宋人行草，開始抵壁作大幅山水及人物。

一九三二年
- 續成其先父饒鍔先生之《潮州藝文志》。

一九三五年
- 任中山大學廣東通志館纂修。

一九三八年
- 助王雲五編《中山大辭典》。
- 助葉恭綽編訂《全清詞鈔》。

一九四三年
- 赴廣西任無錫國學專修學校教授。

一九四六年
- 任廣東文理學院教授。
- 任汕頭華南大學文史系教授、系主任。
- 任《潮州志》總纂。
- 被推選為廣東省文獻委員會委員。

一九五二——六八年
- 任香港大學中文系講師，後為高級講師及教授。

一九五四—五五年
• 於日本東京大學講授甲骨文及於日本京都大學從事甲骨學研究。

一九五八年
• 遊意大利，在貝魯特晤高羅佩。出版《楚辭與詞曲音樂》。

一九六二年
• 獲法國法蘭西學院頒授「漢學儒林特賞」。

一九六三年
• 赴班達伽東方研究所作學術研究。

一九六四年
• 再赴日本訪學。識林謙之，與水原琴窗、水原渭江父子談詞，到京都大原山聽梵唄，聽多紀穎信演奏日本雅樂，並在日本各地寫生。

一九六五年
• 於法國國立科學中心研究，研究巴黎及倫敦所藏敦煌畫稿及法京所藏敦煌寫卷。
• 敦煌白畫定稿。開始研究敦煌白描畫法。

一九六六年
• 在法國國立科學中心研究敦煌寫卷。與戴密微教授同遊瑞士，有詩《黑湖集》紀遊，後由戴密微譯為法文。
• 《白山集》出版。

一九六八—七三年
• 任新加坡大學中文系首位講座教授及系主任。

一九六九年
• 《星馬華文碑刻繫年》出版。

一九七零年
• 《香港大學馮平山圖書館善本書錄》出版。

一九七零—七一年
• 任美國耶魯大學研究院客座教授。

一九七一年
- 《敦煌曲》出版。

一九七二年
- 任臺灣中央研究院歷史研究所教授、法國遠東學院院士。

一九七三—七八年
- 任香港中文大學中文系講座教授及系主任。

一九七八年
- 於香港中文大學退休後，應聘為法國高等研究院宗教部客座教授。
- 香港中文大學藝術系主辦「饒宗頤書畫展」。

一九七八—七九年
- 任教法國高等實用研究院。

一九八零年
- 於日本京都大學、九州大學、北海道大學講學。
- 獲選為巴黎亞洲學會榮譽會員。
- 任澳門東亞大學（後改名為澳門大學）文學院講座教授，後創辦研究院中國文史學部，並任該部主任（一九八四—八八年）。
- 十月，在武昌參加全國語言學會後，參觀國內博物館三十三所，足跡遍及十四個省市，歷時三月。

一九八二年
- 獲香港大學頒授榮譽文學博士學位。
- 被邀為國務院古籍整理小組顧問。
- 任香港中文大學中文系及藝術系榮譽講座教授。
- 獲授香港中文大學中文系榮休講座教授銜。

一九八五年
- 任香港中文大學中國文化研究所榮譽講座教授。

一九八七年

- 任香港大學中文系榮譽講座教授。
- 任中國敦煌研究院名譽研究員。

一九八九年

- 《甲骨文通檢》（一）出版。

一九九三年

- 由其倡議召開之「潮州學國際研討會」在香港中文大學舉行。
- 巴黎索邦高等研究院頒授建院一百二十五週年以來第一個人文科學榮譽博士學銜和法國文化部頒授文化藝術高等騎士勛章。

一九九四年

- 中國美術家協會、中國書法家協會、中央美術學院、中國藝術研究院及中國畫研究院於北京中國書畫院聯合舉辦「饒宗頤書畫展」。

一九九五年

- 獲香港嶺南學院（現已改名為嶺南大學）榮譽人文博士學位。
- 潮州市饒宗頤學術館落成。

一九九六年

- 香港大學美術博物館舉辦「饒宗頤八十回顧展」。

一九九七年

- 創辦《華學》。

一九九九年

- 獲香港藝術發展局頒發視藝成就獎。
- 獲香港公開大學榮譽人文科學博士學位。

二零零零年

- 獲香港特別行政區政府頒授「大紫荊勛章」。
- 獲國家文物局及甘肅人民政府頒發「敦煌文物保護、研究特別貢獻獎」。

二零零一年

- 於北京中國歷史博物館，上海、中山、深圳、澳門及潮汕地區舉行巡迴書畫展。
- 獲選為（俄羅斯）國際歐亞科學院院士。

二零零三年

- 香港大學饒宗頤學術館成立並出版《古意今情》饒宗頤畫路歷程。
- 《饒宗頤二十世紀學術文集》出版，全集共分十四卷，二十冊，收入著作六十種。
- 獲香港科技大學榮譽文學博士學位。
- 獲香港中文大學榮譽文學博士學位。

二零零四年

- 獲澳門大學人文科學榮譽博士學位。

二零零五年

- 心經簡林樹立於大嶼山昂平。

二零零六年

- 獲日本創價大學名譽博士學位。
- 與澳門藝術博物館合辦「普荷天地」饒宗頤九十華誕荷花特展。
- 與香港大學美術博物館合辦「心羅萬象」饒宗頤丙戌書畫展。
- 與香港大學圖書館合辦「饒宗頤教授與香港大學」展覽。
- 香港大學饒宗頤學術館主辦「光普照」心經簡林攝影展。
- 商務印書館（香港）有限公司出版《符號·初文與字母——漢字樹》第二版。
- 香港大學饒宗頤學術館與康樂及文化事務署、香港公共圖書館合辦「走近饒宗頤」饒宗頤教授學藝兼修展覽。
- 香港九所大學合辦「學藝兼修」漢學大師饒宗頤教授九十華誕國際學術研討會。
- 《饒宗頤藝術創作匯集》出版，全集共十二冊，收入書畫作品約一千五百件。

二零零七年

- 潮州市饒宗頤學術館重建啟幕。
- 任點校本「二十四史」及《清史稿》修訂工程學術顧問、遼寧師範大學名譽教授。
- 《紫荊》雜誌第一期特刊《走近饒宗頤》專輯出版。
- 十月，香港大學饒宗頤學術館與創價學會饒宗頤展籌備委員會主辦，於日本兵庫縣關西國際文化中心展覽館舉行「長流不息——饒宗頤之藝術世界」展覽，並出版展品圖錄。
- 十一月，《敦煌研究》刊出「繪畫西北宗説」，正式提出中國山水畫應有「西北宗」，也就是以新的線條與筆墨來表達中國西北地區的風土人情。

二零零八年

- 「學藝兼修·漢學大師——饒宗頤教授九十華誕國際學術研討會」論文集，以《華學》第九、十輯合刊（全六冊）形式出版。
- 八月，香港大學饒宗頤學術館與長安鎮政府合辦，於東莞長安鎮展覽館舉行「長樂安寧——饒宗頤教授東莞長安鎮書畫展」，並出版展品圖錄。
- 十月，香港大學與故宮博物院合辦，香港大學饒宗頤學術館執行，於北京故宮神武門大殿舉行「陶鑄古今——饒宗頤學術·藝術展」展覽，並出版展品圖錄。

二零零九年

- 一月，香港大學饒宗頤學術館與深圳市文化局、香港藝術發展局合辦，於深圳美術館展覽廳舉行「我與敦煌——饒宗頤敦煌學藝展」展覽，並出版展品圖錄。
- 獲中華人民共和國國務院總理溫家寶聘請為中央文史研究館館員。
- 獲香港藝術發展局頒發終身成就獎。
- 八月，香港大學饒宗頤學術館與澳州塔斯曼尼亞美術博物館合辦，於澳州塔斯曼尼亞美術博物館美術廳舉行「心通造化——一個學者畫家眼中的寰宇景象」展覽，並出版展品圖錄。

二零一零年

- 中國人民大學出版社出版《饒宗頤二十世紀學術文集》簡體字版，全集共分十四卷，二十冊。
- 十一月，香港大學饒宗頤學術館與第十五屆國際潮團聯誼年會、廣東潮人海外聯誼會、廣東畫院、廣東美術館合辦，於廣東美術館展覽廳舉行「丹青不老——饒宗頤藝術特展」，並出版展品圖錄。

二零一一年

- 一月，香港大學饒宗頤學術館主辦「普荷天地——饒宗頤荷花展」展覽。
- 八月，中央文史研究館、敦煌研究院及香港大學饒宗頤學術館合辦，於敦煌研究院舉辦「慶賀饒宗頤先生九十五華誕敦煌學國際學術研討會」，並舉行「莫高餘馥——饒宗頤敦煌書畫藝術特展」展覽，同時出版圖錄。
- 香港國際創價學會及香港大學饒宗頤學術館合作出版《敦煌白畫》，全集共分中、英、日文版三冊。
- 香港特別行政區政府民政事務局及香港大學饒宗頤學術館合辦，於上海世界博覽會香港館展覽區舉行「香江情懷——饒宗頤作品展覽」。
- 九月，中共中央黨校及中央人民政府駐香港特別行政區聯絡辦公室主辦，香港大學協辦，於中共中央黨校圖書館舉辦「天人互益——饒宗頤學藝展」展覽，同時出版圖錄。
- 十一月，香港大學饒宗頤學術館與香港大學美術博物館合辦，於香港大學美術博物館舉行「莫高餘馥——饒宗頤敦煌書畫藝術香港特展」展覽。
- 上海古籍出版社出版《西南文化創世紀——殷代隴蜀部族地理與三星堆、金沙文化》。
- 十二月，惠州市人民政府及香港大學饒宗頤學術館合辦，於惠州掛榜閣舉行「雪堂餘韻——饒宗頤惠州掛榜閣書畫展」展覽，同時出版圖錄。
- 五月，獲澳洲塔斯曼尼亞大學名譽文學博士學位。
- 七月，海天出版社出版《饒宗頤書畫冊頁叢刊》上編（共四輯）及《清暉集》修訂版。
- 八月，南方日報出版社出版《饒宗頤藝術經典》。

- 十月，南京紫金山天文台以國際編號為一零零一七的小行星命名為「饒宗頤星」。
- 廣東省文化廳、潮州市人民政府及香港大學主辦，廣東省文物局、饒宗頤學術館之友協辦，廣東省博物館、香港大學饒宗頤學術館及潮州市饒宗頤學術館承辦，於廣東省博物館舉行「嶺南風韻——饒宗頤書畫藝術特展」展覽，同時出版圖錄。
- 十一月，獲中國藝術研究院「中華藝文獎終身成就獎」；獲世界華文作家協會頒發終身成就獎。
- 十二月，泉州市人民政府、香港大學、華僑大學主辦，華僑大學文學院、香港大學饒宗頤學術館承辦，泉州海外交通史博物館協辦，於華僑大學舉行饒宗頤教授與華學國際學術研討會；泉州市人民政府、香港大學、華僑大學、中國閩台緣博物館主辦，福建省美術家協會、香港大學饒宗頤學術館、華僑大學美術學院承辦，於中國閩台緣博物館舉行「通會境界——饒宗頤教授二十一世紀書畫新路向」展覽；香港大學饒宗頤學術館出版《通會境界——饒宗頤教授二十一世紀書畫新路向》。

二零一二年

- 二月，饒學研究基金正式成立。
- 三月，由香港大學饒宗頤學術館主辦，饒學研究基金贊助，以饒宗頤教授命名的饒宗頤講座成立，並舉辦成立儀式暨首屆講座「中國傳統中至高的社會標準：文學的『文』和倫理的『仁』」，法國知名漢學家汪德邁教授主講。
- 四月，日本京都銀閣慈照寺、香港大學專業進修學院及香港大學饒宗頤學術館主辦，相國寺承天閣美術館及白沙村莊橋本關雪紀念館協辦，於日本京都相國寺承天閣美術館舉行「法相莊嚴——饒宗頤之佛教美術展」展覽，同時出版圖錄。
- 六月，饒宗頤文化館（第一期）開幕，同時舉辦「學藝雙攜——饒宗頤文化館開幕特展」，並出版圖錄。

二零一三年

- 同月，中華人民共和國國家文物局、香港特別行政區政府民政事務局、上海文化發展基金會新空文化藝術專項基金、西泠印社、香港大學、上海美術館主辦，饒學研究基金、Simon Suen Foundation Ltd.、Shanghai Sentrust Investment Co., Ltd. 協辦，於上海美術館舉行「海上因緣——饒宗頤教授上海書畫展」展覽，同時出版圖錄。
- 九月，香港大學饒宗頤學術館與佛山市文化廣電新聞出版局主辦，佛山市祖廟博物館及佛山市圖書館承辦，佛山市南海區大瀝鎮寶晉齋文化藝術有限公司協辦，於佛山市祖廟博物館舉行「選堂豪翰」展覽，同時出版圖錄。
- 十一月，西泠印社、中國書法家協會、浙江美術館主辦，香港大學饒宗頤學術館協辦，於杭州浙江省美術館舉行「藝聚西泠——饒宗頤社長書畫藝術特展」展覽，同時出版圖錄。
- 同月，獲香港浸會大學名譽博士學位。
- 同月，獲香港樹仁大學名譽博士學位。
- 香港大學饒宗頤學術館、饒宗頤學術館之友、饒宗頤文化館、饒學研究基金、饒宗頤基金、饒宗頤美術館、饒宗頤學藝館聯合出版《饒宗頤書道創作匯集》，全集共十二冊，收入書法作品約一千六百六十件。
- 十二月，香港大學饒宗頤學術館與饒宗頤文化館主辦，於饒宗頤文化館舉行「藝聚西泠」香港展覽。
- 同月，饒宗頤教授領銜主編之《上博藏戰國楚竹書字彙》由安徽大學出版社出版並舉行首發式。
- 同月，當選法蘭西學院銘文與美文學院外籍院士，為亞洲首位獲此榮銜的漢學家。
- 二月，香港大學饒宗頤學術館主辦「龍年氣象——饒宗頤教授壬辰年書畫作品展」展覽。
- 三月，山東文物局主辦，山東省文物總店、香港大學饒宗頤學術館、集古齋有限公司協辦，於山東美術館舉行「藝匯齊魯——饒宗頤教授山東書畫展」，並出版圖錄。

- 四月，香港大學饒宗頤學術館與饒宗頤文化館主辦，於饒宗頤文化館舉行「吃茶去——饒宗頤茶道藝術品展覽」，並出版圖錄。
- 同月，香港大學饒宗頤學術館、香港佛光道場及佛光緣美術館（香港館）主辦，於佛光緣美術館（香港館）舉行「佛光普照——饒宗頤佛教美術展」展覽。
- 五月，香港大學饒宗頤學術館主辦「銘刻相映——饒銘唐刻作品選展」展覽。
- 六月，寧波天一閣博物館、香港大學饒宗頤學術館主辦，於寧波天一閣博物館舉行「書情畫韻——饒宗頤藝術展」。
- 八月，香港大學饒宗頤學術館主辦「道法自然——饒宗頤道教美術展」展覽。
- 九月，香港大學饒宗頤學術館、天津美術館及藝林山房主辦，集古齋有限公司、瀚墨文化藝術有限公司及包氏靈璧石苑協辦，於天津美術館舉行「雄偉氣象——饒宗頤教授天津書畫展」展覽，並出版圖錄。
- 十月，香港浸會大學饒宗頤國學院成立。
- 同月，榮任天一閣名譽館長。
- 十一月，長安饒宗頤美術館開幕，並與廣東省美術家協會、香港大學饒宗頤學術館、東莞市長安鎮人民政府聯合主辦「饒宗頤美術館（展覽廳）揭牌暨『藝匯長安——饒宗頤美術館館藏展』」及「饒荷盛放——饒荷的形成與發展」展覽，並同時出版《藝匯長安——饒宗頤美術館開期特展圖錄》。
- 十二月，香港大學饒宗頤學術館、華僑大學文學院、西泠印社、天一閣博物館、故宮博物院故宮學研究所主辦，香港饒宗頤文化館協辦，於香港大學舉行「第二屆饒宗頤與華學暨香港大學饒宗頤學術館成立十週年慶典國際學術研討會」。

二零一四年

- 一月，獲頒授香港大學首位「桂冠學人」，乃為該校最高學術榮譽。
- 同月，香港大學饒宗頤學術館新館開幕，同時舉行「饒荷盛放——饒荷的形成與發展」展覽。
- 《饒荷盛放——饒荷的形成與發展》中文版出版。
- 同月，廣東省美術家協會策劃委員會、東莞市美術家協會、香港大學饒宗頤學術館聯合主辦，長安鎮圖書館、一濤居協辦，饒宗頤美術館承辦，於饒宗頤美術館舉辦「馬到顏開——饒宗頤教授迎春書畫展」展覽。
- 三月，獲山東大學名譽博士學位。
- 同月，香港大學饒宗頤學術館舉辦「馬到顏開——饒宗頤教授甲午書畫展」展覽。
- 《饒荷盛放——饒荷的形成與發展》日文版出版。
- 四月，香港國際創價學會、香港大學饒宗頤學術館聯合主辦，於香港國際創價學會文化會館舉行「饒荷盛放——饒荷的形成與發展」展覽。
- 《饒荷盛放——饒荷的形成與發展》英文版出版。
- 六月，饒宗頤文化館、香港大學饒宗頤學術館聯合主辦，於饒宗頤文化館藝術館舉行「香江情懷——饒宗頤香港詩書畫展」展覽。
- 同月，饒宗頤文化館、香港大學饒宗頤學術館聯合主辦，於饒宗頤文化館中區博雅堂地下舉辦「文海微瀾——饒宗頤教授與香港文化人士展」展覽。
- 七月，香港大學饒宗頤學術館舉行「明韻清情——饒宗頤教授明清諸家筆意書畫展」展覽。
- 九月，四川博物院、香港大學饒宗頤學術館聯合主辦，北京文博之家文化發展有限公司、一濤居協辦，於四川博物院舉行「詩心禪意——國學大師饒宗頤書畫展」展覽。
- 同月，嗇色園主辦，於嗇色園黃大仙祠鳳鳴樓廣場舉行「慶祝中華人民共和國成立六十五週年·嗇色園『道藝相融·微妙玄通——當代道教書畫展』」展覽開幕，同時出版展覽圖錄。

- 同月，獲頒授「全球華人國學獎終身成就獎」。
- 十一月，獲中山大學頒授「陳寅恪獎」。
- 同月，溫州市文化廣電新聞出版局、溫州市人民政府港澳臺辦公室、香港大學饒宗頤學術館聯合主辦，溫州美術館承辦，香港集古齋畫廊協辦，於溫州美術館（書畫院）舉行「永嘉藝情——饒宗頤溫州書畫展」展覽，同時出版展覽圖錄。
- 十二月，當選北京中央電視臺第三屆「中華之光——傳播中華文化年度人物」。

二零一五年

- 四月，中國國家博物館舉辦「學藝融通——饒宗頤百歲藝術展」。
- 十一月，山東大學饒宗頤宗教與中國文化研究所成立。
- 十二月，香港中央圖書館舉辦「香江藝韻——饒宗頤教授百歲學藝展」。
- 同月，香港大學、香港中文大學、香港浸會大學、香港科技大學等十四所高校聯合主辦，於香港大學舉行「饒宗頤教授百歲華誕國際學術研討會」。

二零一六年

- 四月，劍橋大學耶穌學院與饒學研究基金簽署合作意向書，籌建劍橋大學「饒宗頤華學研究中心」。
- 六月，從六月十五日起開始在全國進行「蓮蓮吉慶——饒宗頤教授荷花書畫巡迴展」，第一站為黑龍江大學。
- 十二月，饒學聯匯正式成立。

二零一七年

- 三月，香港中文大學舉辦「崇德延年——香港中文大學藝術系與文物館藏饒宗頤教授書畫」展。
- 五月，香港特別行政區慶祝回歸二十週年，由香港康樂及文化事務署與香港大學聯合主辦，於香港文化博物館舉行「敦煌韻致——饒宗頤教授之敦煌學術藝術展」。

饒宗頤個人著作目錄

鄭煒明、胡孝忠編

一、學術著作單行本

1、潮州藝文志（饒鍔、饒宗頤著）

- 《嶺南學報·專號》（第四卷第四期、第六卷第二、三期合刊），廣州：廣州私立嶺南大學，一九三五年及一九三七年初版。
- 【重印本】上海：上海古籍出版社，一九九四年四月。
- 收入《饒宗頤二十世紀學術文集》（卷九·潮學），台北：新文豐出版公司，二零零三年，第二三五—九九二頁。

2、潮州叢著初編

- 廣州市立中山圖書館叢書（3），廣州：廣州市立中山圖書館，一九三八年初版。
- 【重印本】台北：文海出版社，一九七一年。
- 部分文章分類收入《饒宗頤二十世紀學術文集》，台北：新文豐出版公司，二零零三年。

3、楚辭地理考

- 上海：商務印書館，一九四六年初版。
- 【重印本】台北：九思出版有限公司，一九七八年四月。
- 收入《饒宗頤二十世紀學術文集》（卷一一·文學），台北：新文豐出版公司，二零零三年，第七一—二一零頁。

4、韓江流域史前遺址及其文化

- 香港，一九五零年初版。
- 收入《僑港潮汕文教聯誼會會刊》（第三期），香港：僑港潮汕文教聯誼會，一九七四年十月，第九一—一一九頁。

5、戰國楚簡箋證（油印本）

- 京都，一九五四年初版。
- 【修訂本】載《金匱論古綜合刊》（第一期），香港：香港亞洲石印局印行，一九五七年，第六一—七二頁，附「長沙仰天湖戰國楚簡摹本」。
- 另刊《戰國楚簡箋證（長沙仰天湖戰國楚簡摹本）》，香港：上海出版社，一九五七年初版。

6、《人間詞話》平議（線裝）

- 香港，一九五三年初版。
- 又分上下兩輯，分別刊於《人生》（第一一五號），香港：人生雜誌社，一九五五年八月，第一二—一四頁；《人生》（第一一六號），一九五五年九月，第一一—一二頁。
- 後收入《文轍——文學史論集》（下冊），台北：台灣學生書局，一九九一年十一月，第七四一—七五零頁；《饒宗頤二十世紀學術文集》（卷一二．詩詞學），台北：新文豐出版公司，二零零三年，第三一四—三二三頁。

7、長沙出土戰國楚簡初釋（油印本）

- 京都，一九五四年初版。

8、楚辭書錄

- 選堂叢書（1）香港：東南書局，一九五六年一月初版。
- 收入《饒宗頤二十世紀學術文集》（卷一一・文學），台北：新文豐出版公司，二零零三年，第二一一—三六六頁。

9、敦煌六朝寫本張天師道陵著・老子想爾注校箋

- 選堂叢書（2），香港：東南書局，一九五六年四月初版。
- 【增訂本】《老子想爾注校證》，上海：上海古籍出版社，一九九一年十一月。
- 收入鄭學檬、鄭炳林主編：《中國敦煌學百年文庫・文獻卷（一）》，蘭州：甘肅文化出版社，一九九九年，第三二三—三七八頁；《饒宗頤二十世紀學術文集》（卷五・宗教學），台北：新文豐出版公司，二零零三年，第四一五—六四零頁。

10、巴黎所見甲骨錄（線裝）

- 選堂叢書（3），香港：Too Hung Engraving & Print Co.，一九五六年十二月初版。
- 收入宋鎮豪、段志洪主編：《甲骨文獻集成》（第三冊），成都：四川大學出版社，二零零一年四月，第三六七—三九一頁。

11、長沙出土戰國繒書新釋

- 選堂叢書（4），香港，一九五八年初版。

12、楚辭與詞曲音樂

- 選堂叢書（5），香港：香港大學中文系，一九五八年五月初版。

- 香港：新華出版社，一九五八年。
- 收入《饒宗頤二十世紀學術文集》（卷一一．文學），台北：新文豐出版公司，二零零三年，第三六七—四四四頁。

13、詞樂叢刊（第一集）（與趙尊岳合著；姚志伊序、跋）

- 香港：南風出版社，一九五八年十月初版。
- 當中之《玉田謳歌八首字詁》及《魏氏樂譜管窺》分別收入《饒宗頤二十世紀學術文集》（卷一二．詩詞學，第二七五—二七七頁）及《學術文集》（卷四．經術、禮樂，第六四六—六六三頁），台北：新文豐出版公司，二零零三年。

14、九龍與宋季史料

- 選堂叢書（6），香港：萬有圖書公司，一九五九年十一月初版。
- 收入《饒宗頤二十世紀學術文集》（卷六．史學），台北：新文豐出版公司，二零零三年，第一一二九—一三一八頁。

15、殷代貞卜人物通考（上、下冊）

- 香港：香港大學出版社，一九五九年十一月初版。
- 收入宋鎮豪、段志洪主編：《甲骨文獻集成》（第十六冊），成都：四川大學出版社，二零零一年四月，第二二六—五八二頁；《饒宗頤二十世紀學術文集》（卷二．甲骨），台北：新文豐出版公司，二零零三年，第一—一三六二頁。
- 【韓文版】《殷代貞卜人物通考》（孫叡徹譯；共三冊），漢城：민음사，一九九六年。

16、詞籍考

- 香港：香港大學出版社，一九六三年二月初版。

● **【增訂本】**《詞集考——唐五代宋金元編》，北京：中華書局，一九九二年十月初版。
● 收入《饒宗頤二十世紀學術文集》（卷一〇・目錄學），台北：新文豐出版公司，二零零三年，第一—四二零頁。

17、*Airs de Touen - Houang*《敦煌曲》 (with an adaption into French by Prof. Paul Demiéville)
● Documents conservès à la Bibliothèque nationale 2, Paris: Centre National de La Recherche scientifique, 1971.
● 收入《饒宗頤二十世紀學術文集》（卷八・敦煌學），台北：新文豐出版公司，二零零三年，第六七九—九二六頁。

18、選堂賦話
● 香港：萬有圖書公司，一九七五年五月初版。
● 原輯於何沛雄編《賦話六種》內，香港：萬有圖書公司，一九七五年五月，第八七—一一五頁。

19、黃公望及富春山居圖臨本
● 香港中文大學文物館專刊（1），香港：香港中文大學中國文化研究所文物館，一九七五年九月初版；一九七六年五月第二版。
● 收入《畫𩑈——國畫史論集》，台北：時報文化出版企業有限公司，一九九三年六月，第二八三—三六四頁；《饒宗頤二十世紀學術文集》（卷一三・藝術），台北：新文豐出版公司，二零零三年，第八四五—九五八頁。

20、中國史學上之正統論——中國史學觀念探討之一
● 香港：龍門書店，一九七七年九月初版。
● **【重印本】**《中國史學上之正統論》，台北：宗青圖書出版公司，一九七九年；學術集林叢書（6）上海：上海遠東出版社，一九九六年八月。

- 收入《饒宗頤二十世紀學術文集》（卷六・史學）台北：新文豐出版公司，二零零三年，第一—五六四頁。

21、*Peintures Monochromes de Dunhuang (Dunhuang Baihua): Manuscrits reproduits en facsimilé, d' après les originaux inédits conservés à la Bibliothèque Nationale de Paris*《燉煌白畫》(avec une introduction en chinois par Jao Tsong-yi; adaptée en francais par Pierre Ryckmans; Préface et Appendice par Paul Demiéville)

- Publications de l' École française d' Extrême-Orient Memories Archeologiques XIII（法國遠東考古學院考古學專刊８），Paris: École Française d' Extrême-Orient, 1978.
- 文字內容收入《饒宗頤二十世紀學術文集》（卷八・敦煌學），台北：新文豐出版公司，二零零三年，第六一五—六七八頁。
- 【重印中文本】《燉煌白畫》（新增英、日譯本）饒宗頤著；鄧偉雄主編）。
- 【英文版】*The Line Drawing of Dunhuang*（杜英華譯）。
- 【日文版】《燉煌白畫》（香港國際創價學會譯）。
- 香港：香港大學饒宗頤學術館、饒宗頤基金有限公司、香港國際創價學會，二零一零年七月初版。

22、**選堂集林：史林**（全三冊）

- 香港：中華書局香港分局，一九八二年一月初版。
- 部分文章分類收入《饒宗頤二十世紀學術文集》，台北：新文豐出版公司，二零零三年。

23、**雲夢秦簡日書研究**（與曾憲通合著）

- 香港中文大學中國文化研究所中國考古藝術研究中心專刊（３），香港：中文大學出版社，一九八二年初版。
- 收入《饒宗頤二十世紀學術文集》（卷三・簡帛學），台北：新文豐出版公司，二零零三年，第三六九—四四二頁。

24、隨縣曾侯乙墓鐘磬銘辭研究（與曾憲通合著）

- 香港中文大學中國文化研究所中國考古藝術研究中心專刊（4），香港：中文大學出版社，一九八五年初版。
- 收入《饒宗頤二十世紀學術文集》（卷四．經術、禮樂），台北：新文豐出版公司，二零零三年，第六七三—八二七頁。

25、楚帛書（與曾憲通合著）

- 香港：中華書局香港分局，一九八五年九月初版。
- 有關文章分別收入《饒宗頤二十世紀學術文集》（卷三．簡帛學、卷一三．藝術），台北：新文豐出版公司，二零零三年。

26、固庵文錄

- 台北：新文豐出版公司，一九八九年九月初版。
- 【簡體字版】瀋陽：遼寧教育出版社，二零零零年一月。
- 部分文章分類收入《饒宗頤二十世紀學術文集》，台北：新文豐出版公司，二零零三年。

27、中印文化關係史論集．語文篇——悉曇學緒論

- 香港：香港中文大學中國文化研究所、三聯書店（香港）有限公司，一九九零年四月初版。
- 部分文章收入《饒宗頤二十世紀學術文集》（卷五．宗教學），台北：新文豐出版公司，二零零三年，第六四五—七九零頁。

28、文轍——文學史論集（上、下冊）

- 台北：台灣學生書局，一九九一年十一月初版。

- 有關文章分類收入《饒宗頤二十世紀學術文集》，台北：新文豐出版公司，二零零三年。

29、**畫䪼——國畫史論集**
- 台北：時報文化出版企業有限公司，一九九三年六月初版。
- 有關文章分類收入《饒宗頤二十世紀學術文集》，台北：新文豐出版公司，二零零三年。

30、**梵學集**
- 上海：上海古籍出版社，一九九三年七月初版。
- 有關文章分類收入《饒宗頤二十世紀學術文集》，台北：新文豐出版公司，二零零三年。

31、**楚地出土文獻三種研究**（與曾憲通合著）
- 北京：中華書局，一九九三年八月初版。

32、**饒宗頤史學論著選**
- 上海：上海古籍出版社，一九九三年十一月初版。
- 有關文章分類收入《饒宗頤二十世紀學術文集》，台北：新文豐出版公司，二零零三年。

33、**澄心論萃**（饒宗頤著；胡曉明編）
- 上海：上海文藝出版社，一九九六年七月初版。
- 有關文章分類收入《饒宗頤二十世紀學術文集》，台北：新文豐出版公司，二零零三年。

34、**饒宗頤潮汕地方史論集**（饒宗頤著；黃挺編）

● 汕頭：汕頭大學出版社，一九九六年八月初版。

● 有關文章分類收入《饒宗頤二十世紀學術文集》，台北：新文豐出版公司，二零零三年。

35、**敦煌曲續論**

● 敦煌叢刊二集（8），台北：新文豐出版公司，一九九六年十二月初版。

● 收入《饒宗頤二十世紀學術文集》（卷八・敦煌學），台北：新文豐出版公司，二零零三年，第九二七—一一二八頁。

36、**文化之旅**

● 香港：牛津大學出版社，一九九七年初版。

● 【簡體字版】瀋陽：遼寧教育出版社，一九九八年三月。

● 【插圖珍藏版】北京：中華書局，二零一一年七月。

● 有關文章分類收入《饒宗頤二十世紀學術文集》，台北：新文豐出版公司，二零零三年。

37、**符號・初文與字母——漢字樹**

● 香港：商務印書館（香港）有限公司，一九九八年七月初版，二零零六年第二版。

● 【簡體字版】上海：上海書店出版社，二零零零年三月初版。

● 【日文版】《漢字樹：古代文明と漢字の起源》（小早川三郎譯），東京：株式會社アルヒーフ，二零零三年五月初版。

38、**饒宗頤東方學論集**

● 汕頭：汕頭大學出版社，一九九九年十一月初版。

● 有關文章分類收入《饒宗頤二十世紀學術文集》，台北：新文豐出版公司，二零零三年。

39、中國宗教思想史新頁

● 北大學術講演叢書（11）、湯用彤學術講座（1），北京：北京大學出版社，二零零零年五月初版。

● 有關文章分類收入《饒宗頤二十世紀學術文集》，台北：新文豐出版公司，二零零三年。

40、饒宗頤學述（饒宗頤述；胡曉明、李瑞明整理）

● 杭州：浙江人民出版社，二零零零年初版。

41、古史之斷代與編年

● 「中央研究院」歷史語言研究所傅斯年漢學講座二零零一，台北：「中央研究院」歷史語言研究所，二零零三年五月初版。

● 收入《饒宗頤二十世紀學術文集》（卷一．史溯），台北：新文豐出版公司，二零零三年，第一六九—二五八頁。

42、饒宗頤二十世紀學術文集（共十四卷，二十冊）

● 台北：新文豐出版公司，二零零三年十月初版。

● 【簡體字版】北京：中國人民大學出版社，二零零九年七月初版。

43、饒宗頤新出土文獻論證（饒宗頤著；沈建華編）

● 上海：上海古籍出版社，二零零五年九月初版。

● 部分文章分類收入《饒宗頤二十世紀學術文集》，台北：新文豐出版公司，二零零三年。

44、**選堂序跋集**（饒宗頤著；鄭會欣編）
- 北京：中華書局，二零零六年初版。

45、**文化と芸術の旅路**（饒宗頤、池田大作、孫立川）
- 日本：潮出版社，二零零九年初版。
- 【繁體字版】《文化與藝術之旅》，香港：天地圖書有限公司，二零零九年七月初版。
- 【簡體字版】桂林：廣西師範大學出版社，二零零九年十一月初版。

46、**選堂清談錄**（饒宗頤、陳韓曦著）
- 北京：紫禁城出版社，二零零九年十月初版。

47、**《西南文化創世紀：殷代隴蜀部族地理與三星堆、金沙文化》**
- 上海：上海古籍出版社，二零一零年十一月。

48、**文學與神明：饒宗頤訪談錄**（饒宗頤著；施議對編纂）
- 香港：三聯書店（香港）有限公司，二零一零年五月初版。
- 北京：三聯書店，二零一一年五月。

49、**饒宗頤集**（饒宗頤著；陳韓曦編注）
- 廣州：花城出版社，二零一一年初版。

50、**選堂集林：史林新編**（全三冊）

● 香港：中華書局（香港）有限公司，二零一二年十二月初版。

51、**饒宗頤佛學文集**

● 香港：天地圖書有限公司，二零一三年七月。

52、**饒宗頤書畫題跋集**（饒宗頤著；陳韓曦編）

● 廣州：花城出版社，二零一四年一月。

53、**潮州本草**

● 排印本，不著出版時地。

54、**楚辭參考資料**（又名《楚辭別錄》）

● 油印本，不著出版時地。

二、書刊主編、編著

（一）書籍

1、**潮州先賢像傳**（吳長波策劃；饒宗頤編撰）

● 汕頭，藝文印務局，一九四七年十二月。

- 部分內容後載吳以湘主編《潮州鄉訊》：《王大寶》（第二卷七期、《薛侃》（第二卷八期）、《方耀》（第二卷十期）、《大顛禪師》（第二卷十一期）、《吳高士復古》（第二卷十二期），《翁襄敏萬達》（第三卷一期）、《薛給諫宗鎧》（第三卷三期）、《劉知州允》（第三卷四期）、《許郎中國佐》（第三卷五期）、《曾右丞習經》（第三卷六期）、《郭賢母真順》（第三卷九期），新加坡：潮州鄉訊社，一九四八年。
- 潘醒農著《馬來亞潮僑通鑒》，新加坡：南島出版社，一九五零年，第三五四—三六四頁。
- 蔡武榜主編《旅緬潮州會館慶祝新廈落成紀念特刊》，仰光：旅緬潮州會館，一九六一年，「先賢傳略」部分第一—九頁。
- 《僑港潮汕文教聯誼會會刊》（第一期），香港：僑港潮汕文教聯誼會，一九六四年六月，第二六三—二七二頁。
- 劉宣強、朱洪聲主編《古晉潮州公會慶祝百年紀念特刊》，砂勝越：古晉潮州公會，一九六六年七月，第一九一—一九六頁及二三零頁。
- 【重印本】《潮州先賢像傳》（郭偉川總編輯：林楓林編輯），香港：香港潮州商會第三十八屆會董會，一九九四年。
- 《潮州先賢像傳》（饒宗頤編撰），廣州：花城出版社，二零一三年十一月。

2、潮州志（總纂）

- 【線裝：十五門本】汕頭：潮州修志館，一九四九年初版。
- 收入《中國地方志集成·廣東府縣志輯》第二十五冊，上海：上海書店出版社，二零零三年，第一零五—八八三頁。
- 【洋裝增訂本：二十門本】（新增未刊志稿手鈔本或刻印本五門），潮州：潮州市地方志辦公室，二零零五年。
- 當中《潮州沿革志》收入《饒宗頤二十世紀學術文集》（卷九·潮學），台北：新文豐出版公司，二零零三年，第八七—二三四頁；《潮州志·藝文志》收入賈貴榮、杜澤遜輯：《地方經籍志彙編》第四十六冊，北京：北京圖書館出版社，二零零八年，第四三九—七二八頁。

3、**明器圖錄，中國明器略說**（編著）

- 香港：香港大學出版社，一九五三年初版。
- （按：此為一九五三年九月二十六—二十八日由香港大學東方文化研究院舉辦之明器展覽圖錄。）
- 收入《饒宗頤二十世紀學術文集》（卷六．史學），台北：新文豐出版公司，二零零三年，第八二二—八三零頁。

4、**景宋乾道高郵軍學本．淮海居士長短句**（秦觀著；饒宗頤編校）

- 香港：龍門書店，一九六五年五月初版。

5、**潮州志匯編**（編集）

- 香港：龍門書店，一九六五年七月初版。
- （按：本書除饒氏主編之民國《潮州志》稿外，另收錄元代《三陽志》（原載《永樂大典》）、明嘉靖郭春震志及清順治吳穎志。）

6、**歐美亞所見甲骨錄存**（編）

- 新加坡，一九七零年初版。

7、**香港大學馮平山圖書館藏善本書錄**（編著）

- 香港：龍門書店，一九七零年十二月初版。
- 收入《饒宗頤二十世紀學術文集》（卷一〇．目錄學），台北：新文豐出版公司，二零零三年，第四二一—六六七頁。
- 【增訂本】香港大學馮平山圖書館編（饒宗頤編著；李直方、張麗娟增補；尹耀全、陳偉明、林柔雲編輯），香港：香港大學出版社，二零零三年。

8、**全清詞鈔**（葉恭綽編；饒宗頤參與編次校訂）

- 香港：中華書局香港分局，一九七五年初版。

9、**香雪莊藏砂壺**（編著）

- 新加坡：香雪莊，一九七七年。（收藏者：陳之初）
- 當中《供春壺考略》之改訂本分別收入《固庵文錄》，台北：新文豐出版公司，一九八九年九月，第三八五—三九六頁；《饒宗頤二十世紀學術文集》（卷一三．藝術），台北：新文豐出版公司，二零零三年，第九五九—九七六頁。

10、**唐宋墓志：遠東學院藏拓片圖錄**（編著）

- 香港中文大學中國文化研究所史料叢刊（2），與法國遠東學院共同出版，列該院期刊第一二七號，香港：中文大學出版社，一九八一年初版。
- 收入《饒宗頤二十世紀學術文集》（卷一三．藝術），台北：新文豐出版公司，二零零三年，第六一九—八四四頁。

11、**虛白齋藏書畫選**（編著）

- 中日文作品解說：饒宗頤，新野岩男日譯；英文解說：饒宗頤、屈志仁；東京：二玄社，一九八三年初版。
- 中文作品解說收入《饒宗頤二十世紀學術文集》（卷一三．藝術），台北：新文豐出版公司，二零零三年，第一一六七—一三一八頁。
- 另有虛白齋藏書畫精選《古萃今承——虛白齋藏中國書畫選》，饒宗頤解說，香港：香港市政局、香港藝術館，一九九二年。

12、**李衛公望江南——詞學秘笈之一**（李靖著；饒宗頤編集；附錄由鄭煒明編校製訂）

- 台北：新文豐出版公司，一九九零年四月初版。

13、**甲骨文通檢**（第一至五冊）（饒宗頤主編；沈建華編輯）

- 香港中文大學中國文化研究所中國考古藝術研究中心工具書（第二至六冊），香港：中文大學出版社，一九八九—一九九九年初版。

14、**近東開闢史詩**（編譯）

- 東方學叢刊（1），台北：新文豐出版公司，一九九一年一月初版。
- 【簡體字版】瀋陽：遼寧教育出版社，一九九八年十二月。
- 譯文首段及第一版、第五版與第七版部分譯文收入《固庵文錄》，台北：新文豐出版公司，一九八九年九月，第二八—二九頁。
- 全本收入《饒宗頤二十世紀學術文集》（卷一．史溯），台北：新文豐出版公司，二零零三年，第五零五—五七零頁。

15、**潮中雜記**（郭子章著；饒宗頤主編；郭偉川編輯；林楓林助理編輯）

- 潮州善本選集（第一種），潮州文獻叢刊（8），香港：香港潮州商會，一九九三年初版。

16、**廣濟橋史料彙編**（與張樹人合作編著）

- 香港：新城文化服務有限公司，一九九三年二月初版。
- 當中之《廣濟橋志》收入《饒宗頤二十世紀學術文集》（卷九．潮學），台北：新文豐出版公司，二零零三年，第一—八六頁。

17、**新加坡古事記**（編）

● 香港中文大學中國文化研究所中國考古藝術研究中心集刊（9），香港：中文大學出版社，一九九四年初版。

● 收入《饒宗頤二十世紀學術文集》（卷七．中外關係史），台北：新文豐出版公司，二零零三年，第三六七—八三零頁。

18、**新刻增補全像鄉談《荔枝記》**（與龍彼得共同主編）

● 潮州饒宗頤學術館叢刊，台北：新文豐出版公司，一九九九年初版。

19、**悉曇經傳：趙宧光及其《悉曇經傳》**（編集）

● 台北：新文豐出版公司，一九九九年二月初版。

● 收入《饒宗頤二十世紀學術文集》（卷五．宗教學），台北：新文豐出版公司，二零零三年，第七七九—七八五頁。

20、**敦煌吐魯番本文選**（編）

● 北京：中華書局，二零零零年五月初版。

21、**全明詞（饒宗頤編；張璋續編，全六冊）**

● 北京：中華書局，二零零四年一月初版。

22、**潮州三山志**（編）

● 黃仲琴著，饒宗頤補輯《金山志》；饒宗頤輯《韓山志》；饒鍔輯《西湖山志卷二》。

● 潮州：潮州市地方志辦公室、政協潮州市委員會，二零零六年初版。

23、**潮州志補編**（總纂，全五冊）

● 潮州：潮州海外聯誼會、《潮州志補編》整理小組編印，二零一一年十月。

24、**上博藏戰國楚竹書字彙**（饒宗頤主編；徐在國副主編）

● 合肥：安徽大學出版社，二零一二年十月。

（二）叢刊

1、**敦煌書法叢刊**（共二十九冊）（饒宗頤編著；林宏作日譯）

● 東京：二玄社，一九八三—一九八六年初版。

●【中文版】《法藏敦煌書苑精華》（共八冊）（編著），廣州：廣東人民出版社，一九九三年十一月初版。（按：此輯據《敦煌書法叢刊》重新整理及編訂。）

● 文字內容收入《饒宗頤二十世紀學術文集》（卷八．敦煌學），台北：新文豐出版公司，二零零三年，第三零五—六一三頁。

2、**香港敦煌吐魯番研究中心叢刊**（第一至十一種）（主編）

● 台北：新文豐出版公司，一九九零—二零零九年。

（1）《敦煌琵琶譜》（編），一九九零年十二月；收入《饒宗頤二十世紀學術文集》（卷八，敦煌學），台北：新文豐出版公司，二零零三年，第一一三三—一一三九頁。

（2）《敦煌琵琶譜論文集》（編），一九九一年八月；集內先生之著作收入《饒宗頤二十世紀學術文集》（卷八．敦煌學），台北：新文豐出版公司，二零零三年，第一三三零—一三七五頁。

（3）《敦煌邈真贊校錄并研究》（饒宗頤主編；姜伯勤、項楚、榮新江合著），一九九四年七月。

（4）《英國圖書館藏敦煌漢文非佛教文獻殘卷目錄（S. 6981-13624）》（榮新江編著），一九九四年七月。

（5）《敦煌俗字研究導論》（饒宗頤主編；張涌泉著），一九九六年八月。

（6）《敦煌語文叢説》（饒宗頤編；黃征著），一九九七年一月。

（7）《吐蕃統治敦煌研究》（饒宗頤主編；楊銘著），一九九七年十二月。

（8）《敦煌文藪》（上、下冊）（饒宗頤主編；池田温、姜伯勤等著），一九九九年四月。

（9）《敦煌本甘棠集研究》（饒宗頤主編；趙和平著），二零零零年三月。

（10）《敦煌出土胡語醫典〈耆婆書〉研究》（饒宗頤主編；陳明著），二零零五年十月。

（11）《中古時期社邑研究》（饒宗頤主編；郝春文著），二零零六年十一月。

3、補資治通鑑史料長編稿系列（第一至八種）（主編）

• 泰國華僑崇聖大學中華文化研究院（第一至五種）、香港敦煌吐魯番研究中心（第一至八種）合作研究叢刊，台北：新文豐出版公司，一九九五—二零零四年。

（1）《新莽簡輯證》（與李均明合著），一九九五年九月；收入《饒宗頤二十世紀學術文集》（卷三·簡帛學），台北：新文豐出版公司，二零零三年，第六六五—九三四頁。

（2）《敦煌漢簡編年考證》（與李均明合著），一九九五年九月；收入《饒宗頤二十世紀學術文集》（卷三·簡帛學），台北：新文豐出版公司，二零零三年，第四四三—六六四頁。

（3）《吐魯番出土高昌文獻編年》（饒宗頤主編；王素著），一九九七年一月。

（4）《魏晉南北朝敦煌文獻編年》（饒宗頤主編；王素、李方著），一九九七年十二月。

（5）《秦出土文獻編年》（饒宗頤主編；王輝著），二零零零年九月。

（6）《漢魏石刻文字繫年》（饒宗頤主編；劉昭瑞著），二零零一年九月。

（7）《吐魯番出土唐代文獻編年》（饒宗頤主編；陳國燦著），二零零二年十二月。

（8）《居延漢簡編年・居延編》（饒宗頤主編；李均明著），二零零四年七月。

（三）期刊

1、文心雕龍研究專號（主編）

- 《香港大學中文學會慶祝金禧紀念特刊》，香港：香港大學中文學會，一九六二年初版。
- 【重印本】台北：明倫出版社，一九七一年二月初版。

2、九州學刊・敦煌學專號（主編）

- 台北：九州學刊雜誌社。
- 第四卷第四期，一九九二年四月。
- 第五卷第四期，一九九三年六月。
- 第六卷第四期，一九九五年三月。

3、華學（第一至十輯）（饒宗頤主編；《華學》編輯委員會編）

- 泰國華僑崇聖大學中華文化研究院、清華大學國際漢學研究所、中山大學中華文化研究中心、香港大學饒宗頤學術館（第七輯起）主辦。
- 廣州：中山大學出版社（第一、二、五、七輯），北京：紫禁城出版社（第三、四、六、八輯），上海：上海古籍出版社（第九、十輯合刊），一九九五—二零零八年。

4、敦煌吐魯番研究（第一至十三卷）（第一至六卷與季羨林、周一良聯合主編；第七至十一卷與季羨林聯合主編；第十二至十三卷饒宗頤主編）

● 合辦：香港中華文化促進中心（第一至十三卷）、中國敦煌吐魯番學會（第一至十三卷）、北京大學中國中古史研究中心（第一至六卷）、北京大學東方學研究院（第五至十三卷）、上海圓明講堂（第五至七卷）、泰國華僑崇聖大學中國文化研究院（第一至三卷）、香港大學饒宗頤學術館（第八至十三卷）、上海師範大學敦煌吐魯番學研究所（第九至十二卷）、首都師範大學歷史學院（第十三卷）。

● 北京：北京大學出版社（第一至五卷），北京：中華書局（第七至九卷），上海：上海古籍出版社（第十至十三卷），一九九六年四月—二零一三年八月。

三、詩詞集

1、徭山詩草（線裝，鉛印本）

● 一九四七年初版。

● 收入蘇州大學（原無錫國專）廣西校友會主編：《無錫國專在廣西》，南寧：蘇州大學廣西校友會，一九九三年，第二六七—二九二頁。

● 其中《徭山咏》、《寄傭石丈》收入海濱師範學校出版委員會編輯：《海濱》半月刊（復刊一）之「詩錄」，汕頭：嶺東商業印務公司發行，一九四八年，第一—二頁。

2、臺游絕句

● 戊子印本。

3、南海唱和集

● 《東方》（第十一期），香港：香港大學文學會，一九六一年三月，第九—一二頁；有抽印本行世。

4、**南海唱和集**（續）

- 《東方》（第十三期），香港：香港大學文學會，一九六二年十月，第四—七頁；有抽印本行世。

5、**白山集**（線裝）

- 一九六六年三月初版。

6、**佛國集**

- 《新社學報》（創刊號），新加坡：新社，一九六七年十二月，第一—一一頁；有抽印本行世。
- 收入《梵學集》，上海：上海古籍出版社，一九九三年七月，第三八五—四零二頁。
- 後又分作《佛國集一》及《佛國集二》，刊於《饒宗頤東方學論集》，汕頭：汕頭大學出版社，一九九九年十一月，第三五一—三六零頁及四五三—四五九頁。

7、**固庵詞**

- 《新社學報》（第二期），新加坡：新社，一九六八年十二月，第一—一二頁；有抽印本行世。

8、*Le Recueil du Lac noir* **黑湖集**（饒宗頤著；戴密微法譯）

- (Asiatische Studien: Zeitschrift der Schweizerischen Gesellschaft für Asienkunde; Études Asiatiques: Revue de la Société Suisse d' Études Asiatiques XXII, 1968)
- Bern: A. Francke AG, 1969, pp. 1-30.
- 【重印本】Poèmes du Lac noir《黑湖集》. France: École française d' Extrême-Orient, 2006. 11; preface by Professor Léon Vander-meersch.

9、長洲集

- 《新社學報》（第三期），新加坡：新社，一九六九年十二月；有抽印本行世。
- 【陳韓曦、趙松元、陳偉評注版】廣州：花城出版社，二零一一年四月。

10、晞周集（排印本及線裝）

- 一九七一年初版。

11、選堂詩詞集

- 香港：選堂教授詩文編校委員會，一九七八年一月初版。

12、選堂詩詞集

- 台北：新文豐出版公司，一九九三年一月。

13、攬轡集——日本紀行詩稿

- 譚汝謙編《香港日本文化協會二十五周年紀念特集》，香港：香港日本文化協會，一九八八年，第四八三—四九零頁；有抽印本行世。
- 收入《饒宗頤東方學論集》，汕頭：汕頭大學出版社，一九九九年十一月，第四八四—五零八頁。

14、清暉集：饒宗頤韻文、駢文詩詞創作合集

- 深圳：海天出版社，一九九九年十二月初版；二零零六年十一月第二版；二零一一年七月新版。

15、固庵詩詞選

- 《當代名家詩詞集・饒宗頤卷》，北京：北京圖書館出版社，二零零六年十二月初版。

16、饒宗頤詩鈔（分紅、藍、黑三種印本）

- 北京：國家圖書館出版社，二零一三年八月。

按：上列各集大部分內容（以二零零三年或以前創作為下限），已收錄於《饒宗頤二十世紀學術文集》（卷一四・文錄、詩詞），台北：新文豐出版公司，二零零三年，第三三七—七六九頁。

參考書目

鄭煒明，《論饒宗頤》；（香港）三聯書店；一九九五。
胡曉明，《饒宗頤學記》；香港教育圖書公司；一九九六。
王振澤，《饒宗頤先生學術年曆簡編》；（香港）藝宛出版社；二零零一。
趙松元、劉夢芙、陳偉，《選堂詩詞論稿》；（合肥）黃山書社；二零零九。
鄭煒明、胡孝忠，《饒宗頤教授著作目錄三編》；（濟南）齊魯書社；二零一四。
施議對，《饒宗頤志學游藝人生》；澳門特別行政區政府文化局；二零一五。
陳偉，《饒宗頤絕句選注》；（廣州）暨南大學出版社；二零一六。
陳偉，《饒宗頤辭賦駢文箋注》；（廣州）暨南大學出版社；二零一六。

附：香港大學饒宗頤學術館網址：http://www.jaotipe.hku.hk

香港藝術發展局
Hong Kong Arts Development Council

藝發局邀約計劃

香港藝術發展局全力支持藝術表達自由，本計劃內容並不反映本局意見。

www.cosmosbooks.com.hk

書　　名　香港當代作家作品選集・饒宗頤卷

作　　者　饒宗頤

叢書主編　孫立川

責任編輯　鄭煒明

封面設計　郭志民

出　　版　天地圖書有限公司
香港皇后大道東109-115號
智群商業中心15字樓（總寫字樓）
電話：2528 3671　傳真：2865 2609
香港灣仔莊士敦道30號地庫／1樓（門市部）
電話：2865 0708　傳真：2861 1541

印　　刷　亨泰印刷有限公司
柴灣利眾街德景工業大廈10字樓
電話：2896 3687　傳真：2558 1902

發　　行　香港聯合書刊物流有限公司
香港新界大埔汀麗路36號中華商務印刷大廈3字樓
電話：2150 2100　傳真：2407 3062

出版日期　2017年7月／初版・香港

ISBN 978-988-8258-08-6